Toni Castell
Angst im Dunkeln

Toni Castell ist das Pseudonym einer Thriller-Autorin, die Mitte der Achtziger in Nordhessen geboren wurde. Nach dem Studium der Literatur- und Medienwissenschaften und zahlreichen Veröffentlichungen im journalistischen Bereich lebt Castell heute in Marburg vom kreativen Schreiben.

Sie verfasst Romane, Kolumnen, Hörspiele, Kurzgeschichten und Reportagen. Die Ideen zu ihren Krimis und Thrillern kommen einfach so. Unerwartet. Im Alltag, im Fitnessstudio, beim Gassigehen mit dem Hund. Aus entspannten Waldspaziergängen werden dann schnell nervenaufreibende Elemente für den nächsten Thriller.

TONI CASTELL

ANGST IM DUNKELN

Krimi aus Marburg

KBV

MIX
Papier | Fördert gute Waldnutzung
FSC® C083411

Originalausgabe

Am Markt 7 · DE-54576 Hillesheim · Tel. +49 65 93 - 998 96-0
info@kbv-verlag.de · www.kbv-verlag.de

Bei Fragen zur Produktsicherheit wenden Sie sich bitte an unsere Herstellung:
info@kbv-verlag.de · Tel. +49 65 93 - 998 96-0

Umschlaggestaltung: Ralf Kramp unter Verwendung von
Spiegelslustturm © Hydro - Wikimedia Commons CC-BY-SA-4.0
Lektorat: Nicola Härms, Rheinbach
Druck: CPI books, Ebner & Spiegel GmbH, Ulm
Printed in Germany
ISBN 978-3-95441-724-7 (Taschenbuch)
ISBN 978-3-95441-731-5 (eBook)

Für Oma und Opa – meine wahren Helden

Die Handlung und alle handelnden Personen sind frei erfunden. Jegliche Ähnlichkeit mit lebenden oder realen Personen wäre rein zufällig.
Inspiriert jedoch von einer wahren Geschichte.

Mehr als elftausend Frauen, Männer und Kinder gelten derzeit in Deutschland als vermisst. Täglich wird neu nach zweihundert bis dreihundert Unauffindbaren gefahndet.
Mehr als zwei Drittel aller Vermissten sind männlich.
Innerhalb der ersten Woche kehren viele der Vermissten wieder heim oder die Vermisstenfälle klären sich anderweitig.
Die Dunkelziffer der Vermissten wird deutlich höher sein.
Auch in einer kleinen Stadt wie Marburg.

»In jeder großen Trennung
liegt ein Keim von Wahnsinn;
man muss sich hüten,
ihn nachdenklich auszubrüten und zu pflegen.«

Johann Wolfgang von Goethe

PROLOG

Ich musste dich finden. Wir sahen uns schon viel zu lange nicht mehr. Dabei brauche ich dich mehr denn je. Du hast doch gesagt, du wirst immer für mich da sein. Also komm doch bitte! Ich weiß, dass du hier bist. Ich erwarte dich. Du hast mich nie enttäuscht, bitte komm. Bitte!

Es ist furchtbar kalt. Ich stehe hier alleine und friere. Ganz sicher wirst du gleich hier sein. Dann wird alles gut. Ich beobachte dich jetzt schon so lange.

Ich habe mich versteckt, lausche in den Wald. Da höre ich endlich ein ersehntes Geräusch. In der Stille des Waldes höre ich dich. Jetzt endlich bist du mir gefolgt.

Da bist du ja! Ich sehe dich kommen, höre deine Schritte auf dem Laub. Du stolperst über die Äste. Wieso gehst du nur so langsam? Vater sagt, man soll nicht trödeln.

Noch acht Sekunden – dann bist du wieder bei mir. Endlich.

Wo warst du nur so lange? Ich habe dich gesucht. Ich habe dich vermisst. Es ist alles vorbereitet. Lass uns spielen! Pssst. Ich muss leise sein, will dich überraschen. Gleich ist es so weit. Ich schaff' das. Ich schaff' das! Wenn du an mir vorbeigegangen bist, erschrecke ich dich, das macht mir Spaß! Doch ich muss ruhiger atmen, sonst verrate ich mich. Einatmen. Ausatmen. Es ist so kalt, dass mein warmer Atem in kleinen Wölkchen vor mir aufsteigt.

Ich habe die Zaubermaske auf, damit mich keiner außer dir sehen kann. Wenn ich dich habe, sieht uns beide niemand mehr. Ich muss die Maske aufziehen, damit uns nichts passiert. Erschreck dich, wenn du mich siehst!

Du bist endlich da. Vielleicht wird meine Mühe diesmal belohnt. Ich bin hinter dir. Buh! Erkennst du mich nicht? Ich bin es! Ich!

Dieser Laut aus deiner Kehle. Der entsetzte Blick. Du hustest und schwankst so seltsam.

Alles wird gut, vertrau mir. So, wie ich dir vertraue.

Komm mit!

Wir sind gleich in unserem Versteck. Da kommt auch Vater nicht hin. Und wenn doch, dann bist du ja bei mir. Zusammen sind wir stark.

Verstehst du mich? Ich brauche dich. Alles wird gut, wenn du bei mir bist. Komm mit! Spiel mit mir!

1

NACKT

Donnerstag, 25. September
Halb acht am Morgen.
Bahnhofsvorplatz.

Im grauen Schatten der Gebäude sammelten sich müde Fahrgäste verschiedener Buslinien. Dazu Pendler nach außerhalb, Studenten auf dem Weg in das schon bald startende Semester, Schüler mit schweren Rucksäcken – alle warteten auf ihre jeweiligen Busse, welche bereits unscharf in der Ferne der Bahnhofstraße zu sehen waren. Die coolen Schüler schienen von der anrollenden Umsteigehektik unbeeindruckt und tummelten sich am Taxistand. Die ganz Coolen steckten sich schnell noch eine Zigarette an, nur um sie nach drei gierigen Zügen dann doch verfrüht beiseitezuschnippen.

Oma Moni saß mit ihrer vierjährigen Enkelin Marlene auf einem der begehrten, wenn auch kalten Holzsitze in einer der Bushaltestellen und spielte Hoppe, hoppe, Reiter, um ihre eigene Müdigkeit auszutricksen. Die Schulkinder waren laut, sodass Marlene Mühe hatte, ihre Oma zu verstehen. Dabei schien die Stadt doch manchmal wie ausgestorben, wenn die Studenten vorlesungsfreie Zeit hatten. Bald waren Herbstferien für die Schüler, dann würde es in der Stadt wieder ruhiger, zumindest morgens, wenn sie ihre Enkelin bei ihrer Tochter abholte, dachte sich Moni. Wenn die beiden

Pech hatten, würden sie im Bus keinen Sitzplatz bekommen und bis ins Südviertel stehen müssen. Gleich sollte ihr Bus kommen.

Heute lag irgendetwas in der Luft. Irgendetwas tat sich. Doch nicht aus der Richtung, aus der die Busse kamen, eher aus entgegengesetzter Richtung. Die Schüler begannen plötzlich noch aufgeregter zu reden. Ein paar Mädchen kicherten noch lauter – irgendwie peinlich berührt. Sie alle starrten zum Ortenbergsteg, der Stahlbrücke, die es Fußgängern ermöglichte, über die Gleise zu kommen. Dort schien sie irgendetwas zu amüsieren. Zahlreiche Schüler lachten, einer rief: »Schaut euch den mal an!«, und zückte sein Handy.

Eine Traube von Schülern stob auseinander und gab den Blick auf einen jungen Mann frei, der sich wild gestikulierend an das Geländer des letzten Treppenabsatzes presste. Moni blieb die Sicht versperrt, doch sie wollte wissen, was dort vor sich ging. Sie hob Marlene von ihrem Schoß und stand auf. Nur sehr zögerlich gaben die anderen Passanten auf dem Bahnhofsvorplatz den Blick frei. »Was in drei Teufels Namen …«, fluchte Moni, und als ihre Enkelin an ihrem Mantelsaum zupfte, hielt sie ihr die Hände vor die Augen. Der junge Mann war nackt. Splitterfasernackt. »Schau nicht hin!«, befahl sie Marlene und drehte sich mit ihr weg.

Wieder kicherten einige Schüler verlegen und kreischten auf, als der junge Mann Hilfe suchend quer über den Bahnhofsvorplatz auf sie zulief – mit weit ausholenden, rudernden Bewegungen und Worten, die niemand verstand.

Andere lachten ihn aus. »Ein Zombie!«, rief ein Dreizehnjähriger mit Zigarette im Mundwinkel. Doch in seiner Stimme schwang etwas Verängstigtes mit.

Schmächtig war der Nackte, höchstens zwanzig Jahre alt. Brünett und blass und übersät von zahlreichen blauen Flecken und Schürfwunden. Sein Anblick war eher beängstigend als belustigend. Der junge Mann wirkte wie von Sinnen. Er redete wirr, lief direkt auf die Passanten zu, von den Schülern half ihm keiner. Er taumelte, stolperte mehr, als dass er lief, und kam nun direkt auf Moni zu. Marlene, die noch immer Omas schützende Hände über ihren Augen hatte, begann zu weinen. Als ehemalige Krankenschwester hätte Oma Moni dem jungen Mann sicherlich geholfen, wenn Marlene nicht dabei gewesen wäre. Doch heute war sie nur Oma. Und so nahm sie ihre Enkelin auf den Arm und lief um die nächste Häuserecke in den offen stehenden Eingang eines Ärztehauses, um dort Schutz zu suchen und zur Not Hilfe zu holen. Von hier konnte sie sehen, was Marlenes Augen verborgen blieb: Zwei Männer im besten Alter, die beide unabhängig voneinander auf den einfahrenden Bus warteten, zögerten nicht lange. Einer sprach den Nackten an, der andere zog seinen Mantel aus, legte ihn dem Mann um und holte diesen von der Fahrbahn. »Alles in Ordnung?«, fragte einer der Männer und half ihm, auf den Sitzen der Bushaltestelle Platz zu nehmen. Moni sah, wie der andere Mann bereits sein Mobiltelefon am Ohr hatte und einen Rettungswagen orderte.

»Was hast du eingeworfen, Junge?«, hörte Moni den einen Mann fragen. Doch er sollte keine Antwort bekommen, lediglich ein: »Nicht … nein … keine Drogen … Ich kann mich an nichts erinnern. Bitte, helfen Sie mir! Alles ist weg …«

»Mach ich. Versprochen.« Der glatzköpfige Mann mit dem freundlichen Lächeln und der Zahnlücke zwischen den Frontzähnen zog nun sein Handy aus der Tasche, wählte eine Nummer und hielt sich das Gerät ans Ohr. Sein sorgfältig ausrasierter grau-brauner Oberlippenbart wippte aufgeregt. »Guten Morgen, Kiki. Hier Dobbs. Bist du schon unterwegs zur Dienststelle? – Nee? Gut. Dann komm bitte gleich zum Bahnhof. Hier stimmt etwas ganz und gar nicht.«

Erleichterung legte sich auf das Gesicht des jungen Mannes. »Danke«, wimmerte er und sackte zusammen.

Ein paar Straßen weiter.
Am Ortenberg.

Es klopfte an der Tür. Anna bewegte sich nicht. Sie stellte sich tot. Es brächte ohnehin nichts, auf das Klopfen zu antworten. Sie würde nicht zur Tür kommen können. Es fiel ihr schwer, sich zu bewegen. Die Physiotherapie vorhin hatte ihr Schmerzen bereitet. Und zu allem Überfluss würde sich das noch über Wochen hinziehen. Anna fühlte sich benommen und hilflos. Die starken Schmerzmittel taten ihr Übriges. Sie wartete auf ein Wunder. Mehr nicht. Das war alles, was sie wollte.

Sie warf die Bettdecke über ihren Kopf und hielt die Luft an, damit, wer auch immer geklopft hatte, nicht hörte, dass jemand zu Hause war. Dann wäre es nämlich unhöflich, wenn sie die Tür nicht öffnete, und als unhöflich gelten wollte sie nicht.

Einen trotzigen Schnauber jenseits der Tür und ein paar flinke Schritte draußen auf dem Gang später holte Anna tief Luft und schlug ihre Bettdecke wieder zurück. Sie hielt sich am Kopfteil des Bettes fest und hievte sich auf der Matratze nach oben. Die Satinbettwäsche war zwar schön, aber rutschig. Es musste doch irgendwie möglich sein, sich ohne die Hilfe ihrer Beine auf die Seite zu drehen. Sie war schließlich nicht schwach. Zwar waren die Schmerzen in ihren Knien schon deutlich schwächer als noch vor ein paar Wochen, doch gesellten sich jetzt ausgewachsene Rückenschmerzen vom sinnlosen Herumliegen dazu.

Anna Vaupel hatte sich das nicht ausgesucht. Viel lieber würde sie jetzt Handball mit ihrem Team spielen. Immerhin trainierte dieses in genau diesem Moment, um am kommenden Samstag ein Freundschaftsspiel gegen Melsungen zu bestreiten. Ein Spiel, auf das sich Anna schon gefreut hatte, seit sie in der vergangenen Saison einmal gegen das bislang ungeschlagene Team angetreten waren.

Doch ihr Team spielte nun notgedrungen mit einer anderen auf Annas Position – außen links und im Angriff als Kreisläuferin. Es würde noch dauern, bis sie selbst wieder auf dem Platz stehen durfte. Wenn sie auch inzwischen häufig daran zweifelte, dass das jemals wieder der Fall sein würde. Zuerst mussten die Wunden heilen, die sie eigentlich nur hatte, weil sie zu einem Handballspiel hatte fahren wollen.

Es fiel ihr schwer, auf den Sport zu verzichten und hier seit Wochen im Bett sinnlos herumzugammeln. Was konnte sie denn dafür, dass der Depp in dem anderen Auto nicht fahren konnte und ihren geliebten mintgrünen Volkswagen Käfer gnadenlos geschrottet hatte? Ein Familienvan hatte eine Kurve zu schnell genommen, Annas Käfer touchiert und einen steilen Abhang hinunterbefördert. Der junge Kerl in Muttis Van beging Fahrerflucht, doch ein Zeuge rief Feuerwehr und Polizei. Anna musste aus ihrem Käfer herausgeschnitten werden, ihr linkes Bein war mehrfach gebrochen, ebenso einige ihrer Rippen. Offene Frakturen. Ihre Hüfte und die Schulter waren ausgerenkt. Dass sich jedoch nach einer erfolgreichen Operation das Hüftgelenk entzündete und Anna sogar kurzfristig wegen Herz-Kreislauf-Problemen und einer Sepsis um ihr Leben kämpfen musste, das hatte sich wohl niemand ausmalen können.

Der Unfallverursacher war erfolgreich geflüchtet, und Anna lag hier und bangte darum, jemals wieder auf gesunden Beinen laufen zu können.

Fünfzehn Uhr vierundvierzig. Mit einem lauten Stöhnen drehte sich Anna nach links. So stand es in Pauls Plan. Die Minute zu früh sah Anna als ihre kleine Form der Rebellion. Er hatte ihr genau aufgeschrieben, wann sie sich wie auf welche Seite drehen durfte, ohne ihre Gelenke zu strapazieren. Ihr Blick fiel auf den Rollstuhl. Sie schnaubte und hätte dem Rolli am liebsten einen Schubs gegeben. Sehnsüchtig sah sie zu ihrem Computer am anderen Ende des Raumes. Sie schnaufte wieder. Wenn sie sich hinsetzen dürfte oder sogar wieder aufstehen und sich bewegen könnte, wäre das Zweite, was sie tun würde, ihre Mails zu checken. Dauerhaft am Handy ihre E-Mails zu beantworten, trieb sie langsam, aber sicher in den Wahnsinn. Das Display war zu klein, und ihre Brille nervte sie auch nur noch. Das Erste, was sie machen würde, wenn sie wieder selbstständig aufstehen und gehen könnte, wäre ein ausgiebiges Bad oder zumindest eine Dusche. Seit sie wieder zu Hause war, half ihr Paul, sich zu waschen. Zu allem Überfluss packte er sie nur mit Samthandschuhen an. Ihre Haut brauchte ein Peeling, ihre Haare eine Kur. Paul wusste nicht, wie wichtig es war, fast einen Meter lange, naturrote Locken zu pflegen.

Wenn sie doch nur an ihren Rechner dürfte. Mit diesem Gedanken und einem weiteren Seufzer schlief Anna wieder ein.

Wieder klopfte es an der Wohnungstür. »Anna? Bist du da?«, rief eine ihr unbekannte Männerstimme. Verärgert, geweckt worden zu sein, war Anna geneigt: »Nein, bin ich nicht!«, zu rufen. Doch die Schritte entfernten sich wieder, ohne dass sie reagieren konnte.

Sie sah auf die Uhr, als ihr Telefon am Bett klingelte. Sie erkannte die eingeblendete Nummer und nahm den Hörer ab. »Hallo, mein Schatz«, flötete Paul ihr entgegen. Am liebsten hätte sie den Hörer wieder aufgelegt. »Wie geht es dir?«

»Ganz toll geht's mir«, schnaufte sie genervt. Er würde ihr sowieso nicht glauben. »Scheiße, Mann. Mir ist so langweilig. Sogar Sterben wäre für mich spannender.«

»Du schaffst das schon. Ich bin in etwa zwei Stunden zu Hause. Brauchst du noch etwas aus'm Supermarkt?«

»Ja, ich hätte gerne mein Leben zurück. Gibt es das da?«

»Ich glaube es dir. Montag siehst du Doktor Linne, vielleicht darfst du ja dann wenigstens wieder etwas mehr versuchen.«

Pauls Optimismus würde Anna gerne teilen. »Ich muss dringend auflegen. In einer Viertelminute muss ich mich von links nach rechts heben, da kommt Action auf.«

»Ach, Feuerkopf. Nimm deine Gesundheit doch bitte ernst.«

»Mache ich. Etwas anderes darf ich momentan ja sonst auch nicht tun.«

Beide schwiegen. Das Rauschen der Leitung wurde lauter. Bis Paul das Schweigen brach. »War mein Kollege eigentlich schon da?«

Anna war verdutzt. »Möglich.« Sie erinnerte sich an das Klopfen an der Tür. »Wieso schickst du deinen Kollegen hierher? Du weißt doch, ich kann niemanden empfangen. Welcher Kollege denn?«

»Kennst du noch nicht. Er heißt Michel. Er ist auch kein direkter Kollege, sondern Schutzpolizist. Ich hatte ihm zwar gesagt, ich bin erst ab halb sechs zu Hause, doch er hat mir gerade eine Sprachnachricht geschickt. Er war wohl in der Nähe und wollte das Paket vorbeibringen. Obwohl ich ihm sagte, du könntest nicht laufen.«

»Ein Paket? Für wen?« Das war alles, was Anna interessierte. Paul hatte das gewusst. Er kicherte gespielt boshaft. »Für dich, mein Feuerkopf. Sei nicht so ungeduldig.«

Anna stutzte. »Ein Paket für mich? Was ist es denn?«

Ein Grummeln, als sie es selbst merkte. Geduld war nicht ihre Stärke, noch nie gewesen. Und auch das wusste Paul zu gut.

»Wie gemein du bist! Du stehst darauf, mich leiden zu sehen, oder?«, zog sie ihn dankbar auf. Doch dann gluckste sie beinahe fröhlich.

»Schön! Du verstehst noch Spaß! Hatte die vergangenen Tage schon ernsthaft überlegt, dir Antidepressiva zu besorgen.«

»Ja, bitte! Eine Familienpackung«, feixte sie, um dann so beiläufig wie nur möglich zu fragen: »Sieht dieser Michel eigentlich gut aus?«

»Oh ja! Du kannst dir nicht vorstellen, wie gut. Du müsstest Michel in Uniform sehen, da klappen einem sofort die Knie weg, und man braucht dringend eine Mund-zu-Mund-Beatmung.«

»Nur in Uniform sieht er gut aus? Ach Mist. Dann kannst du ihn haben. Uniform und Streifenwagen als Penisverlängerung brauche ich nicht in meinem verkorksten Liebesleben.«

Begeistert hörte Paul sich in Anbetracht ihrer bitteren Wortwahl nicht an. »Verlängerung? Das hat Michel ganz sicher nicht nötig. Hab ihn schon in Sportklamotten gesehen. Aber ich brauche dich trotzdem, Baby. Denn ich will schnellstmöglich herausfinden, an welchem Ufer er aktiv ist, wenn du verstehst, was ich meine.«

»Ich soll herausfinden, ob er auf Männer steht? Damit du ihn anbaggern kannst?«

»Genau«, gab Paul unverblümt zu.

Anna seufzte theatralisch. »Ich fühle mich benutzt.«

»Ach, Feuerkopf, wenn er nicht schwul ist, darfst du ihn haben.«

Anna war sich nicht sicher, was sie davon halten sollte. Paul stand zwar auf exakt den gleichen Typ Mann wie sie, aber mit jemandem zusammen zu sein, wenn ihr bester Freund und zugleich Ex daneben saß und ihn ebenso anschmachtete, war vermutlich nicht so zufriedenstellend. Sie stöhnte. »Du weißt aber schon, dass mein Schwulenradar scheinbar kaputt ist seit dir? Du hast ihn zerstört.« Sie gluckste.

»Wir waren Kinder, mein Engel. Ich habe mich eben erst spät orientiert. Aber du weißt doch, du bleibst meine Nummer eins.« Wenigstens konnten sie beide über diesen Wortwitz lachen. »Aber ich brauche deinen speziellen Psychologenblick. Du weißt schon. Der Blick, der alles durchschaut.«

Paul und Anna kannten sich seit dem Kindergarten, besuchten dieselben Schulen und waren, wie selbstverständlich, ein Paar geworden. Nach dem gemeinsamen Abitur zogen sie zusammen. Paul hatte eine Ausbildung angestrebt und Anna ein Studium. Für die Familien auf beiden Seiten war schnell klar: Anna und Paul gehörten zusammen. Alle, inklusive der beiden, sprachen von Hochzeit und von Kindern, von Zukunft und vom großen Glück, die Einzigen füreinander zu sein. Anna hatte den Vorstoß gewagt und Paul gefragt, ob er sie nach ihrem Studium heiraten wollte. Doch seine Geburtstagsparty, bei der sie vor ihm auf die Knie fiel, um ihm vor allen Anwesenden die Frage aller Fragen zu stellen, nahm nicht das Ende, welches sie sich erhofft hatte. Denn anstelle eines: »Ja, ich will dich heiraten«, sagte er lediglich: »Feuerkopf, ich glaube, wir sollten reden.« An dem Abend brach er Annas Herz, sanft, aber bestimmt. Das war jetzt ein Jahr her.

»Anna, bist du noch am Telefon?«

Sie schüttelte sich zurück aus den Erinnerungen. »Bin hier. Wo soll ich sonst hin?«

»Ich meine ja nur.« Er stockte.

»Soso. Er heißt also Michel. Aber wenn du noch mal jemanden vorbeischickst, der gut aussieht, warne mich vor. Dann kann ich mich besser verstecken. So wie ich aussehe, lasse ich hier niemanden rein. Wie auch, ich komme ja noch nicht mal zur Tür.«

Paul gab auf und seufzte resigniert. »Was willst du heute essen?« Erneut versuchte er, sie aus ihren negativen Gedanken zu reißen.

»Weißt du doch. Am besten irgendetwas, was ich im Liegen essen kann. Einen Brei oder eine Suppe, die ich mit Strohhalm zu mir nehme«, schloss sie.

Doch Paul ließ nicht locker. »Apropos trinken, hast du heute ausreichend getrunken?«

»Sicher nicht. Das hat mich der scharfe Physio vorhin auch gefragt. Dann müsste ich zu oft aufs Klo.«

Seit Montag ging Paul wieder arbeiten, da war der Hausbesuch ihres Physiotherapeuten der einzige Lichtblick.

»Ach, Christian war schon da? Das ist gut. Hat er gesagt, ob du Fortschritte machst? Ob es Änderungen gibt bei dir?«

»Nee, nicht so wirklich. Er sagte nur, dass es schneller besser werden würde, wenn ich nicht so ein Trauerkloß wäre. Ich soll irgendetwas machen, was mich aufmuntert. Doch alles, was mir einfiel, war teuer, unerreichbar oder illegal.«

Paul prustete kurz. »Ich mag ihn, er ist ehrlich und versteht sein Fach. Ich bin bald zu Hause, beeile mich. Versprochen.«

»Danke, Pauli«, wisperte Anna ehrlich erleichtert.

Für sie, die immer unter Strom stand, nie nichts tun konnte, war der derzeitige Zustand eine Qual. Das wusste Paul genau. Und scheinbar auch ihr Physiotherapeut. Da halfen auch Pauls gute Absichten, der Fernseher vor ihrem Bett und die dreizehn dicken Krimis nicht, auch wenn ein Krimi darunter von ihrem Lieblingsautor war. Netflix hatte sie bereits zweimal komplett durchgesehen.

In den zwei Wochen, in denen sie jetzt nach der Reha zu Hause war, war Paul immer bei ihr gewesen. Er hatte seinen restlichen Urlaub genommen, um Anna beizustehen, sie zu pflegen und ihre Übungen mit ihr zu machen.

Anna wusste, dass es an ihr lag. Sie musste Compliance zeigen, wie Christian es nannte. Sie musste in die Gänge kommen, im wahrsten Sinne des Wortes. Sie musste sich trauen, öfter bis an die Schmerzgrenze zu gehen. Paul packte sie zudem viel zu sehr in Watte und sie sich selbst auch. Doch sie hatte Angst vor eben genau dieser Schmerzgrenze.

Wenn sie sich doch wenigstens alleine aufsetzen könnte. Vielleicht schaffte sie es ja doch irgendwie zu ihrem Rechner. Anna war sich plötzlich sicher, nun genug geruht und sich geschont zu haben. Sie könnte am Bürotisch doch genauso gut den Fußhocker vor den Rollstuhl ziehen und ihre Beine einfach dort hochlagern, wo wäre denn der Unterschied? Noch bevor sie den Gedanken fertig gedacht hatte, hob sie ihren Oberkörper. Kurz war ihr schwindelig. Beim Blick auf ihre Beine war sie jedoch sofort den Tränen nahe. Blaue Flecken und wochenlange Verbände hatten ihre einst so muskulösen Beine verunstaltet. Nun waren sie dürr, käsig, wabbelig. Und voller Narben. Den gesamten Sommer war sie im Krankenhaus und dann in Reha gewesen. Ihre zarten Sommersprossen auf der kleinen, spitzen Nase und den hohen Wangenknochen hatte sie in diesem Sommer nicht gesehen.

Sie wusste, sie musste etwas unternehmen, bevor sie noch mehr verkümmerte. Sie hob mit aller Vorsicht ihre schmerzenden Beine über die Bettkante. Anwinkeln konnte sie sie noch nicht, und so drehte sie ihren Körper umständlich und steif aus dem Bett, über die Kante und hielt sich auf die schmerzenden Arme gestützt in einer wenig eleganten, ungelenken Bückbewegung. Sie wusste nicht, woher sie plötzlich diese Kraft nahm. Sie richtete ihr kurzes Nachthemd, peilte mit ihrem Po den Rollstuhl an und betete, dass Paul die Handbremsen angezogen hatte. Würde schon gut gehen. Anna schloss ihre Augen und ließ sich erschöpft in den Rollstuhl plumpsen. Paul hatte ihn zu ihrem Glück neben das Bett gestellt, falls er nicht rechtzeitig für ihren Toilettengang zurück sein würde. Sogar für ihre Ausscheidungen hatte er einen Ablaufplan erstellt. Allerdings wusste sie, dass Paul es nur gut mit ihr meinte, und er machte es tatsächlich gerne.

Während ihrer Beziehung war er schon immer mehr als fürsorglich gewesen und nun eben auch darüber hinaus. Er, der Anna zu jeder Zeit gerne in Watte gepackt hätte, um sie in Sicherheit zu wissen. Und sie, die Wilde, die vor kaum etwas zurückschreckte und mutig und abenteuerlustig durch ihr Leben schritt. Zumindest bis zu diesem einen Tag.

Doch war seine Fürsorge vermutlich genau das, warum er Anna nicht fallen gelassen hatte, als er ihr vor einem Jahr offenbarte, dass er sich von Männern doch mehr angezogen fühlte, als er sich bislang eingestanden hatte. Anna war damals am Boden zerstört gewesen, und nach einer kurzen unrühmlichen Episode, in der sie ihn überaus unfair angegangen war, war aus ihrem festen Freund ihr bester Freund geworden. Seitdem lebten sie noch immer zusammen und waren uneingeschränkt für den anderen da. Als beste Freunde eben.

Anna hatte die erste Hürde überwunden. Nun musste sie nur noch die kleine, von Paul selbst gezimmerte Rampe aus Legosteinen an der Stufe zwischen Schlafraum und Wohnzimmer bewältigen. Sie wunderte sich selbst etwas über ihr Geschick, den Rollstuhl zu lenken, und jubelte leise.

Ihre Freiheit schien nun zum Greifen nah. Zumindest ein kleiner Teil von dieser. Sie würde zuerst den Rechner hochfahren, sich dann einen Kaffee kochen, und dann, ja dann würde sie etwas Nützliches am PC machen. Egal was. Vielleicht würde sie ein Geschenk für Paul bestellen. Ein kleines Dankeschön. Weil er einfach ihr Traummann blieb. Ihr Traummann vom anderen Ufer.

Doch zuerst die E-Mails der vergangenen Wochen durchsehen.

Hallo, Anna,
wir wünschen dir alles Gute und eine baldige Genesung.

»Ach, wie lieb«, dachte Anna laut und schaute auf das Eingangsdatum dieser Mail. Das war Mitte August. Eine Rückantwort würde nun ohnehin nichts mehr bringen. Der Sponsor ihres True-Crime-Blogs hätte mit ziemlicher Sicherheit kein Interesse mehr an einer Zusammenarbeit. Noch weniger, wenn er erfuhr, dass ebendieser Blog inzwischen stillgelegt worden war.

Anna hatte mit großer Leidenschaft über drei Jahre lang einen Webblog über wahre Kriminalfälle betrieben. Internationale, aber auch regionale Fälle, die sie faszinierend fand. Von kleinen Delikten bis zu Serienmorden. Schon vor ihrem Psychologiestudium hatte sie das Analysieren von Tätern und Opfern fasziniert. Es war ihr Hobby. Ein außergewöhnliches, zugegeben.

Und sie dachte nicht ohne Stolz daran, dass ein gewalttätiger Frauenschänder mit ein bisschen Hilfe ihrerseits vor knapp einem Jahr hatte überführt werden können. Damals waren bei Gießen eine Fünfzigjährige und später auch noch eine junge Frau aus Marburg, etwas jünger als Anna, misshandelt worden. Anna hatte der Polizei angeboten, die Reichweite ihres Blogs zu nutzen. Selbstverständlich hatte diese abgelehnt, doch Anna war bereits mittendrin, und als sie von einzelnen Ermittlern Zuspruch bekommen hatte, beschloss sie, eigenmächtig zu handeln. Sie startete einen Aufruf über die sozialen Netzwerke, um den flüchtigen Täter zu fassen. Mithilfe von zahlreichen Zeugen konnte er letztendlich in Hamburg von der Polizei aufgegriffen werden, wo er bereits weitere Frauen online und offline in seine dreckigen Psychospiele involviert hatte. Nach dem Ende dieses Falles bekam Anna unzählige Anfragen, Sponsoren- und Kooperationsangebote und wurde sogar zu Interviews eingeladen. Zudem wollte ein Verlag Auszüge aus ihrem Blog als Buch herausbringen, und ein Filmteam fragte, ob es mit ihrem Material eine Doku drehen dürfte. Doch das alles war nicht das, was Anna wollte. Sie wollte Fälle aufklären. Ohne das nach Sensationen gierende Trara drum herum. Leider hatte die Polizei die unfreiwillige Zusammenarbeit mit ihr nicht so gut aufgenommen und kurz danach dafür gesorgt, dass der Blog abgemahnt wurde. Der andauernde Ruhm tat sein Übriges. Als dann jedoch eine Stand-up-Paddlerin im Niederweimarer See verschwand und Polizei und Rettungskräfte von einem Ertrinken ausgingen, bat die Schwester der Vermissten Anna um Hilfe. Sie glaubte nicht an die Theorie der Polizei und wollte Annas noch immer wachsenden Bekanntheitsgrad nutzen, um Zeugen zu suchen. Anna half selbstverständlich, überging damit jedoch die Abmahnung und mischte sich leider einmal mehr in die Polizeiarbeit ein. So lernte sie zwar noch ein paar Beamte kennen, die ihr und ihrer Arbeit wohlgesonnen waren, doch die folgende zweite Abmahnung sorgte dafür, dass der Blog vorübergehend stillgelegt wurde. Aus der dreimonatigen Zwangspause waren nun mit ihrem Krankenhausaufenthalt, Reha und der Bettruhe zu Hause insgesamt beinahe schon sechs Monate geworden. Ein Todesstoß für jeden kleinen Erfolg, der eigentlich von regelmäßiger Onlinepräsenz lebte. Zudem die Stand-up-Paddlerin schon bald nach ihrem Verschwinden tot aufgefunden worden war. Die Polizei hatte leider richtig vermutet: Sie war ertrunken. Also war die Angelegenheit damals nicht nur unsagbar traurig, sondern Annas Aktion auch unsagbar unnötig gewesen. Doch Anna war zu überheblich geworden, und die Abmahnungen waren die gerechte Strafe.

Anna klickte weiter. Trotz allem freute es sie, dass, auch wenn der Blog stilllag, er weiterhin Klicks hatte. Einhundertsiebzehn Kommentare allein in der vergangenen Woche und zahlreiche nette Zuschriften. Sogar auch noch immer Interviewanfragen.

Seit ihrer Kindheit war es Annas Ziel gewesen, Polizistin zu werden. Oder aber für die Polizei zu arbeiten, am liebsten als Kriminalpsychologin. Als sich dann ihr True-Crime-Blog immer mehr füllte, fühlte sie sich aufgrund ihres kriminalistischen Gespürs wahrgenommen. Und die bildhübsche Rothaarige fiel auf, war schnell sogar recht bekannt. Das bestätigte ihr auch einer ihrer Dozenten, der weltbekannte Kriminalpsychologe Doktor Horst-Dieter Dobrowolski, der aus Verbundenheit zu seiner Heimatstadt eine Vorlesung im Rahmen einer Veranstaltungsreihe in Psychologie an der Marburger Universität abhielt und dabei auf Anna aufmerksam wurde. Er war ihr Idol. Sie lächelte, als sie sich daran erinnerte, wie sie ihm während und auch nach der Einführungsveranstaltung anderthalb Stunden kritische Fragen gestellt hatte zu dem Fall, den er als Beispiel mitbrachte, und er diese Fragen sehr geduldig beantwortet hatte. Nach der Veranstaltung lud er sie auf einen Kaffee ein und noch mal ein paar Tage später auf einen zweiten, bei dem er ihr bereits vorschlug, ihn nur Dobbs zu nennen statt Herr Doktor Dobrowolski.

Der Kriminalhauptkommissar war, damals wie heute, eine Koryphäe im Bereich des Profilings, schrieb Bücher, hielt Vorträge und war Ausbilder. Und als Doktor Dobrowolski später nochmals vor einigen ausgewählten Studenten der höheren Semester sprach, war Anna als Einzige aus dem zweiten Semester eingeladen worden und die Einzige, die ihn Dobbs nennen durfte. Für sie eine unfassbare Ehre. Und so fühlte sie sich bereits weit vor ihrem Bachelorabschluss in Psychologie darin bestätigt, etwas erreichen zu können.

Ihr Blick fiel unweigerlich auf den dicken Krimi, der am Kopf ihres Bettes lag. *Angst*, stand in Großbuchstaben auf dem Cover. Von Marc Schmitt – das war Dobbs' Pseudonym für seine Krimis. Seine wissenschaftlichen Bücher veröffentlichte er unter seinem richtigen Namen. Und auch als er nicht mehr ihr Dozent war, blieben sie in Kontakt. Er hatte sie bereits damals, kurz nach ihrem dritten gemeinsamen Kaffeetrinken, zu einer Hausführung durch die Marburger Polizeidirektion eingeladen. Was sich jedoch eher angefühlt hatte wie eine Einstellungsberatung. Zellen, Büros, Asservatenräume, Schießanlage – sie sollte alles sehen dürfen.

Als Dobbs ihr dann auch noch bestätigt hatte, dass sie »einen guten Riecher« habe, den speziellen Blick für Details, war sie erst recht wild entschlossen, eines Tages Kriminalpsychologin zu werden. Egal, wie lang dieser Weg dauern würde.

Dobbs war einer der wenigen Beamten gewesen, die Annas ungewöhnliche Mithilfe bei den Ermittlungen um den Frauenschänder begrüßten. Denn auch Dobbs' Tochter Merrit war kurz zuvor an einen solchen Mann geraten, hatte, hinter der Fassade einer liebevollen Beziehung, ähnliche Brutalität erleben müssen – und auch Merrit musste mit geballter polizeilicher Kraft daraus befreit werden. Wahrscheinlich war Dobbs genau deshalb übermotiviert gewesen, den Frauenschänder zu fassen. Anna kam ihm dafür genau recht, ihr True-Crime-Blog sollte Kommunikationsmittel zwischen Täter und Ermittlern sein. Und anscheinend hatte sie irgendwie einen Draht zu dem Frauenschänder, denn er reagierte auf alles, was sie schrieb. Moderne Lösungsansätze, hatte Dobbs es genannt.

Als der Täter gefasst war, wurde aus Anna und Dobbs so etwas wie Freunde – bis zu Annas Unfall. Danach brach sie den Kontakt mehr oder weniger ab. Auch weil ihr Wunsch, ein Masterstudium in Kriminalpsychologie an einer Uni, an der Dobbs dozierte, zu absolvieren, in scheinbar unerreichbare Ferne gerückt war. Sie hatte Schulden und andere finanzielle Verpflichtungen und war nun durch den Unfall schnellstmöglich auf einen gut bezahlten Job angewiesen. Ein Umzug in eine andere Stadt, wo sie nicht wie hier mietfrei hätte wohnen können, war schlichtweg nicht möglich. Bis sie jemals wieder laufen könnte, würde zu viel Zeit vergehen. Falls sie denn irgendwann überhaupt wieder laufen könnte. Die Möglichkeit, dem Beruf nicht gerecht zu werden, wenn sie im Rollstuhl saß, tat ihr am meisten weh. Sie musste dafür fit und belastbar sein. Anna hatte zwar ihre hervorragenden Bachelorabschlüsse in Psychologie und Soziologie in der Tasche, Bestnote eins Komma null in weniger als der Regelstudienzeit, doch wo sollten diese sie nun noch hinführen?

Dobbs und sie hatten sich schon so lange nicht mehr gesehen. Er hatte ihr bei der Ausbildung sogar seine Unterstützung zugesagt – als eine Art Trainer. Er wollte ihr Mentor sein. Ohne eine Gegenleistung dafür zu verlangen. Doch das war jetzt alles hinfällig, und Anna wollte ihm unter den gegebenen Umständen nicht begegnen. Sie fühlte sich momentan wie der traurige Schatten ihrer selbst. Dazu kam, dass Dobbs derzeit ohnehin mit seinen neuesten Büchern auf Lesereise war. Er rief jedoch gelegentlich an oder schrieb Kurznachrichten. Und wenn Anna Lust hatte, antwortete sie auch. Doch das wurde immer seltener. Es tat ihr zu weh, mit ihm zu sprechen, jetzt, wo ihr beruflicher Traum höchstwahrscheinlich geplatzt war. Und Dobbs würde sich schwertun, das zu akzeptieren.

Anna markierte die Flut an E-Mails zu den Kommentaren auf ihrem Blog als gelesen, als gerade eine neue Mail aufploppte. Noch ein Kommentar. Auf einen uralten, bissigen Beitrag, den sie voll und ganz dem Sinn und Unsinn so mancher polizeilicher Ermittlungstaktik gewidmet hatte. Ein dünner Grat zwischen Arroganz, Beleidigung und Anmaßung, den sie damit beschritt. Das wusste sie.

Mehr davon! Endlich zeigt mal jemand der Polizei, wie deren Arbeit funktioniert.

Anna lachte auf, würde diesen Kommentar samt dem Beitrag aber gleich unkommentiert löschen – sie wollte der Polizei schließlich nicht noch negativer auffallen.

Wie lange saß sie schon hier? Sie hatte nicht gemerkt, wie schnell die Zeit vergangen war. Paul müsste jeden Moment nach Hause kommen, und vielleicht wäre es ratsam, sich schnellstmöglich wieder im Bett zu verkriechen, bevor er schimpfen konnte. Zumal ihre Beine schmerzten. Anna spürte die Operationsnarben pochen. Sie sollte sich wirklich wieder hinlegen. Doch für den ersten Tag selbstständig auf den Beinen war das ein gelungener Anfang.

Anna fuhr mit ihrem Rollstuhl ein Stück zurück. Das Einparken an ihrem Schreibtisch war einfacher gewesen. Sie atmete erleichtert aus, dass die Topfpflanze, die hinter ihr auf dem Boden stand, nicht umfiel, als Anna sie rückwärts anfuhr. Das hätte sie Paul nicht erklären können, ohne sich zu verraten. Noch einmal atmete sie laut aus und ein, um die wiedergewonnene, wenn auch kurzfristige Freiheit in vollen Zügen zu genießen.

Sie würde Schwung nehmen müssen, um die kleine Lego-Rampe über die einzige Stufe zwischen den Räumen zu überwinden. Zu ihrem Glück war die Wohnung sehr weitläufig, denn das Loft, wie sie es gerne nannten, war früher ein Industriestandort gewesen, und danach hatte die Universität die Räumlichkeiten als Lager genutzt. Und weil hier damals irgendwelche Chemikalien gelagert waren und Pauls Familie den Vermieter kannte, wurde die Miete für ihn und Anna erschwinglich. Sie beide und Pauls Familie hatten zudem unendlich viel Zeit und Mühen hier hineingesteckt. Einhundertzwanzig Quadratmeter Wohnfläche – barrierefrei, bis auf diese eine kleine Stufe. Anna fuhr nochmals ein Stück zurück und nahm Schwung. »Ich schaff' das. Ich schaff' das!« Als wäre es ihr Mantra, das ihr Mut machte, wiederholte sie die Worte immer wieder und schoss mit ausgestreckten Beinen auf ihrem Rollstuhl durch die Wohnung. Überglücklich, die Rampe nicht verfehlt zu haben, setzte durch eine klitzekleine falsche Bewegung auf dem Höhepunkt der Rampe ein lähmender Schmerz ein. Anna stöhnte und ließ einen der Reifen los. Als sie bemerkte, dass der Rollstuhl die Rampe wieder herabfuhr, war es schon zu spät, um zu reagieren. Der Wagen schlug einen Haken, sie rutschte aus dem Sitz und versuchte einen Sturz auf die Knie mit den Händen abzuwehren. Doch sie fiel hart. Anna hätte schwören können, dass die Schmerzen jetzt gerade sogar schlimmer waren als damals nach dem Autounfall. Tränen liefen über ihre Wangen, als sie zwei Männerstimmen auf dem Hausflur hörte und gleich danach die erlösenden Schlüssel an der Wohnungstür.

»Nein!«, rief Paul bei Annas Anblick und ließ seine Umhängetasche und die Einkaufstüte fallen. »Baby, geht es dir gut? Was ist passiert? Tut dir etwas weh?«

»Ich habe versucht, aufs Klo zu …«, log sie, als ihr Blick auf den anderen Mann fiel, der mit einem Karton in der Hand gerade zur Tür hereinkam und über die fallen gelassenen Taschen balancierte. Verlegen zupfte Anna an ihrem Nachthemd, das hochgerutscht war und ihren ausgeleierten, geblümten Slip präsentierte. Der verboten gut aussehende Mann im Türrahmen stellte den Karton schnell beiseite und half Paul, Anna aufzurichten. Er bot sich an, Anna ins Bett zu tragen, doch diese protestierte vehement. »Bitte nicht ins Bett. Nur zurück in den Stuhl.«

Paul sah, dass sie sich auf keine Diskussion einlassen würde, deshalb sagte er voller Sorge und aufgeregt wie selten: »Pass auf sie auf. Nicht so fest anpacken. Feuerkopf, soll ich dich zum Arzt bringen?«

Als wäre Anna leicht wie eine Feder, hob der Fremde sie ohne Mühe vom Boden auf und setzte sie in den von Paul aufgestellten Rollstuhl. »Das war wirklich dumm von mir. Aua, tat das weh.« Anna rieb sich ihre Flanke. Sie wusste, dass nur sie alleine Schuld daran hatte. »Vielen Dank, starker Fremder.« Sie sah ihn an und reichte ihm die Hand. »Ich bin übrigens Anna. Ich liege gerne am Boden, ist ein Hobby von mir«, schäkerte sie mit schmerzverzerrtem Gesicht und versuchte verzweifelt, die Situation aufzulockern.

»Hey, ich bin Michel.«

»Michel?« Anna wollte ihm gerade erzählen, dass Paul schon von ihm gesprochen hatte, als dieser nahezu unbemerkt seinen blondierten Schopf schüttelte und Anna anfunkelte, um sie zum Schweigen zu bringen. Sie grinste nur vielsagend.

Genau wie Paul hatte auch Michel etwas Besonderes. Beide Männer waren klassisch schön mit einem atemberaubenden Lächeln. Paul war wie Michel – nur in platinblond und deutlich weniger muskulös. Ganz eindeutig hatten sie und Paul in den Jahren ihrer Beziehung wirklich das gleiche Beuteschema angenommen.

»Michel, danke. Du bist heute offiziell mein Held.«

Er verbeugte sich tief. »Stets zu Diensten, Milady.«

Paul schien es die Sprache verschlagen zu haben, so angetan war er von Michels Muskelspiel. Das hätte sogar ein Blinder sehen können. Auch Michel schien es aufgefallen zu sein, denn er wusste nicht so recht, wie er damit umgehen sollte, und fragte ihn verlegen: »Sehen wir uns morgen?«

Vollkommen hingerissen und in Gedanken vertieft, verstand Paul erst, dass Michel ihn etwas gefragt hatte, als Anna ihn anstupste. »Was? Huch. Wie?«

Michel lächelte. »Ich fragte, ob wir uns morgen auf der Arbeit sehen? Bist du irgendwann bei uns unten unterwegs oder bleibst du wieder den ganzen Tag oben in eurer Höhle?«

Die polizeilichen Asservatenräume, in denen Paul seit knapp drei Jahren als Verwalter arbeitete, befanden sich hauptsächlich im vierten Stock der Polizeidirektion Marburg. Das wusste Anna, weil Dobbs sie ihr damals bei der Besichtigung gezeigt hatte. Die Schutzpolizisten der Wache, der Michel angehörte, waren hauptsächlich im Erdgeschoss angesiedelt und verirrten sich nicht häufig zu Paul nach oben. Meistens war er allein mit seinen Kollegen und wartete beim Katalogisieren irgendwelcher Asservate darauf, dass das Telefon klingelte und neues beschlagnahmtes Material angekündigt wurde. »Ich kann gerne versuchen, es mir einzurichten. Vielleicht können wir irgendwo zusammen zu Mittag essen.« Paul startete eine charmante Flirtoffensive, die Michel jedoch offensichtlich überforderte.

»Schauen wir mal, wie ich Zeit habe.« Er machte eine Pause. »Euch geht es so weit gut? Dann lasse ich euch jetzt alleine und mache endlich Feierabend.«

»Was ist mit dem versprochenen Kaffee?«

»Den trinken wir einfach ein anderes Mal. Ich glaube, Anna braucht den Kaffee erst mal dringender.«

»Möglich«, kicherte sie kurz und bedankte sich nochmals bei Michel. War ihr schon vorher seine kleine graue Strähne an der Stirn aufgefallen? Er hatte sie perfekt in die Föhnwelle seiner schokoladenbraunen Haare fixiert. Diese graue Welle machte ihn noch mehr zu einem echten Hingucker. »Aber weißt du, Michel, vielleicht bin ich bald nicht mehr auf den Rollstuhl angewiesen, und dann koche ich für euch als Dankeschön, okay?«

»Das klingt gut, das machen wir!«

»Warte mit dem Dankesagen, bis du davon gekostet hast, was sie kredenzt«, unkte Paul.

»So gut?«

»Nein. Nicht wirklich. Sie schafft es sogar, Wasser anbrennen zu lassen.«

Was war denn plötzlich mit ihm los? Wieso war er auf einmal so biestig? War er etwa eifersüchtig? Doch die Retourkutsche kam sofort, denn Michel schien es nicht zu gefallen, dass Paul Anna so niedermachte. »Das war nicht nett.« Er drängte nun geradezu Richtung Tür. Es war offensichtlich, dass er verurteilte, was Paul gesagt hatte. Vielleicht ein wenig zu scharf verurteilte, wie Anna fand.

»Bis bald«, rief sie vom Wohnzimmer aus, und Michel drehte sich noch einmal kurz zu ihr um. »Ich freue mich auf unser Essen, Milady. Und wenn es nur angebranntes Wasser gibt.«

Anna hüstelte. »Na ja, aber mach dich auf einiges gefasst, denn ich kann wirklich nicht kochen. Aber ich kann gut heiß machen.« Dass sich ihre Wangen plötzlich puterrot färbten, verriet, dass sie etwas zu spät über die Bedeutung ihrer Worte nachgedacht hatte.

»Dann bin ich umso gespannter«, flüsterte Michel, sah Paul an und feixte: »Auf das angebrannte Wasser.« Dann ging er.

»Und, wie findest du ihn?«

»Wirklich nett. Und er hat starke Arme. Und wie kann jemand, der solche Muckis hat, eine so weiche Haut haben? Und, herrje, sieht der gut aus!«

»Ja, nicht? Verstehst du jetzt, dass ich auf ihn fliege?«

»Das verstehe ich durchaus.« Dann schluckte sie. »Ich verstehe nur nicht, warum du ihn mit hier hochgebracht hast. Du weißt doch, dass ich eigentlich im Bett liege und niemanden sehen will.«

»Er wollte dich kennenlernen. Das konnte ich ihm nicht abschlagen.«

Sie verzog das Gesicht. »Ich finde es trotzdem doof. Genauso doof war, warum du mich so von der Seite angemacht hast.«

»Ja, sorry. Ich weiß, es war nicht nett.«

Sie schnaubte missmutig. »Aber wieso wollte er mich kennenlernen?«

»Er ist einer deiner Follower.«

Sie hüstelte nervös und kratzte sich am Kopf. »Oh. Umso schlimmer, dass du ihn mitgebracht hast. Menno!«

»Reg dich ab, Feuerkopf. Wir sorgen jetzt erst mal dafür, dass du wieder ins Bett kommst. Und morgen entschuldige ich mich bei Michel für mein blödes Benehmen dir gegenüber.«

»Nein, noch nicht ins Bett. Ich muss erst aufs Klo. Und vorher will ich wissen, was in dem Paket ist, das dein Michel getragen hat.«

»Das ist ein Geschenk für dich. Mehr verrate ich noch nicht.«

2

ANGST IM DUNKELN

Noch zehn Schritte. Ich kann ihn kommen hören. Noch neun. Es ist immer dasselbe. Noch acht Schritte. Ich will hier weg! Noch sieben Schritte. Er ist gleich an der Tür. Wegrennen kann ich nicht. Ich weiß nicht, wohin. Sechs. Fünf. Vier. Ich sitze fest. Drei. Zwei. Eins. Er klopft. Laut und zornig. Ich muss schnell unters Bett, mich verstecken!

Noch mal klopfen. »Junge, mach die verdammte Tür auf!«, schreit Vater.

»Ich habe aber nichts getan!«

Doch diese Antwort habe ich schon so oft gesagt, und nie hat sie ihn auch nur im Geringsten beeindruckt. Er klopft wieder. Ich habe Angst. Meine Hände zittern. Ich weiß, was jetzt kommen wird. Es ist immer das Gleiche. Ich verstehe, dass er verzweifelt ist, und ich verstehe auch, dass er nicht weiß, wie er sonst damit umgehen soll, wenn ich etwas falsch gemacht habe. Aber er erklärt mir nie, was ich falsch gemacht habe. Ich weiß nicht, warum er das tut. Er tut mir immer nur weh!

Er wird lauter. Er schreit: »Aufmachen!«

»Vater, ich habe nichts getan! Tu mir nichts, dann mache ich die Tür auf.« Doch in diesem Moment hebt Vater die Tür aus den Angeln. Einmal mehr. Er stellt die Tür beiseite und kommt an mein Bett heran.

»Vater, nein! Ich komme raus. Es ist alles gut, du musst nichts kaputtmachen.«

»Auf die Beine mit dir!«, ruft er böse. »Steh auf und nimm es wie ein Mann.«

Wie kann ich es schaffen, ihn zu beschwichtigen? Was habe ich jetzt wieder falsch gemacht?

Aus Angst kann ich mich kaum bewegen. Vater packt mich an den Ohren und hebt mich daran hoch.

»Ich habe wirklich nichts getan.«

Ich merke, wie heiße Flüssigkeit an meinem Hosenbein hinabläuft. Doch Vater lacht bloß, als er das sieht. »Himmelherrgott, was habe ich für einen kleinen Waschlappen erzogen? Stell dich gerade hin. Brust raus, Schultern zurück. Sei ein Mann!«

Aber ich bin doch erst neun Jahre alt. Ich kann noch gar kein Mann sein. Ich kann nichts gegen die Tränen tun, die über meine Wangen kullern.

Er holt mit seiner Hand aus. Ich weiß, gleich bekomme ich wieder eine Tracht Prügel. Meine Beine tragen mich kaum noch, und ich kann gar nicht mehr aufhören zu weinen. Vor Angst bekomme ich kaum Luft. Ich kann gar nichts dafür, und ich versuche das auch wirklich im Zaum zu halten. Doch es wird immer schlimmer. Noch bevor seine Hand meine Wange trifft, spüre ich schon den Schmerz. Einmal, zweimal. Und dann mit der anderen Hand. Einmal, zweimal. »Nein! Hör auf!«, schreie ich, noch bevor ich drüber nachdenke, was ich da sage. Ich schüttele mich, schlage nach ihm und schaffe es, mich loszureißen. Ich will nur flüchten, raus aus meinem Zimmer. Die Treppen nach unten, schnell zur Haustür. Doch die Tür ist versperrt. Dann eben die Treppen wieder nach oben. Auf den Dachboden. Schnell in mein Versteck. Hier bin ich sicher. Vater kommt nicht auf den Dachboden, dafür ist er zu faul.

Mein geheimes Versteck – die kleine Nische mit dem Stofftuch davor. Hier kann er mich nicht finden. Niemand kann mich hier finden, und genau hier warte ich, bis seine Wut verraucht ist.

Auch wenn mein Magen knurrt. Egal. Der Kühlschrank ist sowieso leer, und auf dem Herd steht nur die Suppe von vor zwei Tagen. Sie riecht komisch, und obendrauf schwimmt eine graue Masse.

Hier oben bin ich sicher. Hier wird er mich nicht suchen. Solange er mich nicht findet, kann er mich nicht wieder in den Keller sperren. »Ich schaff' das. Ich schaff' das!«

3

WIEDERBELEBUNG

Paul hob Anna mühevoll aus dem Rollstuhl in ihr Bett. »Sag mal, hast du heute zugenommen?«

»Du Arsch!«, fauchte sie ihn schmollend an und schlug ihm auf den Oberarm. Doch sofort durchfuhr sie wieder ein stechender Schmerz, und sie zuckte zusammen. »Alles gut?«, fragte Paul.

»Es wird sicher nicht besser, wenn du so oft fragst«, fuhr sie ihn an, schaute ihm aber sogleich in die Augen und entschuldigte sich. »Es tut mir wirklich leid. Ich weiß gerade nicht, wohin mit meinen bösen Gedanken. Ich will dich doch gar nicht ärgern.«

»Ich weiß, Feuerkopf.« Er gab ihr einen Kuss auf die Stirn und legte sie auf ihrer Matratze ab.

»Wie war dein Tag?«, fragte sie.

Er zog ihr die Bettdecke über die Beine und hielt dann ihren Oberkörper, um die Kissen aufzuschütteln. »Ach, erst langweilig und dann doch ganz spannend.«

»Willst du darüber reden?«

»Willst du das überhaupt wissen?«

Doch sie strafte ihn sofort mit einem vernichtenden Blick.

»Na gut. Aber nicht mitschreiben.«

»He, he! Streu nicht noch Salz in meine Wunden, Pauli. Wie soll ich denn, im Bett liegend, meinen Blog mit deinen Kriminalfällen wiederbeleben?«

»Meine Kriminalfälle?«, lachte er laut. »Du weißt aber schon, was mein Beruf ist?«

»Du bist mein sexy Kriminalgeschichtenbeschaffer. Meine Muse.«

»Falsch. Ganz falsch. Außer das mit der Muse vielleicht. Und mit dem sexy. Du setzt meine Kontakte und meinen Job als Verwalter in der polizeilichen Asservatenkammer aufs Spiel, um an Infos zu kommen.«

»Deshalb: Erzähl, was gibt es Neues?«

»Ach, na ja. Erst kamen ein paar Sachen aus einem kleinen Diebstahldelikt. Nichts Besonderes. Doch dann habe ich eine riesige Kameradrohne reingekriegt. Wurde illegal über einen der Standorte der Behringwerke gesteuert. Voll krass, gelle?«

Anna teilte seine Begeisterung nicht. »Hmm, tja, wenn du meinst.«

»Ich meine, darüber dürftest du bestimmt schreiben. Die Asservate, die bei uns landen, sind doch ohnehin alle aus Fällen, die schon durch sind. Ich frag mal nach, wenn du magst.«

Sie schüttelte ihren Kopf, bis ihr roter Dutt bebte. »Aufgeklärten Kleinkramdelikten und verschwundenen Katzen kann ich irgendwie nichts mehr abgewinnen. Das interessiert die Leser nicht wirklich. Wenn ich den True-Crime-Blog wiederbeleben soll, brauche ich einen Knaller. Und da in Marburg nichts mehr passiert, worüber ich noch schreiben darf, bleibt der Blog still. Es wird Zeit, dass zumindest das Wintersemester bald losgeht, damit wieder Leben in die Stadt kommt.«

»Kleinkram und Katzen? Du hast keine Ahnung, was in meinen Asservatenräumen liegt, oder? Wenn du wieder fit bist, gebe ich dir noch eine Führung durchs Haus. Die Führung durch Dobbs ist wohl schon zu lange her. Kleinkram und Katzen, tztztz! Echt, ey, es wird einfach Zeit, dass du wieder auf die Beine kommst. Deine Laune hält niemand aus.«

»Außer dir, Pauli. Du hältst sie aus. Und deshalb liebe ich dich so sehr, mein blond gebleichter Engel.«

»Ich liebe dich auch, mein teufelshaariger Feuerkopf.«

Sie seufzte und ließ sich erschöpft in die Kissen fallen. Da fiel ihr das Paket wieder ein, welches Michel getragen hatte. »Hast du nicht von einem Geschenk für mich gesprochen?«

Er strich ihr über die Wange und spurtete dann zum Ablagetisch, griff gezielt in den Einkaufsbeutel und auch in seine Umhängetasche, um dreifach beladen zurück zu Anna zu eilen.

Ihre Augen leuchteten. Unter einigen Anstrengungen richtete sie sich noch einmal auf. »Ist das wirklich alles für mich?«

»Ja, obwohl wir uns das eine sowieso teilen werden.«

Sie klatschte begeistert, als sie von ihm eine CD überreicht bekam. »Jippie! Die neue Folge von den *Drei Fragezeichen*! Dann ist dieser Tag wenigstens kein verlorener Tag. Ich kann nach so vielen Wochen im Bett schon alle alten Folgen auswendig mitsprechen.«

»Konntest du doch auch schon vorher. Diese hier hören wir heute Abend zum Einschlafen, was meinst du?«

Sie nickte begeistert.

»Ich habe aber noch ein Geschenk für dich.« Er reichte ihr das Paket. »Doch pack es vorsichtig aus, es ist zerbrechlich.«

Anna zog ihre Stirn kraus und hielt den Karton hoch, um daran zu lauschen. Als Paul das sah, konnte er sich ein Lachen nicht verkneifen. »Was denkst du denn, was darin wäre? Eine tickende Bombe?«

»Bei dir weiß man nie.« Sie schmunzelte nun auch und riss das Paketband von den verklebten Laschen. Im Paket lag eine flache, rote Tasche. »Was ist das?«, fragte sie neugierig, als sie die Tasche herausnahm und auch an dieser lauschte. Sie prüfte lieber auch noch einmal, ob im Paket noch etwas lag, und warf den Karton dann mit einem Wisch vom Bett.

»Ein Laptop?«

Er nickte nur.

»Bist du von Sinnen, Paul? Das ist viel zu teuer! Den kann ich nicht annehmen.«

»Doch, kannst du. Ich habe ihn nicht alleine gekauft. Und außerdem ist er nicht neu. Er sollte nächste Woche in der Justizauktion versteigert werden.«

Anna war so gerührt, dass sie fast schluchzte. Sie hatte ein weiteres Stück Freiheit zurück. »Du bist so lieb zu mir, und ich bin so eine Bitch zu dir gewesen.«

»Keine Sorge, ich bin auch oft genug bitchig zu dir, mein Engel. Aber du musst dich auch noch bei Dobbs bedanken.«

»Bei meinem Dobbs?«

»Wie viele kennst du denn noch, die so heißen?«

Nun rang sie um Worte. »Wie… wieso?«

»Dein Dobbs? Mich wundert es, dass du dich überhaupt an ihn erinnerst. So selten, wie du auf seine Nachrichten antwortest oder seine Anrufe entgegennimmst. Du kennst ihn noch? Doktor Horst-Dieter Dobrowolski. Das ist der unverschämt gut aussehende Glatzkopf mit dem perfekten Bartwuchs und dem Millionen-Volt-Lächeln, den du einst Freund nanntest. Er fragt so oft nach dir. Beinahe jeden Tag bekomme ich Nachrichten von ihm. Da du ihm kaum noch antwortest, hat er sich große Sorgen gemacht. Und nun hat seine Kollegin Kiki ihn um Hilfe gebeten, die er ihr natürlich nicht verweigern kann.«

»Dobbs ist in der Stadt? Wie lange? Ich dachte, er ist auf Lesetour?« Ihre Stirn lag in Falten. »Dobbs ist hier«, wiederholte sie leise, mehr für sich selbst.

»Er fragte mich vorgestern, ob er dich hier besuchen kommen dürfte. Doch da wollte ich erst dich fragen. Und dann fragte er, was er dir Gutes tun könnte. So kamen wir darauf, dir den Laptop zu besorgen. Und ich meine, warum machst du nicht mit deinem Blog weiter? Die Zwangspause ist vorbei. Und solange du nicht mehr in Wespennester stichst …«

»Führe mich bitte nicht in Versuchung«, schmunzelte Anna. Sie stellte den Laptop auf die Matratze und streckte Paul die Arme entgegen, um ihn zu umarmen. »Danke! Danke! Danke! Ich schreibe Dobbs gleich eine Mail und bedanke mich.«

»Warte noch kurz, bevor du ihm schreibst.« Paul drückte ihr einen Brief in die Hand. »Dann kannst du ihm gleich zusagen.«

Sofort riss sie den Briefumschlag auf, und ihre Nasenspitze wippte, wie immer, wenn sie aufgeregt war. »Für was zusagen?«

»Nette Gesellschaft, spannende Vorträge und danach verdammt gutes Essen, Party und Alkohol, obwohl unerwünscht.« Pauls Blick sprach Bände, doch Anna verstand nur Bahnhof. »Hä?« Sie zog eine schlichte, wenn auch stilvolle Einladungskarte aus dem Umschlag.

»Dobbs will dich bei der diesjährigen internen Vortragsfeierlichkeit und Selbstbeweihräucherung der Polizei dabeihaben.« Er räusperte sich übertrieben und flüsterte, als hörte ihnen jemand zu: »Die nennen das intern auch Bullenball.«

Anna grinste.

»Aber das hieße, du kämst mal wieder raus und erlebst etwas. Und wir putzen uns so richtig raus.«

Anna sah an sich herab auf ihre käsigen Beine, dann weiter zum Rollstuhl. Sie wurde traurig. Sie wäre so gerne dorthin gegangen – unter anderen Umständen zumindest. Schon vor Wochen, als Paul erwähnt hatte, dass auch er einen Vortrag bei dieser Veranstaltung am kommenden Samstag halten würde, hatte Anna gewusst, dass sie bis dahin wieder halbwegs mobil sein müsste, wenn sie ihn begleiten wollte. Doch jetzt, wo sie die Einladung in ihren Händen hielt, war sie tief betrübt. Betrübt, weil ihre Genesung länger gebraucht hatte als angenommen. Sie wollte gesund sein, sie wollte diese Veranstaltung besuchen, und sie wollte im beginnenden Wintersemester bereits ihr Masterstudium angefangen haben. Nun hatte sie Schmerzen, war pleite, schob die Abzahlung der Studiengebühren vor sich her, nicht zu reden von der Miete, die Paul für sie übernommen hatte, und müsste in zwei Tagen ihre Beine zumindest irgendwie nutzen können, denn im Rollstuhl würde sie ganz sicher nicht an der Feier teilnehmen. Es war utopisch. Auch wenn sie Paul wirklich gerne unterstützen wollte. Eine Träne kullerte ihre Wange herunter. Paul fing sie mit dem Finger auf.

»Pauli, ich will da nicht hin. Auch wenn du dort deinen Auftritt hast – es geht doch sicherlich wieder nur um Kleinkram und Katzen«, sie versuchte sich den Wunsch selbst auszureden. »Außerdem kann mich die halbe Marburger Polizei nicht leiden, und die andere Hälfte habe ich als Infoquelle damals überstrapaziert, und sie spricht nicht mehr freiwillig mit mir. Das ist doch Mist.« Sie schämte sich, ihn anzulügen. Dobbs anzuflunkern würde mindestens genauso schlimm werden. Er, der große Profiler, würde sie sofort durchschauen.

Und auch Paul schien mehr zu sehen, als ihr bewusst war. »Papperlapapp! Du willst dorthin, das sehe ich dir doch an. Keine Widerrede!« Fast kicherte er, als er sich an etwas zu erinnern schien. »Dobbs wusste das. Er wusste, dass du absagen willst, doch er fand sehr deutliche Worte. Ich kenne niemanden, der so nett, herzlich und nah sein kann wie er und dann gleichzeitig so autoritär ist.«

»Woran willst du das sehen, dass ich dorthin will?«

»Deine Nase zuckt. Wie immer, wenn dein Interesse an irgendwas geweckt ist. Und so sehe ich auch, dass du nach dem Essen mit mir unbedingt deine Physio-Übungen machen willst.«

Wäre sie eine Comicfigur, würden ihr nun kleine Wölkchen aus den Ohren steigen. »Gib mir bitte noch etwas Bedenkzeit wegen der Veranstaltung«, bat sie, und Paul nickte, stand auf und ging summend in die Küche. Er zog einen Topf aus der Schublade und sang ganz laut und ganz schief: »Die Drei Fragezeichen. Die Drei Fragezeichen.« Und während Anna ihren neuen Laptop hochfuhr, stimmte sie mit ein: »Justus Jonas, Peter Shaw, Bob Andrews.«

Noch bevor sie die ersten Einstellungen an dem Gerät vornahm oder Dobbs die angekündigte E-Mail schrieb, öffnete sie ein Schreibprogramm:

Donnerstag, 25. September

Eigentlich geht es mir gut. Eigentlich. Alles ist supidupi. Na ja, zumindest irgendwie. Nennen wir es vorsichtig so: Alles ist langsam dabei, wieder besser zu werden. Eigentlich dürfte ich mich glücklich schätzen. Denn ich habe wundervolle Freunde, ein gutes Leben und einen Mann, den ich schon lange kenne und den ich liebe. (Auch wenn er ans andere Ufer gewechselt ist. Egal.)

Und doch gibt es sie, diese Tage, die man eigentlich genauso gut aus dem Kalender streichen könnte. Man weiß schon, bevor man das Bett verlassen hat, dass an diesem Tag nichts Gutes passieren wird. So Tage hatte ich in den vergangenen Wochen leider zu häufig. Paul sagt, ich sei manchmal depressiv. Ich bin die Letzte, ihm da zu widersprechen. Mein Physiotherapeut motzt, weil ich nicht genug aus eigenem Antrieb versuche. Und wenn ich es tue, dann fällt der Rollstuhl um. Dabei war ich doch eigentlich immer ein fröhlicher und dankbarer Mensch. Doch seitdem ich mein trostloses Leben auf kaputten Beinen bestreite, kotzt mich alles einfach nur noch an!

Mit mir ist derzeit einfach nichts anzufangen. Manchmal weiß ich ja selbst nicht, was ich machen soll, und ent-

scheide mich deshalb meistens einfach dafür zu schlafen. Doch auch das ist für Paul nicht richtig. Dennoch ist Schlaf das Einzige, was mir an diesen Tagen hilft. Bin ich den ganzen Tag wach, sind die Schmerzen und das ganze Getue um mich herum einfach nur meine persönliche Hölle. Gestern war alles einigermaßen erträglich, heute kreisen die Gedanken erneut um Probleme, die ich nicht lösen kann – weil sie entweder in der Vergangenheit oder in der Zukunft liegen. Die Sorgen aus der Gegenwart gibt es noch gratis dazu. Irgendwas ist schließlich immer.

Ein Heilmittel gegen diese verdammt grausamen Tage gibt es nicht. Und manchmal ist über diese Tage lang mein einziger Silberstreifen am Horizont der Morgen des Tages nach dem Tag. Und die kleine Hoffnung, dass der nächste Tag nicht wieder einer dieser Tage wird.

Es ist diese elendige Leere. Ich solle diese Leere füllen, sagte Paul gestern. Vielleicht wäre das das Heilmittel gegen meine Einsamkeit? Obwohl ich gar nicht einsam bin. Auch wenn Paul mich nicht mehr liebt (zumindest nicht so, wie er es tat), bin ich froh, dass er noch immer da ist. Dass wir im Moment wieder sehr viel Zeit zu zweit verbringen.

Er ist jemand, der mir verspricht, dass morgen alles wieder gut sein wird. Dass alles gut ist, und das auch zeigt. Er ist jemand, dem ich das auch glauben kann. Genau wie Dobbs. Er ist auch so jemand.

Schreiben befreite sie. Schon immer. Sei es, um kriminelle – oder die eigenen – Gedankengänge zu verstehen.

Als Paul das Abendessen auf einem Tablett zu Anna balancierte, klappte sie schnell den Laptop zu. Er sollte nicht lesen, was in ihrem Kopf vorging. Paul stellte das Tablett ab und wollte ihr dabei helfen, sich vorsichtig aufzurichten. Doch sie lehnte seine Hilfe dankend ab, was ihn offensichtlich verwirrte. »Christian hat gesagt, ich muss mehr selbst machen. Wieder selbstständiger werden. Mutiger sein.«

Paul stutzte. »Oh, okay. Ist das Teil seiner Physiotherapie? Oder ist er jetzt auch Psychotherapeut?«

»Nein. Aber er ist ein kluger Mann mit Menschenkenntnis, wie mir scheint. Er hat recht.«

Paul wirkte ein wenig gekränkt, denn er blickte drein wie damals, als Anna ihm die Sandkastenförmchen weggenommen hatte, um damit im Gartenteich einen Wasserlauf zu basteln. »Nicht schmollen, Pauli.«

»Ich schmolle nicht«, schmollte er. »Das heißt, du brauchst mich bald nicht mehr?«

Jetzt verzog Anna das Gesicht. Sie brauchte Paul, und sie genoss die Zeit, die sie miteinander verbrachten. Doch Christian hatte recht – um zu gesunden, musste sie sich selbst wieder mehr zutrauen.

Anna nahm den voll beladenen Teller entgegen und klopfte auf die andere Bettseite. Pauls Bettseite – zumindest bis zum Zeitpunkt ihrer Trennung. Er schlüpfte vorsichtig unter ihre Decke und setzte sich neben Anna im Schneidersitz hin.

»Guten Appetit!«, sagten beide gleichzeitig und gaben sich einen Kuss. »Darf ich zum Essen den Fernseher anschalten? Ich brauche ein wenig Ablenkung vom Tag.«

Anna nickte bloß, und Paul griff nach der Fernbedienung. »Alles außer Krimis«, betonte er und schaltete weiter, bis er sich für eine Quizshow entschied.

Lustlos stocherten beide in ihrem Grillgemüse herum. Anna stellte ihren Teller beiseite. »Ich ess' später weiter.«

»Schmeckt's nicht?«

»Doch, schmeckt super. Aber ich habe einfach keinen Hunger.«

»Ich mache es dir nachher gerne noch mal warm. Sag einfach Bescheid.«

Sie schmiegte sich an ihn, und mit der freien Hand streichelte er ihren Kopf. Ein Stück Möhre, aufgespießt auf Pauls Gabel, flog in Schlangenlinien auf Annas Mund zu. »Schnäbelchen auf!«, rief er kindlich-fröhlich, und Anna klappte sofort ihren Unterkiefer nach unten. Zur Strafe kitzelte sie ihn, und er kicherte so sehr, dass der Teller beinahe von seinem Schoß kippte.

»Ich brauche dich immer«, flüsterte sie, und Paul atmete erleichtert aus.

»Puh. Ich dachte schon, du willst mich loswerden.«

Sie sah ihm prüfend in die Augen. »Im Ernst?«, fragte sie und umklammerte seinen Oberkörper mit ihrer gesamten Kraft.

Paul nahm ihre Teller und brachte alles in die Küche. »Ich setze mich noch mal an den Computer und bereite meinen Vortrag für Samstag vor. Ist das für dich in Ordnung?«

Sie nickte und freute sich tatsächlich. »Klaro, ich habe ja jetzt Beschäftigung.« Sie klopfte sanft auf ihren Laptop. Das Klappern der Teller auf dem Weg in den Geschirrspüler bekam sie schon nicht mehr mit. Sie tippte ihre E-Mail an Dobbs und sagte ihm, ohne weiter darüber nachzudenken, unter Vorbehalt zu. Dann loggte sie sich in ihren Blog ein. Sie schwelgte wieder in Erinnerungen, klickte sich wehmütig durch die Seiten, und zu jedem Artikel und Beitrag schossen ihr Geschichten, Recherchemittel und zahlreiche aufgezwungene und erschlichene Gespräche mit Kolleginnen und Kollegen von Paul in der Polizeidirektion und in der Asservatenverwaltung durch den Kopf. »Oh, Mann«, seufzte sie. Sie alle würde Anna am Samstag mit großer Wahrscheinlichkeit wiedersehen. Das würde ein sehr denkwürdiger Tag werden. Wenn sie denn tatsächlich hingehen sollte.

Sie versuchte sich auszurechnen, wie viele Stunden sie alleine damit verbracht hatte, die Beiträge zu schreiben. Die Stunden wurden unzählbar, wenn sie die Recherchezeit hinzuzog. Ihr Blog umfasste eine Verbrechenskolumne, die beinahe täglich gefüttert worden war. Dazu Statistiken und empirische Daten zu Kriminalfällen und Theorien, teils wissenschaftlich belegt, teils aus eigener Recherche aufgestellt. Besonders die Rubrik *Und wie das Gericht entschied*, eine kritische Kolumnenreihe über Strafprozesse, wurde häufig angeklickt. Alles hatte Platz auf ihren Seiten gefunden, vom Enkeltrick über Diebstahl und Vandalismus bis zu Drogenhandel. Teils selbst erforscht, teils durch offizielle Polizeimeldungen bekannt geworden. Anna hatte vermutlich jeden Newsletter, jeden Pressemitteilungsdienst und jeden Social-Media-Kanal der Polizei deutschlandweit abonniert. Zwar war sie immer bemüht, den Tätern keine Plattform zu bieten, sondern eher die Opferseite zu beleuchten, doch sie merkte schnell, dass auch die Täter selbst sich über den Blog feiern ließen. Über ihren Blog. So kommentierte ein stolzer Dieb und kündigte prahlerisch seinen nächsten Angriff auf einen Geldautomaten an. Dieser konnte selbstverständlich vereitelt werden. So war die Polizei damals überhaupt auf Anna aufmerksam geworden. Sie bekam von den Beamten, nicht nur von Dobbs, Zuspruch und gründete die Rubrik *Zeugen gesucht*. Daraufhin explodierten die Klickzahlen so richtig. Die Leser wollten echte und greifbare Fälle, beteiligten sich mit Anna an Ermittlungen, meldeten Beobachtungen und folgten Aufrufen. Doch auch die historischen Kriminalfälle wurden viel angeklickt, sogar die regionalen, wie die Ermordung von Dorothea Wiegand an der Marburger Mordeiche 1861. Nationale und internationale Serienmörder wie Fritz Haarmann, Zodiac oder Charles Manson lockten. Oder berühmte Mordfälle wie der von Versace. Sogar unrühmliche Mafiagangster und Amokläufer waren scheinbar für viele interessant. Anna beleuchtete viele der bereits aufgeklärten Fälle nochmals aus ihrer eigenen Sichtweise und stellte dabei ihren Followern auch unbequeme Fragen. Sie wollte einfach wissen, wie die Abonnenten ihres Blogs eine derart morbide Neugier auf reale Kriminalfälle entwickelt haben konnten – ihre eigene Neugier selbstverständlich hinzugezählt. Auch dazu hatte Anna eine Statistik erstellt.

Bei aktuellen regionalen Fällen scheute sie sich auch nicht davor, Bekannten und Verwandten von Opfern und auch den Geschädigten selbst Fragen zu stellen. Sie war wissbegierig. Aber auch die Denkweise der Übeltäter wollte Anna aus allen Richtungen beleuchten.

Bereits beim Lesen der Beiträge spürte sie jetzt ein Jucken in den Fingern, und ihre verräterische Nasenspitze zuckte wieder. Doch sie unterdrückte das Jucken und Zucken sofort und sprach auf sich selbst ein: »Ab jetzt nur noch entlaufene Katzen und Kleinkram! Mach es dir selbst nicht so schwer.«

Aus reiner Gewohnheit öffnete Anna eine Textdatei. Dort waren allerhand Links zu Webseiten und Informationsservern. Bundeskriminalamt, Hessisches Landeskriminalamt, Hessische Polizei, Polizeipräsidium Mittelhessen, Marburger Polizei, Rettungsdienste, Feuerwehren, Zeitungen – alle klickte sie nach und nach durch. Keine Auffälligkeiten so weit.

Drei Vermisstenmeldungen – ein sechsjähriges Kind, das jedoch laut inoffiziellem Polizeikanal vermutlich vom Vater entführt wurde, eine demente Fünfundneunzigjährige sowie ein Student – waren auch in einer kleinen Stadt wie Marburg nichts Besonderes. Und den Nackten am Bahnhof, der wieder aufgetaucht war, wie die Beiträge von Schaulustigen in den sozialen Netzwerken bewiesen, buchte sie als Vorboten der Orientierungswoche an der Uni ab. Während dieser Tage stand die Marburger Studentenwelt Kopf. Orientierungslose Erstsemester liefen durch die Stadt, meist so betrunken, dass die organisierte Stadtrallye torkelnd bestritten werden musste. Junge Menschen, die zum ersten Mal alleine in einer anderen Stadt waren. Weg von Mama und Papa. Die sogenannte OE, die Orientierungseinheit, sollte helfen, Anschluss in der Fremde zu finden, die Kommilitonen und Marburg kennenzulernen. Am Erlenring, rund um die Mensa in der Innenstadt, stellten sich an zahlreichen Ständen verschiedene Clubs und studentische Sportgruppen, aber auch die Fachbereiche und die Marburger Wirtschaft vor.

Der Hinweis auf eine neue Aktualisierung erregte ihre Aufmerksamkeit. Besonders als sich plötzlich die Zahl der vermissten Studenten auf zwei erhöhte. »Huch, das ist aber ungewöhnlich.« Zwei neue Einträge waren dazugekommen, dafür war der erste Eintrag wieder weg. Alle männlich, alle im Alter von neunzehn und zwanzig Jahren, alles Erstsemester.

»Doppel-Huch«, dachte Anna laut, und ihre Nase zuckte.

4

EIN GUTER RIECHER

»Anna?« Keine Reaktion. »Anna?« Sie war vertieft in irgendeinen Text auf ihrem Bildschirm.

Paul gab dem Paravent, der als Raumteiler diente, einen kleinen Schubs, damit dieser mehr Sicht freigab als nur einen Spalt. »Hallo, Feuerkopf? Mondbasis an Frau Vaupel!«

Anna lachte laut. »Vaupel an Mondbasis. Ich habe dich schon beim ersten Mal gehört.«

Er kannte diesen Zustand der Abwesenheit bei ihr. Irgendetwas war im Busch. Anna konnte sich in Gedanken verlieren. Nein, sogar verbeißen. »Kannst du nicht schlafen oder was ist los? Es ist gleich Mitternacht, und ich muss morgen arbeiten.«

»Ich mach gleich den Laptop aus. Bitte, Pauli! Nur noch einen kleinen Moment.«

Sie versank sofort wieder in Gedanken, und Paul drehte sich auf die andere Seite. Doch sosehr er sich auch bemühte, er schaffte es nicht, das Bildschirmlicht zu ignorieren. Oder das monotone Klappern von Annas Tastatur. Er stöhnte und vergrub sein Gesicht im Kopfkissen. Nach nicht einmal vier Stunden bereute er es schon, ihr das Gerät mitgebracht zu haben.

»Aha«, entfuhr es Anna leise, und sie hämmerte weiter auf die Tasten ein.

»Okay. Meine Neugier ist scheinbar noch wach: Also, was ist bei dir los?«

»Ich … ähm … es ist, es war … nur so ein Gefühl.«

Er stöhnte und stand auf, um mit seiner Bettdecke bepackt zu ihr ins Bett zu schlüpfen. »Zeig mal, was hast du da?«

»Es ist seltsam. Schau mal. Momentan werden offiziell zwei Studenten vermisst. Alle neunzehn bis Anfang zwanzig, alle männlich, alles Erstsemester und neu in Marburg.«

»Ja und?«

»Heute Nachmittag war es noch einer. Der ist wieder aufgetaucht, scheinbar. Jetzt sind es zwei neue.«

»Ach, die haben sich wahrscheinlich nur nicht bei ihren Familien gemeldet, weil sie konstant am Feiern sind. Denk dran, die sind das erste Mal weg von zu Hause und hauen noch mal auf den Putz, bevor nächste Woche das ach so harte Studentenleben für sie losgeht«, grinste Paul und klappte Annas Laptop zu. »Jetzt leg das Ding beiseite und schlaf. Wenn nicht dir zuliebe, dann wenigstens mir zuliebe. Bitte.«

Anna wollte nicht widersprechen. »Bleibst du bei mir?«

Er nickte, und als sie sich in die Kissen schmiegte, kuschelte er sich an sie.

Freitag, 26. September

»Sag, wenn es wehtut.«

Anna nickte und verdrehte ihre grünbraunen Augen. Christian lehnte sich sanft gegen ihr angewinkeltes Knie und drückte ihren Oberschenkel gegen ihren Oberkörper. »Uuund locker lassen. Spürbar besser als noch letzte Woche.«

»Echt?« Anna selbst spürte keinen Unterschied. »Das ist nur deiner Kunst zu verdanken.«

»Jaja«, zog er sie auf, »von wegen.« Beide schmunzelten. Sie kannten sich schon ein paar Jahre, denn er war häufig als Physiotherapeut bei Spielen von Annas Handballmannschaft dabei gewesen.

»Es freut mich, dass du wieder besser drauf bist. Wie kommt's?«

Anna wusste, warum ihre Laune so sprunghaft angestiegen war, doch sie zuckte nur breit grinsend mit den Schultern, um ihrem Physiotherapeuten keine Erklärung zu schulden. Sie mochte Christian. Er hatte einen wirklich seltsamen, gelegentlich tiefschwarzen Humor, war ehrlich und traute sich, Anna auch mal seine Meinung zu geigen. Doch dass ihr neuer Laptop und das Aufstöbern der Vermissten Grund für die Spontanheilung waren, das würde er vermutlich nicht verstehen. Vielleicht um ihn abzulenken, flirtete sie ihn an. Obwohl sie wusste, dass er vergeben war. Sogar sehr glücklich. Anna hatte seine Lebensgefährtin bereits kennengelernt. Und zu allem Überfluss war die Frau liebenswert und klug. Dennoch sah Anna ihn gerne an. Er hatte gütige große braune Augen und lange Wimpern. Ihr Herumgeplänkel war eher wie ein Spiel. Er liebte seinen Beruf, liebte, was er tat und wie er es tat, und das spürte sie, egal, wie giftig oder süßlich sie zu ihm war.

»Traust du dich, noch mal ein paar Übungen im Stehen zu machen?« Insgeheim dachte Christian, dass sie ablehnen würde, umso größer war seine Überraschung, als sie freudig zustimmte.

»Darf ich bitten?« Mit geübten Handgriffen half er ihr aufzustehen. Sie folgte ihm auf wackeligen Beinen zu der Treppenstufe, der ihre Wohnung in Schlafbereich und Wohnbereich trennte. Diese eine Treppenstufe, die sie gestern noch bei ihrem Versuch, dem Bett zu entfliehen, so unrühmlich ramponiert hatte. Christian führte sie immer wieder über diese Stufe, mal gestützt auf ihre Krücken, mal nur an seiner Hand. Es tat ihr weh, aber die Schmerzen waren nichts im Vergleich mit denen nach dem Unfall.

»Kannst du tanzen?«, fragte Anna Christian und forderte ihn auf.

»Nur zu Reggae und unter Alkoholeinfluss.«

Sein Lachen klang wie Balsam. Anna wusste, dass sie Christian so viel zu verdanken hatte.

»Genug für heute, wir wollen deine gute Laune schließlich nicht überstrapazieren. Machen wir Feierabend, hm?«, schlug Christian vor, und Anna freute sich. Sie konnte es kaum erwarten, weiter im Internet zu recherchieren. Christian half ihr, sich wieder ins Bett zu legen, klappte seine Liege zusammen und packte seine sieben Sachen. »Wir haben Montagmorgen unseren letzten Termin auf diesem Rezept. Wann hast du deinen nächsten Arzttermin?«

»Montag um zwölf Uhr.«

»Dann melde dich bei mir, wenn du eine neue Verordnung bekommst und meine Dienste weiter benötigst. Ich will dich bald wieder Handball spielen sehen.«

»Danke.« Anna nickte gerührt und unterschrieb noch schnell das Rezept.

»Wir sehen uns Montag!«, rief Christian, als er schon die Türklinke in der Hand hatte, und Anna winkte ihm zufrieden zu.

Kaum war die Tür geschlossen, lag der Laptop auf ihrem Bauch, und das Hämmern auf der Tastatur hallte im Raum wider.

Fast verspürte sie Enttäuschung, als sie las, dass auch die zwei vermissten Studenten nach ein paar höchstwahrscheinlich durchzechten Nächten im Wald verkatert wiederaufgetaucht waren – beide mit komplettem Filmriss. Am liebsten hätte sie sich für diese Empfindung selbst geohrfeigt. Paul hatte recht behalten, wenn es Anna auch rätselhaft erschien, warum junge Männer Ende September im Wald saufen gehen mussten. Das würde sie nie verstehen. Sie fröstelte bereits beim Gedanken daran. »Männer«, zischte sie verächtlich.

Sie klickte sich nun wieder lustlos durch ihre Social-Media-Kanäle. Das Internet machte keinen Spaß, wenn man nichts darin zu tun hatte, stellte sie genervt fest. Vielleicht sollte sie Paul anrufen und ihm sagen, dass die Physiotherapie erfolgreich gewesen war. Oder sie legte sich noch mal ein Stündchen schlafen, dann ginge die Zeit schneller vorbei, bis er nach Hause käme. Doch dann erweckte ein geteilter Instagrambeitrag von Sabrina, einer ehemaligen Kommilitonin von ihr, ihre Aufmerksamkeit. Ein Bild eines jungen Mannes mit dem Schriftzug: *Wer hat mich gesehen?*

Anna klickte darauf und landete nach ein paar weiteren Klicks auf der Profilseite der Schwester von Pascal, die den Aufruf gestartet hatte. Es war eine dieser typischen liebevollen, privaten Vermisstenmeldungen: »Seit gestern meldet sich mein kleiner Bruder Pascal nicht mehr. Er war auf dem Weg zu mir nach Marburg und wollte hier nächste Woche sein Studium beginnen. Wer hat Hinweise zu seinem Verschwinden? Polizei ist eingeschaltet.« Anna sog scharf die Luft ein. Das genügte ihr. Sie öffnete ihr Mailprogramm und schrieb Dobbs, ohne näher darüber nachzudenken, eine Nachricht – diesmal mit der klaren Zusage für die morgige Polizeifeier.

Nur kurz musste sie darüber nachdenken, was sie morgen anziehen wollte: das, was Paul so an ihr mochte – das fliederfarbene, knielange Kleid mit der senffarbenen Strickjacke und darunter ihre Chucks in Kupferrot, passend zu ihren Haaren. Ein mittellanges Kleid mit einer Strumpfhose darunter – perfekt, um ihre Beine zu verstecken. Und hochhackige Schuhe konnte sie sowieso vergessen. Denn Anna wollte den Rollstuhl nicht nutzen, sie wollte auf Krücken gehen. Sie wusste, sie würde das schaffen. Zur Not konnte Michel sie schließlich noch einmal auf Händen tragen. Langsam und vorsichtig pellte sie ihre Beine aus der Bettdecke und setzte sich auf die Bettkante. Sie dehnte und streckte ihre Knie, griff nach ihren Krücken, um sich damit abzustützen, und richtete sich auf, bis sie stand. Wackelig, aber sie stand. Sie wusste, jetzt konnte sie nichts mehr aufhalten. Doch dann kam sie ins Straucheln und ließ sich wenig elegant wieder auf die Bettkante sinken. Neuer Versuch. Diesmal hielt sie sich länger und stabiler aufrecht, ging acht Schritte und stützte sich an der verklinkerten Zimmerwand ab. Langsam, aber zielstrebig ging sie in den Schlafbereich, wo Pauls Bett und die Kleiderschränke standen. Sie wusste, was er morgen anziehen wollen würde – nämlich das, was sie so an ihm mochte. Sie brauchte nicht lange zu suchen und griff nach seinem Sakko. Dazu Blue Jeans und seine schicken schwarzen Schuhe. Anna spürte, wie die Vorfreude in ihr einen kleinen Sturm der Glücksgefühle entfachte. Alles war plötzlich egal, jeglicher Schmerz in den Hintergrund geschoben, und nur noch die Erwartung zählte.

»Überraschung, Überraschung! Ich bin früher zu Hause!«, rief Paul plötzlich aus dem Eingangsbereich. »Konnte eher Feierabend machen. Anna? ANNA?«

Anna kicherte und versteckte sich hinter der Kleiderschranktür. »Ich bin hier«, flüsterte sie und kicherte wieder. Zu gerne hätte sie sein überraschtes Gesicht gesehen, als er ihr leeres Bett entdeckte.

»Na, was ist denn hier los?« Er klang freudig überrascht. »Du stehst? Ganz alleine?« Er sah sich im Raum um, ob noch jemand anders hier war. »Ich werd' verrückt!«

»Aber lange schaffe ich es nicht zu stehen.« Anna griff nach ihren Krücken. Als Paul sah, dass sie seine und auch ihre schicke Kleidung für morgen aus dem Schrank genommen hatte, begriff er. »Heißt das, du kommst mit?« Sie nickte bloß, und Paul überschlug sich fast vor Freude.

»Aber ich begebe mich jetzt wieder in die Horizontale, schließlich will ich es nicht übertreiben. Muss morgen fit für deinen Vortrag sein.«

Galant reichte er ihr seinen Arm zur Stütze, doch sie lehnte ab. »Ich schaff' das. Ich schaff' das!«

Zehn mühselige Schritte später ließ sich Anna erschöpft, aber überglücklich auf ihr Bett plumpsen. »Puh!«, stieß sie erleichtert aus. »Ich sehe einen Silberstreif am Horizont.«

»Frag mich mal«, gluckste Paul zufrieden und fragte: »Hast du schon Hunger?«

Annas Magen knurrte, als ihr auffiel, dass sie heute noch nichts gegessen hatte. Bis auf das Sandwich und den Apfel, die Paul ihr heute Morgen ans Bett gestellt hatte, kurz bevor er das Haus verließ, um zur Arbeit zu fahren.

»Aber bevor du kochst, Pauli, solltest du wirklich dringend duschen!«

»So schlimm?«

Anna kicherte, noch immer überglücklich. »Ja, ganz schlimm! Warst du heute an eurem Giftschrank?«

»Was meinst du?«

Sie sah ihn mit gespielt strengem Blick an und roch erneut an ihm, diesmal zu Demonstrationszwecken.

»Ach, du meinst unseren Schrank, wo das Gras aufbewahrt wird? Ja, da war ich heute. Die Kollegen haben einen großen Fang gemacht. Zehn Kilo Hasch! In Michelbach-Nord.« Doch schlug er sich sofort die flache Hand auf den Mund. »Ich habe dir nicht gesagt, woher das Zeug stammt, klar? Bitte. Schreib nichts darüber in deinem Blog. Bitte.«

Ein breites Grinsen konnte sich Anna nicht verkneifen. Jedoch nickte sie zu seiner Beruhigung. »Zehn Kilo? Das ist viel. Aber so riechst du auch. Wie eine Zehn-Kilo-Cannabis-Farm.«

Paul schnupperte nun auch selbst an sich. »Oh Himmel, du hast recht. Aber will ich wissen, woher du weißt, wie eine Hanfplantage riecht, Feuerkopf?«

»Von dir, Babe! Nur von dir.«

Kaum lag Anna wieder im Bett, war der Laptop aufgeklappt und sie erneut versunken in den Tiefen des Internets. Die Zahl der Vermisstenmeldungen der Polizei blieb unverändert, jedoch fand Anna eine weitere erschreckende Neuigkeit. Denn von Anfang September an, erstmals also etwa vor vier Wochen, waren weitere männliche Studenten verschwunden. Jedoch waren sie jeweils nach einigen Tagen ohne jegliche Erinnerung wiederaufgetaucht. Von der Polizei wurden diese Fälle nicht mehr verfolgt, doch suchten ihre Angehörigen und Freunde nach Antworten und Zeugen – auf nichtpolizeilichen Wegen.

Anna überlegte, ob es zu gewagt war, im Sinne ihres True-Crime-Blogs die Recherche aufzunehmen und die Familien anzuschreiben. Und wieder handelte sie, bevor sie den Gedanken fertig gedacht hatte. Sie erstellte eine Liste. Sie brauchte etwas, das sie der Polizei unter die Nase halten konnte. Aber vor allem brauchte sie etwas, um damit zeitnah ihren Blog zu reaktivieren. Ihre Schonzeit war vorüber.

Sandro Heinze, 18 Jahre, aus dem Odenwald, will Sport und Mathe auf Lehramt studieren, vermisst vom 1. bis 4. September

Joscha Werner, 19 Jahre, aus Kassel, will Medizin studieren, vermisst vom 7. bis 14. September

Markus Kaiser, 19 Jahre, aus Nähe Fulda, will Agrarwissenschaften studieren, vermisst vom 16. bis 23. September

Luca K., 20 Jahre, aus Kaiserslautern, will Data Science studieren, vermisst vom 24. bis 25. September

Jan Liske, 18 Jahre, aus Mainz, will Rechtswissenschaft studieren, vermisst ab Montag, wieder da seit Mittwoch
(Anmerkung: Dobbs fragen, ob Jan Liske eine der dritten neuesten polizeilichen Vermisstenmeldungen ist, die wieder aufgetaucht sind)

Pascal Irle, 19 Jahre, aus Menden im Sauerland, will Psychologie studieren, vermisst seit Donnerstag
(Anmerkung: Bruder von einer Bekannten von Sabrina)

Drei weitere Studenten, Namen sind mir unbekannt – Meldungen der Polizei, zwischen neunzehn und zwanzig Jahre alt, aus Gelsenkirchen, Bautzen und Lübeck. Vermisst seit Montag, Mittwoch, Donnerstagnacht. Zwei sind wieder zu Hause seit Donnerstag und Freitag.
(Anmerkung: Dobbs fragen, welcher von denen der Nackte vom Bahnhof ist.)

Anna atmete aus. Die Liste war zwar lang geworden, jedoch waren alle Vermissten, die nach wenigen Tagen wiederaufgetaucht waren, bei guter Gesundheit. Wenn auch verwirrt und angeschlagen. Litten sie unter Amnesie? Einer traumabedingten Amnesie?

Doch was war, wenn das nicht alle waren? Wenn nicht alle Freunde oder Angehörigen das Verschwinden bereits bemerkt und gemeldet hatten?

Fast fertig. Klick auf »Datei«, dann »Speichern unter«. Nun mit Fotos bestücken. Ihre eigene kleine Ermittlungsakte. Drei Bilder genügten, bis Annas Nase wieder wippte. Als sie fünf Fotos zusammenhatte, war es ganz deutlich – die Verschwundenen passten alle in ein Schema.

»Verdammt!« Nicht mehr als diesen Fluch presste Anna hervor.

5

RATLOS, SPURLOS

Samstag, 27. September
Cappel. Parkplatz vor der Polizeidirektion Marburg.

»Ich würde gerne wissen, warum auch der sich an nichts erinnert, Kiki. Oder wollen die sich nur nicht erinnern?«

»Wie wahrscheinlich ist es, dass Drogen im Spiel sind? Vielleicht haben wir einen neuen Dealer in Marburg? Wenn die sich wirklich nicht erinnern wollen, würden die zumindest irgendwie schwerst traumatisiert wirken, oder? Tun sie das in deinen Augen, Dobbs?«

Er lockerte seinen Sicherheitsgurt, öffnete die Beifahrertür und stieg aus. Kiki rollte noch ein Stück vor und parkte den Wagen in der Lücke auf dem Parkdeck. Ohne Antwort gegeben zu haben, war Dobbs um das Auto herumgegangen, hatte die Fahrertür geöffnet und ihr die Hand als Stütze gereicht. Kiki nahm seine Hand entgegen, auch wenn seine Art sie innerlich jedes Mal amüsierte. Er war eben oldschool. Ein Gentleman vom ganz alten Schlag. So jemanden traf man nur noch selten. »Wenigstens darf er morgen nach Hause. Schon seltsam, wenn man in eine Stadt zieht und am Tag des Einzugs sein Gedächtnis verliert. Und das nur Tage nachdem dasselbe auch zwei anderen Studenten passiert ist. Ich weiß nicht, ob wir an Zufall glauben dürfen oder nicht doch eher an einen üblen Dealer.« Kiki strich sich grübelnd ihre braunen Haare aus den Augen und nahm eine übergroße, rustikale Lederreisetasche aus dem Kofferraum. Dobbs zog die Augenbrauen hoch, und es bedurfte keiner Frage, als sie bereits knapp erklärte: »Ausgehklamotten für heute Abend.«

»Wie, etwa neu gekauft?«

Strahlend nickte Kiki.

»Lass mich raten, was du heute Abend tragen wirst«, bat er und musterte sie. Er hatte leichtes Spiel. »Rote Lederstiefel.«

»Gut geraten!«, strahlte Kiki wieder.

»Mit Stahlkappen selbstverständlich. Dazu schwarze Jeans.«

Sie war ehrlich beeindruckt.

»Und dazu wiederum …«, er machte es spannend, »ein nigelnagelneues … Holzfällerhemd … in Rot und Schwarz.«

Sie prüfte, ob die Tasche geschlossen war oder ob er einen Blick hatte hineinwerfen können. Doch die Schnallen und der Reißverschluss ließen kein Schummeln zu. »Nicht schlecht, Herr Superprofiler-Psychologe.«

»Das war doch gar nichts.« Auch wenn er versuchte, nicht prahlerisch zu klingen, fiel es ihm schwer. »Erstens bist du praktisch veranlagt, sogar bei der Kleiderwahl. Das heißt, Frau Kollegin, du würdest immer nur dann etwas Neues kaufen, wenn du es danach auch zu allen anderen Anlässen tragen kannst. Und zweitens: Sieh mal an dir herunter. Du hast eben deinen ganz eigenen Stil.« Er hatte recht, denn das Outfit, das sie in der Tasche hatte, entsprach in etwa auch dem, was sie bereits am Körper trug – was sie in der Art jeden Tag trug. Galant nahm er ihr die Tasche ab und grinste süffisant. Sie überquerten die Straße zum Gelände der Polizeidirektion.

»Hast du eine Ahnung, warum die chemisch-toxikologische Untersuchung so lange braucht? Dann wüssten wir vielleicht schon, was hier los ist.« Dobbs kratzte seinen kahlen Hinterkopf.

Kiki schritt voran, und das Metalltor vor der Polizeidirektion in der Raiffeisenstraße öffnete sich mit einem metallischen Klacken und einem sonoren Summen. »Mal abwarten. Ich gebe es mal ins System ein und lasse gleich die Datenbank nach Ähnlichem suchen. Vielleicht gibt es ja auch in den umliegenden Städten Vorfälle dieser Art.«

»Mach das. Ich stoße dann gleich dazu.«

Kiki verzog das Gesicht. »War ja wieder klar. Lässt mich allein mit der Schreibarbeit. Du bist der supertolle Bestsellerautor, nicht ich.«

Ohne das zu kommentieren, drückte er die erste schwerfällige Glastür auf, um Kiki zuerst hindurchgehen zu lassen. Kiki grüßte beiläufig die Frau hinter der Glaswand im Pförtnerraum. Als diese jedoch Kikis Begleitung entdeckte, riss sie freudig die Augen auf und zwitscherte: »Dobbs! Hallo! Wie geht's?«, durch die Gegensprechanlage.

»Lange nicht gesehen, Doktor Dobrowolski«, rief ein anderer Kollege aus dem Hintergrund im Foyer und winkte ihn gleich mit einer einladenden Handbewegung zu der Glastür, hinter der das Treppenhaus war. »Hallo, Julia, hallo, Kai!«, grüßte Dobbs jedoch zeitgleich den Dienstgruppenleiter und die Kollegin der Bereitschaft im Raum auf der gegenüberliegenden Seite. Sie öffneten ihm die Glastür zum Korridor, und auch sie baten ihn herein. Ein weiterer Kollege, der auf seinem Stuhl in Dobbs' Sichtfeld rollte, rief sofort: »Dobbs, komm rein! Wir haben dich so lange nicht gesehen.« Und ein weiterer Beamter stimmte ein: »Mensch, letzte Woche noch im Fernsehen und jetzt schon hier.«

»Ich muss erst mal dringend wohin, Jan, aber ich komme nachher gerne noch mal kurz zu euch. Oder wenn ihr auch heute Abend kommt, gebe ich euch einen aus.«

Er konnte das so großzügig anbieten, denn Essen und Trinken würden auf der Veranstaltung nichts kosten – was Julia und Kai nicht zu wissen schienen, ebenso wenig wie dass der Genuss von Alkohol unerwünscht war. Offiziell. Jan wiederum lachte. Er wusste es.

Kiki und Dobbs passierten die Schleuse, und Dobbs wurde auch dort sofort wieder herzlich begrüßt. Ein Kollege kam aus der Tür links und freute sich: »Ach, Mensch. Der Dobbs! Wie schön, dich zu sehen!«

Kiki wurde ungeduldig. »Ich geh schon mal hoch. Das dauert hier ja scheinbar noch eine Weile.« Sie bemühte sich um ein Lächeln. Doch Dobbs bat sie zu warten. Als drei weitere Kollegen in das Foyer und den Eingangsbereich strömten, war Dobbs schnell umzingelt, vertröstete jedoch die Kollegenschar, um mit Kiki im Aufzug hochzufahren. Die Fahrt in den zweiten Stock verbrachten sie schweigend, doch kaum waren sie ausgestiegen, wiederholte sich die Szenerie.

»Hallo, Dobbs!«

»Hey, Dobbs!«

»Guten Morgen, Dobbs!«

»Wie schön, dass du hier bist, Dobbs!«

»Lang nicht gesehen, Dobbs!«

Kikis Geduldsfaden riss hörbar. »Hallo, Kiki! Wie schön, dass du hier bist, Kiki. Wie geht es dir, Kiki? Leute, Leute … Ich freue mich auch, dass Dobbs hier ist, aber ich bin auch noch hier«, schoss sie zurück und sah im Augenwinkel, wie Dobbs seine Augen verdrehte. Kiki knurrte ihn an. Sie lösten sich erneut, doch je mehr Kollegen ihnen begegneten, desto mehr hatte Kiki das Gefühl, die Korridore würden niemals enden. Dobbs grüßte wirklich jeden mit Vornamen zurück, ganz der perfekte Gentleman und Kollege. Kriminalhauptkommissarin Kirsten Gade-Gnau, genannt Kiki, wusste hingegen noch nicht einmal den Familiennamen und Dienstgrad aller Kollegen, selbst nicht derer auf ihrer Etage. Dabei kannten sich ansonsten alle hier mit Namen. Vielleicht sollte sie sich mehr bemühen, dachte sie kurz. Ach was, Hauptsache für sie war zu wissen, dass sie sich auf ihre Kolleginnen und Kollegen jederzeit verlassen konnte, unabhängig davon, ob sie deren Namen kannte oder nicht.

Sie ließ Dobbs auf dem Flur stehen und betrat ihr Büro. Manchmal konnte sie sein Getue nicht gut ertragen. Gut, dass er nur in Ausnahmefällen als Kriminalpsychologe bei Ermittlungen unterstützte. Obwohl sein Können und sein Tun oftmals gute Dienste leisten könnten. So wie es jetzt beim Fall der verschwundenen Studenten der Fall war. Doktor Horst-Dieter Dobrowolski war in seinen jungen Jahren Schutzpolizist gewesen, bevor er zur Kriminalpolizei wechselte und sich dann für ein weiteres Studium entschied und Kriminalpsychologe mit Doktortitel wurde. Lange Zeit hatte er im zentralpsychologischen Dienst der Hessischen Polizei in Wiesbaden gearbeitet. Heute griff er bei manchen Polizeiermittlungen unterstützend ein – immer dann, wenn er angefordert wurde oder ihm langweilig war. Letzteres war meist in den Semesterferien der Fall oder dann, wenn er Material zum Schreiben brauchte.

Kiki kannte Dobbs schon lange, sie hatte ihn bei einem Fall während ihrer Ausbildung in Frankfurt kennengelernt. Sie mochte ihn und wusste, dass sie sich auf seine Unterstützung verlassen konnte – wann immer es nötig war. Und sowohl die Marburger Polizei als auch besonders Kiki hatten bei ihm immer Vorrang.

Der äußerlich knallhart wirkende Dobbs mit polierter Glatze, graublauen durchdringenden Augen und dem gepflegten, grau melierten Oberlippenbart und der übergroßen Zahnlücke zwischen seinen Schneidezähnen war in Wirklichkeit äußerst empathisch und feinfühlig. Zumindest privat. Er war, solange sie ihn kannte, immer sportlich und sehnig gewesen. Doch Kiki war sich sicher, nun einen leichten Bauchansatz bei ihm entdeckt zu haben. Offensichtlich kam er langsam zur Ruhe.

Dobbs hatte sich vor sechs Jahren dafür starkgemacht, dass Kiki schnellstmöglich nach Marburg wechseln durfte – in ihre Heimat. Nach der schwierigen Ehe mit dem Vater von Leni, ihrer Tochter, und der Geburt ihres ersten Sohnes Luis und der Trennung von dessen Vater hatte Kiki die Nähe ihrer Familie und einen Freund dringend nötig gehabt. Hier in Marburg kam vor fünf Jahren Sohn Nummer zwei, Luca, zur Welt. Und Kiki trennte sich schon bald von Ehemann Nummer drei.

Vermutlich war Dobbs ihr einziger wirklicher Freund. Ja, Dobbs und sie waren Freunde. Freunde mit Waffen und dem gewissen Etwas. Und dieses gewisse Etwas sagte ihr jetzt, dass Dobbs Unterstützung auf dem Gang brauchte, um sich loszureißen. Kiki öffnete die Bürotür wieder, nahm Daumen und Zeigefinger zusammen und pfiff darauf. Die Kollegen drehten sich erschrocken um, und Kiki winkte Dobbs zu sich. »Ich brauche dringend deine Hilfe, Dobrowolski! Oder meinst du, ich habe dich aus Spaß angefordert?«

Kurz sah er verwundert aus, dann begriff er, verabschiedete sich und setzte sich schnell in Bewegung. »Danke, danke!«, sagte er ehrlich, schloss die Bürotür hinter sich und wartete, bis sich die Aufregung auf dem Gang wieder gelegt hatte. »Meine Blase platzt gleich«, ächzte er. »Ich musste schon im Krankenhaus pieseln wie ein Doofer und habe kein Klo gesehen.«

»Ja, auch kleine Stars müssen mal schiffen.« Kiki wusste nicht, ob sie lachen oder ihn bemitleiden sollte, entschied sich dann aber im Angesicht seiner gekrümmten Körperhaltung und der gekreuzten Beine für einen Lachanfall. »Brauchst du Personenschutz auf'm Klo?«, witzelte sie, doch er zwinkerte ihr lediglich zu und stürmte aus dem Raum.

Montag hatte er Kiki eine Nachricht geschrieben, ob sie Lust auf einen gemeinsamen Kaffee im Northampton-Park habe. Bereits eine halbe Stunde später waren sie versunken in erstklassigen Latte Macchiato aus dem Bauwagen-Café und in Kikis neuen Fall. Dobbs würde ihr helfen, bis in der nächsten Woche die Universität wieder losginge und er als Gastdozent ein paar wenige Vorlesungen halten sollte.

Wie durch Zufall war er ohnehin bereits in den neuesten Fall hineingestolpert, als er Donnerstagmorgen auf den Zug seiner Tochter wartete und ihm ein nackter Student ohne Gedächtnis in die Arme lief.

Wie sollte ein Vollblut-Kriminalist wie er jemals in Pension gehen können, wenn er scheinbar immer wieder wie durch Zufall in Kriminalfälle stolperte?, fragte sich Kiki.

Sie sah sich um, ob einer ihrer Kollegen in Sichtweite war, und öffnete ein Fenster. Bis Dobbs zurück war, wollte sie sich schnell noch eine Zigarette gönnen. Doch kaum hatte sie vier gierige Züge genommen, kam er bereits wieder zur Tür herein, und aus einem Reflex warf sie den Glimmstängel aus dem offenen Fenster. Keck lächelte sie ihn an.

»Soso«, frotzelte er, »heimlich rauchen. Dachte, du wolltest aufhören?«

»Wollte ich, stimmt, schon etwa hundertmal. Immer zwischen den Zigaretten.« Sie lachte, und Dobbs stimmte mit ein.

Ein Signal ertönte aus den Lautsprecherboxen ihres Computers. »Dann erzähl mal, was du hast«, sagte Kiki zu dem Gerät und zog ihren Schreibtischstuhl heran, während Dobbs den Schreibtisch ihr gegenüber in Beschlag nahm und sich häuslich einrichtete.

Sie überflog die eingegangene Mail und ließ sich nicht von seinem Herumgewusel durcheinanderbringen, auch nicht von der Tatsache, dass er wieder einmal pedantisch-strukturiert arbeitete. Jeder Stift, jeder Zettel musste im rechten Winkel zum Mousepad platziert sein, alles hatte akkurat parat zu liegen.

»Der Labortest vom Nackedei am Bahnhof ist da. Aber nichts Auffälliges. Seltsam. Ich hätte jetzt fest damit gerechnet, dass die irgendwas finden. Wirklich sehr seltsam.«

»Na ja, es gibt schließlich genug Drogen oder Substanzen, die schnell abgebaut werden. Wer weiß, wie lange der arme Kerl herumgeirrt ist, bevor er gefunden wurde. Und wie lange, bevor man ihm Blut abnehmen konnte für die Untersuchung.«

Wieder erklang ein Signalton. Kiki fluchte: »Scheibenkleister! Wie haben einen weiteren Vermissten, der ins Profil passt. Damian Lehmann aus Schwarmstedt. Seine Eltern haben ihn bei den Kollegen dort oben vermisst gemeldet, er wollte gerade nach Marburg ziehen und ist mit bepacktem Transporter wohl auch hier angekommen. Doch was dann … Willst du den Anruf übernehmen?«

Dobbs nickte und griff zum Telefonhörer, wählte die angegebene Nummer und schaltete auf Lautsprecher. Währenddessen durchsuchte Kiki die Datenbanken nach Damian Lehmann. Doch so recht fiel ihr nicht ein, wonach sie suchen sollte. Es gab nichts, wonach sie nicht schon bei den anderen Vermissten erfolglos suchen ließ. Sie lauschte Dobbs' Gespräch, doch auch das brachte keine neuen Erkenntnisse. Die Kollegen wollten sich nach weiteren Gesprächen mit den Eltern und der Freundin wieder melden.

Dobbs und Kiki waren ratlos, vielleicht halfen Kaffee und eine Zigarettenpause. Auch wenn der Weg mit Dobbs in Richtung des Raucherbereiches sicherlich wieder viel Zeit in Anspruch nehmen würde.

Kiki sollte recht behalten. Denn auch jetzt schaffte sie es nicht, ihn ohne Pausen und Zurufe an den Büros der Kollegen vorbeizubugsieren. Erneut grüßte er jeden freundlich zurück und versprach mehr als der Hälfte der Besatzung, dass er später nochmals vorbeikäme. Kiki zog ihn auf, indem sie das aussprach, was sie schon dachte, seitdem er aus dem aktiven Dienst ausgestiegen war, um zu lehren: »Du weißt aber schon, dass du eigentlich nie wirklich in Pension gehen kannst, oder? Wir können und wollen hier nicht auf dich verzichten.«

»Ich weiß, dass du ein Geheimnis für dich behalten kannst. Dann sage ich dir jetzt im Vertrauen, dass ich auch noch nicht weiß, ob meine Zukunft überhaupt im zeitigen Ruhestand oder eben nur an der Uni stattfinden kann. Das ist mir zu viel Theorie. Ich hatte irgendwann mal die Idee, mich in Bochum niederzulassen. Dort an der Hochschule zu lehren und bis ans Lebensende zu schreiben. Aber …« Kiki sah ihn überrascht an, und er fuhr fort: »Was will ich denn im Ruhrgebiet, wenn ich weiterhin das schöne Marburg haben kann? Nach zwei Wochen im Großstadtsmog gehe ich vor Heimweh kaputt. Außerdem wohnt Merrit jetzt wieder hier, und inzwischen wird auch unser Verhältnis zueinander wieder besser. Und ich brauche mehr Bewegung, mehr Action.« Er rieb sich seinen kleinen Wohlstandsbauch.

Merrit war Dobbs' Tochter. Ihre Mutter, seine Ex-Frau, hatte jahrelang ihr Bestes gegeben, um Merrit von ihrem Vater fernzuhalten. In ihren Augen hatte er als Vater versagt, als er sich von ihr trennte und seinen Kummer unter einem großen Berg Arbeit begrub. Und in diesem Bild zog sie ihre Tochter auf und entzog diese ihrem Vater. Um möglichst viel Abstand zwischen Dobbs und seine Tochter zu bringen, suchte die

Mutter deutschlandweit nach einer neuen Arbeitsstelle und zog letztendlich in die Uckermark. Die Tochter ließ das Band zwischen sich und Dobbs lange zerrissen, bis zu jenem verhängnisvollen Tag vor etwas über einem Jahr, als ein Alarmruf ihn erreichte. Merrits Mutter hatte bemerkt, dass die Tochter sich verändert hatte und teils regelrecht traumatisiert wirkte. Sie fand heraus, dass Merrit in einen falschen Freundeskreis geraten war, wo sie eine Beziehung mit einem deutlich älteren Mann führte. Merrits Mutter bat Dobbs also um Hilfe. Zum Glück schaffte es dieser, Merrit aus der toxischen Beziehung zu retten, bevor der sechsundzwanzig Jahre ältere Mann sein wahres Ich zeigen konnte. Inzwischen wusste Dobbs ihn sicher hinter Gittern, wegen Betrugs und Freiheitsberaubung und sexuellen Missbrauchs in zahlreichen Fällen.

»Du kannst dir also vorstellen, in Marburg zu bleiben?« Kiki versuchte, ihr vor Freude hüpfendes Herz nicht allzu deutlich zu zeigen. Sie hatte schließlich einen Ruf zu wahren. Dobbs grinste, er wusste auch ohne einen offensichtlichen Gefühlsausbruch, was Kiki dachte. »Na ja, ich wäre schon schön blöd, wenn ich nicht hierbliebe. Immerhin habe ich ein topmodernes, frisch saniertes und riesengroßes Haus im wunderschönen Renthof.«

»Und deine Wochenendvilla am Edersee.«

»Stimmt. Das vergisst du nicht, oder?«

»Das ist nur der Neid in mir, der mich die Tatsache nicht vergessen lässt, dass du ein eigenes Häuschen direkt am Seeufer hast – zum Schreiben deiner Schundromane, Doktor Hollywood«, feixte Kiki, und Dobbs hüstelte: »Und eine Jacht, bitte schön.«

»Oh ja, genau. Deine Jacht! Die *Florian*.«

In Anbetracht der Tatsache, dass das Haus am Renthof baufällig war, das Häuschen am Edersee eine kleine Anglerhütte ohne Strom und die *Florian* ein kleines seeuntaugliches Ruderboot, das vor vielen Jahren im Dienst der Feuerwehr gewesen war, mussten beide laut lachen.

Wie bei einem Spießrutenlauf waren Dobbs und Kiki mit ihren Kaffeetassen in den Händen durch den Gang zum Treppenhaus geschlichen, um unerkannt durch das Gebäude zu dessen Hinterausgang zu gelangen. Zwar hatten sie auch die Möglichkeit, vor dem Haus zu rauchen, doch dafür müssten sie durchs Foyer und an der Bereitschaft vorbei. Ohne nennenswerte Störungen und deutlich schneller als erwartet hatten sie den Weg zum Raucherpavillon gemeistert. Dort waren zwar zwei uniformierte Kollegen, die offensichtlich die Sonnenstrahlen genossen, doch beide verzogen sich, als sie die griesgrämig dreinblickende Kiki kommen sahen. Sie empfand es in Momenten wie diesem als Glück, dass sie den Ruf hatte, ungenießbar zu sein. Damit konnte sie gut leben, solange sie dadurch ihre Ruhe hatte.

»So«, sie zündete gierig ihre Zigarette an, »dann lass uns mal nachdenken, wie wir vorgehen. Doch solange die Kriminaltechnik noch die Spuren auf den wiederaufgefundenen Studenten untersucht, kommen wir nicht wirklich ins Detail.«

»Was war am ersten Opfer so besonders, Kiki?«

»Hä, wieso?«

»Weil uns das am meisten über das Motiv und den Täter sagt, Kollegin. Hypothesenbildung, bitte. Kratzen wir an der Oberfläche und denken größer: Was haben diese Männer gemeinsam? Was könnte der Hintergrund sein, warum sie verschwunden waren und nach nur wenigen Tagen, ach was, Stunden ohne Gedächtnis wiederauftauchten?«

»Gemeinsam haben sie, dass sie alle männlich sind. Und jung. Und in Marburg studieren beziehungsweise anfangen wollen zu studieren.«

»Was haben sie noch gemeinsam?« Mit einer einfachen Frage begann Dobbs ihre Gedanken zu leiten, das war sowohl gespenstisch als auch faszinierend.

»Sie kommen alle nicht aus Marburg.«

»Richtig. Was noch?«

»Sie sind alle schlank, hellhäutig und blond bis hellbraun. Eher unauffällige Typen.«

»Aha. Mehr?«

»Sie wurden alle am Fuße der Lahnberge gefunden.«

»Diese Gedanken sollten wir alle festhalten. Kümmern wir uns um das Umfeld.«

Doch Kikis Mobiltelefon klingelte. Dobbs prustete los: »*I shot the Sheriff* als Klingelton? Dein Ernst?«

Sie zuckte bloß mit den Schultern und schaute auf das Display. »Die haben gehört, dass wir über sie gesprochen haben … wenn man vom Teufel spricht. Das ist die KT.«

Mit gefühlt nur drei großen Schritten waren beide die Außentreppen in den zweiten Stock an der Längsseite des Gebäudes hinaufgespurtet. Wohl wissend, dass diese eigentlich nur im Notfall genutzt werden durften. Doch kaum einer wusste, dass bei der Notausgangstür im zweiten Stock der Alarm nur langsam reagierte und dass sie, wenn sie schnell genug waren, hindurchhuschen konnten. Seit Monaten. Kiki nutzte die Abkürzung auch wirklich nur, wenn sie es eilig hatte oder sie zu sehr nach einer Zigarette lechzte. Also eigentlich immer.

Sie betraten Kikis Büro und bemerkten sofort die zwei neuen Hefter auf dem Schreibtisch. »Mensch, gleich zwei. Die verwöhnen uns ja!«

»Ich nehme mir Lucas Wölke vor. Hier für dich die Ergebnisse der chemisch-toxikologischen Untersuchung von Philipp Lowski. Das ist dein Nackedei vom Bahnhof.« Kiki gab

Dobbs eine der Mappen und klappte sogleich die in ihren Händen auf.

»Hmm. Fremd-DNS konnte unter den Fingernägeln entnommen werden«, zitierte sie. »Doch es ist noch nicht bekannt, wessen. Einen sexuellen Hintergrund können wir zum Glück ausschließen. Keine Spur von Drogen.«

»Jupp. Hier ist es genauso. Nur, dass keine Fremd-DNS gefunden wurde. Jedoch klagt Lowski über Herzrasen, was er sonst von sich nicht kennt. Deswegen haben wir einen erweiterten Test verlangt. Doch das wird wieder dauern.«

»Ich schau mal im System, ob die Jungs eine Vorgeschichte haben.« Doch es dauerte keine Minute, bis sie aufgab. »Nichts. Beide haben weiße Westen. Oh Mann. Das wird verzwickt.«

»Du sagst es. Doch wenigstens können wir einen Zufall ausschließen, die Geschädigten sind sich dafür schlichtweg zu ähnlich. Welche Zusammenhänge könnte es geben? Drehen wir den Spieß um und schauen von außen auf die Studenten. Hat jemand Probleme mit Studenten? Probleme mit jungen Männern? Was könnte das Ziel sein?«

»Wenn ich mal Dobbs spielen dürfte«, schmunzelte Kiki und äffte seine typische Gestik gekonnt nach. Sie strich sich über ihren Kopf, wie er sich über seine Glatze fuhr – mit beiden Händen, die Stirn in tiefe Falten gelegt und mit wippender Oberlippe. »Gehen wir von einem oder mehreren Tätern aus? Wo wurden sie aufgegriffen, und wo verbrachten sie – zumindest die meisten – die zwei bis drei Tage? Und wieso erscheint es mir so seltsam, dass manche von ihnen nur für ein paar Stunden festgehalten wurden? Ich verstehe den Modus Operandi nicht.«

Dobbs wusste ganz genau, was Kiki dort tat. »Na, aus dir scheint ja doch noch etwas zu werden.«

Sie erhob drohend ihre Faust und boxte auf seinen Oberarm, bevor sie losprustete.

»Spaß beiseite«, wurde Dobbs wieder ernst. Warten wir mal, was der dritte Geschädigte mit sich bringt. Wie heißt der?«

Kiki sah schnell in ihrem Notizbuch nach. »Patrick Metz-Adams. Wurde vorgestern orientierungslos von Spaziergängern am Fernheizwerk auf den Lahnbergen gefunden.«

»Lahnberge, Lahnberge«, dachte Dobbs laut. »Was ist da oben außer dem Klinikum, dem Heizwerk, einigen Unigebäuden und viel Wald?«

»Gute Frage. Vielleicht hat der oder haben die Täter im Wald einen Verschlag oder so. Doch das würde sicher auffallen. Der Wald ist gut frequentiert.«

»Da ist allerdings auch genug gesperrtes Gelände, weil dort noch ein paar Weltkriegsbomben vermutet werden. Aber du hast recht. Ein Verschlag in der Größe, wo zwei bis drei junge Männer über Tage gefangen wären, würde auffallen. Außer sie wären bewusstlos oder ruhiggestellt. Doch dann hätte sicherlich die chemisch-toxikologische Untersuchung etwas angezeigt.«

»Ist es übereilt, eine große, offizielle Soko zu gründen?«

Doch Dobbs gab Kiki keine Antwort.

Sie drängte weiter: »Immerhin wird Damian Lehmann aus Schwarmstedt noch vermisst, und wenn im gleichen Rhythmus weitergemacht wird, lauert der Täter wahrscheinlich bereits dem nächsten Opfer auf. Und nächste Woche beginnt die OE an der Uni, dann kommen viele neue Studenten in die Stadt. Verdammt.«

»Du hast recht. Verdammt.«

6

CHRISTOPH

Immer wenn Christoph mich besucht, ist es lustig. Wir sind in der gleichen Schule, sogar in der gleichen Klasse, haben die gleichen Lehrer. Er hat schönes Spielzeug. Er war jetzt schon viermal bei mir. Christoph ist mein bester Freund, und Vater lässt mich in Ruhe, wenn er zu Besuch ist. Außer wir werden zu laut, aber das kann ich gut verstehen. Ihm ist immer vieles einfach viel zu viel. Seit Mama nicht mehr da ist, muss er alles alleine machen, und ich weiß, ich bin kein perfekter Sohn. Ich bin ja auch wirklich oft echt frech. Christoph habe ich schon ganz oft gesagt, dass wir beim Spielen leise sein müssen. Manchmal vergessen wir das, und dann verstecken wir uns ganz schnell, und dann hat Vater es meistens schon vergessen, dass er auf uns sauer ist. Wir dürfen jetzt auch viel auf dem Dachboden spielen. Das ist ganz weit weg von Vaters Werkraum im Keller. Christoph hat seine ganzen Zinnsoldaten mitgebracht, die haben wir hier überall aufgebaut. Zusammen ziehen wir in den Krieg.

Gestern aber haben wir Christoph ganz früh wieder nach Hause geschickt, denn ich musste geschimpft kriegen. Vater war über einen Ball gestolpert und sehr sauer geworden. Er war enttäuscht.

Ich bekam die Fußsohlen fest verhauen und musste diesmal sogar im Keller schlafen. Und er hat gesagt, wenn ich wieder Mist baue, dann komme ich an die Leine, wie ein räudiger Köter.

Wo warst du nur, Christoph? Ich habe dich gebraucht, konnte dich aber nicht finden. Du hattest doch gesagt, du passt auf mich auf.

7

AUF WACKLIGEN BEINEN

»Wenn ich dir schon nicht die Haare machen darf, lässt du mich dich dann wenigstens mit dem Rollstuhl zum Auto bringen? Oder willst du das Stück auch auf Krücken laufen? Ich will das nur für die bessere Planung des Nachmittags wissen.«

»Nein, ich will nur die Krücken. Ich schaff' das! Und meine Haare lasse ich dich nur nicht machen, weil ich mir sonst wieder sieben Haargummis herausschneiden muss und danach aussehe wie Pumuckl. Du erinnerst dich?«

Paul grinste verlegen. »Eher wie ein preisgekrönter Pudel.« Er hielt Anna den kleinen Handspiegel vor die Nase, als diese verzweifelt versuchte, einen Teil ihrer langen roten Locken zu bändigen und hochzustecken.

»Wie viel Zeit habe ich noch? Wann fahren wir los?«, wollte Anna wissen, als Paul mit seiner freien Hand seinen Gürtel öffnete, um ihn zu korrigieren.

»Zwanzig Minuten etwa. Dann kommen wir frühzeitig an, und ich kann mich noch etwas mental vorbereiten und verrückt machen. Bei der Sporthalle am Georg-Gaßmann-Stadion wird die Hölle los sein. Es kommen auch Gäste von außerhalb.« Ebenfalls einhändig zuppelte er umständlich seine Jeans wieder an Ort und Stelle und kapitulierte letztendlich beim einhändigen Schließen des Gürtels.

Anna kicherte. »Brauchst du etwa Hilfe?«

Er trat mit dem Spiegel in der Hand noch näher zu ihr, als bäte er sie darum, seine Hose zu schließen.

»Freundchen, die Zeiten sind vorbei, in denen ich dir ungefragt an die Wäsche gehe«, lachte sie nun laut und nahm ihm den Spiegel aus der Hand.

Paul brummte enttäuscht, lachte aber ebenfalls. »Aber ich darf dir gleich beim Kleid helfen, gelle?«

»Ja, bitte!«

Er gab ihr einen Kuss auf die Stirn. »Na, wenigstens das darf ich noch.«

»Oooch, armes Pauli. Hier hast du eine Tüte Mitleid.«

Er schnaufte. »Ich bin gleich fertig. Wie lange brauchst du ungefähr noch? Haare sind fertig?« Beim prüfenden Blick auf ihre kunstvollen Locken nickte er zufrieden. Noch ein Blick in ihr Gesicht. »Make-up ist fertig. Dann komm ich jetzt mit deinen Klamotten. Herrje, bist du schnell hübsch zu kriegen.«

Sie warf den Spiegel auf die Bettdecke und reckte ihre Hände in die Höhe. »Bin bereit, hübsch zu sein!«

Er stülpte ihr das enge, fliederfarbene Kleid über und zog den Stoff bis zu ihrer Hüfte herunter. Der Rock würde beim Aufstehen von alleine dorthin fallen, wo er hingehörte. Er war knielang, fließend und weich und leicht ausgestellt. Paul krabbelte hinter sie aufs Bett und schloss den Reißverschluss auf ihrem Rücken. Dann lief er zu den Kleiderschränken im Ankleidebereich, kam mit ihrer senfgelben Strickjacke, einer blickdichten Strumpfhose und den roten Chucks zurück und half ihr auch in diese.

»So, dann könnten wir los«, beschloss er feierlich, und Anna brach in lautes Gelächter aus.

»So willst du doch sicher nicht auf die Bühne, oder? Auch wenn ich es sehr ansprechend finden würde, glaube ich nicht, dass du in dem Outfit den Dresscode der Veranstaltung wirst einhalten können.«

Er sah an sich herunter. Zwar hatte er die Hose bereits an, doch hatte er den Rest vergessen. Barfuß und mit so falsch geknöpftem Hemd, dass seine Brust zu sehen war. »Upsi.«

»Willst du so etwa Michel beeindrucken?«, zog Anna ihn auf und setzte sich wieder auf die Bettkante – bis Paul fertig war, konnte es dauern. Sie wusste, wie nervös er war. Schon in der Schule hatte er sich vor Referaten und Vorträgen gedrückt, wo er nur konnte. Doch heute würde er freiwillig vor mindestens einhundert Gästen aus der Direktion und der Asservatenverwaltung sprechen. Mit einem fliederfarbenen Hemd, das er passend zu ihrem Kleid ausgewählt hatte, welches aber nun wild aus seinem Hosenbund heraus abstand, kam er kleinlaut zurück zu Anna. »Hilfe, Feuerkopf! Du musst mir bitte doch noch einmal an die Wäsche«, bat er grinsend und präsentierte ihr das Chaos oberhalb seines Gürtels. Beherzt griff sie ihm in den Bund und stopfte einmal ringsherum das Hemd hinein. »Krawatte? Echt jetzt?« Innerlich fluchte sie. Sie fühlte sich underdressed.

»Ja, bitte«, bettelte er und zog sich ihren Rollstuhl herbei, um direkt vor ihr darauf sitzen zu können. Ein Glück, dass der Krawattenknoten noch vom letzten Tragen vollständig vorhanden war, dachte Anna. Sonst bräuchten sie wieder ein Tutorial aus dem Internet. Wer konnte heute noch Krawattenknoten binden?

Beide sahen sich um. »Haben wir alles?«, fragte Paul und umarmte sie, um ihr beim Aufstehen zu helfen.

»Ich brauche nur noch meine Handtasche und die Krücken.«

»Hol' ich dir.«

»Ach, und den Zettel aus dem Drucker und mein Notizbuch und zwei Kugelschreiber. Mehr nicht.« Sie kicherte, nahm ihre Handtasche und faltete fein säuberlich die ausgedruckte Liste mit all den Namen der vermissten und wiedergefundenen Studenten zusammen. Notizbuch und Stifte stopfte sie ebenfalls in die kleine Umhängetasche. »Wir können!«

Es war das erste Mal, seit sie aus der Reha zurück war, dass Anna ihre Wohnung verließ. Für sie fühlte es sich an, als wäre sie endlich wieder frei. Sie atmete tief ein und schwang sich, gestützt in Pauls Armbeuge und auf eine der Krücken, in Richtung des Fahrstuhls.

Der Weg zum Fahrstuhl erschien ihr deutlich länger, als er vor ihrem Unfall gewesen war. Doch Anna saugte jedes Detail außerhalb ihrer vier Wände wie ein Schwamm auf. Sie sah sich um. Wo sich nun große Luxuswohnungen befanden, waren früher Industriehallen gewesen, und dementsprechend lang gezogen waren die alten Flure zum Treppenhaus. Über drei Etagen mit je vier Wohneinheiten zog sich das Gebäude. In allen Wohnungen fanden sich große Eingangspforten, raumhohe Fenster und alte Klinkerwände. Unter normalen Umständen hätte sich ein junges Paar in Ausbildung niemals ein solches Loft leisten können. Manchmal musste man eben Glück haben und etwas Vitamin B. Anna grinste zufrieden. Freiwillig würden Paul und sie vermutlich niemals ausziehen.

Paul drückte den Knopf des alten Lastenaufzugs, um ihn herbeizurufen. Die Treppen aus dem dritten Stock ins Erdgeschoss hätte Anna noch nicht geschafft. Doch auch wenn der Aufzug langsam, laut und holprig war, schien er das kleinere Übel zu sein. Zumindest für Anna, denn Paul hielt die Fahrt darin nur zähneknirschend aus – Fahrstühle waren nicht unbedingt nach seinem Geschmack. Er tat es nur ihr zuliebe. Kleine, geschlossene Räume versuchte er zu meiden.

Als könnte er es kaum erwarten, schob er, unten angekommen, hastig das sperrige Schutzgitter beiseite und drückte dann mit etwas zu viel Kraft die Fahrstuhltür auf. Beide atmeten gleichzeitig auf. Paul, weil er die Fahrstuhlfahrt überstanden hatte, und Anna, weil sie von hier drinnen bereits die gleißende Sonne draußen erahnen konnte, sie schien Wärme versprechend durch die Glasbausteine. Ihre wiedergewonnene Freiheit war so nah.

Paul hielt Anna galant die Haustür auf. Sie trat aus dem Gebäude heraus und atmete übertrieben tief ein, blinzelte in das strahlende Licht und rief: »Hallo, Sonne, du hast mir so gefehlt! Ist das schöööön! Fülle meine Speicher!«

Paul gefiel, dass Annas gute Laune schlagartig noch weiter anstieg.

»Gib mir bitte eine Minute. Ich muss das grad mal genießen und auftanken. Ich habe so viel Licht nachzuholen.

Er nickte und ging langsam zu seinem Auto auf dem Vorplatz. »Madame, Ihre Kutsche steht bereit«, witzelte Paul und hielt Anna die Autotür auf.

»Miss Kiki, Ihr Wagen!« Auch Dobbs hielt der Kommissarin die Fahrertür auf und bat sie mit einer einladenden Handbewegung und einer tiefen Verbeugung ins Auto hinein. Er hatte sich umgezogen und trug nun einen schwarzen Anzug mit weißem Hemd und schmaler grauer Fliege. Auch er stellte damit seine weibliche Begleitung in den Schatten. »Ich fahre hinter dir her.« Er ließ die Tür zufallen und begab sich zu seinem Auto.

Dobbs war gut gelaunt. Er freute sich auf ein Wiedersehen mit so vielen seiner Kolleginnen und Kollegen. Vor allem aber freute er sich auf Anna. Während er die Südspange verließ und auf die Gisselberger Straße rechts abbog, ließ er das Autofenster herunter und drehte das Radio auf. Kiki war eben noch im Auto vor ihm gewesen, doch sie hatte mehr Glück an der Ampel. Langsam rollte er mit seinem Wagen an diese heran. Es war ihm egal, ob andere ihm zuhörten, er sang laut und aus tiefster, röhrender Kehle: »Deine Gewalt ist nur ein stummer Schrei nach Liebe, deine Springerstiefel sehnen sich nach Zärtlichkeit. Du hast nie gelernt, dich zu artikulieren, und deine Eltern hatten niemals für dich Zeit. Oh oh oh, Arschloch.« Er warf seinen kahlen Kopf zum Rhythmus, trommelte auf das Lenkrad. Doch dann fühlte er sich beobachtet und sah sich unauffällig um, woher dieses Gefühl kam. Er entdeckte ein Paar im Auto ihm gegenüber an der Ampel. Zwischen ihnen lagen zwar über vierzig Meter, doch er sah, wie sie seine expressive Gesangseinlage feierten. Er fühlte sich ertappt und winkte ihnen. Selbstverständlich hatte er Anna und Paul auch aus dieser Entfernung erkannt. Anna klatschte anerkennend, und Dobbs bedankte sich mit einer leichten Verbeugung. Paul bog nach rechts ab, Dobbs würde also gleich hinter ihnen sein und vielleicht nahe bei ihnen einen Parkplatz finden. Er konnte es kaum erwarten, sich selbst von Annas Genesung zu überzeugen, sie nach all der langen Zeit wiederzusehen, endlich wieder mit ihr reden zu können. Er musste sich eingestehen, dass ihm seine ehemalige Studentin wirklich gefehlt hatte. Und es tat ihm leid, in dieser schweren Zeit nicht für sie da gewesen zu sein.

Schnell hatte Dobbs in der Dreißigerzone wieder aufgeschlossen, denn Paul fuhr tatsächlich eher noch langsamer als dreißig Stundenkilometer.

Dobbs betätigte zweimal die Lichthupe, um seine Verfolgung der beiden anzukündigen, und als sie auf den Parkplatz fuhren, achtete Paul darauf, eine Parklücke zu wählen, neben der eine weitere für Dobbs frei war.

Sofort sprang Dobbs aus dem Auto und öffnete Annas Tür schwungvoll, reichte ihr die Hände und zog sie behutsam vom Sitz. »Anna, Liebes«, keuchte er beinahe und hielt sie fest, als sie ins Schwanken kam. »Wie geht es dir?«

Paul holte derweil ihre Krücken von der Rückbank und reichte sie ihr. Dass Dobbs Gefühle für sie hatte, ließ sich nicht verbergen, doch waren diese eher fürsorglich. Väterlich.

Anna antwortete nicht und umarmte ihn gleich noch einmal. Stürmischer, als er es getan hatte, die Schmerzen traten in diesem Moment in den Hintergrund. »Danke«, sagte sie, und er wusste sofort, dass es eine gute Idee von Paul gewesen war, ihr das Notebook zu schenken.

»Nicht dafür. Das war Pauls Einfall.«

Einen Blick in seine Augen später wusste sie, dass wohl eher Dobbs die treibende Kraft dahinter gewesen war. Nun war es ihr fast unangenehm, ein Geschenk dieser Größe angenommen zu haben. »Nicht nur dafür, Dobbs, das weißt du.« Fast liebevoll zupfte Anna an seiner Krawatte, wenn sie deren Sitz auch sofort wieder korrigierte. »Danke für die Einladung.«

»Es ist wirklich schön, dass du hier bist.« Als sich seine Hand auf ihre Schulter legte, fiel sein Blick über diese hinweg auf eine Frau auf dem Gehweg. Es war Kiki, die ihre Hände in die Hüfte gestemmt hatte und von einem Bein auf das andere wackelte. Mahnend tippte sie auf ihre Armbanduhr. Anna kannte Kiki von früher. Doch sie mochte sie nicht, was offensichtlich auf Gegenseitigkeit beruhte, denn Kikis Mimik sprach Bände, als sie Anna erkannte. Das Zucken in ihren Mundwinkeln war jedenfalls nicht nett gemeint. Es wirkte sogar bösartig.

Nur langsam setzten sich die drei in Bewegung. Doch Annas angestrengtes Zeitlupengehen an den Krücken ließ Paul noch nervöser werden. »Geht bitte vor! Ich komme euch im Schneckentempo hinterher«, flüsterte Anna Dobbs und Paul zu.

»Paul, geh ruhig. Ich passe auf Anna auf«, schlug Dobbs vor. »Und nimm unsere quengelnde Kollegin mit.«

Insgeheim begrüßte Anna den Vorschlag, ohne Kiki und stattdessen allein mit Dobbs bei den Feierlichkeiten aufzutauchen. Doch dann begrüßte Kiki, als sie bei ihr angekommen waren, Anna unerwartet herzlich und bot ihr sofort ihre Hilfe an. Sie nahm ihr sogar eine der Krücken ab, als Dobbs Anna seine Armbeuge hinhielt.

»Darf ich fragen, was Ihnen passiert ist?« Kiki fragte vorsichtig, versuchte dann jedoch ungeschickt, die Situation aufzulockern. »Missglückte Verbrecherjagd?«

Als Dobbs seine Kollegin tadelnd ansah, schmunzelte Kiki verlegen. Sie war so sehr bemüht, lustig zu sein, doch weil sie damals auf der Seite der Kollegen gewesen war, die sich deutlich gegen eine Mitarbeit Annas im Fall des Frauenschänders ausgesprochen hatten, erschien sie heute wenig glaubwürdig. Wieso war sie plötzlich so nett? »Eine Außenstehende, die keine Ahnung von Polizeiarbeit hatte und nur mal Polizistin spielen wollte«, so hatte Kiki es Anna damals an den Kopf geworfen.

»Keine Verbrecher. Autounfall. Ziemlich übel. Brauchte mehrere Operationen und saß lange im Rollstuhl. Bis vorhin, genau genommen«, erklärte Anna knapp. Jetzt war Kiki sprachlos. Ziel anvisiert und getroffen, dachte Anna. Aber auch Dobbs schluckte, als er Anna so bitter reden hörte.

»Doch Sie müssten mal das andere Auto sehen. Das hat sich an meinem alten Käfer und mir die Zähne ausgebissen.« Jetzt kicherte Anna, und es tat ihr so gut, endlich darüber lachen zu können. Denn Paul packte sie in Watte, sobald das Thema aufkam, und machte aus jedem Problem ein noch größeres, sodass er eben auch heute noch in Dreißigerzonen weniger als dreißig fuhr – aus Rücksichtnahme auf etwaige Traumata, die vielleicht im Nachhinein noch auftreten könnten.

»Wenigstens haben Sie Ihren Humor behalten«, schloss Kiki, als sie nebeneinander die Stufen hinuntergingen. Sie winkte einigen Kollegen zu, die sich eine Zigarette anzündeten, und gab Dobbs die zweite Krücke zurück, um in ihrer Ledertasche zu kramen.

»Ich komme gleich nach«, lispelte sie mit Zigarette zwischen den Zähnen und schien bereits jetzt, ohne sie angesteckt zu haben, seltsam sanft.

»Jaja. Wir schaffen das auch ohne dich.« Bei sich eingehenkelt, führte Dobbs Anna an den Kolleginnen und Kollegen vorbei, die erst ihn begrüßten und sich dann tuschelnd von ihnen abwendeten. Dobbs merkte, wie Anna sich anspannte. »Geben wir ihnen doch noch mal Grund zu tuscheln«, flüsterte er und verschränkte seine andere Hand mit ihrer Hand an seinem Arm, streichelte mit seinem Daumen sogar übertrieben auffällig ihre Handoberfläche. Sie blinzelte kokett zu ihm hoch und flirtete auf Teufel komm raus, um sofort eine entsprechende Reaktion von Kikis Mitrauchern zu bekommen. Das hatte Anna einfach gebraucht. Wenn schon persona non grata, dann richtig.

Die Nähe zu Dobbs war ihr nicht unangenehm. Ganz im Gegenteil, denn die Vertrautheit war beinahe schon wieder wie in der Zeit vor ihrem Unfall.

Dobbs lachte laut auf. »Leute, Leute! Sie könnte meine Tochter sein!« Doch ein spitzfindiger Kollege trat ihm zur Seite und flüsterte gut hörbar: »Ist das nicht diese … diese … Bloggerin? Macht ihr jetzt etwa wieder gemeinsame Sache?«

Das saß. Anna tat so, als hätte sie nichts mitbekommen, und ignorierte die Bemerkung, doch sie hatte Mühe, ihre aufkeimende Wut zu verbergen. Vermutlich hatte sie sich damals mit ihrem ehrgeizigen und vor allem unbedachten Tatendrang so einiges kaputtgemacht. Beinahe fand sie es gut, dass eine Karriere als Polizeibeamtin nach dem Unfall undenkbar geworden war. So würde sie nun gar nicht erst einen Gedanken daran verschwenden. Nicht einen einzigen. Dennoch stürzte ihre Laune ins Bodenlose. Sie spielte mit dem Gedanken, zurück in den Schutz von Pauls Auto zu gehen und sich ein Taxi nach Hause zu bestellen, doch Dobbs hielt sie fest und zog sie erbarmungslos in das Foyer der Sporthalle hinein. Wieso auch konnte er seinen Job so gut und sogar anhand minimalster Reaktionen in ihr lesen wie in einem Buch?

Im Inneren der Sporthalle gab es zu Annas Glück nicht viele bekannte Gesichter. Doch vermutlich erkannte sie diese bloß nicht wieder, denn damals, bei der Befreiung der Frauen, waren alle beteiligten Polizisten in Einsatzkleidung gewesen und bewaffnet bis an die Zähne. Wenn sie doch einige nun wiedererkannt haben sollten, tuschelten diese zumindest nicht so auffällig. Oder das edle Ambiente in der Halle lenkte zu sehr ab.

Weiße, gestärkte Tischdecken trafen auf weiße, gestärkte Diensthemden. Polierte Gläser auf polierte Dienstabzeichen und Marken. Von der Sporthallendecke hängende Dekosterne auf zahlreiche Sterne auf Schulterklappen.

Die Veranstaltung ging Anna bereits jetzt auf die Nerven.

»Mir scheint, du bist hier eine Berühmtheit«, feixte Dobbs und tätschelte ihre Hand. Das schien ihm Spaß zu machen.

»Widerwillig berühmt«, murmelte sie und versuchte krampfhaft, weitere Fluchtgedanken zu unterdrücken. Dobbs würde es sicher sowieso sehen. »Wenn meine Beine nicht so wehtun würden, würde ich entweder abhauen oder Arschtritte verteilen.«

Dobbs stützte sie noch mehr und sah sie verschwörerisch an. »Lass das hier bloß niemanden hören, die meisten sind auch jetzt unter ihren eng gewordenen Ausgehuniformen bewaffnet und stehen nicht auf Arschtritte. Glaube mir.« Beide lachten herzlich, als sich ein livrierter junger Mann vor ihnen aufbaute und sie aus seinem runden Gesicht anstrahlte. Einen Blick zu Annas Krücken verkniff er sich. »Wenn Sie mir Ihre Namen verraten, führe ich Sie zu Ihren Plätzen.«

Anna schluckte. Ihre Wege würden sich hier nun wieder trennen. Dabei fühlte sie sich sicher, wenn Dobbs bei ihr war. »Anna Vaupel«, sagte sie zögerlicher, als sie geplant hatte. »Und das ist Doktor Horst-Dieter Dobrowolski.«

Der junge Mann sah in seiner Liste nach.

»Frau Vaupel, Sie habe ich hier hinten am Tisch. Und Herr Doktor Dobr...e...woski ...«

»Heute einfach nur Dobbs.«

Der Kellner schmunzelte verlegen. »Entschuldigung. Herr Doktor Dobbs, Sie habe ich ganz vorne. Vor der Bühne.«

Anna wollte sich bereits schweren Herzens von Dobbs verabschieden, als dieser den Platzeinweiser korrigierte: »Da muss ein Fehler vorliegen. Frau Vaupel wird bei mir sitzen.«

Der junge Mann schien überfordert, als er immer wieder betonte, dass eine Änderung nicht mehr möglich sei.

»Dobbs, es ist in Ordnung«, beteuerte Anna und tätschelte nun wiederum Dobbs' Hand, um sich dann wieder an den Kellner zu wenden: »Sitzt wenigstens Paul Heuser bei mir?«

»Nichts da. Frau Vaupel ist mein Ehrengast«, sagte Dobbs entschieden.

Anna lief puterrot an.

»Sie und Herr Heuser sitzen an meinem Tisch. Das hatte ich mir gewünscht.« Dobbs griff in seine Jacketttasche und zog einen Geldschein hervor. Wie gerne wäre Anna ihm jetzt auf die Füße getreten, doch dann hätte sie ihren Halt verloren. Ihr war Dobbs' Verhalten äußerst unangenehm. Obwohl der Zuweiser zuerst ablehnte, wechselte ein Fünfzig-Euro-Schein dann doch den Besitzer.

»Geben Sie mir bitte ein paar Minuten. Da wird sicher noch etwas zu machen sein. Wollen Sie sich schon mal solange hierhinsetzen?« Der Kellner bemerkte, auch ohne genau hingeschaut zu haben, wie wackelig Annas Beine inzwischen waren. Tatsächlich würde sie sich nicht mehr lange auf ihnen halten können. »Gerne. Parkt mich einfach irgendwo hier in der Ecke.« Unter Schmerzen wankte sie auf einer ihrer Krücken auf den freien Stuhl zu, der abseits der festlich gedeckten

Tische stand. Vielleicht hatte sie sich tatsächlich zu viel zugemutet. Heute wie damals bei der Ergreifung des Frauenschänders – doch beide Male hatte sie es für Dobbs getan.

Dobbs wurde von einem Kollegen in ein Gespräch verwickelt, und im Hintergrund spurtete Paul gehetzt durch den Saal. Suchte er sie? »Paul, ich bin hier!«, rief Anna und winkte ihm. Er winkte zurück und war genauso schnell wieder verschwunden. Ein bekanntes Gesicht kam an ihren Tisch und setzte sich neben Anna. »Wow! Sieh dich an, Milady! Auf zwei Beinen, na ja, oder eher auf vieren«, rief Michel und umarmte sie.

Sie sah an ihm auf und ab und erwiderte: »Nein, sieh dich selbst mal an! Auch wow!«

»Kein Rollstuhl? Das heißt, dir geht es besser!«

Anna nickte zögerlich. »Vielleicht. Vielleicht habe ich es auch einfach etwas übertrieben.« Sie klopfte auf ihre Knie und lächelte.

»Wenn ich dich noch mal tragen soll, sag Bescheid. Mach ich gerne.«

»Hey, mach dich nicht über mich lustig.«

»Das war ernst gemeint. Wirklich. Du weißt doch: dein Freund und Helfer.«

»Na gut. Aber nur, wenn ich dabei wieder mein Nachthemd und meine Blümchenunterhose tragen darf.«

»Aber immer doch!«

Sie lachten.

»Anna, darf ich hier bei dir warten, bis es losgeht?«

Doch anstatt zu antworten, warf sie ihm nur einen vielsagenden Blick zu. Er sah auch ohne Uniform schon unverschämt gut aus, doch in Uniform war er ein vollendetes Kunstwerk. Das dunkle Graublau des Blousons stand ihm ausgezeichnet, und das weiße Hemd mit schwarzer Krawatte, das er darunter trug, entsprach beinahe noch mehr seiner blütenreinen Perfektion. Es fiel ihr schwer, ihn nicht anzustarren. »Noch mal wow!«

Er senkte etwas verlegen seinen Blick.

Anna musste sich ablenken und beobachtete ein paar Kellner, die mit flinken Fingern Stühle umstellten und Namensschilder auf den Tischen neu anrichteten. »Erzähl mir etwas über dich!«, forderte Michel sie auf.

Anna war überrascht. »Wie bitte?«

»Ich weiß so wenig von dir. Nur, dass du eine nicht unbekannte Bloggerin bist. Eine Influencerin sozusagen. Eine detektivische Influencerin. Und ich weiß, dass du ziemlich hart im Nehmen bist.«

Anna prustete los. Was sollte das werden? Dass er ernsthaft mit ihr flirtete, war auszuschließen, dessen war sie sich sicher. Also wollte er ihr schmeicheln? Oder wollte er einfach nur nett sein, während viele der anderen Anwesenden sie gerne des Saales verwiesen hätten?

Anna bemerkte, dass der Stuhl links von ihr plötzlich auch wieder besetzt war. Dobbs klärte Michel auf: »Das, mein liebster Kollege Michel Uphoff, ist Anna Vaupel. Noch zweiundzwanzig Jahre jung. Superklug, hartnäckig, ehrgeizig – und, du hast recht, hart im Nehmen. Wohnhaft in Marburg. Frisch abgeschlossenes Psychologie- und Soziologiestudium mit Bestnote in weniger als der Regelstudienzeit. Und wenn ihre Beine bald wieder funktionieren, dann holt sie ihren Psychologie-Master nach, um dann Richtung Kriminalpsychologie zu gehen, und dann …« Michels und Annas Münder standen offen. »Was denn?«, griente Dobbs und war sichtlich überdreht. Er schien diese Art von Feierlichkeit zu mögen. So aufgekratzt hatte Anna ihn noch nie erlebt.

»Jetzt bin ich ja mal gespannt, ob du wirklich weißt, wie es mit mir weitergeht, Dobbs. Ich meine, da ich es ja selbst nicht weiß.« Anna verschränkte herausfordernd die Arme vor der Brust.

»Nach dem Master machst du dann endlich als Kriminalpsychologin Karriere.« Er bemühte sich krampfhaft um eine ernste Miene. Doch Anna verfiel plötzlich in ein so herzliches Gelächter, dass auch Michel mitlachen musste. Wenn auch irgendwie Verzweiflung aus Annas Lachen herauszuhören war. »Da müssen wir uns aber noch mal drüber unterhalten, Dobbs.«

»Oh, sei vorsichtig! Er hat immer recht«, unkte Michel.

»Richtig. Ich habe immer recht. Hör auf Michel! Ich wusste schon, dass du diesen Weg gehen wirst, als du dich damals in meine Vorlesung geschlichen und jedes Wort mitgeschrieben hast. Als würde es eine Klausur geben.« Übermütig legte Dobbs seine Hand auf ihre.

Michel gluckste. »In die Vorlesung geschlichen?«

Etwas kleinlaut gestand Anna: »Ich war im ersten Semester, und uns war es untersagt, die Vorlesung zu besuchen. Sie war nur für höhere Semester. Oder sogar nur für Masterstudis. Themawechsel bitte.«

Sie sah die beiden Männer an und nahm allen Mut zusammen. Jetzt war vielleicht der perfekte Zeitpunkt, um sie auf ihre Liste anzusprechen. Die Liste mit all den vermissten Studenten. »Ähm, ich weiß, ihr habt Wochenende – oder zumindest Feierabend.« Beide Polizisten schauten sie fragend an. »Sagt mal, ihr habt Meldungen von drei vermissten Studenten, richtig?«

»Ich frage gar nicht, woher du das weißt.«

»Ich kann versichern, dass ich diese Daten nur aus eigener Recherche habe, Dobbs. Ich habe von euch keine Namen und will auch keine, ich wollte nur wissen, ob ihr eine Theorie habt, warum derzeit so viele männliche Erstsemester vor Antritt ihres Studiums über Tage verschwunden sind.« Sie zog den Zettel aus ihrer Handtasche.

Doch Dobbs sagte nur kurz: »Ja, wir sind an diesen Fällen dran. Aber was meinst du bitte mit ›so viele männliche Erstsemester‹?« Er nahm Anna, ohne zu fragen, den Zettel aus den Händen. »Was ist das?« Doch dann begriff er und riss die Augen auf. »Wieso sind auf dieser Liste so viele Namen?« Nun war er sichtlich irritiert. Und aufgeregt. Immer wenn das der Fall war, rieb er sich mit dem Daumen über seine Fingerkuppen.

»Ich habe mich umgehört«, erklärte Anna ruhig. »Das sind neun Namen von ehemals und auch aktuell vermissten männlichen Erstsemestern beziehungsweise angehenden Erstsemestern. Seit heute Morgen habe ich die Liste nicht mehr aktualisieren können. Der Großteil der Verschwundenen ist jeweils einige Tage später wieder aufgetaucht. Verstört und ohne Erinnerung. Ich habe mit vielen Angehörigen und Freunden Kontakt gehabt in den vergangenen zwei Tagen.«

Michel schluckte. »Das alles ohne unsere Datenbank und in nur zwei Tagen Arbeit? Wie?«

»Ganz einfach, weil ich nett bin und den Betroffenen unvoreingenommen zuhöre.« Die Spitze wirkte, denn Michel sah sie an, als hätte sie ihm eine Ohrfeige verpasst. »Anfangs wusste ich nur von den polizeibekannten Vermissten. Und bevor ihr fragt: Ich habe niemandem diese Daten abgeschwatzt. Entweder sind meine Infos für jedermann online zugänglich oder ich habe sie mir hart erarbeitet. Anfangs dachte ich aber eher an Zufälle. Ich meine, wie oft tauchen Erstis nach dem Abitur erst mal ab, schreiben sich ein, ohne ernsthaft Interesse am Studieren zu haben? Doch diesmal sind die Erstis nicht nur untergetaucht, sondern so richtig verschwunden. So sehr, dass die Eltern, Freunde und wer auch immer teils bereits Vermisstenanzeige erstattet haben. Auf Social Media gibt es noch viel mehr Meldungen von vermissten Studis – und das schon seit längerer Zeit. Ich glaube, hier ist ein Serientäter am Werk.«

»Wie kommst du zu den Daten, die nicht online sind?«, fragte Michel interessiert.

»Telefon und soziale Medien. Vergiss nicht, ich habe viel Zeit, Michel. Ich habe bereits bei der Polizei in Gelsenkirchen, Fulda, Gera und Kassel angefragt. Doch niemand hat bisher zurückgerufen. Haben die sich bei euch gemeldet? Vermutlich, oder?«

Dobbs' Gesichtszüge entgleisten. »Wiederhol das noch mal! Du hast was getan?«

Anna konnte irgendetwas in seiner Mimik nicht deuten. Er war sauer. Oder überrascht. Oder beides. Normalerweise konnte sie jeden seiner Gesichtszüge deuten, jedenfalls wenn Dobbs es zuließ. Äußerlich unbeirrt fuhr sie fort: »Noch nicht alle sind offiziell vermisst gemeldet. Oder sind wiederaufgetaucht, bevor die Polizei reagierte. Verständlicherweise, denn im Gespräch mit den Familien und Freunden hörte ich öfter heraus, dass einige an das hartnäckige Gerücht glaubten, das Verschwinden erst nach vierundzwanzig Stunden bei der Polizei melden zu können. Und tatsächlich haben ein paar eurer Kollegen den Angehörigen gesagt, dass sie noch etwas abwarten sollten, bevor sie die Vermissten offiziell machten.«

»Weil es erfahrungsgemäß stimmt, Anna. Alle Vermissten sind über achtzehn Jahre alt. Volljährige können ihren Aufenthaltsort frei wählen und müssen niemandem erzählen, wo sie hingehen. Auch nicht den eigenen Eltern. Wenn ein erwachsener Mensch für ein paar Tage nicht zu erreichen ist, kann man nicht einfach nach ihm suchen lassen, das darf die Polizei sowieso nicht so einfach«, erklärte Dobbs geduldig, und Michel fügte hinzu: »Eine Fahndung kann nur anlaufen, wenn ein konkreter Verdacht besteht.«

Anna musste korrigieren: »Aber das tut es in diesen Fällen! Ihr fahndet doch auch, wenn sich die Person nicht mehr in ihrem gewohnten Lebensumfeld aufhält oder ihr aktueller Aufenthaltsort unbekannt ist oder sie vermutlich in Gefahr ist. Das ist doch jetzt der Fall, wieso tut ihr dann nichts?«

Michel schnaubte. Es gefiel ihm nicht, dass Anna so energisch, so kritisch war. Vielleicht waren ihre Worte wirklich zu hart gewählt, sie fuhr nun sanfter fort: »Ich habe nur versucht, etwaige Präferenzen des oder der Täter herauszufiltern. Die Vermissten haben Gemeinsamkeiten. Die Opferwahl scheint bunt gemischt – vom stillen Superstreber über den extrovertierten Hemdträger zum total beliebten Dorfjungen. Letzterer wollte hier übrigens Agrarwissenschaft studieren, um den landwirtschaftlichen Betrieb der Eltern zu übernehmen. Er ist nun so traumatisiert, dass er das nicht mehr machen wird.« Sie erwartete eine Reaktion von Dobbs, und tatsächlich sah er aus, als wollte er sie unterbrechen, doch stattdessen fragte er: »Was hast du noch?«

»Na ja, ich habe nicht genug Infos, um ein Täterprofil zu erstellen, wenn du das meinst. Die drei Kriterien um die Wahl der Opfer, den Tathergang und die Handschrift des Täters konnte ich einfach nicht vollständig bedienen. Was mich ärgert. Dass alles junge, männliche Erstsemester sind, die nicht aus Marburg kommen und eine helle Hautfarbe haben, genügt für die Kriterien noch nicht ganz. Aber ich habe keine weiteren Daten zu ihnen gefunden. Doch ich glaube, der Täter ist alleine unterwegs, und er arbeitet sehr sicher im erweiterten Uni-Umfeld.«

»Wie kommst du darauf?«

»Viktimologie, Michel. Anna hat recht.«

»Erst dachte ich, der Täter kennt die Opfer von irgendwo her, doch sie haben zu wenige Schnittmengen, abgesehen von den äußerlichen. Doch wie gesagt hatte ich nur die Infos, die mir Insta und Co. sowie die Angehörigen gaben. Was ich weiß, ist, dass er sie beobachtet. Das heißt, er lauert eventuell an Stellen, die möglichst viele von seinen potenziellen Opfern aufsuchen. Er ist darauf vorbereitet, hat alles geplant. Akribisch, er weiß, was er zu tun hat.«

Michel schnappte nach Luft, doch Anna überrannte ihn mit ihren Worten: »Die Vermissten hatten nur äußerliche Ähnlichkeiten und dass sie neu in Marburg waren und studieren wollten. Das ist alles. Sonst keine Schnittmengen. Auch hatten sie alle unterschiedliche Interessen. Erst dachte ich an ein Aufnahmeritual. Burschenschaften, Freizeit- oder Sportgruppen. Doch ich glaube, das ist auszuschließen.« Sie erschrak, als sie Kikis Stimme hinter sich hörte. »Boah, Anna. Ich habe voll das verdammte Déjà-vu. Ihr ganzes Gehabe kommt mir so bekannt vor. Das ist wie im vergangenen Jahr. Überlassen Sie die Polizeiarbeit bitte der Polizei!«

»Aber Anna hat recht«, beschwichtigte Dobbs seine Kollegin, die sich bedrohlich hinter Anna aufgebaut hatte, sofort. »Sie hat verdammt noch mal recht, Kirsten. Schon wieder. Wie damals.«

Kiki schnaubte trotzig.

»Hast du noch mehr Theorien?«, wandte er sich dann an Anna, und diese nickte übereifrig, nur um dann den Kopf zu schütteln. »Theorien eher nicht, es sind mehr Fragen, die zu Hypothesen führen könnten. Ich habe mich gefragt, warum jemand Interesse an männlichen Erstis haben könnte, warum diese Opfer ansprechend auf ihn wirken. Ich habe durch die Gespräche mit den Angehörigen nichts erfahren, das auf eine sexuelle Komponente beim Motiv hinweist. Obwohl das doch eigentlich alles nach einer Straftat mit sexuellem Hintergrund schreit. Die erste Assoziation, wenn so viele junge Männer entführt werden, ist selbstverständlich einschlägig. Dann habe ich es mal ganz nüchtern betrachtet. Erstis sind das erste Mal weg von zu Hause, sie sind eventuell nur mal durchgebrannt und erleben die große Freiheit. Doch auch wenn nicht: Es gibt keine Statistik über sie. Sie fallen aus dem Raster, sind, außer für enge Freunde und Familie vielleicht, quasi kurzfristig unsichtbar.« Ihre Stimme war leise geworden, es war ihr unangenehm, dass alle um sie herum sie plötzlich anstarrten. »Und dann habe ich noch überlegt, dass seine größte Schwäche, nämlich seine akribische Planung, ein paar Stellen zum Angreifen bieten würde. Doch wo und wie genau ...« Dann schwieg sie, sie hatte nichts mehr zu sagen.

Kiki brach die scheinbare Stille um Anna herum. »Okay. Gehen wir davon aus, dass wir einen Täter haben, der einzeln agiert. Was lässt einen Menschen so etwas machen? Ist es die Lust, Macht über jemanden auszuüben? Ist es Geilheit? Oder ist das der reine Wahnsinn? Wieso setzte er dann die Opfer unter Drogen?«

»Drogen?« Anna war plötzlich wieder hellhörig. Sie hatte es vermutet, jetzt hatte sie die Bestätigung.

Dobbs schloss die Augen und hätte seine unvorsichtige Kollegin am liebsten angepfiffen.

»Wir haben einen umfangreicheren Bluttest angeordnet.« Dobbs sprach ruhig, doch Kikis Worte waren deutlicher. »Aber Sie werden es nicht erfahren, Frau Vaupel.«

Ein Mann betrat die Bühne und klopfte auf das Mikrofon. Anna hatte gar nicht bemerkt, dass sich die Halle gefüllt hatte und die meisten Gäste bereits ihre Plätze eingenommen hatten. Kiki und auch Dobbs waren sehr dankbar, dass die Diskussion mit Anna ein so jähes Ende fand.

8

HIMMEL UND ERDE

Paul war sichtlich nervös und wippte von einem Bein auf das andere. Auch wenn er so bemüht war, es zu verbergen. Dobbs sah es. Anna auch. Beinahe tat er ihr leid. Wie gerne wäre sie an die kleine Empore herangehumpelt und hätte Blickkontakt zu Paul aufgebaut, um ihn von seinem Lampenfieber abzulenken. Wenn er vor vielen Leuten sprechen musste, sprach er viel zu leise und viel zu schnell. So, dass er sich immer wieder verhaspelte. Doch außer Dobbs und ihr schien es niemand zu bemerken, dass seine Stimme bei den tiefen Tönen zitterte, seine Atmung unregelmäßig ging. Mal tief, mal flach, mal viel zu schnell.

Vielleicht sollte Anna versuchen, Pauls Aufmerksamkeit auf sich zu ziehen, so wie sie es früher in der Schule gemacht hatten. Wenn er sich einem Referat nicht entziehen konnte. Dann hatte er nur für Anna den Vortrag gehalten, denn sie hatte dafür gesorgt, dass er nur sie sehen konnte. Dazu schien er Anna heute nicht zu brauchen, denn er suchte stattdessen immer wieder Michels Blick. Michel schien auf ihn eine beruhigende Wirkung auszuüben.

Paul stand neben seiner niedlichen und flippigen, aber deutlich älteren Kollegin Uta und drei Kommissaren, zu denen eben auch Michel gehörte, an einem langen Tisch, auf den diverse Asservate gelegt worden waren. Eine Kamera übertrug aus der Vogelperspektive eine Draufsicht aller Gegenstände auf dem Tisch auf eine Leinwand hinter ihnen. Sie redeten abwechselnd und warfen sich gewitzt immer wieder verbal die Bälle zu, besonders Paul und Michel. Sie harmonierten. Im Gegensatz zu Paul schien Michel die Aufmerksamkeit der Menge zu genießen. Er war charmant, selbstbewusst, und seine Stimme und Aussprache waren glockenklar.

Den Fall, den die Beteiligten aus Verwaltung und Polizeidienst jeweils aus ihrer beruflichen Sicht präsentierten, hatten sie trotz anfänglicher Schwierigkeiten nach vielen Jahren doch noch lösen können. Ein kalter Fall, der dreiundzwanzig Jahre ungelöst blieb und dann durch einen kuriosen Zufall wiederaufgenommen worden war. Damals war ein Familienvater verdächtigt worden, seine Zwillingstöchter und seine Frau in einer Gartenlaube einer Kleingartensiedlung bei Lohra erschlagen zu haben. Doch dann war die Tatwaffe, eine Rohrzange, während der Ermittlungen in Gießen verschwunden, und der Prozess gegen ihn wurde eingestellt – zugunsten des Beschuldigten. Einige Zeit später wurde dieser Fall schließlich ein *cold case.*

Als Paul vor drei Jahren begann, in der Asservatenkammer der Polizei in Marburg zu arbeiten, war es eine seiner ersten Aufgaben gewesen, die Asservaten alter und gelöster Fälle, die in einer externen Halle lagerten, zu überprüfen. Diese Sammlungen sollten aufgelöst, entsorgt oder versteigert werden. Einige unbeschriftete Kisten und Tüten, die ganz hinten im tiefsten Staub standen, sorgten dann für das Wiederaufrollen des Falles. Denn in einer dieser Kisten, die Paul sortierte, fand sich die Rohrzange von dem Gießener Fall wieder. Den Kollegen, der den Dokumentationsfehler vor all den Jahren verursacht hatte, hatten die Ermittler nicht mehr finden können. Wollten sie vielleicht nach so langer Zeit auch nicht mehr. Zumindest konnte der Fall nun doch noch abgeschlossen und der Familienvater dreiundzwanzig Jahre nach seiner grausigen Tat endlich verurteilt werden.

Und heute Abend, bei dieser Veranstaltung, schafften sie es, mit diesem ernsten Thema den ganzen Saal zu unterhalten. Nur Paul, der eigentlich als Held dieses Falles auf der Bühne stehen sollte, sah aus, als wäre er ein getretener Welpe.

Da er Anna nicht zu brauchen schien, kam sie nicht umhin zu bemerken, dass Dobbs ihr immer wieder Blicke zuwarf. Er hatte offensichtlich Fragen. Sie fühlte sich diesen Blicken schutzlos ausgeliefert. Langsam, aber sicher wurde ihr die Luft zu stickig. Sie fragte sich, ob es ein Fehler gewesen war, Dobbs ihre Liste zu präsentieren. War sie wieder einmal zu sehr vorgeprescht? Sie schaffte es nur mit Mühe, das Ende von Pauls Vortrag abzuwarten. Frische Luft war das, was sie jetzt brauchte. »Ihr entschuldigt mich?«

Sofort war Dobbs zur Stelle und stand auf. »Geht's oder brauchst du Hilfe?«

Absichtlich stützte sie sich am Tisch ab und verschob ihr Besteck, denn Dobbs wäre so abgelenkt, um alles wieder ordentlich auszurichten. Es sei denn, er hätte inzwischen an seiner kleinen Schwäche gearbeitet. Doch er bemerkte, dass sie ihn austricksen wollte, und grinste listig. Sie griff hastig nach ihren Krücken. »Nein, keine Hilfe. Nur frische Luft. Dringend.«

Er war es, der ihr die Luft zum Atmen nahm. Es wurde immer stickiger. Wahrscheinlich außerdem geschuldet den zahlreichen Polizisten in ihren blauen und weißen gebügelten Diensthemden und den schwarzen Galauniformen und den hübschen Abzeichen und Sternen. Sie alle starrten Anna an, als sie umständlich aufstand und ihr Stuhl auf dem Hallenboden ein unangenehmes Geräusch machte.

Auf wackeligen und schmerzenden Beinen stakste sie durch die doppelflügelige Tür hinter ihr und spürte Dobbs' brennende Blicke auf ihrem Rücken. Im Foyer fühlte sie bereits, wie gut ihr der kühle Wind, der durch die große Eingangstür strömte, tat. War es ein Fehler gewesen, überhaupt hierhergekommen zu sein? Dobbs hier auf die Liste anzusprechen?

Anna humpelte durch die Eingangstür und suchte sich draußen ein unauffälliges Plätzchen, um sich hinzusetzen. Sie wollte nach Hause. Zurück in ihr Bett, ihre Wunden lecken, vielleicht einen Blogeintrag schreiben – über diese seltsame Veranstaltung der Polizei, die einzig und allein dazu diente, sich selbst zu beweihräuchern. Dabei waren sie noch nicht einmal im Bilde über die tatsächliche Anzahl der verschwundenen Studenten! Aber sich selbst feiern, das konnten sie!

Kaum hatte Anna einen ruhigen Sitzplatz auf einer der Steintreppen gefunden, hörte sie, wie sich die Tür hinter ihr öffnete und wieder schloss. Dann ein tiefer Atemzug aus der gleichen Richtung. Sie tat es dem Mann nach und atmete tief durch. Dann erst traute sie sich, sich umzudrehen. Als sie sah, dass es ein Mann in Uniformhemd war, der nun im Lichtkegel der Eingangstür stand, atmete sie nochmals tief durch. Ihm schien es sehr ähnlich zu gehen wie ihr, er brauchte wohl auch frische Luft. Er trug Schulterklappen, doch er war kein Polizist. Zum Glück. Vermutlich ein Feuerwehrmann. Aus der Entfernung sah es jedenfalls so aus. Er sah nett aus. Weniger überheblich, wie es die Anwesenden … ach, egal.

Aber er sah nicht nur nett aus, sondern auch ziemlich attraktiv. Groß, trainiert, breitschultrig. Mit weichen, braunen Locken, die er wohl mit Gel zu bändigen versucht hatte. Ein schöner Anblick. Anna konnte ihn eine Weile beobachten, bevor er sie entdeckte. Als er es tat, richtete er sich auf und nickte Anna zu, dazu prostete er mit seinem Colaglas und lächelte verschmitzt. Obwohl Anna ihn nicht kannte, kam er ihr irgendwie vertraut vor. Vielleicht war es auch einfach seine freundliche Ausstrahlung. Es war angenehm, dass er sich nicht für ein Gespräch aufdrängte. Er ließ Anna die Ruhe, die sie suchte. Nach ein paar Minuten und einigen ausgedehnten Atemzügen verabschiedete er sich mit einem weiteren Nicken und ließ Anna wieder allein zurück.

Es dämmerte bereits. Wie lange war sie schon hier? Doch auch wenn sie fröstelte, sie wollte nicht wieder hineingehen. Was wollte sie überhaupt hier? Nun, wo sie Dobbs wiedergesehen hatte und Pauls Vortrag durch war, konnte sie auch gehen.

Hoffentlich würde gleich das Essen serviert, dann könnte sie im Anschluss unter Vortäuschen von quälenden Schmerzen die Feier verlassen und sich ein Taxi kommen lassen. Obwohl, vortäuschen musste sie die Schmerzen nicht.

Anna sah auf ihre Uhr. Essen konnte sie auch zu Hause. Und dabei ein bisschen recherchieren. Vielleicht würde sie online Hinweise finden zu den Drogen, die Kiki vorhin versehentlich erwähnt hatte. Was war den Vermissten verabreicht worden? Und wie? Welche Droge bewirkte einen kompletten Gedächtnisverlust? Wen kannte Anna, den sie diesbezüglich fragen konnte? Und was sagten die Drogen über den Tätertyp aus? Auf all das würde sie keine Antworten finden, solange sie nicht wusste, welche Drogen es waren. Und vor allem eine Frage beschäftigte sie: Was hatten die Vermissten in der Zeit, die sie vergessen hatten, durchmachen müssen? Doch auch das würde sie nicht hier herausfinden können. Zumal ihr Mobiltelefon in Pauls Tasche war. Und diese war im Saal.

Wieder öffnete sich die Tür. Es war Kiki mit zwei Kollegen im Gefolge. Dahinter traten auch Paul und Michel ins Freie – ohne Pauls Tasche. Sie tuschelten und waren so in ein Gespräch vertieft, dass sie Anna erst nicht bemerkten. Als sie es dann taten, kamen sie zielstrebig auf sie zu. »Na, ihr zwei Süßen«, grinste sie die beiden leicht verloren an. »Spannender Vortrag. Habt ihr gut gemacht.«

»War es nicht etwas dröge für dich?«, fragte Paul vorsichtig. Doch Anna lachte nur und schüttelte den Kopf.

»Was machst du hier draußen so allein?«, fragte Michel.

»Ich bin nicht allein, ihr seid ja jetzt da. Brauche nur etwas frische Luft. Die Beine tun weh. Und so weiter.«

»Frische Luft brauchen wir auch. Willst du kurz mitkommen zu meinem Auto? Ich will die Kiste wegbringen und den Deko-Staub. Geniale Idee übrigens, den Staub dafür zu nutzen, um das Finden des Tatwerkzeugs originalgetreu nachzustellen. Wusste gar nicht, dass es so etwas in Tüten zu kaufen gibt!«, flirtete Paul Michel an, und dieser konterte: »Deko-Staub? Wieso Deko? Ich habe das jahrelang gesammelt.« Sie lachten herzlich miteinander. Nicht erst da wusste Anna, dass sie die beiden nur stören würde, wenn sie sie zum Auto begleiten würde.

Kaum waren Paul und Michel unterwegs zum Parkplatz, stand auch Dobbs bei Kiki. Suchend sah er sich um und entdeckte Anna sofort, um sie zu sich zu winken. Doch sie klopfte entschuldigend auf ihre Beine. Dobbs verstand das jedoch scheinbar als Einladung, zu ihr zu kommen. »Hier bist du also. Ich dachte schon, du wärst geflüchtet.« Er erwartete offensichtlich eine Reaktion von ihr, doch Anna war nicht zum Lachen zumute. Ihre Nasenspitze zuckte, was ihn hellhörig werden ließ, und er setzte sich zu ihr. »Alles in Ordnung, Liebes?«

Anna reagierte nicht.

»Frierst du?« Dobbs legte ihr prompt sein Jackett um. Es duftete nach ihm. Zitronig, holzig, maskulin. Anna wäre am liebsten aufgesprungen und hätte ihm eine Szene gemacht, warum er in den vergangenen Tagen in der Angelegenheit der verschwundenen Studenten noch nichts unternommen hatte, doch ihre Beine und Krücken und ihr Verstand hinderten sie daran. Ihr wurde es hier draußen langsam zu voll, und wenn sie nicht Dampf abließe, dann würde sie sicher bald explodieren. »Ich brauche mich von deiner Kollegin nicht so behandeln zu lassen«, sagte sie leise, aber dennoch beinahe fest. »Ich weiß, dass das hier vielleicht der falsche Rahmen war, euch auf die Vermissten aufmerksam zu machen, aber muss sie mich so anpflaumen? Sie redet mit mir, als wäre ich ein Kind. Beim letzten Mal hatte ich mich viel mehr getraut, als nur eine Liste zu schreiben und mit ein paar Leuten zu telefonieren. Ich habe es diesmal nicht auf dem Blog veröffentlicht, ich habe keinen Beitrag geschrieben. Nichts! Ich wollte doch nur helfen. Hätte ich schweigen sollen? Was also ist ihr Problem? Weißt du, ich finde, alles an ihr schreit danach, dass sie dringend mal wieder einen Erfolg braucht.«

»Wie bitte?«

»Angefangen bei der Unmenge an Kaffee, den sie trinkt. Fast immer wenn ich sie sehe, hat sie eine Tasse Kaffee in der einen und eine Kippe in der anderen Hand. Auch heute Abend. Und damals. Und ihre Tasse ist immer frisch aufgefüllt. Versetze dich in ihre Lage, Dobbs. Sie ist eine Frau in einer Männerdomäne, da brauchen wir uns nicht vorzumachen. Sie braucht den Kaffee, um mitzuhalten. Sie ist müde vom ständigen Kampf der Geschlechter. Sie braucht einen Erfolg.«

Dobbs starrte Anna mit großen Augen an.

»Vielleicht ist sie deshalb so, wie sie ist. Äußerlich fast maskulin und trotzdem auch stutenbissig und zickig. Sie als Frau muss mehr leisten als jeder Mann, muss einen Erfolg vorweisen. Wahrscheinlich hat sie schon lange keinen mehr gehabt.«

Dobbs starrte noch immer. Nur dass sein Mund nun dabei leicht geöffnet war.

»Kiki ist ungeduldig, schwerfällig, verzweifelt. Müde, reizbar.«

Nun räusperte er sich. »Tu das nicht. Analysiere nicht Kiki.«

»Ich kann nicht anders, Dobbs, ich will es nur verstehen.« Doch Anna grinste für einen flüchtigen Moment. »Dobbs, ich habe niemandem geschadet. Weder damals noch heute. Also, wieso mag sie mich nicht?«

Dobbs zwang sich, Annas Überreaktion nicht zu belächeln. Er würde es ihr erklären können, wenn sie nicht so aufgebracht und dünnhäutig wäre. In aller Ruhe. »Ganz einfach. Kiki mag niemanden.«

Annas Mundwinkel fielen herab. Zumindest zuckte jetzt ihre Nasenspitze nicht mehr.

»Hör mal, Liebes, wieso machst du dich so verrückt? Du hast ein Einser-Abitur, ein rekordverdächtiges Studium. Du bist eine absolute Überfliegerin. Da wirst du doch bestimmt ständig blöde Blicke und Lästereien abbekommen haben. Ich wette, deine Mitschüler hatten sicher einen miesen Spitznamen für dich.«

Anna schmunzelte vorsichtig: »Ja, aber da war es mir egal. Ich hatte Pauli an meiner Seite, der hat hinter mir aufgeräumt. Hier nicht, hier ist das etwas anderes.«

Dobbs schnaubte. Stolze Frauen waren schon immer sein Laster gewesen, er konnte ihnen einfach nichts abschlagen. Ganz egal, ob diese stolze Frau seine Kollegin, seine Tochter, seine Ex-Frau oder eben diese eine junge, talentierte und hoffentlich angehende Kriminalpsychologin war. Er legte seinen Arm um ihre Schultern. »Du hast recht, dass Kiki manchmal etwas poltrig ist. Und verbohrt. Doch sie ist auch eine sehr loyale Kollegin. Und, ja, auch sie ist durch unseren Beruf geprägt. Ich meine, nicht umsonst sind sowohl ich als auch sie geschieden. Sie sogar dreifach. Und du wirst nicht erahnen, wie konservativ Kiki eigentlich ist. Sie träumt von Ehe und einem Häuschen am Waldrand. Na ja, dafür sind wir nun mit unseren Jobs verheiratet.«

Anna sah ihn herausfordernd an. »Aber auch diese Ehe nehmt ihr nicht so ernst, oder?«

Dobbs legte seine Stirn in Falten. Er verstand nicht, worauf sie hinauswollte, erkannte aber dennoch den Vorwurf in ihren Worten. Der Griff um ihren Arm wurde fester.

»Na ja, sonst wärt ihr doch längst losgejagt, um den potenziellen Entführer zu fangen.«

Nun schaffte Dobbs es nicht mehr, sein Lächeln zu verbergen. »So einfach ist das nicht. Aaaber, ich kann dich besänftigen. Siehst du Kiki jetzt gerade hier irgendwo?«

Anna sah sich um und schüttelte dann den Kopf. Tatsächlich, Kiki war nicht mehr zu sehen.

»Weil sie arbeitet. Sogar nach Feierabend. Du kannst also beruhigt sein. Genauso wie ganz, ganz viele andere, die unsichtbar im Hintergrund immer da sind. Immer.«

Nun lag Annas Stirn in Falten. »Ist Kiki etwa nicht mehr hier? Ich habe sie gerade eben doch noch gesehen.« Sie hoffte, dass sie nicht allzu erfreut klang.

Selbstverständlich bemerkte er es trotzdem. »Nein, sie ist nicht weg. Telefoniert aber mit der Nachtschicht, die sich deiner Liste angenommen hat. Also, atme bitte locker durch und unterlasse dieses süffisante Grinsen.« Er lachte. »Können wir jetzt bitte wieder reingehen? Das Essen müsste jeden Moment serviert werden, und mir ist arschkalt.« Dennoch lehnte er ab, als Anna sein Jackett auszog, und stand auf. »Na, komm«, forderte er sie auf, »oder traust du dich nicht mehr?«

Mit Mühe legte sie ihre Krücken zurecht und stemmte sich darauf. Dobbs griff ihr helfend unter die Arme.

»Ob ich mich nicht traue, Dobbs? Ha, ich steh auf Schmerzen und Qualen! Sonst wäre ich wohl nicht hier – auf eurer tollen Veranstaltung.«

Nach dem Drei-Gänge-Menü war Anna deutlich entspannter. Ebenso Kiki, die sich vom Nachbartisch herüberlehnte und es sogar schaffte, einen Witz zu reißen, der nicht auf Annas Kosten ging. Stattdessen nahm sie sich selbst aufs Korn. »Was sage ich, wenn ich meinen Jüngsten mit dem Löffel füttern will?« Amüsiert sah Kiki sich um, blickte herausfordernd in die anderen Gesichter am Tisch. Überraschenderweise sogar in Annas. »Anna, Dobbs, ihr wisst doch alles! Was sage ich, wenn …« Sie kapitulierte schnaubend. »Menno. Ich sage: Aufmachen, Polizei!«

Statt der erwarteten Lacher erntete Kiki nur mitleidige Blicke. Sie stöhnte.

Ein Mann und eine Frau betraten die Bühne. Zum Glück, denn so hörte Kiki endlich auf, lustig sein zu wollen. Der Mann war irgendwer von der Zentralstelle in Gießen, Anna hatte den Namen nicht verstanden. Die Frau war Rita Simonis, seit vier Jahren die Leiterin der Kriminalinspektion in Marburg. »Bevor wir jetzt zum entspannten Feierabend übergehen …«, sagte der Mann. Als jemand aus dem Hintergrund johlte, fuhr er ungerührt fort: »Jaja. Gleich dürft ihr machen, was ihr wollt, und wir gucken weg. Dennoch will ich ein paar Worte loswerden.« Er holte tief Luft, und Simonis übernahm das Reden. »Erst mal: Danke an die Kolleginnen und Kollegen, die grad im Dienst oder sogar im Einsatz sind.« Jubel im Saal. »Dann möchte ich noch ein paar weiteren Personen danken. Beginnen will ich mit jemandem, der uns leider viel zu selten beehrt, der heute jedoch seine Manuskripte beiseitegelegt und es tatsächlich hierhergeschafft hat. Er hat lange Zeit mit uns seinen Dienst getan und ist jetzt ein echter Promi. Wir alle wissen, wer gemeint ist.«

Anna schmunzelte, als ihr bewusst wurde, dass Simonis von Dobbs sprach. Das Publikum klatschte, jubelte und rief Dobbs' Namen. Anscheinend kannte ihn wirklich jeder.

Kiki bedeutete ihm aufzustehen, was er auch tat, und er rief dem Redner lachend zu: »Hatte ich denn eine Wahl? Ihr wisst doch, ich steh auf Applaus.«

Den sollte er bekommen. Mehrere Stimmen aus der letzten Reihe grölten lautstark: »Dobbs, wir lieben dich!«

Da übernahm der Mann wieder das Mikrofon. »Doch leider, leider wird er uns bald ganz verlassen, uns auch nicht mehr zwischendurch zur Verfügung stehen. Ich habe es im Flurfunk munkeln hören, dass er eine volle Dozentenstelle in Bochum antritt und noch ein paar Bestseller schreiben will.«

Anna war schockiert. Dass Dobbs für länger als nur für eine Lesereise weggehen würde, traf sie härter, als sie sich anmerken lassen wollte. Dobbs drehte sich zu Anna um, um ihre Mimik zu deuten, doch sie starrte wie versteinert auf die perlenden Luftbläschen in ihrem Wasserglas.

»Ich bleibe dem schönen Marburg aber weiter treu«, rief Dobbs in Richtung Bühne. »Macht euch keine Hoffnung, ihr seid mich nicht gänzlich los.«

»Dobbs, kommst du mal nach vorne?« Und als Dobbs vor die Bühne trat, zückte Simonis eine kleine Zuckertüte, wie sie Schüler zur Einschulung bekamen. Darauf waren Polizeimotive wie Blaulicht, eine Kelle, Handfesseln und ein Polizeiauto zu sehen. Dobbs nahm sie gerührt entgegen. Der Redner erklärte: »Weil du schließlich weiter die Schulbank drückst. Irgendwie zumindest. Doch sei dir sicher, für uns ist und bleibt das ein herber Verlust. Vielleicht finden wir ja einen Weg, dich zur Heimkehr zu überreden?«

Dobbs kam freudestrahlend zurück an den Tisch, wo Kiki auch weiterhin applaudierte und Anna sich zwang, sich für ihn zu freuen. In Bochum würde sein Intellekt vermutlich endlich mal voll ausgeschöpft. Er würde das tun, was er sich wünschte, was er liebte. Für ihn wäre es das Beste. Sein beruflicher Traum. Und dazu noch an der Bochumer Uni, mit deren Forschung er schon immer geliebäugelt hatte. Aber er wäre kein als Dozent abgeordneter Polizist mehr, sondern er wäre gar kein Polizist mehr.

Doch täuschen konnte sie ihn nicht, den Profiler und Superermittler, der sich schon seit vielen Jahren mit Mikroexpressionen beschäftigte und somit genauestens in den flüchtigen Gesichtsausdrücken seiner Mitmenschen lesen konnte. Dobbs genoss den Applaus, bis er sich wieder auf seinem Stuhl niederließ. Dann seufzte er: »Wieso bist du nun schon wieder enttäuscht, Liebes? Etwa, weil ich nichts gesagt habe, zu einer Zeit, wo wir, warum auch immer, kaum Kontakt zueinander hatten? Weil ich ein hervorragendes Angebot in Bochum bekommen habe? Du willst doch sowieso kein Masterstudium machen. Das hast du nun oft genug betont.«

»Das ist nicht so einfach, wie du dir das wünschst, wenn man sein Leben plötzlich ganz neu sortieren muss.« Schließlich musste sie erst mal wieder genesen und lernen, wieder aufrecht zu stehen. Ohne Hilfe.

Insgeheim ärgerte sich Anna, dass er sie wegen des Studiums immer wieder so bedrängte. Er hätte doch ahnen können, dass es ihr nicht gut ging, nach dem, was ihr passiert war.

Der Redner auf der Bühne redete noch immer, doch Anna hörte ihm nicht mehr zu. Sie wollte weg, zumindest wieder an die frische Luft. Jetzt sofort. Vielleicht wäre der nette Feuerwehrmann auch wieder draußen, denn hier im Saal hatte sie ihn noch nicht gesehen. Er wäre ihr sicher aufgefallen, so groß und gut aussehend, wie er war. Sie nahm sich vor, Paul um den Wohnungsschlüssel zu bitten und ein Taxi zu bestellen. Zu allem Überfluss kämpfte sie nun mit ihren Emotionen, war hin- und hergerissen – einerseits freute sie sich für Dobbs, andererseits fühlte sie sich um die Möglichkeit betrogen, sich zukünftig auch einmal spontan zu treffen, um sich auszutauschen.

»Liebes«, Dobbs legte seine Hand auf ihre und sah ihr in die Augen, »nicht flüchten! Bitte! Bleib noch etwas. Ich habe dich so lange nicht gesehen. Und gleich wird es erst richtig lustig hier, und zur Not bringe ich dich dann persönlich heim.«

Verdammter Profiler, dachte sie und rieb sich die schmerzenden Beine.

Und Dobbs sollte recht behalten, denn als der Redner die Bühne verließ, war es, als ließe man eine Horde nicht ausgelasteter Kinder auf den ersehnten Spielplatz. Wie eine Schar Flöhe. Die Tische und Stühle wurden an die Seite gezogen, ein Discjockey schob seine Anlage in den Saal und drehte die Musik auf. So wie Paul neben ihr grinste, schien es eine große Erleichterung zu sein, dass die Krawatten gelockert werden durften und die Jacketts auf einem wilden Stapel auf der improvisierten Theke Platz fanden. Darauf war Anna nicht vorbereitet. Noch weniger darauf, dass einige Kollegen flaschenweise Bier, Sekt, Wein und auch hier und dort etwas Härteres aus ihren Taschen zogen. Aus einer spießigen Gesellschaft wurde nun ein feierwütiges Partyvolk.

»Tanzen?«, fragte Dobbs Anna, doch die strafte ihn mit einer hochgezogenen Augenbraue. Er klatschte sich mit der flachen Hand an die Stirn. »Sorry. Ich habe nicht nachgedacht. Aber du könntest dich auf meine Füße stellen!« Das Bild, das in ihrem Kopf wuchs, brachte sie zum Lächeln. Das freute Dobbs. Wie gerne hätte sie mit ihm getanzt!

Dann wandte er sich an Kiki und fragte auch sie: »Willst du tanzen? Du darfst dich auch auf meine Füße stellen.« Doch Kiki tippte sich an die Stirn. »Kindergarten, Dobbs! Sehe ich so aus, als ob ich tanzen könnte? Gaaanz sicher nicht.«

Anna gluckste amüsiert, als sie sich Kiki auf der Tanzfläche zu Technobeats vorstellte – in Holzfällerhemd und Stahlkappen-Stiefeln. Woraufhin auch Kiki lachte. »Du findest irgendwo schon eine arme Seele, die mit dir tanzt.«

»Tztz«, zischte Dobbs, »wenn keine von euch beiden will, dann tanze ich eben alleine. Paul? Michel?« Und dann stürmte er die Tanzfläche. Paul hinter ihm her. Scheinbar musste er etwas Stress abbauen. Ihnen war es offensichtlich egal, dass sie bislang die Einzigen waren, die tanzten. Dass Paul tanzen konnte, wusste Anna. In der Tanzschule, die sie gemeinsam besucht hatten, war er der unangefochtene König des Cha-Cha-Cha gewesen. Dobbs hingegen schwofte seine Runden und Pirouetten und wirkte gelöst. Anna sah ihm gerne zu, seine langen, feinen Bewegungen zeugten von Eleganz, seine Leichtfüßigkeit von Anmut. Das kam beinahe ein wenig unerwartet.

Ein paar Kollegen schlossen sich ihnen dann doch an, tanzten mit ihnen und ohne sie, aber selten mit solcher Eleganz und Anmut wie Dobbs und Paul.

Nach vier Liedern war Dobbs außer Puste. Schnaufend kam er an den Tisch zurück, wo Anna noch immer saß. Aus den Augen hatte er sie nicht gelassen. Dafür leerte er nun sein Wasserglas in einem Zug und ließ sich auf einen der Stühle plumpsen.

Auch Michel hatte sich wieder zu Anna gesellt. Seine Aufmerksamkeit galt jedoch der Tanzfläche. »Du verlässt Marburg also?«, fragte er Dobbs beiläufig. Der winkte ab, vermutlich jedoch nur, um Anna zu besänftigen. Ihr war durchaus klar, wie wichtig ihm die Stelle in Bochum war. »Das ist doch noch gar nicht gesagt. Ich hänge schließlich ein bisschen an dieser Stadt. Und da meine Tochter jetzt hier wohnt und noch nicht weiß, ob sie vielleicht doch noch mal die Uni wechseln will, um mitzukommen, ist alles noch offen. Und die neue Stelle wäre ohnehin erst ab dem kommenden Semester.«

Anna atmete kurz erleichtert aus, er blieb ihr also vorerst erhalten. Doch sie atmete gleich scharf wieder ein, als ihr einfiel, dass das hieße, Dobbs würde ihr mindestens bis dahin das Masterstudium in Bochum anpreisen. Wenn sie es denn, über diesen Abend hinaus, schafften, Kontakt zu halten. War sie überhaupt bereit, Marburg zu verlassen? Paul zu verlassen? Finanziell konnte sie es sich nicht leisten, emotional eigentlich auch nicht. Eigentlich gar nicht. Marburg war ihr Zuhause.

Ein Polizist und eine Polizistin, die beide zwar Uniform trugen, sich aber ihrer Jacken und jeglicher Zwänge entledigt hatten, kamen auf Dobbs zu und baten höflich darum, kurz stören zu dürfen. Sie reichten ihm ein Sektglas und wollten mit ihm anstoßen. Als Anna hörte, dass auch sie Dobbs auf seinen Weggang ansprachen, wandte sie sich an Michel und Paul, der inzwischen ebenfalls an den Tisch zurückgekehrt war. »Also, wann darf ich für euch kochen?« Ein mutiger Themenwechsel.

Paul schluckte, doch Michel strahlte. »Am liebsten sofort!«

Als weitere Kolleginnen und Kollegen an den Tisch kamen, wollte Anna ihr Gespräch woanders fortführen, doch sie lauschte unfreiwillig Dobbs' Worten.

»Hallo, Ingo, bist du gerade erst gekommen? Hast ein leckeres Essen verpasst. Wie geht es dir?«

Ingo lachte laut. »Wie es mir geht? Ich weiß nicht. Sag du es mir, Herr Doktor Profiler.«

Jetzt lachte auch Dobbs. »Och nö, ich hab' Feierabend. Aber warte mal: Ist deine Frau weggelaufen?«

Ingo starrte ihn ratlos an und schüttelte den Kopf.

»Du hast drei Kilo zugenommen, und deine Kleidung sieht handgewaschen aus«, erklärte Dobbs.

Ingo war erst sprachlos, doch dann prustete er los: »Krass! Du hast recht! Meine Frau ist in Reha, und ich weiß nicht, wie die Waschmaschine funktioniert, geschweige denn der Herd.« Er zog seine Kollegin Jenny in den Vordergrund. »Und jetzt sie! Das errätst du nie.«

Dobbs schnaubte, betrachtete Jenny jedoch ausgiebig. »Ich errate nur, dass die arme Jenny keinen Bock auf diese Party-Psychospielchen hat.«

Genauso wenig wie Dobbs selbst, ergänzte Anna in Gedanken.

»Aber ich gratuliere zum Nachwuchs!«, fuhr Dobbs fort.

Jenny war baff, Ingo auch. »Wie?«, fragte er. Dobbs sah an Annas Lächeln, dass sie zu der gleichen Schlussfolgerung gekommen war wie er. Er forderte Anna heraus, und sie sprang sofort darauf an, deutete auf die Partie unter ihrem Auge, dann auf ihre Kehle und auf ihr Wasserglas. Sie freute sich, als Dobbs dann das Mysterium für alle auflöste: »An deiner nagelneuen Kette, liebe Jenny, ist ein Geburtsstein. Den du schützend in die Hand nahmst, als Ingo dich vorschob. Ein Rosenquarz, wenn ich mich nicht täusche. Du bist also vor einigen Monaten Mutter geworden. Davon zeugen leider auch deine Augenringe und dass du nichts trinkst, obwohl dein Kollege schon gut angedudelt ist. Vielleicht auch ganz gut so, dann kannst du ihn heimfahren. Sein Auto scheint ja ohnehin kaputt zu sein.«

Ingos Mund stand offen. »Kannst du hellsehen?«

Michel mischte sich ein. »Das ist Manipulation. Dobbs manipuliert!«

Anna grinste und fühlte sich verpflichtet, die Lage aufzuklären, denn Dobbs würde es nicht tun. »An Ihrem Gürtel ist ein Schlüssel einer Autovermietung«, erklärte sie höflich.

Dobbs erhob sein Glas und stieß mit allen an. Und sie auch mit Anna. Doch Dobbs hob nach dem Schluck alkoholfreien Biers mahnend seinen Zeigefinger und präsentierte seine Zahnlücke, um zu erklären: »Aber merkt euch bitte, dass Profiling nichts mit Hellsehen und Manipulieren zu tun hat. Es ist keine Wunderwaffe. Richtig, Liebes?«

Sollte Anna nur seine Worte bestätigen oder ihnen so richtig Nachdruck verleihen? Dobbs stand auf große Gesten und auf Aufmerksamkeit, also würde Anna ihm den Gefallen tun: »Ich darf aus einem von Dobbs' Büchern zitieren? Profiling ist eine Methode des Denkens.«

»Danke. Profiling ist eine spezielle Methode der Fallanalyse, ein kriminalistisches Werkzeug. Ich sehe, weil ich beobachte und interpretiere.« Auf der Suche nach Annas Zustimmung tätschelte er ihre Hand.

»Genau. Außerdem erfüllt euch Dobbs damit eigentlich einen Wunsch.« Alle Aufmerksamkeit lag nun auf Anna – auch Dobbs'. »Na ja, in Wahrheit finden wir es doch ganz erholsam, wenn jemand genau hinschaut, wenn wir somit auch ohne Worte verstanden werden. Wenn wir überhaupt verstanden werden.«

Verwundert sah er Anna an. Das Tätscheln ihrer Hand hatte er inzwischen eingestellt. Wohingegen sie mit ihren Augen rollte. Den Gefallen, noch mehr mit seinem Wissen glänzen zu können, würde sie Dobbs nicht tun.

Gut, dass Michel Anna in diesem Moment sanft in die Seite stupste und das Thema wechselte. »Wir waren stehen geblieben bei dem, mit was du uns bekochst und wann?«

»Wann? Kommt ganz darauf an, was ich kochen soll. Was isst du am liebsten?«

Er schmunzelte wissend. »Kennst du Himmel und Erde?«

Anna verschluckte sich. »Nee. Was ist das?«

»Wurst mit Kartoffelstampf und Apfelbrei. Eigentlich Blutwurst, aber mit Bratwurst ist es noch mal leckerer.«

»Uff. Okay. Wenn ich koche, gibt es nur Rahmspinat und Fischstäbchen aus der Mikrowelle, aber ich gebe mein Bestes. Kartoffeln haben wir und Apfelbrei auch – sogar den leckeren von Pauls Oma Helga.«

Dobbs lehnte sich zu ihnen hinüber. »Wenn ich die Bratwürstchen mitbringe, darf ich dann auch kommen? Ich liebe Himmel und Erde.«

Paul und Michel sagten Dobbs schneller zu, als Anna hätte darüber nachdenken können. »Morgen?«, fragte Paul in die Runde. Alle nickten.

»Fein. Ich wollte mit dir noch etwas Berufliches besprechen.« Da war er wieder.

Anna schluckte und musste plötzlich husten. Dobbs wollte Berufliches besprechen. Ganz sicher war Bochum das Thema. Das hatte sie befürchtet. Dobbs grinste nur. Sie sah Hilfe suchend in den Saal, als ihr Blick auf den des Feuerwehrmanns traf. Sie errötete, als sie bemerkte, dass er sie beobachtet hatte. Anna senkte ihren Blick und schielte aus dem Augenwinkel in seine Richtung. Dobbs folgte ihrem Blick. »Guter Geschmack«, grinste er süffisant.

Doch Anna vergaß den vorsichtigen Blickkontakt schnell, als mehrere Melder des Bereitschaftsdienstes schrillten. Und auch Kikis Handy, das vor Dobbs auf dem Tisch lag, vibrierte munter. Dobbs nahm das Gespräch entgegen, stellte sich vor und ließ seinen Blick, bereits während er sprach, auf der Suche nach Kiki durch den Saal schweifen. Er sprang auf, riss ihre Jacke vom Stuhl, schnappte sich auch Kikis Handtasche und stürmte im Pulk mit der Bereitschaft hinaus. Kiki stand ganz sicher wieder draußen in der Raucherecke.

In einem Anflug von Neugier wollte Anna ebenso aufspringen und hinterherhumpeln, doch Michel legte ihr die Hand aufs Knie. »Bleib hier, die schaffen das auch ohne dich!«, bat er in ruhigem Befehlston und lächelte wissend. Anna sah ihm kurz in die Augen und fühlte, dass sie wieder mal drauf und dran war zu übertreiben. Sie wollte alles sofort erfahren, alles sofort wissen und helfen – wenn Michel sie nicht gebremst hätte. Zum Glück für Anna kam in diesem Moment Dobbs an den Tisch zurück. Er grinste, als er Annas Nasenspitze wild zucken sah. Den Drang, ihre Nase zu berühren, musste er unterdrücken. Bevor sie danach hätte fragen können, erklärte Dobbs beiläufig: »Ein Vermisster ist wiederaufgetaucht.«

»Pascal Irle?«

»Nein, ein anderer.«

»Es gab aktuell noch einen?«

»Damian Lehmann aus Schwarmstedt. Deine Liste war unvollständig.«

Anna schluckte.

9

KLÄRENDE WORTE

Sonntag, 28. September

Anna überlegte, ob sie Dobbs anrufen sollte. Doch nein. Obwohl es ihr schwerfiel, würde sie sich in Geduld üben und ihn seine Arbeit machen lassen. Er wollte Anna später am Tag mehr erzählen, er hatte es versprochen, als er gestern Abend die Feierlichkeiten verließ, um seiner Kollegin Kiki ins Krankenhaus zu folgen, um Damian Lehmann zu befragen. Obwohl beide eigentlich außer Dienst waren.

»Autsch«, fluchte sie laut, als sie ihr linkes Bein unvorsichtig belastete. Sie hatte sich gestern einfach übernommen und ihre neu gewonnene Freiheit auf nur scheinbar gesundeten Beinen überstrapaziert. Sofort kam Paul herbeigeeilt, lagerte ihren Fuß auf der Schiene des Rollstuhls höher. »Was ist los? Tut dir etwas weh? Die Beine?«, fragte er, und noch während er sprach, zog er einen Küchenstuhl herbei und platzierte sich darauf. Er massierte sanft ihre Knie. »Lass mich schnell fertig aufräumen. Dann können wir uns gemeinsam ums Essen kümmern.«

Anna nickte erleichtert. »Ich kann ja schon mal Kartoffeln vorbereiten und Zwiebeln schneiden. Oder so. Wir haben zwar noch Stunden Zeit, bis der Besuch kommt, aber dann kann ich wenigstens auch irgendwas tun.«

Prompt legte Paul ein Schneidebrett und ein scharfes Messer vor ihr auf den Küchentisch. Dazu zehn große Kartoffeln und vier lilafarbene Zwiebeln. Und mit ein paar wenigen weiteren Handgriffen war die Küche aufgeräumt. Das schien Paul jedoch nicht zu genügen, er holte Putzlappen und Reinigungsmittel und begann die gläsernen Hängeschränke innen und anschließend sogar die Fronten abzuwaschen. Er war definitiv putzsüchtig. Und hatte einen Ordnungstick.

Schmunzelnd beobachtete Anna beim Schälen der Kartoffeln seine flinken Bewegungen. »Vielleicht sollten wir auch noch schnell die Fenster putzen?«, zog sie ihn auf, und er spritzte etwas Putzwasser nach ihr.

»Nicht lustig!«, motzte er, prüfte aber trotzdem schnell noch die bodentiefen Scheiben auf Streifen. Doch da war nichts.

Seit einer gefühlten Ewigkeit war Paul im Badezimmer verschwunden. Er summte ein Liedchen.

»Die Kartoffeln sind fertig geschält, sie können gewaschen werden, Pauli.«

Und sofort kam dieser herbeigeeilt. Schweiß stand auf seiner Stirn, und eine Locke seiner blond gefärbten Haarpracht klebte an seiner Schläfe. Er musste eben sein Deodorant aufgefrischt haben, denn er roch so süßlich-maskulin wie heute Morgen nach seiner Dusche. Das war auch so ein Tick von Paul. Deo, Shampoo, Duschgel, Bodylotion und Rasierwasser mussten immer den gleichen Duft haben. Und er duschte nie mit geschlossener Tür. Denn das Badezimmer war mit sechs Quadratmetern eher klein im Vergleich zu den anderen Räumen ihres Lofts – zu klein für Paul, der unter Platzangst litt. Als Kind war er von seiner großen Schwester in einen Wandschrank eingeschlossen worden und hatte dort einen ganzen Tag ausharren müssen – aus Versehen, wie sie noch heute beteuerte. Seitdem ertrug Paul es nicht, wenn er in fensterlose Räume eingesperrt war. Wie er es hingegen schaffte, zwischen den engen, vollgestellten Regalen der Asservatenräume ruhig zu bleiben, war ihr ein Rätsel.

Sie waren noch Kinder gewesen, als Anna hatte erforschen wollen, was diese Angst mit ihm machte. Sie sperrte ihn in einen dunklen Raum und hielt die Tür zu. Doch anstatt dass er einfach den Lichtschalter betätigte, löste die Angst bei ihm eine Panikattacke aus, die wiederum zu einer Ohnmacht führte. Und vielleicht lag genau da Annas Problem, vielleicht war ihr Forscherdrang zu rücksichtslos. Zu forsch eben.

Anna widmete sich nun den Zwiebeln. Innerhalb kürzester Zeit begannen ihre Augen zu tränen. Sie war eben einfach nicht für die Küche gemacht, was sich hiermit wieder einmal bestätigte. Sie ließ ihre Gedanken wandern. Nach Bochum. Als es an der Wohnungstür direkt hinter ihr klopfte, erschrak sie fürchterlich. Totstellen würde nicht funktionieren, Paul reagierte auch nicht, also rief sie laut: »Einen Moment bitte.«

Sie stand vorsichtig auf und wischte sich grob die Tränen aus dem Gesicht. Doch die zwiebeligen Finger setzten dem Tränenfluss kein Ende, im Gegenteil. Sie ging ohne Krücken die paar Schritte zur Tür und war froh, als sie sich erleichtert auf die Klinke stützen konnte. Sie öffnete die Tür einen Spalt, sah hindurch und machte sie dann ganz auf. »Hey, Dobbs! Was machst du denn schon hier?«, fragte sie freudig-verheult, und Dobbs antwortete, nur ein wenig irritiert: »Du sahst gestern so aus, als bräuchtest du Hilfe in der Küche. Und wenn ich deine Tränen und den Duft richtig deute, komme ich pünktlich als erfahrene Schnippelhilfe.«

Anna lachte laut auf und versuchte, sich mit ihrem Ärmel eine weitere Träne aus dem Auge zu wischen. »Verdammt, du bist scheinbar wirklich ein guter Profiler.«

Er stellte die Vorratsdose mit den Bratwürsten auf die Anrichte und umarmte Anna vorsichtig mit einem sanften: »Hallo, Liebes.« Sogar einen vorsichtigen Kuss gab er ihr auf die Wange. Beinahe hätte sie geseufzt, so angetan war sie von seiner Geste.

Paul kam ohne Shirt und mit nass glänzendem Oberkörper aus dem Bad gestürmt. Er hatte offensichtlich gedacht, Anna bräuchte Hilfe.

Dobbs lachte. »Störe ich euch gerade bei irgendwas?«

»Nee, sicher nicht. Die Zeiten sind vorbei, dass mich das noch angemacht hat«, schmunzelte Anna und deutete mit ihrem Zeigefinger auf Paul. Sie winkte Dobbs weiter herein in den offenen Küchenbereich. Ein wenig beleidigt stemmte Paul seine Hände in die Taille und streckte seine Zunge heraus – bis Anna ihm zuzwinkerte, dann verzog er sich entschuldigend zurück ins Bad. »Du kommst genau richtig, Dobbs. Ich bin in der Küche eine totale Niete – zumindest beim Kochen. Essen kann ich ganz gut.«

»Selbst das kannst du nicht wirklich, Feuerkopf«, rief Paul aus dem Bad.

Anna und Dobbs kannten sich nun schon fast vier Jahre, doch noch nie war er privat bei ihnen gewesen. Er sah sich im Loft um und staunte. »Wahnsinn, ist diese Wohnung schön. So groß. Und, wow – dieser Ausblick aufs Schloss! Schöööön!«

Anna nickte stolz.

»Wohnt ihr zur Miete?«

»Ja. Und falls du dich fragst, wie wir uns das leisten können, lass es mich dir so sagen: Wir hatten einfach Glück bei unserer Wohnungssuche.«

Er ging staunend mehrere Schritte in den Raum hinein. »Ich will gar nicht wissen, was ihr bezahlt.«

»Wie gesagt, wir hatten Glück. Und kennen den Eigentümer.«

»Und alles sehr geschmackvoll eingerichtet«, lobte er und fasste die Wohnzimmerschränke aus hellem Holz und dunklem Stahl an. Er griff nach einer CD auf der Kommode. »Ha. Das passt zu dir.« Er hielt eine ältere Folge der *Drei-Fragezeichen*-Hörspiele in der Hand.

Etwas ungläubig fragte Anna: »Du kennst die drei Detektive?«

»Ob ich Justus, Peter und Bob kenne? Du beliebst zu scherzen. Wie lange hörst du die Jungs schon? Bist du vielleicht deswegen so begabt in Ermittlungsarbeit?«

Anna lachte auf, winkte dann jedoch gespielt genervt ab. »Hör doch endlich mal auf, mir diesbezüglich ständig Honig ums Maul zu schmieren«, motzte sie gekünstelt. Denn eigentlich genoss sie seine Aufmerksamkeit. Sie wackelte zurück zum Küchentisch, um wieder im Rolli Platz zu nehmen, und massierte sanft ihre pochenden Knie.

Als Dobbs seine Jacke auszog, wollte sie sofort wieder aufspringen und sie ihm abnehmen, doch er bat sie, sitzen zu bleiben.

Anna gab sich geschlagen. »Häng sie einfach auf den Stuhl da vorne.« Und dann bat sie ihn, als sie seine Waffe im Hüfttaschenholster sah: »Kannst und darfst du dieses schreckliche Ding auch abnehmen? Und vielleicht außer Sichtweite irgendwo ablegen? Ich mag Waffen nicht sonderlich. Schon gar nicht hier in der Wohnung.«

Er zögerte nicht lange und legte den gesamten Gürtel ab und hängte ihn zu seiner Jacke. »Selbstverständlich dürfen wir das schreckliche Ding abnehmen.«

Dobbs wusch sich in der Spüle seine Hände und nahm dann links neben Anna am Tisch Platz. Das Schneidebrett zog er zu sich hinüber. »Ich übernehme ab hier«, sagte er großzügig und begann, die letzten beiden Zwiebeln zu schneiden – bis auch seine Augen tränten. Ein Lachen konnten sich beide nicht verkneifen, schon gar nicht, als Dobbs anfing zu schniefen und Anna es ihm nachtat.

Als Paul aus dem Bad in die Küche zurückkam, nahm er Dobbs das Messer aus den Händen. »Ihr seid beide so unwissend, wisst ihr das? Wenn ihr die Zwiebeln richtig geschnitten hättet, dann würdet ihr jetzt nicht beide wie zwei verweichlichte Häufchen hier sitzen und flennen.« Er lachte laut, bis er sich den Bauch halten musste.

Da erst stand Dobbs auf und umarmte auch ihn herzlich zur Begrüßung. »Hey, ich bin Bulle, ich kann nicht alles wissen.« Er zwinkerte und fügte hinzu: »Aber danke, dass ich mich selbst einladen durfte.«

»Du darfst das immer, Dobbs. Es ist uns eine Ehre und ein Vergnügen. Gelle, Feuerkopf?«

Anna strafte Paul in Anbetracht von so viel entgegengebrachter Schmeichelei mit einem kurzen Blick und grinste Dobbs breit an.

»Lasst euch von mir nicht stören, ich decke nur schnell den Tisch im Wohnzimmer.« Paul suchte Teller und Besteck, Gläser, Topfuntersetzer und Servierplatten hervor und klapperte lautstark umher. »Dobbs, hat dir Anna schon etwas zu trinken angeboten? Möchtest du einen Kaffee?«, fragte er höflich im Vorbeigehen.

»Sehr, sehr gerne. Einen Milchkaffee, wenn ihr habt.«

»Ich auch, bitte!«, rief Anna hinterher und spitzte ihre Lippen, als würde sie Paul küssen wollen.

Wieder wirbelte er durch die Küche. Kochte Kaffee, räumte weiter auf und deckte nebenbei den Tisch.

Anna platzte fast vor Neugier. »Konnte sich Damian Lehmann aus Schwarmstedt an irgendetwas erinnern?«

Dobbs mochte ihre forsche und direkte Art. Anna kam immer schnell zur Sache. »Leider nein. Jedoch …« Er schien sich an Pauls überaktiver Gegenwart zu stören. »Vorschlag: Wir beide nehmen unseren Kaffee und gehen ein paar Schritte draußen in der Sonne.«

Sofort wollte Anna wieder aus dem Rollstuhl aufstehen und war ganz überrascht, als sie merkte, dass sie schon stand. Ohne Schmerzen. »Sonne? Gerne! Auch wenn es in Anbetracht der Überbelastung gestern nicht allzu viele Schritte werden. Aber ein paar Meter den Berg runter ist eine Sitzbank im Grünen.«

»Hast du mir die Liste deiner Kontakte ausgedruckt, worum ich dich gestern gebeten hatte?«, fragte Dobbs.

Anna antwortete nicht, sie deutete lediglich auf einen Stapel Papier, der auf dem Drucker lag. Er sah sich die Auflistung der Namen der Geschädigten mit den Namen und Kontaktdaten der Familien und Freunde an.

»Wir sind mal kurz draußen, Pauli. Du vermisst uns ja sicher nicht, oder?« Doch Paul lachte nur – laut und frech. Das genügte Anna als Antwort.

Dobbs hielt die Kaffeetassen in der einen Hand, und mit der anderen öffnete er die klappernde Fahrstuhltür, dann die Haustür. »Paul ist doch jetzt hoffentlich nicht enttäuscht, dass wir ihn nicht eingeladen haben, mit uns zu kommen, oder?«

»Der ist hart im Nehmen. Immerhin war er viele Jahre mit mir zusammen«, gluckste Anna selbstbewusst und schwang sich mit ihren Krücken an die frische Luft.

»Ich wollte nur nicht, dass er mitbekommt, wie ich dich in Details zum Fall einweihe. Ich denke, dein Wissen und Können könnten für uns hilfreich sein.«

Anna ließ sich nicht anmerken, wie sehr sie das freute.

»Können wir uns darauf einigen, dass das Thema nach dem Spaziergang nicht mehr auf den Tisch kommt?«, bat er dann.

»Abgemacht.«

Sie hatten Glück, die Sitzbank war nicht besetzt. Insgesamt war für einen sonnigen Sonntagnachmittag wie diesen nur sehr wenig los.

»Was war gestern Abend?« Anna wollte alles wissen.

»Wir konnten endlich herausfinden, warum die Opfer sich an nichts erinnern können, und ermitteln nun in einem Betäubungsmitteldelikt. Damian Lehmann hatte Skopolamin im Körper. Bei den anderen konnte es nur noch vereinzelt nachgewiesen werden.«

»Skopolamin? Diese Zombiedroge?«

»Zombiedroge? Ja, meinetwegen nennen wir es mal so.«

»Den Namen habe ich mal gelesen. Wird so genannt, ich meine, weil die Opfer nach der Verabreichung willenlos sind und komplett ausgeliefert. Wie Zombies eben.«

»Richtig. Wenn du eine zu hohe Dosis abbekommen hast und dir jemand sagt: ›Spring!‹, dann springst du. Und du weißt danach nichts mehr davon.«

»So erklärt sich auch die Amnesie der Opfer. Wie fürchterlich, Dobbs. Skopolamin wird doch auch bei illegalem Organhandel eingesetzt. Oder bei Raub. Oh Himmel, was haben die armen Erstis erlebt? Fehlt ihnen irgendwas?« Lediglich für ein Kopfschütteln hatte Dobbs Zeit, denn Anna sprudelte sofort weiter: »Skopolamin ist einfach selbst herzustellen. Und als Spray kann es einem Opfer schnell mal ins Gesicht gesprüht werden. Und das Schlimmste ist, andere bemerken es nicht. Denn die, die unter Einfluss von Skopolamin stehen, verhalten sich äußerlich nicht auffällig. Da gibt es sehr eindrucksvolle Aufzeichnungen im Internet.«

»Man kann es selbst machen?«

Sie nickte nachdrücklich. »Keine Sorge, ich habe es selbst noch nicht versucht. Würde ich niemals tun. Drogen sind scheiße. Aber zu Forschungszwecken durchaus interessant. Ich weiß nur, dass es aus diversen Nachtschattengewächsen, wie zum Beispiel Engelstrompeten, gewonnen werden kann. Oder eben chemisch. Auch aus frei verkäuflichen Tabletten. Solche gegen Magenschmerzen und so. Du kannst es, wie gesagt, als Spray verabreichen oder aber als Zigarette rauchen.«

»Verdammt. Wir klappern morgen die Apotheken ab. Also müssen wir unsere Befragungen doch umfangreicher gestalten.«

»Dann erweitert eure Liste sicherheitshalber mal um Chemiker, Laboranten und Studenten. Und um all die neugierigen Tüftler.« Anna grinste Dobbs milde an.

»Verdammt«, fluchte er wieder und klatschte sich die Hände vor das Gesicht. »Mir graut es bereits jetzt vor dem ganzen Papierkram.«

»Kann sich auch Damian Lehmann an nichts erinnern?«

Dobbs druckste herum. »Na ja. Eine Vernehmung war kaum möglich. Während unserer Befragung fiel er ins Koma.«

Anna schluckte. »Verdammt«, wiederholte sie Dobbs' Fluch.

»Ich hatte am Donnerstag etwas unfreiwillig mit einem der Opfer Kontakt …«

Anna zog die Stirn kraus. »Du hast Kontakt gehabt? Privat?«

»Mehr oder weniger. Ich wollte Merrit vom Bahnhof abholen, sie beginnt nächste Woche mit ihrem Studium und kam jetzt von ihrer Mutter wieder, da lief mir Philipp Lowski aus Gelsenkirchen nackt und verwirrt am Bahnhof in die Arme. Sozusagen.« Dobbs erwartete von Anna eine Reaktion, bekam diese aber nicht. »Gestern habe ich mich daher in den Dienst versetzen lassen. Wir konnten mit einer erweiterten Untersuchung bei ihm noch leichte Spuren von Skopolamin feststellen, und weil wir noch nichts von den anderen Vermissten wussten, vermuteten wir leider zu schnell, dass es als Vergewaltigungsdroge eingesetzt wurde. Da aber zum Glück kein sexueller Hintergrund vorlag, kam kurz der Verdacht auf, dass jemand an ihm geübt und vielleicht an ihm die Dosis erforscht hat. Oder ihm ein Streich gespielt wurde. Alles schon erlebt.«

»Dosis erforscht? Er ist demnach ein Dummy gewesen? Ein Platzhalter? Vielleicht auch ein Stellvertreter, Dobbs!«

Die Stellvertreter-Theorie würde er im Hinterkopf behalten. »Und ich muss leider gestehen, dass ich auch erst dachte, die paar verschwundenen Jungs seien Vorboten für das neue Semester.«

»Ach, du meinst, weil die Orientierungswoche morgen beginnt? Das dachte ich leider anfangs auch. Ab morgen steht Marburg wieder Kopf.« Anna wusste selbst zu gut, was in der OE passierte. Sie grinste, als sie sich wieder daran erinnerte, wie Paul sie abholen musste, weil sie im angetrunkenen und bekifften Zustand versucht hatte, den Steinweg hinunter Purzelbäume zu machen. Auf Kopfsteinpflaster steil bergab war das keine gute Idee. »Aber was meinst du mit ›Streich gespielt‹? Denn auch ich dachte bereits daran, wofür diese Taten stehen könnten. Ich habe gelesen, dass Täter, die mit Gift oder Drogen ihre Opfer gefügig machen, pathologisch gesehen in den meisten Fällen etwas gemeinsam haben: Sie arbeiten akribisch, hegen einen langen Groll und wollen häufig Vergeltung üben. Aber wie passt das auf unseren Täter?«

»Den Gedanken verfolge ich auch. Und dann ist da immer noch die naheliegendste Sache: Taten mit Gift und Drogen sind die am häufigsten gewählten Vorgehensweisen von Frauen.«

»Das gilt schon längst als überholte These! Gift als typischer Modus Operandi von Frauen? Du bist nicht auf dem neuesten Stand. Ich schicke dir nachher Links zu Studien, die das widerlegen.«

Er grinste.

»Aber, lieber Doktor Dobbs, ich habe auch gelesen, dass es verschiedene Typen von Gifttätern und auch verschiedene Motivationen gibt. Beispielsweise politische Terroristen und Anhänger religiöser Sekten, Erpresser, Rächer, sogenannte Todesengel oder auch Kindsköpfe, die sich mal ausprobieren wollen.«

»Kindsköpfe …« Er grinste wieder. »Anna, bist du gewillt, als mein Back-up zu helfen? Vier Augen sehen mehr als zwei. Und dein brillanter Kopf kann mein inzwischen tüdeliges Hirn unterstützen. Ich darf dich nur nicht offiziell ins Boot holen und auch vorerst keinem davon erzählen. Aber ich würde dich gerne darum bitten, dass du die sozialen Netzwerke beobachtest, solange du noch nicht wieder so gut zu Fuß bist. Und dass du mich auf Kurzwahl hast, wenn dir etwas auffällt. Traust du dir das zu?«

»Hab dich doch schon längst auf Kurzwahl«, gab sie kleinlaut zu.

»Danke. Dann wird das fast wie damals.«

»Bitte nicht.«

Eine Weile saßen sie schweigend in der Sonne und lächelten versonnen vor sich hin. Schließlich brach Anna das Schweigen. »Sag mal, weißt du, wo alle wiederaufgetauchten Opfer aufgefunden wurden? Habt ihr die Fundorte schon analysiert?«

»Mehr oder weniger. Sie sind jedoch, vom geografischen Profiling aus betrachtet, eher unterschiedlich, wenn es auch eine Auffälligkeit gibt. Denn bis auf Lucas Wölke, der am Freitag im Südviertel beim Softwarecenter gefunden wurde, und Lowski, der wie gesagt am Bahnhof über den Ortenbergsteg kam, wurden die meisten anderen bislang irgendwo am Fuße der Lahnberge gefunden, Patrick Metz-Adams beispielsweise von Spaziergängern oben am Fernheizwerk.«

»Und Damian Lehmann?«

»Tanzte gestern durch das trocken gelegte Wasserband in der Ketzerbach.«

»Er tanzte? Mitten auf der Straße?«, grübelte Anna laut. »Hmm. Aber was haben diese Orte gemeinsam?«

»Wenn ich das nur wüsste!«

»Sei ehrlich: Wird derzeit nur noch Pascal Irle vermisst?«

Dobbs nickte. »Ja, er ist der Einzige, von dem wir derzeit wissen.«

»Wie geht ihr nun weiter vor?«

»Noch heute oder spätestens morgen früh weiß Kiki, ob es eine große Sonderkommission geben wird. Und dann starten wir mit viel Stil durch.«

»Wie, es steht noch zur Debatte, ob es eine Sonderkommission geben wird? Was ist denn mit dem Schutz der öffentlichen Sicherheit? Was ist, wenn es keine Soko geben wird?«

»Ach, das sind doch nur Begriffe. Alle arbeiten mit, jeder, den wir brauchen. Egal, ob offizielle Soko oder nicht.« Er schmunzelte, und Anna überlegte, ob er das ernst meinte. Sie konterte: »Was heißt alle? Kiki und du? Für zwei ist das aber ganz schön viel Arbeit.«

»Bislang nur Kiki und ich. Und ein Kollege. Wieso? Ich habe doch dich als Geheimwaffe.«

Sie grummelte. »Und du sorgst damit dafür, dass ich mir eine potenzielle Zukunft bei der Polizei gänzlich verbaue.« Ein gespielt bitteres Schmunzeln überzog ihr Gesicht.

»Bleib ruhig, Liebes. Aber was heißt denn potenzielle Zukunft bei der Polizei? Was sind das für versöhnliche Töne? Du siehst für dich doch eine Zukunft in Blau? Du schließt es nicht mehr aus?«

Sie streckte ihm ihre Zunge ein Stück heraus. Eine Antwort auf seine Fragen würde er nicht bekommen, das wusste Dobbs. Ihre Antwort brauchte er auch gar nicht, er kannte sie.

»Dass wir alle Hilfe kriegen, die wir benötigen, meine ich übrigens ernst. Zur Not steht uns jede Einsatzkraft zur Verfügung, und wenn wir Spezialisten brauchen, bekommen wir auch die. Egal, ob Tag oder Nacht.« Dobbs sah sie prüfend an. »Und ich verbaue dir deine Zukunft ganz sicher nicht. Die wären froh, wenn sie dich haben könnten. Du hast die damals ganz schön vorgeführt. So wie mich gestern mit deiner Liste.« Er atmete tief ein. »Du weißt vermutlich nicht, dass das, was damals passierte, auch für dich ziemlich gefährlich wurde.«

»Richtig. Weil ich mich deinetwegen gegen den Willen der Polizei mit einem gefährlichen Frauenschänder angelegt habe.«

Dobbs seufzte und setzte eine ernste Miene auf. »Nicht nur das. Was du nicht weißt und auch nie erfahren solltest, was ich dir aber nun erzähle, weil es lang genug her ist, ist, dass dieser Frauenschänder dich im Visier hatte.«

Anna sah Dobbs gleichermaßen fragend wie vorwurfsvoll an.

»Er drohte damals damit, dich als Nächste zu fangen und zu quälen. Er sagte wortwörtlich«, Dobbs sprach plötzlich sehr leise, denn seine Stimme brach: »Die geile Rothaarige ficke ich hart in den Tod.«

Er erwartete eine Reaktion von ihr, doch Anna starrte stumm geradeaus.

»Kiki und die Kollegen wollten dich mit aller Macht schützen, indem sie dich von dem Fall fernhalten wollten. Doch du warst schon zu tief involviert, du hattest dich darin verbissen. Und ich wusste, dass wir nur mit dir die Frauen wiederfinden und den Täter schnappen. Ich habe dich trotz aller Warnungen und Drohungen weiter angestachelt und habe bis heute ein wirklich schlechtes Gewissen deswegen. Und hoffe, du kannst mir nach dieser Offenbarung verzeihen. Ich habe eigennützig gehandelt und dich wissentlich gefährdet. Doch das alles nur, und das soll keine Begründung sein, weil ich wusste, du schaffst das. Du kannst dich in Köpfe hineinversetzen, auch in die von Frauenschändern. Meine damalige aufdringliche Anhänglichkeit dir gegenüber war der Schutz, den ich dir daraufhin geben wollte und musste. Egoistisch, ich weiß. Doch schon damals wusste ich dein Potenzial zu schätzen und wusste, dass ich dich schützen musste, wenn ich dich schon auf eine solche Fährte ansetze. Anna, zur Not wäre ich damals für dich gestorben. Hauptsache, du überstehst das. Doch meine jetzige Freundschaft zu dir ist echt. Das Vertrauen in dich … Du bist etwas Besonderes. Auch für mich. Nicht erst seitdem.«

Anna wusste nicht, was sie sagen sollte. Ihr fehlten die Worte. Sie starrte vor sich auf den laubbedeckten Boden. Sie war geschockt, aber dann doch nicht so wirklich überrascht. Sie wusste, wie versessen Dobbs sein konnte, besonders wenn es um seine Liebsten ging, und letztendlich war sie ihm für so vieles dankbar. Sie konnte genauso sein. Damals hatte sie sich gewundert, denn eigentlich hatten Dobbs und sie sich nur aus der Uni gekannt, und von einem Tag auf den anderen überhäufte er sie geradezu mit beinahe väterlicher Überfürsorge. Doch wie durfte sie das verstehen, jetzt nach seiner Offenbarung? War sein damaliges Interesse nur vorgetäuscht gewesen, nur zu seinem eigenen Vorteil?

»Bitte sag etwas«, bettelte Dobbs beinahe. »Was macht das jetzt mit uns, Liebes? Ich will nicht, dass so etwas noch mal geschieht. Deswegen frage ich dich wieder: Bist du bereit, mir zu verzeihen und mich auch in diesem Fall zu unterstützen? Auch wenn du jetzt die Wahrheit kennst? Und bist du bereit, meine Freundschaft zu akzeptieren?«

Sie grübelte noch. »Und du willst mich jetzt nicht nur dabeihaben, um deine jungen männlichen Kollegen zu verschonen? Eben weil diese Fälle für mich nicht gefährlich werden können, solange ich nicht Anfang zwanzig und männlich bin? Oder Erstsemester?«, zischte sie trotzig.

»Auch«, gab Dobbs kleinlaut zu und grinste sein Hollywood-Grinsen. Anna rutschte mit einer Mischung aus Nervosität und Wut und Klarheit und Zuneigung auf der Bank hin und her, kämpfte mit ihren Gefühlen. Sie war einerseits enttäuscht, andererseits aber dankbar, nun die Wahrheit zu kennen. Hatte sie doch damals gedacht, dass er lediglich wegen ihres Talentes, sich in fremde Köpfe hineinzudenken, und wegen ihres guten Riechers so interessiert an ihr war. Doch was machte dieses neu gewonnene Wissen mit ihrer Freundschaft? Immerhin beruhte diese offenbar auf einer Lüge oder zumindest auf einem Geheimnis. War es überhaupt eine Freundschaft oder war es nur sein Egoismus oder sein schlechtes Gewissen? Und was hatte sie wegen dieses Falles damals durchgemacht und sich gefallen lassen müssen? Und das nur, weil Dobbs ihr etwas verheimlicht hatte. Oder hatte er es wirklich getan, weil ihm auch etwas an ihr lag und er sie nicht nur schützen musste, sondern auch schützen wollte?

Zum Glück hatten die Zwiebeldämpfe ihre Augen so ausgetrocknet, dass die Tränen, die sie gerne hätte laufen lassen, gar nicht erst entstehen konnten. Anna versuchte, sich nichts anmerken zu lassen. »Soso. Dann ist die halbe Marburger Polizei eigentlich gar nicht böse auf mich gewesen, sondern wollte mich nur schützen? Und der, der vorgab, mich zu schützen und mich zu mögen, war eigentlich der, der mich gefährdete?« Sie erwartete keine weitere Erklärung von ihm und sah ihn prüfend an. »Puh. Dafür habe ich etwas gut bei dir!«

»Hast du! Sowieso. Tausendfach. Verzeih mir. Und dann komm mit mir nach Bochum.« Er trieb es zu weit. Das wusste auch er.

»Dobbs, ich ... Nein. Und ich meine nicht das Verzeihen.« Anna fühlte sich überfordert und überlegte, wie sie ihm diese Idee ausreden konnte. »Ich würde gerne mit dir nach Bochum, das weißt du. Aber ich kann nicht. Es ist lediglich ein schöner Traum.« Gelogen war es nicht, denn wie gerne würde sie diese Chance wahrnehmen! Auch sie hatte mit dem Gedanken gespielt, spätestens als Dobbs ihr von seinen Plänen erzählt hatte, doch ein Umzug nach Bochum wäre unbezahlbar, gerade jetzt, wo sie quasi mittellos war, Paul auf der Tasche lag und noch jede Menge Schulden abzutragen hatte. Auf ihre Eltern als Unterstützung konnte sie nicht bauen. Zu ihrem Erzeuger hatte sie seit ihrer Kindheit keinen Kontakt. Er lebte auf Staatskosten, war süchtig nach Onlinespielen und fand seine Tochter nicht wichtiger als seine Sucht. Genau genommen kannte Anna ihren Vater gar nicht wirklich. Ihre Mutter hatte er beinahe mit in den Abgrund gezogen, bis sie es endlich schaffte, ihn zu verlassen und zurück in ihre Marburger Heimat zu ziehen. Wo sie auch schnell wieder Fuß fasste und ihren neuen Mann kennenlernte. Seitdem zahlte sie die Schulden von Annas Vater ab. Anna hatte schon mit vierzehn Jahren gearbeitet, um ihre Mutter und ihren damals drei Jahre alten Halbbruder Raphael zu unterstützen, als es ihrer Mutter wieder einmal schlecht ging. Damals hatte ihre Mutter ihre

Diagnose noch nicht, sie litt an Depressionen mit extremen Hochs und Tiefs. Heute wussten sie, dass ihre Mutter bipolar war, eine schizoaffektive Psychose hatte, die sie mit Medikamenten einigermaßen im Griff hatte. Dennoch war auch das Verhältnis zwischen Anna und ihrer Mutter eher verhalten. Zu viel war passiert.

Annas Plan war es eigentlich gewesen, nach ihrem Bachelorabschluss das Masterstudium ebenso schnell durchzuziehen, um ihrer Mutter und auch Pauls Eltern die privaten Studienkredite zurückzuzahlen. Doch durch den Unfall hatte sie nun einmal wertvolle Lebenszeit verloren. Im kommenden Semester einen teuren Masterstudiengang anfangen und dann frühestens in zwei Jahren Geld verdienen? Das funktionierte einfach nicht. Zumindest nicht jetzt, wo ihre Mutter erneut eine depressive Phase durchlebte. Doch wie sollte Anna das Dobbs erklären, der so versessen darauf war, ihr die bestmögliche Ausbildung schmackhaft zu machen?

Sie raufte ihr Haar, das zu einem gigantischen wilden Dutt hochgedreht war.

»Denk mal bitte laut«, bat er sie. Sie atmete tief ein, und ihre Bewegungen waren nun nicht mehr so hektisch. Sie würde es ihm so sagen müssen, wie es war: »Ich bin pleite, Dobbs. Ein weiteres Studium kann ich mir nicht leisten. Ich muss schnellstmöglich gesund werden, um Geld zu verdienen. Egal wie.«

Dobbs war sprachlos. Er hatte Annas Lage scheinbar gänzlich falsch eingeschätzt.

»Wieso gerade Bochum, Dobbs? Gibt es das nicht hier in der Nähe? Hier darf ich umsonst wohnen, könnte studieren und nebenbei arbeiten.«

Ihre Frage ließ er unbeantwortet und verzog geknickt das Gesicht, als er kleinlaut fragte: »Jetzt habe ich unseren lustigen Nachmittag komplett und gänzlich versaut, gelle?« Doch dass es in seinem Kopf arbeitete, war nicht zu übersehen.

»Ja, ein bisschen schon«, seufzte sie. »Schon blöd, dass ich meinen Traumberuf wohl niemals ausüben kann. Und das nur wegen der Folgen eines nicht selbst verschuldeten Unfalls.«

»Ich weiß, ich nerve dich damit. Aber hast du mal an ein duales Studium bei der Polizei gedacht? Dann würdest du doch Lohn erhalten.«

»Wie soll ich denn den Aufnahmetest oder wie das heißt, bestehen? Mit diesem Körper? Früher vielleicht mal, vielleicht auch irgendwann wieder. Aber nicht in absehbarer Zeit.« Sie klopfte sanft auf ihre pochenden Knie.

»Das heißt Eignungsauswahlverfahren. Kurz EAV. Und was wäre, wenn ich versuche, ein paar Strippen zu ziehen?«

»Das wird nichts. Die Aufnahmekriterien sind sicherlich verdammt hart. Wen willst du schmieren, Dobbs? So viel Geld hast du nicht.«

Er lächelte schelmisch.

»Nein, das geht nicht. Ich kriege das noch nicht hin. Zwar hättest du dann etwas bei mir gut, und das für immer, aber das wird nicht funktionieren. Und dann wärst du ja wohl kaum mein Dozent. Und sehen würden wir uns vermutlich gar nicht mehr, wenn du in Bochum bist.« Schließlich konnte Anna sich jetzt, wo die Fronten geklärt waren, keinen besseren Mentor vorstellen. Sie wünschte manchmal, Dobbs wäre ihr Vater. Sagen würde sie ihm das jedoch nie.

Sie versuchte, sich zu sammeln. »Vielleicht sollten wir zurück und mit dem Kochen anfangen? Wer weiß, vielleicht liegt ja meine Zukunft im Beruf der Köchin. Vielleicht habe ich meine Passion fürs Kochen und Zwiebelschneiden nur noch nicht wirklich entdeckt.«

Dobbs stand auf, stellte sich vor sie und reichte ihr beide Hände. Er half ihr aufzustehen. »Darf ich?« Er bat sie um eine Umarmung. Nichts tat sie in diesem Moment lieber. Anna wusste, dass er es ernst mit ihr meinte. Es war Freundschaft – nur eben keine klassische. Und eine mit einem sehr holprigen Start.

Schon auf dem Flur hörten Anna und Dobbs zwei gut gelaunte Männerstimmen, laute Musik und herzliches Gelächter aus der Wohnung schallen. Michel war auch früher gekommen, ebenfalls um beim Kochen zu helfen. Und schon zehn Minuten später suchten sich alle vier einen Platz am gedeckten und herbstlich dekorierten Esstisch.

Anna sah, wie sehr sich Dobbs freute, dass alle Bestecke und Tassenhenkel im perfekten rechten Winkel angerichtet waren. Dieser kleine Tick machte ihn so sympathisch, so liebenswert, so nahbar.

Paul hatte den Kartoffelstampf mit gerösteten und in Honig geschwenkten Zwiebelringen serviert, dazu Oma Helgas Apfelmus, leicht erwärmt, und Dobbs' grobe Bio-Bratwurst auf den Punkt pfannengegrillt. Michel rieb sich den Bauch und rief begeistert: »Das ist perfekt. Fast besser als bei Mama. Aber eben nur fast!« Er warf Paul einen tiefen Blick zu, der sowohl Anna und Dobbs als auch Paul aufmerksam werden ließ. »Ein perfektes Essen. Danke vielmals.«

»Kommst du aus dem Rheinland?«, fragte Anna Michel, denn dem zaghaften Flirten musste nachgeholfen werden, bevor Paul im Boden versank. Oder abhob. »Ich meine, Himmel und Erde ist doch typisch rheinisch, gelle? Hab' ich gelesen.«

»Na ja, eigentlich komme ich aus Gießen, bin dort geboren und groß geworden. Was meint ihr, wie glücklich ich war, in

Marburg meinen Dienst tun zu dürfen! Aber meine Oma Maria kommt tatsächlich vom Niederrhein, gebürtig jedoch aus Belgien.«

»Du kommst aus Gießen? Oje. Mein Beileid«, spottete Anna. Nicht nur die meisten Marburger fanden die Stadt Gießen nicht schön. Gießen, das im Zweiten Weltkrieg nahezu komplett zerstört und dann schnell und lieblos wiederaufgebaut worden war, war nicht zu vergleichen mit Marburg und dessen geschichtsträchtigen Gebäuden, die weitestgehend verschont geblieben waren.

»Ach, auch Gießen hat schöne Seiten. Man muss nur wissen, wo. Und gegebenenfalls länger danach suchen. Es verschenkt seinen Charme eben nicht so verschwenderisch wie Marburg.« Alle nickten wissend. »Ich zeige euch gerne mal die schönsten Ecken von Gießen.«

»Wie, es gibt mehr als eine schöne Ecke dort?«, fragte Dobbs gehässig, aber belustigt. »Die schönste Ecke von Gießen ist und bleibt lediglich die Autobahn nach Marburg.«

Michel grinste. »Ihr habt ja keine Ahnung. Wahre Schönheit kommt von innen. Aber ich bin vor ein paar Wochen nach Cölbe gezogen. Weil sogar Cölbe schöner ist.« Ein helles, fröhliches Summen erfüllte den Raum, als Michel lachte.

»Hat es dir auch geschmeckt, Dobbs?« Doch eigentlich hätte sich Anna die Frage sparen können, alle konnten es an Dobbs' seligem Gesichtsausdruck ablesen. »Ich habe lange nicht mehr so gut gegessen. Danke euch dreien. So, jetzt könnte ich aufs Sofa und eine Runde Mittagsschlaf halten.«

»Nix da. Es gibt noch Nachtisch!«, rief Paul zur Überraschung aller, schnappte sich die leer gegessenen Teller und stürmte damit in die Küche. »Gebt mir bitte zehn Minuten. Bewegt euch ein bisschen, macht Gymnastik oder Stretchübungen, fühlt euch wie zu Hause.«

Anna lachte. »Na, danke, Pauli. Sehr großzügig. Noch wohne ich hier.«

Dobbs stand auf und peilte sofort die bodentiefe Fensterfront an. Michel ebenso. Und auch Anna suchte ihre Krücken, um aufzustehen. Beide Männer waren schnell an ihrer Seite und reichten ihr jeweils einen Arm zum Einhaken. Anna ließ sich gerne von ihnen helfen. Und als alle drei die Aussicht über die Stadt genossen, wurde Dobbs ganz wehmütig: »Ich glaube, ich kann Marburg nicht verlassen. Niemals. Es ist einfach viel zu schön hier.«

Michel und Anna seufzten gleichzeitig laut, als Anna ergänzte: »Stimmt. Ich kann von diesem Ausblick auch nie genug bekommen.«

Michel nickte. »Ich glaube, niemand in Marburg hat eine genialere Aussicht aus seinem Wohnzimmerfenster. Darf ich mich nachher nur mal probehalber auf euer Sofa setzen? Bitte. Ich will diesen Blick …«

Ausreden ließ ihn Anna nicht. »Wieso nur probehalber? Ich glaube, Paul und ich hätten kein Problem damit, wenn du einziehst.« Die roten Flecken in Michels Gesicht ließen Anna amüsiert glucksen. »Natürlich nur, damit du mich den ganzen Tag herumträgst, Milord. Was denkst denn du?«

Seine Verlegenheit war noch immer klar erkennbar. Er und auch Anna sahen sich nach Paul um, der wie ein Derwisch durch die Küche wuselte.

»Setzt euch, Männers.«

Dobbs und Michel fanden auf dem Sofa Platz. Schweigend. Mit Anna zwischen sich – sie inmitten breiter Schultern.

Vermutlich hatte Michel recht, denn die Aussicht aus dem großen Fenster war einmalig. Leicht rechts unter ihnen im Tal lag der Bahnhof mit dem Ortenbergsteg.

»Wusstet ihr, dass unser Bahnhof irgendwann mal als der schönste Bahnhof Deutschlands galt?«, fragte Dobbs seufzend. »Ist noch gar nicht lange her.«

»Na ja, schönster Bahnhof Deutschlands trifft schönste Stadt Deutschlands, zumindest des Herzens. Passt doch gut«, grinste Michel. Ihre Blicke schweiften wieder in die Ferne. Hinter dem Bahnhof gut sichtbar die schnurgerade Bahnhofstraße, die thronende Elisabethkirche und die Stadtteile Ketzerbach und dahinter die Marbach. Links daneben ging es steil die Oberstadt hinauf bis hoch zum Landgrafenschloss. Das Panorama war atemberaubend.

»Dahinten wohne ich«, rief Dobbs. »Habt ihr ein Fernglas?«

»Echt, du wohnst in der Oberstadt?«, fragte Michel, und Dobbs nickte voller Stolz. »Ich habe am Renthof ein uraltes, windschiefes Häuschen geerbt. Eigentlich steht das nur noch aus Gewohnheit. Vier Etagen hoch und jeweils nur fünf Meter breit. Eingequetscht von anderen alten windschiefen Häusern.«

»In der Oberstadt zu leben, ist eine Sache für sich, oder?«

»Wie meinst du das, Michel?«

»Na ja. Laden an Laden. Kneipe an Kneipe. Touristen. Alte Gebäude. Schiefe Decken und Böden. Kaum Parkplätze.«

Dobbs lachte laut. »Dafür aber auch ein einmaliges Lebensgefühl. Das bekommt man nirgendwo sonst. Und, ja, im Renthof ist eine Kneipe. Sogar eine der angesagtesten Kneipen überhaupt. Aber die ist schon so lange da, viel länger als ich …«

»Bist du gebürtiger Marburger?«, rief Paul fragend aus der Küche, und Dobbs antwortete: »Ja. Und stolz drauf!«

Anna atmete auf. Er hatte hier seine Wurzeln, dann würden sie vermutlich noch lange in Kontakt bleiben – ob sie ihm nach Bochum folgte oder nicht. Dankbar für diese Worte, schob sie ihre Hand in seine Armbeuge. Noch dankbarer für ihre Geste, hielt Dobbs ihre Hand dort fest.

»Du und Paul seid auch Ur-Marburger?«, wandte sich Michel an Anna.

»Jein. Ich bin in Frankfurt geboren, da meine Eltern damals dort wohnten. Doch zum Glück trennten sie sich, und Mama zog mit mir zurück in ihre Heimat. Da war ich acht Jahre alt. Mein Erzeuger wohnt noch immer in Frankfurt. Kontakt haben wir keinen, und das ist vermutlich gut so.«

Dobbs wirkte kurz niedergeschlagen. So in etwa musste auch seine Ex-Frau mit seiner Tochter über ihn gesprochen haben, wenn auch der Hintergrund ein etwas anderer war. Dobbs legte Anna seine Hand schützend auf die Schulter, und sie spürte die Kraft, die er ihr damit gab. Sie wiederum tätschelte mit der Hand, die noch immer in seiner Armbeuge lag, seinen Unterarm. Sie hatte gespürt, dass er angespannt reagierte, als die Rede auf ihren Vater und ihr Nichtverhältnis zu ihm kam. Obwohl Dobbs ein guter Vater war, gab er sich die Schuld für das zeitweise schlechte Verhältnis zu seiner Tochter.

»Ich bin sowieso mehr von meinen Großeltern aufgezogen worden. Na ja, und von Pauls Eltern.« Mit einem vielsagenden liebevollen Blick sah sie über ihre Schultern. Zu dem Mann, den sie so sehr liebte. »Paul ist aber ein richtiger, waschechter Marburger. Ich glaube, in mindestens dreihundertster Generation.« Anna spürte, dass das nicht Michels letzte Frage bezüglich Paul gewesen war.

Die nächste stellte er leiser: »Entschuldige, wenn ich dich so neugierig ausfrage, aber ihr seid ein Paar, oder?«

»Nein. Wir waren es. Lange Zeit. Ab dem Zeitpunkt, wo wir merkten, dass Küssen nicht ekelig ist. Wir waren quasi verlobt. Bis Paul herausfand, dass ich ihm nicht Mann genug bin.

Er ist schwul, hat es nur ein bisschen spät bemerkt. Wenn dir das weiterhilft. Wenn du das überhaupt wissen wolltest.« Sie sah Michel prüfend in die Augen. Sein Blick war verwegen. Und er sah sie an – mit einer gewissen Faszination für die Art, wie sie die Worte gesagt hatte.

»Wieder zu Tisch, bitte!«, rief Paul und balancierte die gute Porzellanplatte seiner Oma mit schokolierten Früchten in Richtung des Esstisches.

»Wann zur Hölle hast du das alles gemacht? Grad eben?«, fragte Michel zutiefst beeindruckt und wirkte wild entschlossen, noch charmanter zu sein. Erdbeeren, Bananen, Weintrauben, Apfel- und Birnenstückchen am Holzspieß und mittendrin eine Schale Schlagsahne, Erdbeersoße, Vanillesoße und Schokosplitter. Sogar Annas Mund stand offen vor Erstaunen. Paul hatte sich wieder einmal selbst übertroffen, offensichtlich wollte er einen gewissen Jemand hier am Tisch beeindrucken. Das gefiel Anna. Paul war verliebt.

Sie lehnte sich zu Michel und flüsterte, jedoch so, dass alle sie hören konnten: »Paul ist ein Guter.«

»Ich merke das schon«, flüsterte Michel zurück, ebenfalls so, dass alle ihn hören konnten. Pauls Gesicht lief knallrot an.

»Und er ist bescheiden und fürsorglich.« Anna pries Paul an. Dobbs, der die Situation amüsiert beobachtete, fühlte sich gezwungen, Anna zu unterstützen: »Stimmt. Erzähltest du nicht mal am Telefon, dass er einen Flicken auf deine Lieblingsjeans genäht hat, als du kurz im Bad warst?«

»Richtig. Ein plüschiger Flicken, auf dem Gizmo von den Gremlins abgebildet war. Ich konnte die Hose nie wieder anziehen, habe sie aber nach wie vor im Schrank hängen.«

»Hey!«, rief Paul gespielt empört. »Ich hatte es nur gut gemeint. Konnte ja nicht ahnen, dass Jeans mit Löchern die neueste Mode für Mädchen waren.« Er lachte selbst am lautesten und lachte immer noch, als er, zurück in der Küche, die Kaffeemaschine bediente.

»Hast du dir eigentlich freigenommen für die kommende Woche? Oder hast du Dienst?«, fragte Dobbs Michel, doch dieser schaute ihn nur fragend an. »Wegen der OE, der Orientierungswoche an der Uni. Merk dir für die Zukunft, dir während der OE freizunehmen. Manchmal sind schon Tage vorher die Vorboten zu spüren. Das Semester beginnt, und die Studis drehen durch.«

»Ich merke es mir. Aber ich bin ja erst seit knapp einem Dreivierteljahr hier in Marburg beschäftigt. Bin im Februar mit dem Studium fertig geworden, da habe ich mir noch keinen Urlaub genommen. Ich merke es mir für nächstes Jahr.«

»So jung bist du also noch. Beneidenswert«, witzelte Dobbs und erntete mitleidige Blicke von allen dreien.

Michel hakte nach: »Aber müsste die Orientierungswoche nicht eigentlich OW heißen statt OE?«

Anna und Dobbs setzten gleichzeitig an, Michel zu antworten, und mussten beide schmunzeln. Dobbs ließ Anna mit einer Geste den Vortritt: »OE ist die Orientierungseinheit an der Uni. Die dauert eine Woche.«

Im Raum wurde es ruhig, und die Platte mit Obst leerte sich. Da brach Michel das genussvolle Schweigen. »Dobbs, wie kann ich Teil der Soko werden?«

»Da findet sich schon ein Weg. Warte doch, ob du uns zugeteilt wirst. Wieso willst du freiwillig teilnehmen, du bist doch bei der Schutzpolizei?«

Michel druckste, er schien nicht erklären zu können, warum, und sagte schließlich: »Ich glaube fest an Annas Gespür … an ihre Nase.«

»Ja, Annas Näschen. Sie hat wirklich einen ausgezeichneten Riecher.«

10

NICHT WICHTIG GENUG

Montag, 29. September

»Danke, dass du dir freigenommen hast und mich zum Arzt begleitest.«

Paul nickte Anna nur kurz zu und fuhr konzentriert durch die Dreißiger-Zone, den Wehrdaer Weg entlang – mit atemberaubender Langsamkeit. Neunzehn Stundenkilometer sorgten bei bereits drei Autofahrern hinter ihnen zu gefährlichen Überholmanövern inklusive hitzigem Gehupe. Und die Schlange der hinter ihnen fahrenden Autos wurde zusehends länger. Aber Anna wollte Paul nicht darauf hinweisen. Er duldete beim Fahren keine Ablenkung. Kein Vergleich zu seinem Fahrstil vor Annas Unfall. Dabei war er diese Strecke in der Zeit ihrer Reha täglich gefahren und konnte das vermutlich sogar im Schlaf. Anna betrachtete die teilweise sehr alten Häuser links am Hang und die Lahn rechts neben ihr, wie sie ruhig und idyllisch zur Stadt floss. Gleich würden sie da sein.

»Über was habt Dobbs, Michel und du euch unterhalten gestern Abend, als ich auf dem Klo war? Danach war die Stimmung so seltsam verschworen.«

»Ach, nur so dies und das.«

»So sah das aber nicht aus. Als ich wieder an den Tisch kam, brach euer getuscheltes Gespräch abrupt ab, und ihr habt alle betroffen weggeschaut. Ich dachte schon, ich hätte auf dem Klo verdächtige Geräusche gemacht, die ihr gehört und fehlinterpretiert hättet oder so.« Sie gluckste amüsiert, doch Paul reagierte nicht. Er setzte den Blinker und nahm mit überraschend viel Gas den steilen Berg. Wieso war er derart angespannt? War gestern zwischen ihm, Dobbs und Michel etwas vorgefallen?

Auf halber Höhe des Berges war links ein kleiner Besucherparkplatz, und sie hatten tatsächlich Glück. Paul half ihr aus dem Auto, und schweigend gingen sie nebeneinanderher den Weg in Richtung Haupteingang des Gebäudekomplexes.

»Paul, was ist los?«, fragte Anna ihn, als sie die große Glastür passierten.

»Gleich«, zischte er zurück.

Nachdem sie sich an der Anmeldung vorgestellt hatten, nahmen sie im Wartebereich etwas abseits der anderen Patienten Platz.

»So, jetzt sag schon, Pauli, was war los?«

Paul druckste herum, fand scheinbar nicht die richtigen Worte. »Dobbs hat mich um etwas gebeten.«

Anna zog die Stirn kraus. »Ach ja, um was denn?«, und etwas leiser: »Hat es etwas mit den verschwundenen Studenten zu tun?«

Paul schüttelte energisch den Kopf. »Nein. Eher damit, ob ich dich freigebe und dich überzeugen kann, schon im Januar mit ihm zu gehen.«

Jetzt fehlten Anna die Worte. Sie grübelte. Paul ebenso. »Würdest du denn mit ihm nach Bochum gehen wollen?«, fragte er dann.

Anna schluckte. »Keine Ahnung.«

»Warten wir erst mal ab, was der Doc sagt, Feuerkopf.«

»Anna!«, rief Doktor Linne erfreut, und sie stand vorsichtig auf und humpelte eilig auf ihn zu. »Schön, dich auf zwei Beinen zu sehen!«

»Dank Ihnen habe ich zumindest noch zwei Beine.« Sie lachten, doch Paul verzog die Miene. Schwarzen Humor konnte er nicht leiden. Zumindest nicht, wenn es um Annas Gesundheit ging.

»Du willst mich also noch immer nicht duzen.« Der Doktor nahm es grinsend hin. »Folgt mir. Hier geht es entlang.« Sie folgten dem freundlichen Mittfünfziger mit dem grauen Stoppelbart in ein Behandlungszimmer, und Anna peilte sofort die gewohnte Liege an.

»So, dann erzähl doch mal. Wie ist es dir ergangen? Ich sehe, die Physiotherapie hat ordentlich geholfen.«

»Richtig. Ohne Christian wäre ich heute immer noch auf den Rollstuhl angewiesen. Und auch Paul muss ich danken, der täglich mit mir gewissenhaft die Übungen macht. Auch wenn er an manchen Tagen absolut keine Lust mehr darauf hat.«

Linne nickte Paul anerkennend zu, der dennoch wie ein angespanntes Häufchen Elend dreinschaute, gestützt auf Annas Krücken.

»Was machen die Schmerzen in der Hüfte? Auf einer Skala von eins bis zehn.«

»Zwei. Aber sie sind einfach da. Eigentlich immer. Vielleicht kann ich mich irgendwann daran gewöhnen.«

Der Arzt verzog das Gesicht, offensichtlich gefiel ihm nicht, was Anna erzählte. »Darf ich mir die Narbenbildung mal anschauen?«

Anna richtete sich prompt auf und zog die Hose herunter. »Die Verbände und Pflaster habe ich zwei Tage nach Ihrem letzten Besuch abgemacht. Sie hatten gejuckt, und ich hatte Angst, dass die Narben und Wundränder sich entzünden. Doch seitdem ist alles super verheilt.«

Auch Paul kam näher an Anna heran. Er hatte die Wunden noch nie gesehen, sie waren stets gut verhüllt gewesen.

Oder Anna hatte ihm den Anblick ersparen wollen. Doch nun starrte er die gut verheilten Wunden an – und sie starrten ihn an. Die Operationsnarben waren sehr groß und wirkten auch nach Wochen noch bedrohlich. Zu sehen waren eine sehr lange, dunkelrote Narbe, die sich von der Mitte ihres äußeren Oberschenkels bis hoch zu ihrer Taille zog, und zahlreiche kleinere Schnitte am Bein.

Paul plusterte die Wangen auf und sah Anna mitleidig an.

Zu wem von ihnen beiden Doktor Linne die nächsten Worte sprach, wusste Anna nicht, doch es half. »Die Hüftnarbe sieht deutlich besser aus als beim letzten Mal. Puh! Da hatte ich ehrlich gesagt Angst, dass wir sie noch mal aufmachen müssten. Dass sie sich noch mal entzündet. Doch die Antibiotika haben aufgeräumt. Allerdings gefallen mir deine Knie noch nicht so ganz. Die sind noch recht stark geschwollen.«

»Ich befürchte, die sind erst seit gestern so. Ich habe es vielleicht etwas übertrieben.«

Doktor Linne räusperte sich und sah sie prüfend an, woraufhin Anna ihr unschuldigstes Lächeln aufsetzte. Linne schielte zu Paul, der angespannt wirkte und sich zu einem Nicken zwang. »Okay, dann glaube ich dir. Aber deine Schulter darf ich mir noch ansehen, oder?«

Anna schlüpfte prompt aus ihrem Ärmel. »Taaadaaa! Als wäre nie etwas gewesen«, rief sie. Alles, was sie wollte, war schnellstmöglich die Freigabe ihres Arztes für eine Rückkehr in ihr normales Leben.

Doch Doktor Linne schnaubte und entmutigte Anna damit. »Du solltest es noch ein paar Tage ruhig angehen. Aber das ist schon bald wieder gut. Und solange du jetzt noch keinen Marathon läufst … Doch auch in Zukunft wirst du gut auf deinen Körper hören müssen. Wir hatten dir gesagt, was noch auf dich zukommen könnte. Die neurologischen Schäden durch die Verletzungen sind noch lange nicht alle bekannt. Hast du irgendwo Taubheitsgefühle?«

Energisch schüttelte sie den Kopf. »Hatte auch nicht vor, einen Marathon zu laufen, Herr Doktor. Nur vielleicht einen Halbmarathon?« Sie grinste und wirkte wieder hoffnungsvoller.

Linne jedoch hob nur mahnend seinen Zeigefinger. »Du wirst dich bis dahin noch gedulden müssen. Aber ausschließen brauchen wir es nicht mehr.«

Glücklich nahm Anna ihre Krücken in Empfang.

»Ich würde dich aber gerne Ende dieser Woche noch mal wiedersehen. Donnerstagmorgen? Ich habe Freitag leider frei.«

Nun schnaufte Anna, ob vor Erleichterung oder Ungeduld, wusste sie wohl selbst nicht.

»Sieh dir das an. Es ist noch nicht mal vierzehn Uhr, und die Erstis sind schon hackedicht.« Paul kurbelte amüsiert das Fenster auf der Fahrerseite herunter. »Ach, Moment, das erinnert mich an wen. Ach genau, an dich in deiner OE damals! Oh Mann, was haben die auf den Wangen? Kriegsbemalung? Guck mal für mich. Muss fahren!«

»Lippenstift!«, riefen sie und Paul dann aber doch im Chor.

Anna fühlte sich plötzlich wehmütig. »Ich will auch feiern. Keine Ahnung, was, aber ich will feiern. Mit Tanz, gutem Essen und viel Alkohol.«

»Och, du. Ich kenn da wen, der hat am Samstag Geburtstag. Und dieser jemand darf sich zudem bald wieder frei und auf zwei hübschen, gesunden Beinen bewegen.«

»Ups, stimmt ja«, tat Anna verlegen und lachte laut auf. »Das bin ja ich! Fast hätte ich meinen Geburtstag vergessen.«

In diesem Moment kündigte ihr Handy mit kurzen, schrillen Pfeiftönen mehrere eingehende Kurznachrichten an, und als sie diese las, war ihre Stimmung wieder zwiegespalten. Die Nachrichten kamen alle von Dobbs:

Euch nochmals Dank für den gestrigen Nachmittag. Wie war es beim Arzt?

Kurz zum Fall: Der neueste Vermisste ist wiederaufgetaucht. Deshalb wird es keine offizielle Soko geben, alle Fahndungsmaßnahmen sind wieder zurückgenommen. Doch wie gesagt kriegen wir für die Ermittlungen alle Kräfte, die wir brauchen. Ich baue jetzt also auch auf deine Hilfe.

In diesem Sinne: Chinesisches Essen nach Dienstschluss bei euch? Gerne auch mit Paul und Michel. Wir folgen jetzt erst mal einem Hinweis. Melde mich später.

Anna dachte nach. Dobbs hatte gestern gesagt, dass Annas Mithilfe schwierig werden würde, wenn es zur Bildung einer Sonderkommission käme. War es also verwerflich, dass sie fast gehofft hatte, dass es keine offizielle Soko geben würde? Vermutlich schon. Denn das hieße ja auch, dass Dobbs und diese unsägliche Kiki quasi alleine an den Vermisstenfällen arbeiten müssten. So war Anna zugleich zufrieden wie enttäuscht, dass die Polizeioberen, die Staatsanwaltschaft oder wer auch immer dafür zuständig war, die Vermisstenfälle nicht als wichtig genug erachteten. Unabhängig davon, dass das letzte Opfer nun auch wiederaufgetaucht war. Was musste noch passieren?

Als Paul, der sich über ihre plötzliche Schweigsamkeit wunderte, fragte, was los sei, durfte sie ihm noch nicht einmal die Wahrheit sagen. Anstatt ihm davon zu erzählen, dass sie nun offiziell inoffiziell in die Vermisstenfälle involviert war, sagte sie nur: »Dobbs fragt, ob wir heute mit ihm chinesisch essen wollen. Michel wäre auch eingeladen.« Sie wippte vielsagend mit den Augenbrauen.

Paul überlegte nicht lange. »Gerne. Ich wollte Michel sowieso noch anrufen.«

»Mach doch jetzt gleich. Oder traust du dich nicht, über Lautsprecher im Auto mit ihm zu sprechen? Nicht, dass ich irgendetwas von eurem Geturtel mithören könnte«, witzelte sie.

»Nein. Ich werde sicher nicht beim Autofahren telefonieren. Dafür ist auch zu Hause noch Zeit. Und jetzt lass mich fahren und lenk mich nicht ab.«

»Paul und Michel wollten nicht, hm?«

»Schlimmer, Dobbs. Michel hat Paul zu einem Cocktailabend eingeladen. Du hättest Paul vorhin mal sehen sollen, wie er gestrahlt hat. Er war bestimmt eine Stunde lang im Bad. Den hätten keine zehn Pferde hier halten können.«

»Seltsames Gefühl, Paul so verliebt zu sehen, oder?«

Anna nickte bloß. Woher wusste Dobbs das? »Aber ich freue mich für ihn. Michel und er passen so gut zusammen. Vermutlich hätte Paul mit mir niemals so richtig glücklich werden können.«

Dobbs präsentierte eine beeindruckend üppige Auswahl an chinesischen Gerichten, und Anna stellte Teller auf den Tisch. Sie aßen und tauschten erst einmal Trivialitäten aus. Anna berichtete, was Doktor Linne gesagt hatte, und Dobbs beantwortete im Gegenzug ihren fragenden Blick, wieso er eine Schürfwunde am Hinterkopf habe, damit, dass er versucht habe, sich trocken zu rasieren.

»Mit was rasiert du dich denn? Mit der Flex?«, zog sie ihn auf. Doch allzu lange hielt Anna den Small Talk nicht aus, sie wollte wissen, wie es dem Vermissten ging, der nun wiederaufgetaucht war, was dieser zu erzählen hatte, und selbstverständlich, wo er gefunden worden war.

»Wir haben Pascal Irle in der Nacht von gestern auf heute aufgegriffen. Er saß halb nackt und unterkühlt vor der Haustür eines jungen Künstlerpaares in Zwischenhausen.«

»Wieder in der Ketzerbach? Das ist schon echt seltsam. Und was für eine Spur haben du und Kiki heute verfolgt?«

»Du kommst gleich zur Sache, find' ich gut«, neckte Dobbs mit vollem Mund, dann erst schluckte er hinunter. »Vor einem Dreivierteljahr etwa hat eine Angestellte in einer Apotheke im Lahntal den Diebstahl von ein paar wenigen Betäubungsmitteln gemeldet. Nur einzelne Pflaster gegen Reisekrankheit und spezielle Augentropfen wurden gezielt entwendet. Die Verpackungen waren wieder fein säuberlich verschlossen worden. Die Spurensuche damals hatte nichts ergeben. Wirkstoff in beiden Mitteln ist jedoch Skopolamin. Das ist der gemeinsame Nenner. Wir sprachen heute noch mal mit dem Apothekeninhaber.«

»Wenn der Täter seinen Rhythmus beibehält, dann holt er sich heute und/oder morgen sein nächstes Opfer, Dobbs. Hoffen die Zuständigen bei der Polizei, dass er vielleicht nun aufgibt oder fertig ist mit seinen Machenschaften? Wahrscheinlicher ist, dass er das nächste Opfer schon im Visier hat. Scheiße. Gerade jetzt, wo so viele neue Studenten nach Marburg kommen. Vielleicht wird die Situation bald für euch unkontrollierbar? Vielleicht solltet ihr jetzt schon die Medien einschalten?« Anna redete sich offensichtlich warm.

Dobbs beruhigte sie, indem er seine Hand auf ihren Unterarm legte. »Darf ich dich um etwas bitten?«

»Alles. Außer, dass ich ruhig bleiben soll.«

Er konnte sich ein Lächeln nicht verkneifen. »Hast du eine freie Wand hier oder ein Whiteboard oder zur Not eine Tafel? Als unsere inoffizielle Ermittlungswand. Insgesamt tut es aber auch ein großes Blatt Papier. Dann darfst du dich darauf austoben!«

Anna kniff die Augen zusammen. »Was hast du vor, willst du die Taten skizzieren?«

»Nicht ganz. Wir skizzieren und analysieren erst mal nur die Fundorte gemeinsam. Ich habe alles dabei.«

Und obwohl sie noch nicht fertig gegessen hatten, sprang Anna auf und räumte den Tisch ab. Dann eilte sie humpelnd, aber ohne Krücken, an das große Bücherregal hinter Pauls Schreibtisch und suchte eine Straßenkarte von Marburg und Umgebung. Schnell hatte sie diese gefunden und schnappte sich noch die kleinen bunten Post-it-Pfeile. Dobbs staunte nicht schlecht, als er sah, wie schnell und scheinbar schmerzfrei Anna sich bewegte.

Ihr lag etwas auf der Seele: »Was machen wir, wenn Paul heimkommt? Ich habe ihm bislang nichts gesagt. Da hattest du mich ja drum gebeten.«

»Ach, darum machen wir uns Sorgen, wenn er hier in der Tür steht. Wenn er ohnehin mit Michel verabredet ist, dann wird er wahrscheinlich mehr zu berichten haben, als dass er …«

»Hast recht«, unterbrach Anna ihn hastig und entfaltete die Landkarte auf dem Tisch. Sie stattete sich mit einem Stift aus und ließ sich von Dobbs diktieren: »Das erste Opfer, Anfang September, war Sandro Heinze aus Hassenroth im Odenwald. Hier ist ein Lichtbild von ihm. Ich hänge es an die Küchenfront.«

»Lichtbild, Dobbs? Ehrlich? Wer sagt denn heute noch Lichtbild?«

»Jeder, der vor Gericht keinen Bock hat, zehnmal das Wort Foto zu erklären, sagt das. Denn wenn du denkst, ich wäre old-school, dann … Lassen wir das. Zurück zu Sandro Heinze. Er wurde von Besuchern der Waldgaststätte Spiegelslust gefunden.« Er wartete, bis Anna fertig geschrieben hatte und das Post-it auf die Karte klebte. »Ganz grob also auf den Lahnbergen.«

»Dann Joscha Werner aus Kassel. Er wurde am Anatomicum gefunden. Also Innenstadt. Dann der Fuldaraner Markus Kaiser.«

»Nein. Er kommt lediglich aus der Nähe von Fulda. Aus Margretenhaun«, korrigierte Anna. Sie kannte ihre Liste auswendig und konnte sich noch genauestens an alle Gespräche mit den Angehörigen und Freunden erinnern.

»Du hast recht. Entschuldige. So viel Zeit und Gründlichkeit muss sein. Kaiser wurde am UKGM gefunden.«

»Uniklinikum. Also wieder Lahnberge.«

»Das vierte Opfer, Luca Konrad aus Kaiserslautern, wollte am Erlenring in einen Bus steigen. Vollkommen von Sinnen.«

»Konrad heißt er also mit vollem Namen. Auf Instagram fand ich ihn und seine Mutter nur mit abgekürztem Familiennamen.«

Dobbs nickte. »Richtig. Wieder Innenstadt, doch jetzt wieder auf die Lahnberge: Jan Liske aus Mainz war zu Fuß auf dem Weg Richtung Bauerbach. Jetzt zu den dreien, die wir nur polizeilich hatten, nicht über dich: Philipp Lowski aus Gelsenkirchen, den fand ich nackt am Bahnhof. Er kam über den Ortenbergsteg. Lucas Wölke aus Bautzen fand man am TTZ, dem Softwarecenter im Südviertel, und Patrick Metz-Adams aus Lübeck am Fernheizwerk. Also wieder zweimal Innenstadt und einmal Lahnberge.«

»Langsam, langsam. Wie geht es Lowski und Metz-Adams?«, fragte Anna, während sie fleißig weiter Klebezettel beschriftete.

»Lowskis Herzrasen ist unter Kontrolle, und Lehmann, zu dem wir gleich noch kommen, liegt unverändert im Koma.« Dobbs hielt betroffen inne, setzte dann aber fort: »Fehlen noch Pascal Irle aus Menden im Sauerland. Der wurde wie gesagt in der Ketzerbach gefunden. In der Straße Zwischenhausen. Und eben auch Damian Lehmann aus Schwarmstedt. Er tanzte durch die Ketzerbach. Alle orientierungslos und ohne Erinnerungen.« Er sah sich Annas Werk an. »Hmm. Fällt dir etwas auf? Irgendwas?«

»Hmm«, wiederholte sie. »Nur, dass die zeitlichen Abstände zwischen den Vermissten immer kleiner werden. Anfang September waren die Studenten vier bis sieben Tage am Stück verschwunden, immer alleine, und zwischen den neuen Fällen lagen lediglich ein bis zwei Tage. Er braucht kaum noch Ruhephasen.«

»Richtig. Gut beobachtet. Der oder die Täter werden mutiger. Sie entwickeln sich.«

Anna und Dobbs sahen sich erneut die bunte Karte mit den zahlreichen kleinen Klebepfeilen an. Wie auf Kommando zogen beide ihre Stirn kraus. »Seltsam.«

»Siehst du auch, was ich sehe?«, fragte Dobbs.

»Vermutlich. Ich hole ein Lineal.«

Als sie es anlegten, holten beide zeitgleich scharf Luft. »Die meisten der Opfer liegen ganz grob entlang zweier Linien.«

»Wo treffen sich die Linien?«

»Schwierig, da die Opfer ja bereits eine ganze Zeit lang zu Fuß unterwegs gewesen waren. Doch kreuzen sich die Linien oben auf den Lahnbergen. In etwa irgendwo zwischen Uniklinikum und Unigebäuden und Fernheizwerk.«

»Mist«, fluchte Dobbs. »Da oben ist größtenteils Wald. Meist sogar gesperrtes Gelände, wegen der Weltkriegsbomben.«

»Was machen wir jetzt?«, drängte Anna ungeduldig.

»Erst mal einpacken und dann fertig essen. Jetzt ist Feierabend.«

Anna seufzte laut.

»Aber dann ist Kikis Verdacht, der Täter habe im Wald dort oben einen Verschlag, gar nicht so abwegig. Was meinst du, Anna?«

Sie seufzte noch einmal lauter beim Gedanken an Kiki. »Aber wie kamen die Opfer dann von dort oben runter in die Stadt, Dobbs?«

Er kratzte sich den kahlen Kopf.

11

KOMM MIT

Ich habe Angst. Er weiß, wo ich bin. Doch du bist nicht da. Seine Schritte auf den Treppen gleichen einem aufkommenden Gewitter. Er stampft die Treppen so laut hoch, dass die Wände wackeln. Ich gebe mein Bestes, um stark zu sein. Er klopft an die Tür. Ich verstecke mich nicht mehr. Es hat sowieso keinen Sinn.

Meine Schuhe habe ich schon ausgezogen und auch meine Brille, ich weiß, was kommt. Er steht jetzt vor mir. Ich schweige, denn alles, was ich sage, ist sowieso falsch. Er schreit. Wenn er jetzt seinen Gürtel löst, bin ich fällig.

Ich sehe seine Zornesader auf der Stirn, sie sieht aus wie ein Blitz. Es ist schlimmer als sonst. Gleich trifft mich dieser Blitz. Seine Hände sind vor meinem Gesicht, er fuchtelt damit vor mir herum. Ich habe Angst, dass seine Hände mich treffen. Denn irgendwann tun sie das immer. Drei, zwei, eins, zählt er langsam. Er lacht mich aus. Er klingt wie der Teufel. Er setzt zum Schlag an. Das Gewitter entlädt sich.

Wo bist du? Komm schnell und rette mich. Er will mich wieder schlagen. Da bist du ja! Ich weiche dem Schlag aus. Er verfehlt mich. Wieso bist du wieder weg? Nicht jetzt! Komm zurück. Da bist du wieder! Danke! Nun lache ich ihn aus. Ich lache selbst wie der Teufel.

Jetzt schreit er. Nein, ich bin nicht besessen! Aua, das tut weh!

Doch ich schaff' das. Ich schaff' das! Weil du da bist!

Es darf nicht wie beim letzten Mal sein. Ich habe Angst vor der Dunkelheit. Beim letzten Mal durfte ich zwei Wochen nicht in die Schule und auch nicht zu einem Doktor. Ich hatte überall blaue Flecken. Meine Haut war dort aufgeplatzt, wo seine Wut am heftigsten auf mich herniederkam.

Ich erinnere mich daran, dass da mal jemand war, eine Frau, die sagte, sie würde Hilfe holen. Eine nette Frau. Doch sie kam nie wieder. Und wie hätte sie mir helfen können? Ich gehöre zu meinem Vater, er ist meine Familie. Alles, was ich noch habe.

Vater, das ist nicht meine Schuld! Tu das bitte nicht! Er schreit wieder. Immerzu schreit er. Nein, ich brauche diese Art von Erziehung nicht. Das tut weh!

Christoph, da bist du ja wieder! Los, wir hauen einfach ab! Wir verstecken uns zusammen im Geheimversteck auf dem Dachboden, dort kann Vater uns nicht finden. Ich renne so schnell ich kann. Komm mit!

Wir müssen hier nur lange genug warten, dann beruhigt er sich ganz sicher. Er wird bald schlafen gehen, es ist schon dunkel draußen. Ich habe Hunger, du auch? Doch wir müssen noch warten.

Gemeinsam schaffen wir es abzuhauen. Schnell, zieh du auch deine Schuhe aus. So hört er uns nicht. Er sitzt in der Küche und raucht, dann können wir es schaffen, an ihm vorbeizukommen. Wir müssen nur die Treppen runter, an ihm vorbei und aus der Tür raus. Bereit? Ich gehe vor, folge mir einfach.

Die Treppen sind fast geschafft. Christoph, wo bist du? Komm schnell! Wir müssen uns beeilen. Wo bist du denn?

Ich lasse die Tür für dich offen! Beeil dich! Nein! Die Tür öffnet sich nicht. Sie ist verschlossen. Nein, Vater! Nicht! Hilfe! Doch er drückt meinen Hals zusammen. Ich kann nicht schreien. Mir wird schwindelig. Dann pustet er mir seinen Zigarettenqualm ins Gesicht. Ich kann nicht husten.

Als ich wach werde, friere ich ganz doll. Es ist hier immer so kalt im Keller. Christoph, wo bist du? Hast du es geschafft und holst Hilfe?

Vater hat mich wieder an die Leine gelegt.

Ich weiß, Vater meint das nicht böse. Er macht das nur, damit ich geschützt bin und nicht immer so viel Angst habe. Wenn ich mich hier im Keller an all seine Regeln halte, muss ich diesmal vielleicht nicht so lange hier unten bleiben.

Ich muss nur tun, was er von mir will. Ich muss lernen. Ich schaff' das. Ich schaff' das! Weil du bei mir sein wirst.

Wo steckst du denn, Christoph? Da bist du ja!

12

VIER, DREI, ELF

Mal angenommen, jemand weiß etwas. Sagen wir, jemand weiß etwas über Dinge, die verschwunden sind. Entwendet. Viele Dinge. Wertvolle Dinge. Sehr wertvolle. Dann würde die Polizei doch wegen mehrfachen Diebstahls ermitteln, oder? Sollte man zumindest annehmen.

Sagen wir, diese wertvollen Dinge sind lebendige Menschen. Viele lebendige Menschen. Die einfach spurlos verschwunden sind. Und auch wenn sie nach wenigen Tagen plötzlich wieder da sind, sollte doch zumindest herausgefunden werden, was mit ihnen passiert ist. Oder?

Auch, wenn es kein Diebstahl ist, sondern »nur« Entführung?

Stattdessen scheint die Marburger Polizei gnadenlos überfordert.

Anna löschte den Beitrag wieder. Und sie ließ auch so einiges anderes ungeschrieben. Sie würde sich kurzfassen:

Habt ihr etwas mitgekriegt von den temporär verschwundenen männlichen Erstsemestern in Marburg? Helft mit!

Demnächst mehr auf diesem Blog.

Schreibt mir, kommentiert hier oder ruft mich über folgenden Button an.

Ich brauche eure Hilfe!

Dobbs war soeben zur Tür hinausgegangen, um endlich Feierabend zu machen. Anna zögerte nicht lange und tippte ihren Blogbeitrag. Vielleicht würden sie ja auf diese Art endlich Fortschritte machen.

Es war, als hätten die Leser aus vergangenen Zeiten noch immer nur darauf gewartet, dass Anna einen neuen Beitrag online stellte, denn sofort schossen die Klickzahlen in die Höhe. Ein Kommentar. Zwei Kommentare. Binnen Minuten. Drei. Vier. Unter dem Blogeintrag und auch in allen sozialen Netzwerken, wo sie auf den Blogbeitrag hinwies. Niemand schien irgendetwas von den Vermissten zu wissen, doch alle wollten wissen, was Anna herausgefunden hatte. Oder sie freuten sich einfach nur, dass sie wieder veröffentlichte. Doch Anna sollte nicht noch mehr Details nennen, das wusste sie. Sie fügte dem Beitrag hinzu:

> *EDIT: Ich kann noch nicht viel sagen, nur, dass momentan in Marburg seltsame Dinge vor sich gehen. Haltet die Augen und Ohren offen in Sachen Vermisstenmeldungen junger Männer, die in Marburg derzeit ihr Studium anfangen wollen. Vielleicht habt ihr im Bekanntenkreis einen jungen Ersti, dem ein paar Tage Erinnerungen fehlen?*

So grausam der Grund für ihren Blogeintrag war, erfreute sich Anna doch an dem Gedanken, vielleicht damit etwas erreichen zu können. Oder jemanden. Sie ertappte sich bei einem Lächeln, als sie sich an Dobbs' Vergleich mit den *Drei Fragezeichen* erinnerte. Die Junior-Detektive starteten gerne eine Telefonlawine, um schnellstmöglich viele andere Kinder dazu zu animieren, Augen und Ohren offen zu halten. Anna hoffte, eine Bloglawine loszutreten.

Und tatsächlich – eine halbe Stunde später hatte sie weitere zwölf Kommentare unter ihrem Beitrag. Manche verstanden den Ernst dahinter, für andere schien es ein Spiel zu sein. Die meisten hingegen wollten nur ihr Mitgefühl ausdrücken oder ihre Neugier befriedigen. Anna stellte ihren Laptop beiseite und schlurfte in die Küche. Dobbs hatte die Reste des Essens für Paul stehen lassen. Die würde sie sich nun genehmigen. Obwohl, vielleicht ließ sie Paul ja doch noch etwas übrig. Aber vielleicht sollte sie ihn einfach mal anrufen, ob er überhaupt heimkäme. Schließlich war es kurz vor elf Uhr abends, und er musste morgen zur Frühschicht antreten.

Doch Anna verscheuchte den Gedanken an Paul, als sie sich mit einem Teller voll gebratener Nudeln mit Ente und scharfer Erdnusssoße wieder an ihren Laptop setzte. Sie hatte tatsächlich Hunger gehabt.

Da sie ihr Headset an den Computer angeschlossen hatte, konnte sie in der Küche nicht hören, dass ein Anruf eingegangen war. Ein kleiner blauer Button zeigte ihr bei der Rückkehr, dass der verpasste Anruf auf der Mailbox gelandet war. Bevor sie die Mailbox überprüfen konnte, ärgerte sie sich über einen Spamkommentar. Obwohl sie einen sehr effektiven und überteuerten Spamfilter nutzte, war ein Kommentar mit nichts außer der Zahl Vier unter den Beitrag gesetzt worden. Kurzerhand löschte sie ihn. Für sie war Spam nichts als unnötige Provokation. Ganz unabhängig, ob über E-Mail oder als Kommentar – es störte einfach nur.

Wieder klingelte das Telefon, diesmal hörte sie es. »Hallo?« Keine Antwort. »Hier ist Anna. Wer ist am Telefon?« Wieder keine Antwort. Dann ein zögerliches, sehr leises Schniefen. »Ha…hallo, mein Name ist Isabella Matussek. Ich rufe aus Traunstein an. Es geht um meinen Zwillingsbruder Robin. Die Polizei konnte bisher noch nichts sagen, doch er meldet sich seit gestern nicht, und auch sein Mitbewohner weiß nicht, wo er ist. Er ist letzte Woche nach Marburg gezogen und will dort studieren.« Sie weinte jetzt, und Anna versuchte, sich von den Gefühlen nicht mitreißen zu lassen. »Ich mache mir Sorgen. Große Sorgen. Er ist sonst sehr zuverlässig.«

Anna versuchte, den Kloß in ihrem Hals herunterzuschlucken. »Bitte bleib ganz ruhig. Die Polizei ist bereits an diesen Fällen dran. Ich rufe jetzt meinen guten Freund an, er ist Hauptkommissar, und er ermittelt in diesen Fällen. Er wird sich schnellstmöglich mit dir in Verbindung setzen. Willst du mir schon mal etwas über Robin erzählen? Wie sieht er aus? Wo wohnt er hier in Marburg, und was will er studieren?«

»Ähm … Robin hat rotblonde Haare, helle Haut mit ein paar Sommersprossen. Braune Augen. Er trägt einen kleinen Ziegenbart. Wir sind vor einer Woche neunzehn Jahre alt geworden. Er ist ein paar Minuten jünger als ich.« Ihr Schluchzen war nun herzzerreißend. »Unser Vater starb im letzten Jahr, und wenn Mama jetzt davon erfährt, dass Robin etwas zugestoßen sein könnte … das überlebt sie nicht. Mama darf so lange wie nur möglich nichts davon erfahren. Können Sie das Ihrem Polizistenfreund sagen? Ach so, er wohnt in einem Stadtteil namens Waldtal und will Medizin studieren. Wie unser Vater. Der hat auch in Marburg Medizin studiert.«

»Danke für dein Vertrauen, Isabella. Ich rufe jetzt sofort meinen Freund an. Er heißt Horst-Dieter Dobrowolski. Er meldet sich bald bei dir. Okay? Deine Nummer sehe ich im Computer eingeblendet.«

»Ich danke Ihnen«, flüsterte Isabella.

»Bitte sag Du zu mir. Ich bin Anna.«

»Danke, Anna. Dann nenn du mich aber nur Isa, okay?«

Isabella legte auf, und Anna griff sofort zu ihrem Handy, um Dobbs anzurufen. Doch sie hatte seine Nummer noch nicht gewählt, da rief er an. Sie wusste sofort, dass das kein gutes Zeichen war. »Annaaa«, er zog ihren Namen quälend in die Länge, »kannst du deinen Blogbeitrag bitte sofort wieder löschen? Sofort!« Doch bevor er sich in Rage reden konnte, unterbrach sie ihn: »Es gibt einen weiteren Vermissten. Ich wollte dich gerade anrufen. Isabella Matussek aus Traunstein vermisst ihren Zwillingsbruder Robin seit gestern.«

Dobbs schnaufte laut. »Wie?«

»Sie hat sich über den Blog gemeldet.«

Wieder schnaufte er.

»Ich sende dir ihre Kontaktdaten aufs Handy. Er passt zu gut ins Opferprofil.«

Nun grummelte Dobbs nur noch. »Mach das.« Er legte eine Pause ein. »Und dann sei ein liebes Mädchen und lösch den verdammten Beitrag!«

Anna hatte sich schon während seines motzigen Geschnaufes in ihren Blog eingeloggt und wollte gerade auf »Beitrag löschen« drücken, da fiel ihr erneut ein Kommentar auf. Wieder hatte dieser anonyme Jemand die Zahl Vier ins Kommentarfeld unter den Beitrag geschrieben. »Was zur Hölle …«

»Was ist los?«, fragte Dobbs, der ungeduldig am anderen Ende der Leitung auf die Bestätigung wartete, dass der Beitrag nicht mehr online wäre.

»Keine Ahnung, was das bedeuten soll. Aber hier schreibt einer einfach die Zahl Vier. Schon wieder. Total zusammenhanglos. Ich dachte erst, es wäre Spam, und habe es gelöscht. Doch nun ist die mysteriöse Zahl wieder da.«

Wieder schnaufte Dobbs. »Okay. Dann lass den verdammten Beitrag erst mal stehen. Wir behalten das im Auge.«

Er legte auf, und Anna sendete ihm Isabellas Kontaktdaten. Er würde Isabella vermutlich ohnehin erst morgen früh anrufen, also könnte Anna sich nun schlafen legen. Nur noch kurz eine Nachricht an Paul, doch kaum war diese Kurznachricht abgeschickt, öffnete er auch schon die Tür. Annas Timing war heute grandios. Freudestrahlend und mit hochrotem Kopf wünschte er Anna eine gute Nacht und schlich ins Bad. Anna grinste nur. Er schien einen erfolgreichen Abend gehabt zu haben.

Dienstag, 30. September

Die Rückantwort von Dobbs um drei Uhr vierunddreißig las Anna erst am Morgen:

> *Morgen gibt's die offizielle Soko. Und: Kiki ist eingeweiht in unseren Deal. Und: Dein Blog wird nun überwacht. Es gab einen weiteren Kommentar. Meld dich, wenn du früher wach bist. Ich komme mit einem Kollegen und Frühstück spätestens um acht Uhr.*

Annas Herz raste plötzlich, und sie öffnete sofort ihren Laptop.

Drei.

Nur eine Drei. Mehr stand auch in diesem Kommentar nicht. Nein, sie würde nicht darauf antworten. Damit würde sie warten müssen, bis Dobbs hier wäre. Sie sah auf die Uhr. In zwanzig Minuten war es bereits acht Uhr. Paul hatte wohl vergessen, sie zu wecken. Er war schon lange wieder weg.

Als es nur Minuten später klopfte, eilte Anna im Pyjama zur Wohnungstür. Sie erschrak fast, als sie bemerkte, dass sie keine Krücken benötigte, nahezu schmerzfrei war und es schaffte, sich sicher und schnell zu bewegen. Scheinbar über Nacht war die Genesung fast vollkommen. Sie jauchzte kurz, als sie die Stufe in der Wohnungsmitte mit einem vorsichtigen Sprung nahm. Autsch. Da war doch noch mehr Schmerz als angenommen.

Mit etwas zu viel Schwung riss sie die Tür auf und strahlte den verwirrt und übermüdet aussehenden Dobbs an. Anna maßregelte sich sofort selbst. »Guten Morgen«, begrüßte sie ihn, als ein zweiter hochgewachsener Mann in ihr Sichtfeld trat.

»Anna, das ist Marvin Winkler, ein Kollege aus Wiesbaden von der Internetpolizei.«

»Internetpolizei, Dobbs?« Winklers Lachen war nett. »Ich bin von der Cyberkriminalität des hessischen Landeskriminalamtes. Hey«, grüßte der große Dunkelhaarige Anna cool und reichte ihr die Hand.

»LKA? Krass!«

»HLKA, genau genommen, Liebes. Das heißt hier in Hessen eben besonders.«

Winkler war nur wenige Jahre älter als Anna. Und Dobbs erklärte ihm höflich: »Marvin, das ist Anna Vaupel. Scheinbar hat sie soeben ihren Namen vergessen.«

Doch Marvin nickte, als wüsste er genau, wer sie war. Wahrscheinlich hatte Dobbs ihm ihre komplette Vergangenheit auf der Fahrt hierher erzählt. Und ihre Zukunft auch gleich dazu.

Seine großen, moosgrünen Augen strahlten sie durch Brillengläser an. Er schmunzelte, als er an ihrem derzeit kümmerlichen Körper heruntersah und unter den dicken Leggings noch dickere, quietschbunte Wollsocken fand, die ihr beinahe bis unters Knie reichten. Sein Schmunzeln war ehrlich, Grübchen zierten sein schmales Gesicht. »Hat Dobbs dich vorgewarnt, dass ich gern an deinem Rechner arbeiten würde, um die anonymen Kommentare zurückzuverfolgen? Zur Not mache ich das aber auch über mein Gerät.«

Dass er sie duzte, war irgendwie selbstverständlich. Er, mit seiner großen Hornbrille und den mittellangen dunkelbraunen Locken, war ihr sofort sympathisch. Ein Nerd. Wie sie sich selbst auch in mancher Hinsicht sah. »Nein, bislang nicht, ist aber kein Problem. Ich hole dir den Laptop.« So schnell sie eben konnte, drehte sie sich weg. »Kripo und LKA in meiner Wohnung. Das heißt eigentlich nichts Gutes, richtig?«

»Doch, wenn es das HLKA ist.« Marvins Lächeln war warm und herzlich, sein ganzes Äußeres hatte etwas unglaublich Vertrauenerweckendes.

Am Bett wollte sie gerade nach ihrem Computer greifen, da klingelte ihr Blogtelefon. Ebendieses Telefon, das sie extra dafür hatte einrichten lassen, dass Hinweise zu etwaigen Ermittlungen schnellstmöglich an sie übermittelt werden konnten. Zuletzt hatte Isabella, die Schwester von Robin, diese Hotline genutzt. Nun klingelte es erneut. Anna steckte sich wie schon zuvor die Stöpsel des Headsets in die Ohren und nahm das Gespräch entgegen.

»Hallo, hier ist Anna. Wer ist da?«

»Hallo, Anna Vaupel. Ich arbeite bei *Die Onlinezeitung*. Ich würde dir gerne ein paar Fragen zu deinem Blog stellen, darf ich?« Die Stimme war die eines mittelalten Mannes, der sich bemühte, jung zu wirken. Ihre Alarmglocken klingelten bereits leise, doch sie gab sich erfreut, wenn auch überrumpelt. Sie war misstrauisch, wollte den Anrufer aber nicht vergrätzen. »Jetzt sofort klappt das leider nicht. Vielleicht heute Abend. Besser wäre es aber, Sie lassen mir Ihre Fragen schriftlich zukommen, dann antworte ich schnellstmöglich. Und Sie haben weniger Arbeit.«

»Nein, das geht nicht. Entweder jetzt oder nie.«

Anna zog ihre Stirn kraus. Der plötzliche Stimmungsumschwung des Mannes am anderen Ende der Leitung ließ sie aufhorchen. Ihr Blick suchte den von Dobbs. Für ein Interview mit einer kleinen Blogbetreiberin legte der Anrufer viel zu viel Gewicht in die sofortige Befragung. Vermutlich war er lediglich auf mehr Infos zu den neuesten Fällen aus und erhoffte sich durch den Anruf ein paar investigative Infos. Oder war er anderweitig an den Fällen interessiert? Wie auch immer. Irgendetwas stimmte nicht, ganz und gar nicht. Anna nahm Blickkontakt mit Dobbs auf, um ihm und Marvin irgendwie zu signalisieren, dass hier etwas Beunruhigendes passierte. »Was sagten Sie, wie Sie heißen?« Sie wusste ganz genau, dass der Anrufer seinen Namen nicht genannt hatte. Er zögerte zu lange. Verdächtig lange, als hätte er sich zuerst einen Namen ausdenken müssen. »Ich heiße Erwin«, sagte er langsam. Ziemlich unglaubwürdig.

Marvin winkte Anna herbei und stand von seinem Stuhl auf. Er biss auf seiner Unterlippe herum. Vorsichtig stellte Anna den Laptop auf den Esstisch vor Marvin ab und hustete kurz laut, um das Geräusch zu übertönen, das zu hören war, als Marvin den Stecker des Headsets abzog und durch ein einfaches Mikrofon ersetzte, damit sie alle mithören konnten. Anna hakte erneut nach, um mehr herauszufinden. »Und sagen Sie mir auch bitte noch mal, für welche Zeitung Sie arbeiten? *Die Onlinezeitung*? Noch nie davon gehört. Wo hat die ihren Sitz?«

»Sie finden uns im Internet. Firmensitz ist in Marburg.«

»Aha. Interessant. Und wo genau?«

»Hören Sie, ich merke, Sie haben kein Interesse. Ich könnte Sie berühmt machen, muss jetzt aber auflegen.« Und schon tutete die Leitung nur noch.

»Was war denn das?«, fragte Anna kopfschüttelnd und sah Marvin und Dobbs ratlos an.

»Das war sicherlich kein Spaßanruf«, schloss Dobbs. »Marvin, kannst du herausfinden, wer das war?«

»Schauen wir mal. Darf ich mir deinen Laptop ansehen?«

»Klar. Mach damit, was du willst. Ich habe nichts zu verbergen. Solange ich ihn heile wiederbekomme«, scherzte Anna, jedoch eher aus Verzweiflung.

»Worüber hostest du den Blog?«

»Äääh, hm? Keine Ahnung. Eine Freundin von mir hat das eingerichtet. Soll ich sie anrufen?«

»Brauchst du nicht. Dann schaue ich mal nach.«

»Brötchen? Croissant?«, fragte Dobbs Anna und bat sie mit einem Nicken, ihm in die Küche zu folgen.

»Kaffee!«, antwortete sie und ging ihm hinterher.

»Was, meinst du, steckt hinter dem Anrufer oder was hat es mit den Kommentaren auf sich? Wird das so etwas wie ein Countdown? Und wenn Countdown, was passiert dann bei null? Wie schnell wird die Null da sein? Gestern war vier. Heute Nacht drei. Ist das tageweise oder immer wenn jemand verschwindet?«, sprudelte es aus Anna heraus, doch Dobbs antwortete nur kurz: »Keine Ahnung, Liebes.« Er sah so müde aus.

»Soll ich etwas auf die Kommentare antworten? Nachfragen, was das soll?«

»Ist eine Überlegung wert.«

Anna lehnte sich an die Küchenzeile. »Hast du mit Isabella gesprochen?«

Er nickte.

»Bist du sauer wegen des Beitrags? Wie sauer auf einer Skala von eins bis zehn?«

Er zuckte mit den Schultern.

»Oje. Ich glaube, du brauchst den Kaffee dringender als ich.«

Dobbs nahm ihr die Tasse aus der Hand, um sie in einem Zug zu leeren.

»Aha. Interessant!« Marvin krabbelte mit seinen Fingerspitzen durch seinen kurzen Stoppelbart.

»Hast du etwas Brauchbares?«, rief ihm Dobbs zu.

»Wie man es nimmt. Ich weiß nun, dass sich der Kommentator recht häufig in der vergangenen Nacht deinen Beitrag angeschaut hat. Und er hat seine IP gleich mehrfach verschlüsselt und verwendet einen komplexen Algorithmus für das Re-directing über unzählige Proxys und Server im Ausland.« Als Marvin Dobbs und Annas ratlose Blicke sah, übersetzte er grinsend: »Er arbeitet sehr gründlich und sicher. Er kennt sich aus.«

»Aber kennt er sich besser aus als ein Marvin Winkler?«, schob Dobbs hinterher. In diesem Moment klingelte sein Mobiltelefon. »Das ist Kiki.« Er nahm das Gespräch entgegen. Anna wollte nicht lauschen, doch Kiki sprach so laut, dass sie nahezu mühelos mithören konnte. »Was Neues an der Anna-Front?«

»Noch nicht. Nur, dass der Kommentator gut Internet kann.«

Anna und auch Marvin grinsten wegen Dobbs' Wortwahl.

»Nun gut. Wir rücken gleich mit einer Hundertschaft auf die Lahnberge aus und durchkämmen den Wald. Es gibt einen weiteren Vermissten. Der zwanzigjährige Elias Cherif. Eben vermisst gemeldet worden bei den Gießener Kollegen, und fast parallel dazu ging ein Hinweis ein. Ein paar Wanderer haben verdächtige Geräusche gehört, aber nichts und niemanden gesehen.«

»Funkzellenabfrage?«

»Läuft bereits, dauert aber. Weißte ja.«

»Okay. Ich bin hier bald fertig, dann komme ich nach. Wo ist der Treffpunkt?«

»Parkplatz vom Neuen Botanischen Garten.«

Annas Herz raste. Wie gerne hätte sie sich angeschlossen, um suchen zu helfen, doch sie wusste, dass das nicht erwünscht war.

Marvin rief sie: »Anna? Ich würde gerne etwas versuchen. Dafür brauche ich jedoch deine schriftliche Erlaubnis. Und ich müsste deinen Laptop mitnehmen.«

Anna ließ die Schultern sinken, HLKA-Marvin wollte ihr ihre neue Freiheit wieder wegnehmen. Doch nun hatte sie schließlich auch wieder die Möglichkeit, ihre Beine und somit Pauls PC zu nutzen. Wenn es auch schwierig werden würde, Paul das zu erklären. Sicher würde er es nicht gutheißen, dass das HLKA ihr Notebook untersuchen musste, weil das wiederum hieße, dass sie sich in die Ermittlungen zu tief eingemischt hatte. »Ist okay. Was hast du vor?«

»Ich hatte da eine Idee. Wir überwachen live deinen Blog, schauen, wer wann und wie darauf zugreift. Erstellen quasi ein Profil. Zudem lagern wir, einfach erklärt, die Kommentarfunktion vom Blog aus auf unser System. So können wir schneller und gezielter zugreifen. Wäre das für dich in Ordnung?«

Sie nickte zögerlich, denn sie sah die Langeweile schon wieder vor sich.

»Wir haben Experten, die können deinen Wortlaut exakt nachahmen, und sie würden versuchen, den Kommentator herauszufordern.«

Nun stockte Anna, denn das ging ihr zu weit. Sie stand mit ihrem Namen und ihrer Anschrift im Impressum. »Dann macht ihr mich zur Zielscheibe.«

Dobbs legte sein Handy beiseite. »Marvin, nimm Anna mit und lass sie ihn selbst herausfordern. Mit der Hilfe der Experten.«

»Mutige, aber gute Idee«, nickte Marvin.

»Und sorgt vorher dafür, dass das Impressum nicht länger Privates preisgibt und trotzdem für sie rechtens bleibt.«

»Aber sicher. Ich ändere es sofort. Wir nutzen ein Postfach von uns und kürzen deinen Namen ab beziehungsweise nutzen deinen Blognamen als Eigennamen. Ist eine rechtliche Grauzone. Wenn das jemand anzweifeln sollte, kriegt er es mit mir zu tun. Das wird schon.« Marvin hatte etwas Zuversichtliches an sich, etwas Glaubwürdiges. Anna vertraute ihm, obwohl sie ihn eigentlich gar nicht kannte. »Dann würde ich sagen, du packst deine Klamotten, Anna, und kommst mit uns auf die Dienststelle«, sagte er. Sein Blick auf ihren Pyjama ließ Anna plötzlich unsicher werden. Wo kamen denn nun diese Zweifel her? War das Vorhaben so klug, wie es schien? Denn wieder würde sie ihren Blog einsetzen und ihn irgendwie auch opfern müssen, so wie damals. Zudem war sie noch immer körperlich beeinträchtigt. Aber wenn es dazu diente, einem Intensivtäter das Handwerk zu legen, würde sie wohl oder übel darauf eingehen müssen. Nachdem sie sich umgezogen hatte.

Anna nahm vorsichtshalber ihre Krücken mit und schloss die Wohnungstür hinter sich ab. »Was ich mich nur die ganze Zeit frage: Sollten wir nicht genau genommen erst mal auf den nächsten Kommentar warten? Wann und wie er kommt und dann erst reagieren?« Sie sah Dobbs fragend an, der ihr die Fahrstuhltür aufhielt.

»Meinst du? Ich dachte, wenn wir ihn reizen, bekommen wir vielleicht eher heraus, was er mit dem Countdown – wenn es denn einer ist – bezwecken will.«

Marvin nickte. »Das meine ich nämlich auch.«

»Überleg dir schon mal«, Dobbs öffnete erst die Fahrstuhltür, dann die Hauseingangstür, »was du antworten wirst.«

»Unter normalen Umständen hätte ich so etwas wie eine Neun geschrieben.«

»Wieso gerade die Neun?«

»Na ja, weil es genauso unsinnig und zusammenhangslos scheint wie seine Vier und die Drei. Vielleicht nehme ich auch die Null – weil er eine Null ist.« Sie wusste, sie sollte sich nicht über den Täter lustig machen, um ihn nicht unnötig zu reizen oder seine Aufmerksamkeit noch mehr auf sich zu lenken. Sie grübelte. »Wie viele Geschädigte haben wir jetzt? Elf? Dann antworte ich ›elf‹ und tue damit so, als hätte ich ihn nicht verstanden. Eine Elf in einem Countdown ist besser als eine Vier. Weniger für ihn als für uns. Vielleicht lockt ihn das hervor.«

Dobbs öffnete Anna die Beifahrertür von Marvins nach Neuwagen riechendem Golf und setzte sich hinter sie.

»Kann ich Anna in Cappel in deine Obhut geben, Marvin? Ich werde auf die Lahnberge hochfahren zur Unterstützung, stoße aber schnellstmöglich wieder zu euch.«

»Ach, Dobbs, mir wird bei der Polizei sicher nicht langweilig. Und wenn doch, besuche ich Paul zwischen seinen Asservaten. Oder ich nerve einfach irgendwen. Das kann ich gut, wie du weißt.«

Sogar Marvin schien es zu wissen. Seine Mimik verriet das. »Na dann, alla hopp!«

Schon kurze Zeit später fand sich Anna in einem kleinen hell erleuchteten Besprechungszimmer inmitten eines dunklen, größeren Raumes ohne Tageslicht wieder. Alle Jalousien zur Außenwelt waren heruntergelassen. Sie fühlte sich wie ein Fisch in einem Aquarium, hell angestrahlt von grellem Neonlicht an der Decke und beobachtet von sechs bebrillten Augenpaaren aus dem dunklen Außenkreis.

Wie es schien, hatte Marvin ein Team aus Gießen herbeigeordert. Die Ermittler der Abteilung für Internetkriminalität waren Besuch von außerhalb scheinbar nicht gewohnt. Viel von ihnen sah Anna jedoch ohnehin nicht, sie waren hinter ihren übergroßen Bildschirmen versteckt und wirkten wie versteinert. Zumindest bis auf kleine Regungen, die vom Licht ihrer Monitore erhellt wurden.

»Hier, dein Kaffee!« Marvin reichte ihr eine Tasse.

Anna nickte dankend.

»Darf ich dich etwas fragen?«

Anna wusste, worauf Marvins Frage hinauslaufen würde. »Darf ich die Aussage verweigern?«, versuchte sie den polizeilichen Fachjargon nachzuahmen, was Marvin offensichtlich leicht irritierte. Sie erlöste ihn mit einem herzlichen Lächeln. »Na gut, wenn ich dir eine dumme Gegenfrage stellen darf.«

Er nickte, zögerte dann jedoch kurz, bevor er seine Frage stellte. »Hast du polizeilichen Hintergrund, Anna?«

Anna schüttelte lachend den Kopf. »Wieso fragst du? Beziehungsweise wie kommst du darauf?«

»Na ja, Dobbs hat dich als eine enge Freundin von sich und irgendwie auch als Kollegin bezeichnet. Und du betreibst einen Blog, der stellenweise doch sehr an Polizeiarbeit erinnert oder eben auch mal hart mit dieser ins Gericht geht. Das können doch eigentlich nur Menschen, die irgendwie mit der Arbeit der Polizei in Berührung kommen.«

Wie sollte Anna Marvin das erklären? Und wieso stellte eigentlich jeder Polizist immer ähnliche Fragen? Einmal mehr erklärte sie: »Polizeilichen Hintergrund habe ich nicht – nur durch Dobbs irgendwie. Er war einer meiner Dozenten an der Uni, und seitdem ist er ein Mentor für mich. Inzwischen auch ein Freund. Die Nähe zur Polizei war nicht unbedingt beabsichtigt. Der Blog sollte anfangs Taten lediglich psychologisch und soziologisch hinterfragen und beleuchten. Doch eine gewisse Polizeiaffinität lässt sich nicht verneinen, stimmt. Der Rest ist Geschichte, wie man so schön sagt.«

Das schien Marvin als Antwort zu genügen. Vielleicht merkte er auch, dass Anna nicht gewillt war, weiter auf seine Frage einzugehen. »Und deine dumme Gegenfrage?«

Das freute Anna. Vielleicht würden es auch tausend Fragen werden. Sie hätte mehr einfordern sollen. »Bist du richtiger Polizist?«

Sein Lachen war leise, aber nicht unsicher. »Ich hoffe es doch. Wieso?«

»Dobbs stellte dich als Marvin Winkler, Kollege aus Wiesbaden von der Cyberkriminalität des Hessischen Landeskriminalamtes, vor. Ich dachte, du bist vielleicht kein Polizist, sondern Experte für irgendwas. Ich sagte ja, die Frage ist dumm.«

Statt sie aufzuklären, tippte er auf der Tastatur seines PCs herum. »Ich habe dir soeben eine E-Mail gesendet mit Links. Keine Sorge, die Links sind gecheckt. Im Anhang findest du einen Flyer als PDF. Da wird das duale Studium erklärt. Nur zur Info selbstverständlich.«

Themawechsel. »Kann ich etwas tun, Marvin? Gib mir Arbeit.« Anna sah ihn herausfordernd an und setzte ihre Brille auf. Jetzt, mit Brille, konnte sie sich allen anderen hier im Raum anpassen. In der Menge aufgehen. Mehr wollte sie momentan nicht.

»Lass uns erst mal schauen, ob es etwas Neues gibt«, erklärte Marvin.

Anna schnappte sich einen Stuhl und rutschte damit zu ihm herum, um ebenfalls auf den Bildschirm schauen zu können.

»Dreiundzwanzig neue Kommentare. Aber keine relevanten Hinweise für uns. Sie bitten nur um weitere Informationen zu den Fällen.«

Ein Kollege klopfte aus dem dunklen Nachbarraum an die Scheibe der Trennwand und streckte seinen Daumen in die Höhe. Marvin begann sofort, schnell auf seiner Tastatur zu tippen. Beinahe war es unmöglich, seinen Fingern zu folgen, sie flogen geradezu über die Buchstaben. »Wunderbar, nun wacht unser System über die gesamte Kommentarfunktion auf deinem Blog. Jede kleinste Bewegung auf deinen Seiten wird nun von uns gesehen.«

»Dann schreibe ich jetzt den Beitrag, der mit etwas Glück den Täter hervorlockt. Oder was meinst du? Dobbs sagte das doch.«

»Genau. Und dann hoffen wir mal, dass der Täter es bald liest.«

Anna nickte. »Vielleicht ist er ja ein Follower und bekommt eine Benachrichtigung, dass ein neuer Beitrag online geht.«

»Eher nicht, dann hätten wir ihn schon.«

»So schnell? Ich habe fünfundvierzigtausend Abonnenten. Und das sind nur die E-Mail-Abos«, protestierte Anna, und Marvin schien tatsächlich beeindruckt. Mit einer solchen Anzahl hatte er eindeutig nicht gerechnet. Dennoch schien er zuversichtlich. »Sieh mal die Kollegen nebenan an. Sie prüfen gerade deine Follower und jeden sonstigen Besucher, gleichen Nutzerdaten des Blogs ab. Denn wir wissen ja schließlich auch schon, dass der Täter nicht dumm ist und immerhin weiß, wie er komplett anonym und mehrfach geschützt durchs Netz stromern kann.«

Anna schnaubte. »Seltsames Gefühl zu wissen, dass deine Kollegen nebenan gerade meinen Blog zerpflücken.« Immerhin war der Blog stellenweise nicht unbedingt polizeifreundlich gesonnen, und sie alle im Nebenraum waren Polizisten. Dass das Gefühl gleichermaßen erhebend war, behielt sie für sich. Denn plötzlich waren die bebrillten Augen, die sie eben noch wie einen Fisch im Aquarium beobachtet hatten, weniger fremd.

Plötzlich waren da wieder die Selbstzweifel und die Unsicherheit. War es richtig, was sie tat? Konnte sie es schaffen? Vielleicht sollte sie auf Dobbs warten. Er war schließlich der Profiler, der genau wusste, was er dem Täter oder den Tätern sagen musste. »Ich würde gerne auf Dobbs warten oder einen eurer Experten hinzuziehen, von denen du sprachst, bevor ich einen neuen Beitrag schreibe oder den Kommentar beantworte.«

Marvin sah sie verdutzt an. »Oh. Okay. Aber warum? Dobbs sagte doch, wie du es angehen sollst. So wie er dich einschätzt – und ich inzwischen auch –, brauchst du keine Hilfe dabei.«

»Aber … aber … ach, egal, du hast recht. Ich mache einfach. Alla hopp!«, zitierte Anna Marvin, und er funkelte sie aus seinen grünen Augen an. Erst jetzt bemerkte sie den braunen, fast goldenen Ring um seine Iris.

Nicht starren, Anna!, ermahnte sie sich selbst.

Liebe Helfer,
diese Fälle sind so groß und umfassend, dass wir auf mehr Hilfe angewiesen sind. Die Marburger Polizei hat sogar Experten aus anderen Behörden geordert. Wahnsinn! Ganz Marburg steht Kopf!

So wie es scheint, ist der Täter ein echter Könner.

*Ich verstehe, dass auch von euch, liebe Leser*innen, kaum Infos kommen. Denn diese Vermisstenfälle stellen uns alle vor große Aufgaben.*

»Meinst du, ich habe dem Täter hiermit genug Honig ums Maul geschmiert und seinen Narzissmus befriedigt? Mir wird schlecht davon, so einen schmierigen Scheiß zu schreiben.«

Marvin nickte. »Also, wenn das nicht reicht …«

Anna stellte mit ein paar Mausklicks den Text als neuen Beitrag online. »So, das ist nun hiermit auch auf Facebook und Instagram. Und ich mache mich vollends zum Deppen.«

Voller Mitgefühl rollte er mit seinem Stuhl ein kleines Stückchen näher. »Brauchst du eine Pause? Willst du noch einen Kaffee?«

Anna lachte bloß. »Zuerst antworte ich auf den Kommentar von heute Nacht, dann denke ich an eine Pause. Außer du willst auch noch Kaffee, dann hole ich uns jetzt gerne einen. Immerhin hast du genug zu tun.« Sie sah in seine Tasse, er war noch versorgt, also las sie sich die Kommentare nochmals durch, wiederholte laut: »Vier, drei …«, und las ihren soeben aufgeploppten Kommentar: *Elf! Es sind elf Entführte!*

Die sofortige Reaktion auf den Kommentar riss Anna den Boden unter den Füßen weg. Der Täter war online.

Ich schaff' das. Es sind jetzt zwölf.

13

WAHRE HILFE

Anna lag in Pauls Armen. Sie schluchzte. »Was habe ich bloß getan?«

Er hielt sie fest umarmt, streichelte mit der einen Hand über ihren Rücken und mit der anderen stützte er ihren Kopf. Er küsste ihre Schulter. »Ach, Feuerkopf. Ich glaube, wenn das alles vorbei ist, denken wir mal wieder über Urlaub nach. Irgendwohin, wo Sonne, Strand, Palmen und schöne Menschen sind.«

»Da sag ich nicht Nein.«

»So, Maus, jetzt hör auf zu weinen. Es ist nur ein Blog.«

»Richtig. Doch jetzt wissen wir sicher, dass der Täter mitliest. Und noch schlimmer ist, dass er sicherlich weiß, wo wir wohnen. Leider ist unsere Adresse im Impressum erst vorhin geändert worden. Ich habe Angst«, wimmerte sie leise.

Marvin räusperte sich im Hintergrund und erinnerte Anna daran, wo sie war. Sie war Marvin dankbar, dass er schnell geschaltet und Paul als Unterstützung für Anna herbeigerufen hatte. Denn Marvin war mit Annas Flut an Emotionen überfordert gewesen. Dafür diskutierte er nun seit geraumer Zeit mit zwei seiner Kollegen, warum sie es nicht schafften, schnell genug die Spur verfolgen zu können. Anna verstand nur Bahnhof. Warum war es nicht einfach möglich, seine Daten nachzuverfolgen? Dann wäre dieser Albtraum beendet, und niemand müsste mehr leiden. In Filmen war das doch immer so einfach.

Marvins Telefon klingelte. »Alles klar. Ich schicke sie runter. Hier passiert derzeit sowieso nicht so viel.« Dann stand er auf und wandte sich an Anna. »Das war Dobbs. Er bittet dich darum, runter in den zweiten Stock zu kommen. Kiki und er sind wieder da. Weißt du, wo ihr Büro ist?«

»Ich begleite dich kurz nach unten und schließe dir die Türen auf, sonst kommst du nicht weit. Noch habe ich Pause«, bot Paul an.

Anna nickte Marvin zu und verabschiedete sich mit: »Bis später. Und entschuldige bitte meinen kleinen mentalen Crash, Marvin.«

»Ich melde mich sofort, wenn es etwas Neues gibt. Versprochen«, sagte er sanft.

»Danke vielmals.«

Paul geleitete Anna durch den Korridor des fünften Obergeschosses. Hier standen die meisten Räume derzeit wegen Renovierungsarbeiten leer, und Marvin hatte mit seinem Team den großen Raum beziehen können.

»Sind Treppen für dich in Ordnung oder nehmen wir den Fahrstuhl?«

»Dir zuliebe nehmen wir die Treppen – aber langsam«, antwortete Anna, nicht wissend, ob sie es bereits schaffen würde, mehrere Stufen am Stück zu laufen.

»Dieser Marvin sieht ziemlich lecker aus, meinst du nicht auch? Meinst du, er ist hetero?«

»Marvin lässt sich recht nett angucken, stimmt. Aber vor allem ist er höflich und hilfsbereit. Und lecker. Was würde Michel dazu sagen, wenn du so über Marvin redest?«

»Er würde mir vermutlich zustimmen. Aber ich denke da mehr an dich. Marvin ist ziemlich brauchbares Material, Feuerkopf.«

Wie in Zeitlupe nahm Anna entschlossen eine Stufe nach der anderen. Jedoch schaute Paul während der einen Etage, die sie bisher geschafft hatten, auffällig oft auf seine Armbanduhr. »Klappt's? Oder tut es zu sehr weh? Ich kann dich huckepack nehmen.«

»Es klappt, Paul. Es klappt. Geh ruhig wieder zu deinen Asservaten. Du arbeitest doch hier auf der Etage, oder? Na los! Ich schaff' das. Zur Not habe ich die Krücken.«

Näher kommendes Schuhgetrappel auf der Treppe. »Nein, Milady, zur Not trage ich dich wieder. Ohne Transponder für die Türen kommst du hier nicht weit«, sagte eine bekannte Stimme auf der Treppe unterhalb von ihnen. Sie näherte sich mit großen Schritten. Anna und Paul strahlten den uniformierten Michel um die Wette an.

»Hatte schon gehört, dass du im Haus bist, Milady.«

Anna liebte es, wenn Michel sie so nannte.

»Der Flurfunk funktioniert hier einwandfrei. Und wir haben das gleiche Ziel. Wollte dich soeben suchen kommen.«

Als sie ihn genauer betrachtete, entdeckte sie in Michels dichtem Haar ein paar Tannennadeln. »Du warst oben auf den Lahnbergen dabei? Etwas oder irgendwen gefunden?«

Er nickte und schüttelte den Kopf gleichzeitig, während einige der Nadeln herunterfielen. Er lachte herzlich und strich sich seine kleine graue Strähne in der Föhnwelle wieder zurecht. »Da war ordentlich Betrieb. Hubschrauber, Hundestaffel und auch ein paar Feuerwehren haben geholfen. Gefunden haben wir bislang jedoch nichts. Na, komm, beeilen wir uns. Gleich ist Besprechung in Kikis Büro.«

»Nimmst du sie mit?«, fragte Paul Michel leise. »Meine Pause ist bereits vorbei.«

Michel nickte und lächelte Paul zu. »Sehen wir uns später?«

»Das lasse ich mir nicht entgehen.« Paul drehte sich um und rannte die Treppe wieder nach oben, als ihm von dort plötzlich ein Tross von sieben Polizisten und drei Polizistinnen entgegenkam, durch die er sich elegant hindurchschlängelte. Doch nicht ohne sich noch mal nach Michel und Anna umzudrehen.

»Na, komm, die Pflicht ruft.« Sie folgte Michel schweigend über einen weiteren Korridor.

Allerdings schien ihm das zu lange zu dauern. »Darf ich dich noch mal tragen?«

»Pfff. In deinen Träumen.« Doch ihr Kichern verriet sie. Nur Sekunden später klemmten ihre Krücken unter seinen Achseln, und er bat sie, ihre Arme um seinen Hals zu verschränken und sich steif zu machen. Er hievte sie auf seinen Rücken und spurtete mit Anna huckepack die letzten Meter. Am Ende des Korridors klopfte er an eine Tür, die sich auch bereits öffnete. Dann erst setzte er sie ab und gab ihr die Krücken wieder. Sein Grinsen, als er ihr den Vortritt in den Raum ließ, war beinahe süffisant.

Dobbs war dort. Und Kiki. Und zwei weitere Männer. »Tach, Fábio!«, grüßte Michel den einen von beiden und nickte dem anderen zu. Doch Anna hatte keinen Blick für die beiden, sie achtete nur auf Dobbs' und vor allem Kikis Reaktion. Aber während Dobbs Anna den Rücken zugedreht hatte, sah Kiki sie an – ohne eine Miene zu verziehen. Aber sie stand prompt auf und zog Anna einen Stuhl heran. Dass Kiki sie nicht sofort verbal zusammenfaltete, fasste Anna als gutes Zeichen auf. Dobbs war konzentriert und brummte nur zur allgemeinen Begrüßung. Und auch Kiki bat: »Wir brauchen noch ein paar Minuten. Sonst fangen wir mit dem Papierkram gefühlt wieder von vorne an.«

Jetzt erst sah sich Anna im Raum um und erkannte in einem der unbekannten Männer den Feuerwehrmann von der Polizeifeier am Samstag wieder. Den umwerfend gut aussehenden, groß gewachsenen Feuerwehrmann, der ihr zugeprostet hatte, gerade dann als sie ein freundliches Gesicht gut hatte gebrauchen können.

Heute trug er nicht die Ausgehuniform, sondern die typische schwarz-gelbe Latzhose und seine Jacke. *Saalfeld* stand auf seinem Namensschild. Er starrte Anna an, und als sich ihre Blicke trafen, lächelte er verlegen, und seine Wangen wurden prompt rosig. Anna hob ihre Hand zum Gruß. Scheinbar wurde ihm warm, denn er öffnete seine Jacke und zog diese aus. Darunter kam ein dunkelblau-graues, gebügeltes T-Shirt zum Vorschein mit der Aufschrift *Berufsfeuerwehr Gießen*.

Was war das nur mit diesen Einsatzkräften? Irgendetwas an ihnen war so verdammt anziehend. Denn auch der andere Mann im Raum, Fábio, wie Michel ihn eben genannt hatte, sah ansprechend aus – mit seinen fast schwarzen Augen und dem olivfarbenen Teint. Er reichte Anna seine Hand zur Begrüßung, und sie schüttelte diese enthusiastisch. »Fábio Monteiro«, stellte der etwa Dreißigjährige sich mit einer unerwartet tiefen Stimme vor. Michel stellte sie beiden Männern vor: »Das ist Anna. Anna Vaupel.«

Sein markantes Gesicht, sein warmes Lächeln, seine weiche, braune Lockenpracht, gut in Form, schöne Hände – rein äußerlich war der Feuerwehrmann genau Annas Typ. Ein echter Mann, kein zartes Jüngelchen wie Paul. Sie musste sich regelrecht zwingen, ihn nicht weiter anzustarren. Und auch jetzt wusste sie noch immer nicht, wo sie ihn vor den Feierlichkeiten am Samstag bereits getroffen hatte. Das Gefühl der Vertrautheit meldete sich wieder. Sie hatte diese liebevollen, wachen Augen, dieses kantige Kinn und die kleine Denkerfalte auf seiner Stirn ganz sicher schon einmal zuvor gesehen. Doch wo? Und dass er als Antwort: »Ich weiß«, hauchte, war nicht weniger irritierend. Ein Rätsel. Ein ziemlich heißes Rätsel zudem.

»Okay, fangen wir an.« Kiki sprang erneut von ihrem Sitzplatz auf, und Dobbs schloss sich diesmal an. Er zwinkerte Anna zu.

»Dank Annas Blog haben wir nun leider traurige Gewissheit, dass nicht nur Robin Matussek, sondern auch Elias Cherif aus Gießen ebenfalls zu den vermissten Studenten gehört. Nummer elf und zwölf. Der Wald rund um das Uniklinikum und das Fernheizwerk wurde großflächig abgesucht – ohne Ergebnis bislang. Die Hunde haben mit einem Textil von Matussek nach ebendiesem gesucht und nichts gefunden, die Spur endete mitten im Wald. Einige freiwillige Feuerwehren aus Marburg und auch aus Gießen«, und damit nickte Kiki dem Lockenkopf zu, »haben sich glücklicherweise schnell und unkompliziert bereit erklärt zu helfen.«

Dobbs ergänzte: »Vielen Dank an Sie, Herr Saalfeld, als Wehrführer. Oder wie das heißt.«

Ein kurzes bezauberndes Schmunzeln. »Theo genügt. Und ich bin nur Einheitsführer, nicht Wehrführer. Heute sind wir außerdem eher privat hier. Elias ist ein Kamerad von der Gießener Freiwilligen Feuerwehr. Wir helfen immer gerne. Alle Trupps suchen bis zum Einbruch der Dunkelheit weiter.«

»Klasse!«, freute sich Kiki ehrlich.

»Dann verabschiede ich mich auch direkt wieder und fahre noch mal hoch zu den Kameraden.« Theo hatte es eilig. Er sorgte sich – das war trotz seiner Bemühungen, eine professionelle Distanz zu dem Vermissten zu bewahren, für Anna deutlich sichtbar. Fast krampfhaft versuchte er, emotionslos zu wirken, sich nichts anmerken zu lassen.

»Mach das, Theo. Deine Daten haben wir ja jetzt, sollte etwas sein.«

Theo nahm seine Jacke, ging mit einem Kopfnicken an Michel und Fábio vorbei, und Dobbs und Kiki lächelte er kurz zu. Nur Anna sah er bei der Verabschiedung in die Augen und flüsterte: »Schön zu wissen, dass du es geschafft hast. Bis bald, Anna.«

Sie verstand nur Bahnhof. Er verwirrte sie. Theo hatte etwas. Etwas, das Anna von innen heraus berührte – besser konnte sie es nicht beschreiben.

Michel hatte ihre Reaktion auf Theo sehr genau mitbekommen und grinste, bevor er ihr anerkennend zunickte. Was Anna noch viel mehr erröten ließ.

Sie musste sich ablenken und sah sich erstmals in Ruhe in Kikis Büro um. Die Sonne würde nur selten hier hereinscheinen, das Büro lag auf der Schattenseite des Gebäudekomplexes. Und diesem Raum fehlte jegliche persönliche Note. Vielleicht, weil hier auch Unterredungen mit Tätern und Verdächtigen stattfanden, da wären dekorative Fotos ihrer Kinder auf dem Schreibtisch eher hinderlich – oder ihrer zig Ex-Ehemänner. Es war nicht gerade steril, aber neutral. Und doch hatte der Raum etwas Persönliches von Kiki – hier roch es nach ekelhaftem, kaltem Zigarettenrauch. Vermutlich durch ihre Kleidung. Oder sie rauchte hier heimlich. Und überall stapelten sich Papiere und Akten, besonders jedoch auf ihrem Schreibtisch. Auf dem Schreibtisch, an dem Dobbs saß, hingegen herrschte wie erwartet penible Ordnung. Ein paar lose Blätter lagen in der Ablage neben ihm – perfekt gestapelte Zettel. Jeder Stift, jede Ablage, jeder Aktenordner, jedes Buch, sogar seine Tastatur und seine Kaffeetasse waren akkurat angeordnet und duldeten keine Abweichung von der Perfektion. Das war so typisch Dobbs. Auch wenn er sich mit einem solchen Verhalten verletzlich machte. Schon öfter hat er in ruhigen Momenten betont, wie dringend er an diesem Spleen arbeiten müsste. Doch sosehr er sich bemühte, verfiel er scheinbar sofort in alte Muster, wenn Stress aufkam. Es ließ den ach so perfekten Dobbs ein wenig verschroben wirken. Sympathisch. Menschlich.

Kiki schnaubte kurz durch. Sie wirkte gestresst und nahm einen Schluck ihres Kaffees. »Anna? Warten Sie mal ganz kurz draußen auf dem Gang?«, bat sie Anna sehr höflich. Als diese mit einem gequälten Gesichtsausdruck umständlich nach ihren Krücken griff, sagte sie ruppig: »Ach, scheiß drauf, bleiben Sie sitzen. Dobbs erzählt Ihnen ja sowieso alles. Aber Sie müssen versprechen, nichts zu sagen. Zu niemandem!«

Anna nickte erleichtert und stellte die Krücken wieder beiseite, als Kiki sich an Fábio und Michel wandte: »Plan ist, euch beide heute und morgen rund um die Mensa am Erlenring abzustellen, wo ihr euch in Zivil unter das Studentenvolk mischt. Nur aufpassen, beobachten und vielleicht mit ein paar Personen ins Gespräch kommen. Ihr seht jung genug aus, um selbst noch Student sein zu können. Denkt euch eine glaubwürdige Geschichte aus.«

Die beiden machten sich umgehend auf den Weg. Fábio nickte zum Abschied, und Michel umarmte Anna kurz, um ihr ins Ohr zu flüstern: »Ruf mich an, wenn die beiden dich ärgern. Ich beschütze dich.«

Sie warf ihm gerührt eine Kusshand zu.

Kaum hatte Michel den Raum verlassen, wandte sich Kiki Anna zu. »So, kommen wir zu Ihnen.«

Anna schluckte laut.

»Darf ich Sie bitte duzen? Dann schimpft es sich einfacher.« Kiki zog eine ihrer Augenbrauen so hoch, dass sie unter ihrem versehentlich schräg geschnittenen Pony verschwand.

»Ich bin Anna«, sagte diese fast eingeschüchtert. Fast.

»Kiki. Dann kommen wir jetzt zu dir, Anna. Vielmehr kommen wir jetzt zu euch beiden – dem Duo infernale. Du, liebe Anna, und auch du, werter Dobbs, kostet mich den letzten

Nerv.« Doch sie grinste, was Anna nur noch mehr verstörte. Anna war sich ihrer eigenen Schuld bewusst, hob aber abwehrend beide Hände. Ihr fehlten plötzlich die Worte, und Dobbs schien ihr zu Hilfe eilen zu wollen. »Glaub mir, so war das alles nicht geplant. Ich meine, weil schon wieder ich es bin, der Anna in eine gefährliche Zwickmühle gebracht hat und sich diese nun schon wieder zuspitzt.«

»Dazu kannst du doch auch nichts. Nicht einmal du konntest in den Kopf des Täters gucken, um zu wissen, dass er meinen Blog entdeckt und verfolgt.«

Kiki schnaubte plötzlich wutentbrannt. »Dieser verdammte Blog raubt mir auch mal wieder den allerallerletzten Nerv!«

»Warum denn?«, fragte Anna ruhig, aber sehr bestimmt und auch kampfbereit. »Oder liegt es einfach generell an allem, was ich tue?«

Kiki schmunzelte, was Anna innerlich fast explodieren ließ. »Anna, du bist unfassbar klug und zweifelsohne talentiert, steckst voller Leidenschaft, und die Polizei sucht immer nach fähigen Mitarbeitern. Aber dann bewirb dich bei uns und mach nicht mit einem verdammten Blog so krampfhaft auf dich aufmerksam.«

Anna dachte, sie hätte sich verhört. »Auf mich aufmerksam machen? Du denkst ernsthaft, dass ich den Blog nur deswegen betreibe? Oder eher betrieben habe? Denn nach dieser Aktion jetzt werde ich ihn ganz sicher nicht weiterführen. Das wird mir zu gefährlich. Du kannst also aufhören, ein Problem mit mir und meinem Blog zu haben. Wenn die Vermissten wieder heil und gesund zu Hause sind, siehst du mich ohnehin nie wieder.«

Kiki zuckte zusammen, mit dem energischen Gegenwind von Anna hatte sie nicht gerechnet. Sie ruderte zurück. »Noch mal in aller Deutlichkeit: Mit dir habe ich kein Problem! Warum auch? Ich kenne dich im Grunde kaum.« Doch genau mit diesen Worten traf sie Anna erneut unerwartet hart.

»Vielleicht solltet ihr euch erst mal richtig kennenlernen«, warf Dobbs beschwichtigend ein, bekam aber von beiden Frauen vernichtende Blicke zugeworfen. Dann atmeten beide zeitgleich tief ein. »Entschuldige«, sagte Kiki großmütig, »aber vielleicht bin ich auch einfach zu alt oder zu ahnungslos, um zu begreifen, warum jemand wie du – eine Außenstehende – einen Blog über Polizeifälle betreibt.«

»Kannst du mein Verhalten dann bitte ebenso entschuldigen? Ich versichere dir, dass ich den Blog nicht aus Gründen der Aufmerksamkeitshascherei betreibe. Schon gar nicht, um Aufmerksamkeit von der Polizei zu kriegen. Ich versuche damit nur einen Weg zu finden, Fälle wie diese zu begreifen. Täter und Opferwahl zu verstehen, sonst weiß ich manchmal nicht, wie ich damit umgehen soll, wenn ich etwas lese. Das ist einfach ein Hobby. Okay, zugegeben, es ist ein wirklich merkwürdiges Hobby.« Anna atmete ein paarmal tief ein und wieder aus, um ruhiger zu werden. »Darf ich fragen, warum der Blog dich stört? Bislang fand ich, dass er euch stellenweise recht dienlich war. Wenn auch meist unfreiwillig – von meiner Seite aus.«

Kiki hob ihre Schultern. »Das stimmt wohl.«

»Aber was stört dich dann? Stört es dich, dass es ein Blog ist?«

»Anna, weißt du, wie viele Blogger, Podcaster und Hobbydetektive es gibt? Die zu viele Krimis lesen oder gucken, dann Polizei spielen und denken, sie könnten aus Vergnügen Verbrechen lösen? Es gibt doch auch Medizin-Blogs oder -Podcasts, was wäre, wenn plötzlich jeder Arzt spielen würde?«

»Aber ich spiele nicht Polizei. Und Krimis finde ich meistens doof. Außer sie sind wirklich gut.« Durchatmen, Anna, ermahnte sie sich selbst. »Dann stört dich die Art, wie ich an die Fälle herangehe? So mache ich das eben. Meine Art zu verstehen. Oder zu erforschen. Dann nennen wir es doch einfach Forschung, vielleicht ist das für dich einfacher. Ein Forscher-Blog. Forschung klingt doch gut. Forschung an Verbrechen.«

»Aber warum öffentlich?«

Anna kapitulierte. »Keine Ahnung. Es bot sich an.«

»Forschung. Okay. Na ja, wer weiß, wofür die Zusammenarbeit mit dir noch gut sein wird. Mich wundert jedenfalls nichts mehr, seit ich Dobbs kenne. Ich habe mich schon daran gewöhnt, dass die Zusammenarbeit mit ihm immer wieder für Überraschungen sorgt und gerne ungewöhnliche und vor allem niemals regelkonforme Wege geht.«

»Das habe ich auch schon feststellen müssen, glaub mir.« Wieder schauten beide Frauen Dobbs an, grinsten diesmal jedoch – gemeinsam und herzlich.

»Dobbs spielt nach seinen eigenen Regeln. Und ich habe mich schon wieder von ihm einwickeln lassen.« Annas Miene verfinsterte sich. »Vielleicht sollte ich mir fürs nächste Mal gleich eine Zielscheibe auf die Stirn malen.« Sie fühlte, dass sie jetzt, wo sie am liebsten keinerlei Aufmerksamkeit erregen wollte, diese im Übermaß von Kiki und Dobbs bekam. Und vom Täter. Und von allen anderen. Am liebsten wäre es ihr, sich zurück in ihr Bett zu kuscheln und die Bettdecke wieder über den Kopf zu ziehen.

»Dobbs und ich sprachen bereits darüber. Wir werden dir und deinem Freund für die Nacht zwei erfahrene Kollegen vom Personenschutz vor die Tür stellen.«

Statt gegen die Titulierung Pauls als »ihr Freund« zu protestieren, zeigte sich Anna dankbar. Denn das war sie auch.

»Och, Liebes, komm mal her.« Dobbs versuchte Anna aufzumuntern und umarmte sie. Sollte sie die Gelegenheit nutzen und ihn bitten, seine Kollegin aufzuklären, dass Fábio nicht in das Beuteschema des Täters passte? Er war ein wenig zu alt und vom Typ her zu dunkel. Michel hingegen passte leider hervorragend.

Sie entschloss sich, nichts dergleichen zu sagen. Dobbs wusste das ganz sicher selbst. Stattdessen genoss Anna seine Umarmung. Und Kikis verstohlenen Blick, den Anna nun erwiderte. Über Dobbs' Schulter hinweg sah Anna sie an und verdrehte dann doch spöttisch die Augen, um die Situation aufzulockern. Sie drückte Dobbs einen Schmatzer auf die bärtige Wange. »Ich danke euch beiden. Dir, Kiki, vor allem wegen deiner Geduld mit mir – und mit Dobbs.«

Kiki lachte. Es war ein unerwartet herzliches Lachen, das Anna nicht von ihr erwartet hätte. »Mensch, Doktor Dobrowolski, mir scheint, Anna kennt dich ganz gut.« Sie stand auf. »So, genug der Lobhudelei. Ich fahre jetzt wieder hoch auf die Lahnberge. Und du und Dobbs fahrt bitte zum Bahnhof.«

Erst sah Anna Kiki irritiert an, dann Dobbs. »Wieso Bahnhof?«

»Wie? Das hat er dir noch nicht erzählt? Unglaublich.« Schmunzelnd setzte Kiki fort: »Dobbs hat heute Morgen eine Nachricht von Robin Matusseks Schwester Isabella bekommen. Da stieg sie gerade in den Zug nach Marburg. Sie will hier sein, wenn er wiederkommt. Wenn er denn wiederkommt.«

Isabella Matussek war eine kleine, zierliche Frau mit einem kugelrunden Gesicht. Ihre dunkelblonden Haare standen in alle Himmelsrichtungen wild ab, vermutlich hatte sie im Zug geschlafen. Die ganze Zeit lächelte sie – krampfhaft. Vermutliches aus Unsicherheit.

Noch am Bahnhof lud Dobbs die beiden jungen Frauen auf einen Kaffee in ein Straßencafé ein. Dort brachten sie Isa, wie sie gerne genannt werden wollte, auf den aktuellen Stand der Ermittlungen.

»Wo wirst du schlafen? Brauchst du eine Bleibe?«, fragte Anna großzügig. Was ihr einen Stupser von Dobbs' Stiefel einbrachte, scheinbar wollte Dobbs professionell bleiben.

»Ich habe mit Robins Mitbewohner bereits besprochen, dass ich in der WG schlafen darf«, sagte Isa zu Annas Glück.

»Gut. Sag Bescheid, wenn du irgendwas von ihm hörst. Ich habe Tatütata im Auto und kann schnell drüben im Waldtal sein.« Dobbs' Witz kam bei Isa an, sie lachte. Daran, wie er das Wort Tatütata aussprach, so niedlich-kindlich, merkte man, dass ihm das aktive Dienstleben fehlte. Auch wenn seine Stimme bei diesem Wort eher klang wie die eines betrunkenen Mainzelmännchens.

»Sag aber auch gerne Bescheid, wenn du irgendetwas brauchst«, bot Anna an. »Ich bin zwar gehbehindert zurzeit und ohne Auto und auch ohne Tatütata, aber ich kann trotzdem schnell da sein. Ich wohne nur ein paar Straßen weiter.«

Isa strahlte. Hoffentlich dachte sie nun nicht, dass das die normale Vorgehensweise der Polizei war. Denn professionell war das jedenfalls nicht gewesen. Aber Dobbs war eben anders. Ganz anders.

»Bist du eigentlich auch Polizistin, Anna?«

»Ich? Scheiße, nein! Sicher nicht! Nur er. Und er ist genug Polizist für uns drei, glaub mir.« Dobbs' strafender Blick war unbezahlbar. »Aber er ist der Beste«, fügte Anna dann leiser hinzu. Auch um ihn zu beschwichtigen.

Kaum hatten Dobbs und Anna Isabella im Studentendorf im Waldtal abgeliefert, verkündete Dobbs, dass er Anna nun am liebsten nach Hause bringen würde. Er richtete sich auf ihren Widerstand ein und hätte nie damit gerechnet, dass sie damit einverstanden wäre. Doch das war sie. Noch weniger hätte er damit gerechnet, dass Kiki ihm dazwischengrätschte. Über Funk konnte Anna mithören, dass der Lagedienst vor Ort war, denn im Wald auf den Lahnbergen war die Leiche eines jungen Mannes im Laub gefunden worden. Anna kämpfte mit ihren Gedanken. Und mit ihrem Mageninhalt. Dabei hatte sie heute fast noch nichts gegessen. So konnte sie wenigstens Dobbs schönen schwarzen Audi nicht beflecken. Er sah es und ließ ihr Fenster ein Stück herunter. Gierig atmete Anna die frische Luft ein.

»Alles in Ordnung? Oder soll ich dich doch erst nach Hause fahren?«

»Ich schaff' das!« Doch Anna erschrak bei diesen Worten – ihrem Mantra. Es waren auch die Worte, mit denen der Täter seinen zuletzt geposteten Kommentar begonnen hatte. Sie korrigierte sich. »Ich bekomme das hin. Ich habe nur noch nie einen Toten gesehen.«

»Den wirst du auch heute nicht sehen! Die Leiche liegt zwar nah der Straße, ist aber nur querfeldein erreichbar. Besser, du bleibst im Auto sitzen – deiner Gesundheit zuliebe. Entspann dich, im Handschuhfach sind eine Cola und Kaugummis, falls der Magen komplett spinnt. Okay?«

Anna nickte stumm.

»Okay?«, wiederholte Dobbs.

Anna lächelte nun und antwortete klar und deutlich: »Okay.«

Vom Waldtal, wo die beiden Isa abgesetzt hatten, fuhren sie auf die kurvenreiche Panoramastraße. »Oh, schau mal, Dobbs, genau hier hatte ich meinen Unfall. Hier hat der dicke Van meinen kleinen Käfer gerammt und mich mit ihm den Abhang hinuntergeschickt.«

»Herrgott, Anna! Hier geht es viele Meter in die Tiefe. Es ist ein Wunder, dass du noch lebst!«

»Tja, ich bin scheinbar nicht so schnell tot zu kriegen. Drei Bäume haben den Absturz abgefangen. So hat man es mir später erzählt. War wohl eine ziemlich umfangreiche Rettungsaktion. Ich habe Bilder online gesehen, hier war richtig was los, als ich da hing. Seltsames Gefühl. Ich bin zum ersten Mal seitdem wieder hier.«

Dobbs sah erschrocken zu ihr, sein Blick blieb an ihr haften, bis Anna ihn lautstark zurechtwies. »Augen auf die Straße, Dobbs! Bitte.«

Er schwieg. Nahm jedoch ihre Hand.

Die Straße brachte sie direkt zum Treffpunkt am Fernheizwerk. Dort herrschte Hochbetrieb.

Ein Uniformierter stand an der Straße, erkannte Dobbs' Wagen und lotste ihn auf eine Fläche, auf der ein Krankenwagen, ein Notarztwagen, zwei große und zwei kleinere Feuerwehrfahrzeuge und fünf Streifenwagen standen und den kleinen, von hohen Bäumen umwaldeten Parkplatz in rhythmischem Blaulichtgewitter erleuchteten.

Sichtbar oder nicht, waren hier unzählige Einsatzkräfte gemeinsam am Werk.

»Du wartest hier im Wagen, Liebes.« Aus Angst, doch den Leichnam sehen zu können, sah Anna demonstrativ in die andere Richtung fernab von all dem hektischen Treiben. »Okay?«

Sie nickte, doch diesmal wiederholte er seine Frage nicht. Er holte tief Luft und stieg aus.

Sosehr sie sich vorgenommen hatte, nicht hinzusehen, folgte sie Dobbs nun doch mit ihren Blicken. Die Neugierde siegte. Anna sah, wie Dobbs einen weißen Overall gereicht bekam und in diesen hineinstieg. Ebenso wie in die Füßlinge, die er über die Schuhe streifte. Mit blauen Latexhandschuhen ausgestattet, setzte er sich schließlich in Bewegung, folgte einem

Weg, der mit Flatterband abgesteckt war, ins Waldesinnere und verschwand außer Sicht.

Jeder, der hier hinter der Absperrung beschäftigt war, trug einen dieser Papieranzüge. Faserschutzanzüge, korrigierte sich Anna in Gedanken. Sogar der Fotograf. Obwohl der sicherlich auch von der Polizei war. Das war ganz anders als im Fernsehen.

Sie musste sich ablenken und registrierte erst jetzt die umfangreiche Inneneinrichtung von Dobbs' Audi. Vermutlich war es wohl eher nicht sein eigener, doch hatte sie ihn schon oftmals mit diesem Auto gesehen. Das Armaturenbrett und die Mittelkonsole waren voll mit Bildschirmen und Knöpfen. Links vor ihr war ein Tablet-PC, dagegen sah das Funkgerät am Kabel schon fast altbacken aus. Sogar über ihrem Kopf waren zahlreiche Knöpfe, weiße, rote, schwarze, unbeschriftete. Wer sollte hier den Überblick behalten? Von außen gesehen schien das Auto auf den ersten Blick ganz normal. Doch Anna waren schon neulich am Parkplatz des Georg-Gaßmann-Stadions die lange Dachantenne, die zusätzliche Scheibenantenne und die beiden kleinen Blaulichtvorrichtungen hinter dem Kühlergrill und den Außenspiegeln aufgefallen. Und die ganz spezielle Leuchte an der Frontscheibe. Vielleicht würde Anna ja irgendwann mal das Auto im Einsatz erleben. Mit Tatütata.

Was würde wohl passieren, wenn sie diesen Knopf drückte? Oder vielleicht schaffte sie es, den Funk einzuschalten, um etwas mitzuhören?

Als es zaghaft an die Beifahrerscheibe klopfte, sackte Anna vor Schreck in sich zusammen. Es waren wohl eher ihr schlechtes Gewissen und das Gefühl, bei irgendetwas ertappt worden zu sein. Sie sah erst nur die Einsatzkleidung der Feuerwehr, bis sich dann der Mann zu ihr hinunterbeugte und herzlich winkte. Theos umwerfendes Lächeln hätte sie unter

Tausenden wiedererkannt. Er strahlte sie an, als Anna ihn mit einer Geste bat zurückzutreten, damit sie die Tür öffnen konnte. Er reichte ihr seine helfenden Hände. »Ich sagte doch vorhin: ›Bis bald.‹ Tut mir leid, dass ich dich gerade erschreckt habe«, begrüßte er sie sanft, und Anna hätte fast vergessen, seine warmen Hände wieder loszulassen, nachdem sie ihr aus dem Auto geholfen hatten. Sie sah darauf hinab. Theos Hände waren groß und rau, maskulin, dennoch gepflegt, und sie zeugten von so mancher Heldentat. Kleine Narben waren darauf zu erkennen.

»Dein ›Bis bald‹ von vorhin ging dann aber doch schneller als erwartet, oder?«

Wieder strahlte er sie an, und als sein Blick zu seinen Kollegen wanderte, sagte er leise: »Ich wünschte nur, der Grund wäre ein anderer. Übrigens, du bist ja ohne Krücken unterwegs! Gratuliere!«

Anna blinzelte. Irgendetwas an Theos Art faszinierte sie. Er strahlte eine wundervolle Wärme, Ruhe und Besonnenheit aus. Seine ganze Art machte etwas mit ihr, etwas sehr Angenehmes. Seine Ruhe machte auch sie ruhig, seine Besonnenheit ließ auch sie besonnen reagieren. Und sie hatte keine Ahnung, wie Theo das gelang, doch es faszinierte sie. Er faszinierte sie. Sie sah ihn eindringlich an, wieder beschlich sie das Gefühl, ihn zu kennen.

»Habe ich etwas im Gesicht?«, fragte er plötzlich amüsiert, und Anna kicherte verlegen. Sie fand sich selbst in dem Moment peinlich, doch das hinderte sie nicht daran, ihn erneut anzustrahlen. »Nein, dein Gesicht ist perfekt. Oh Himmel, habe ich das jetzt wirklich gesagt?«

Wie im Büro bekamen beide erneut rote Wangen.

»Verzeih mir bitte, wenn ich dich anstarre. Doch seit Samstag schon überlege ich, woher wir uns kennen.«

Männer, die so lächeln konnten, durften zusätzlich nicht so attraktiv sein. Das war einfach unfair!

Einer seiner Kollegen krähte Theos Namen, und er rief Anna im Weggehen zu: »Beim nächsten Treffen verrate ich es dir!« Doch er drehte sich noch einmal zu ihr um: »Also, bis bald, Anna.«

Ob sie so viel Geduld aufbringen konnte? Wann würde das nächste Treffen sein?

Im Augenwinkel sah Anna Dobbs eiligen Schrittes zurückkommen. Er entledigte sich seines Schutzoveralls und seiner Einmalhandschuhe, knüllte alles ineinander und warf es auf die Rückbank seines Wagens. Dann ließ er sich mit viel Schwung auf den Fahrersitz neben ihr sinken, legte seine Stirn aufs Lenkrad und atmete ein paarmal tief durch. Anna fragte sich, ob sie ihn ansprechen, ihn trösten sollte.

»Gib mir bitte eine Minute. Ich muss die Bilder aus dem Kopf kriegen.«

Anna wartete. Dobbs kam ihr in diesem Moment zerbrechlich vor, dabei schien er auf den ersten Blick immer hart und unerschütterlich. Ein Typ, so knallhart wie Bruce Willis in seinen Filmen, die Ähnlichkeit zu dem attraktiven Schauspieler war ohnehin frappierend. Er rieb sich mit beiden Händen über sein Gesicht, um sich zu sammeln. »Es ist nicht Robin.«

Irgendwie war Anna erleichtert, auch wenn das hieß, dass es ein anderer junger Mann war. Für seine Schwester Isa war sie erleichtert.

»Elias Cherif?«, fragte sie sanft und legte ihre Hand auf seine.

Betrübt griff er nach Annas Hand und hielt sie ganz fest. »Mein Gott. Er ist nur neunzehn Jahre alt geworden. Meine

Tochter ist auch noch neunzehn. Du warst neunzehn, als wir uns kennenlernten.«

»Wurde er gewaltsam getötet?«

»Lässt sich prima vista noch nicht sagen. Wir müssen auf den Obduktionsbericht warten. Auf den ersten Blick hatte er zwar Wunden und Blessuren, doch ob die zum Tod geführt haben, wissen wir allerfrühestens morgen.«

»Was hast du noch bemerkt?«

Er schüttelte seinen kahlen Kopf, als wollte er die Bilder darin sortieren. Als sie ihre Hand zurückzog, hielt er diese fest. Sie ließ es zu. Es half ihm. »Die Leiche muss erst vor ein paar Minuten abgelegt worden sein. Der Bereich wurde mehrfach heute Vormittag begangen. Und der Fundort der Leiche ist nicht der Ort, an dem das Opfer starb. Und wie es scheint, zeigte der Täter große Reue, so wie Cherif gebettet war.« Dann erst stockte Dobbs, sah Anna prüfend an. »Vertauschst du etwa gerade unsere Rollen?«

Anna grinste breit. »So fokussiere ich dich hoffentlich wieder etwas.«

»Sehr gut, es gelingt dir.«

Anna zog ihre Stirn kraus. »Was meintest du genau, wenn du sagst, dass der Täter Reue zeige?«

Er zückte sein Handy, und Anna erschauderte kurz. Wollte er ihr nun tatsächlich Fotos des Toten zeigen? Lichtbilder, korrigierte sie sich. Vielleicht auch eher, um sich abzulenken.

»Keine Sorge«, sagte Dobbs sanft, »es sieht wirklich aus, als ob er schläft. Schaffst du das? Ich brauche einfach deine Meinung dazu.«

Anna nickte vorsichtig, und Dobbs hielt ihr sein Handy hin. Sie griff danach und betrachtete zögernd das Foto. Nicht, ohne seine Hand loszulassen.

Elias lag auf dem Rücken, die Hände auf dem Bauch gefaltet und sein Körper zur Hälfte mit Laub bedeckt. »Hmm … war er schon tot, als er so hergerichtet wurde?«

»Auch hierbei müssen wir auf die Obduktion warten, doch die Kollegen und der Notarzt bestätigten, Elias sei schon etwa einen Tag tot, die Leichenstarre löse sich schon wieder. Die Totenflecken waren auch dementsprechend. Also ja.«

Anna schluckte. »Die Art, wie Elias abgelegt wurde, deutet wirklich auf Reue. Also ist er vielleicht aus Versehen gestorben, und der oder die Täter sind tatsächlich daran interessiert, die Studenten nicht zu gefährden. Doch wieso wurde er gezielt platziert, obwohl noch Einsatzkräfte im Wald unterwegs sind und suchen? Wahrscheinlich sollte er gefunden werden. Und wieso haben die Hunde vorhin nichts gemeldet? Und wie hat der Täter die Leiche transportiert?«

Dobbs grinste anerkennend. »Gut gemacht, Justus Jonas.«

Anna lachte. »Nicht schon wieder mit dem Ersten Detektiv von den *Drei Fragezeichen* vergleichen. Immerhin …«, sie hob mahnend den Zeigefinger, »… ist das hier das wahre Leben und kein Buch oder Hörspiel.«

14

BEGLEITEN UND BERATEN

Mittwoch, 1. Oktober

Annas Knie pochten, und sie konnte sich kaum für eine Schlafposition entscheiden. Alles tat ihr weh. »Oh Mann … was für ein Tag«, sagte sie leise zu sich selbst, um Paul nicht zu wecken. Sie war zu aufgedreht. An Schlaf war nicht zu denken. Ständig spukten ihr die Bilder von heute durch den Kopf. Erst durfte sie sich, vermutlich endgültig, von ihrem geliebten Blog verabschieden, dann ihr Besuch in der Polizeidirektion, das aufreibende Gespräch mit Kiki, das Wiedersehen mit Theo, das Kennenlernen von Robins Schwester Isa, das Bild von Elias' Leichnam, das Abendessen mit Dobbs und nun die Wachen vor ihrem Haus. Eigentlich müsste sie hundemüde und ausgelaugt sein, doch sie war hellwach. Unangenehm wach. Sie wälzte sich auf ihrem Laken hin und her, und ihre Gedanken fuhren Karussell. Wurde der Countdown heruntergezählt nach Tagen oder nach verbleibenden Opfern? Welchen Zweck erfüllte er für den Täter? Wie gerne würde Anna sich noch mal mit Dobbs und sogar mit Kiki austauschen, um zu versuchen zu verstehen. Wie gerne würde sie jetzt an Pauls Computer schauen, ob der Täter inzwischen die Zwei unter einem Beitrag kommentiert hatte. Doch damit würde sie die Polizisten nur von der Verfolgung des Täters ablenken. Schließlich war sie dann ein Blogbesucher mehr, der überprüft werden musste. Anna fühlte sich hilflos und nutzlos. Wieso ihr Blog? Wieso der Countdown? Wenn er nach Tagen ging: Was war bei Tag null, dem Freitag? Was war am Freitag? Irgendein Jahrestag oder Feiertag für den Täter – oder die Täter? Obwohl sie nicht mehr daran glaubte, dass es ein Täterteam war. Ihre Ahnung und auch ihre Intuition sagten ihr, dass es ein einzelner Täter sein musste. Ein Mann. Sportlich. Doch wie fand er seine Opfer, und wieso waren alle Verschwundenen vom Typ her auffallend hell und eher zierlich? Es gab keine sexuelle Komponente, trotzdem präferierte er einen bestimmten Typ Mann. War es nicht also, genau genommen, doch eine sexuelle Präferenz? Statistisch gesehen suchte sich ein Präferenztäter Opfer, die ihm selbst ähnlich waren oder gewesen waren. Doch ob das hier ebenso galt, war Anna unklar. Wenn sie doch nur an den PC gehen könnte, ohne Paul zu wecken, dann könnte sie nach Statistiken suchen. Nach Studien, die das bestätigten oder widerlegten.

Und noch mehr Fragen: Wie verabreichte er ihnen das Skopolamin? Und wie konnte er sich nur Erstis holen? Denen sah man doch nicht sofort an, dass sie neu in Marburg waren. Und war es richtig, dass sie dem Skopolamin überhaupt so viel Bedeutung beimaßen? Vielleicht war es auch nur ein Mittel zum Zweck, weil er leicht darankam oder es selbst herstellen konnte? Warum also ausgerechnet Skopolamin? Was bezweckte er damit, und war die Amnesie der Opfer gewollt? Wollte er, dass die Opfer nicht nur willenlos waren, sondern wirklich vergaßen? Immerhin war die Droge nicht zuverlässig, was die Wirkung betraf. Vielleicht beschrieben die Drogen selbst einen konkreten Tätertyp? Welcher Tätertyp bevorzugte die Nutzung dieser Droge?

Tausende Fragen schossen Anna gleichzeitig durch den Kopf, und sie wälzte sich einmal mehr umher. All die wirren Gedanken und Fragen würde sie sich nun notieren, auf ihrem Handy, denn das war greifbar.

»Anna. Liebes? Aufwachen.«

»Was?« Anna schlug wild um sich, schaffte es aber nicht, ihre Augen zu öffnen. »Was'los?«

»Aufwachen! Ich habe Kaffee und Brötchen mitgebracht.«

Anna lag auf dem Bauch und stöhnte laut. Sie funktionierte noch nicht. Sie musste wohl doch irgendwann eingeschlafen sein, gefühlt war das jedoch erst anderthalb Sekunden her. Sie zupfte sich schlaftrunken einen der Stöpsel aus dem Ohr. »Pauli … Haffee?« Sie reckte sich nach der Tasse, die sie zwar noch nicht gesehen, aber wohl gerochen hatte.

»Nicht Pauli. Ich bin's, Dobbsi.« Er lachte.

»Dosi … Dobbsi? Verdampt. Bim wach.«

Er war amüsiert über Annas kläglichen Versuch, deutlich zu sprechen oder ihre Augen zu öffnen. Sie wischte sich einen Speichelfaden aus dem Mundwinkel und rieb sich schlaftrunken die rot geränderten Augen. »Wie bist du hier hereingekommen?«

Er hielt Pauls Haustürschlüssel in der Hand und wedelte damit umher. Sie klimperten schrill.

»Nicht machen. Zu laut.«

Er lachte, schlug aber sofort wieder einen ernsten Tonfall an. »Willst du wissen, was heute Nacht los war?«

Anna griff nach dem Kaffee in Dobbs' Hand und grummelte: »Lass mich raten: Es gibt einen neuen Vermissten.«

Dobbs nickte niedergeschlagen. »Uns wurde eine Vermisstenmeldung gemacht.«

»Verdammter Bockmist.« Anna war wach. Sie setzte sich auf, schwang ihre Beine über die Bettkante. Keine Schmerzen mehr. Zumindest nicht mehr von den Wunden, nur ein bisschen Muskelkater von der Überbelastung.

»Du sagst es. Verdammter Bockmist. Julien Pinschmidt heißt er. Achtzehn Jahre alt, aus Braunschweig. Wurde gestern Abend noch vermisst gemeldet. Er war gerade mit seinem Einzug in die Sudetenstraße beschäftigt und verhielt sich plötzlich seltsam, sagte sein Kumpel. Pinschmidt muss wohl einfach den Umzugskarton abgestellt haben und wortlos ein paar Meter vom Wagen weggegangen sein. Der Kumpel dachte, er käme gleich wieder. Doch er kam nicht wieder. Er ist spurlos verschwunden. Die Spürhunde haben seine Fährte an einem Parkplatz verloren.«

»Dein Ernst?«

Dobbs nickte. »Der Täter wird für meinen Geschmack zu mutig.«

»Oder er verzweifelt immer mehr. Besonders, weil Elias starb. Dreh dich bitte mal um, ich will mich anziehen.«

Dobbs tat wie ihm geheißen.

Anna schlüpfte in ihre Jeans und stülpte sich das übergroße T-Shirt, das sie als Nachthemd trug, über den Kopf. Doch sie hatte den Spiegel an der Wand ihr gegenüber vergessen. Zwar hatte Dobbs seinen Blick auch vom Spiegel sofort abgewendet, doch genügte die Zeit, um Annas große Narbe zwischen Oberschenkel und Hüfte zu entdecken. Er schnappte nach Luft. Anna bemerkte seine Reaktion und flüsterte beschwichtigend: »Sieht zum Glück schlimmer aus, als es ist.«

»Du bist so tapfer. Ich sterbe schon bei einem kleinen Schnupfen, aber das da … Puh.«

Dobbs fragte sich, was Anna wohl durchgemacht hatte. Als er damals von ihrem Unfall erfahren hatte, stand er kurz vor dem Start seiner Lesereise. Den Besuch an ihrem Krankenbett würde er vermutlich nie vergessen. Sie erzählte leise und angestrengt von ihren Operationen einige Tage zuvor und wirkte zunehmend wirrer. Aber sie beschwor ihn auch, seine Lesereise auf keinen Fall abzusagen. Schon nach wenigen Minuten war sie nicht mehr ansprechbar gewesen. Er war es gewesen, der den Arzt alarmierte. Daraufhin kämpfte Anna zwei Tage mit schweren Herz-Kreislauf-Problemen, musste sogar einmal reanimiert werden. Paul, der an ihrem Krankenbett wachte, hatte Dobbs damals versprechen müssen, ihn auf dem Laufenden zu halten.

»Wirklich, Dobbs, es ist alles gut. Ich muss zukünftig nur überlegen, ob ich im Sommer Bikini tragen sollte, wenn ich in die Lahn springe, oder ab jetzt nur noch Ganzkörperbadeanzug.« Sie grinste bitter und wechselte das Thema: »Wie geht es meinem Blog?«

»Rate doch mal.«

»Er hat die Zwei unter den Beitrag gesetzt?«

Dobbs nickte nur und hielt ihr sein Handy entgegen. Der Bildschirm zeigte einen Screenshot der Kommentare unter ihrem Blogbeitrag. Punkt Mitternacht postete jemand Anonymes die Zwei.

Annas vom Kopfkissen zerstörte Frisur wippte wild mit, als sie den Kopf schüttelte. »Punkt Mitternacht«, beinahe keuchte sie die Worte. »Also zählt er wie angenommen tatsächlich einen Tagescountdown.« Aber sie wollte eines nicht verstehen: warum Freitag? Was war am Freitag? Wieso konnte der Tag wichtig sein?

Doch auch als sie ihre aus der Nacht nachhängenden Gedanken mit Dobbs besprochen hatte, kamen sie zu keiner schlüssigen Antwort, warum der Freitag für den Täter wichtig sein konnte.

»Ich habe noch etwas Interessantes für dich.«

Anna legte den Kopf schief. »Tu nicht so geheimnisvoll. Gibt es aus der Rechtsmedizin etwas Neues bezüglich Elias?«

»Leider nicht. Kiki bekommt frühestens heute Nachmittag Nachricht aus Gießen.«

»Was ist es dann?«

Dobbs unterdrückte ein Lächeln, genau mit dieser Reaktion hatte er gerechnet. Er begann herumzudrucksen, was Anna schon fast wahnsinnig machte. »Schau mich nicht so an. Ich weiß nicht, wie ich es sagen soll. Mal wieder habe ich mich eventuell ein bisschen übergriffig dir gegenüber verhalten.«

Auf der Stelle schoss Annas Puls wütend nach oben, er explodierte beinahe. »Bitte? Was hast du getan?«

»Ich hatte gestern ein zufälliges Treffen mit der Inspektionsleiterin. Sie schuldet mir etwas, und nachdem ich ihr von dir und deinen außergewöhnlichen psychologischen Talenten erzählt hatte, war sie bereit, dir probeweise ein kleines Entgelt zu bezahlen. Sie konnte es bereits durchsetzen.«

Anna schwieg und starrte Dobbs regungslos und mit offenem Mund an.

»Anna, du bist nun Teil der Soko und hast hier auch im Anschluss die Möglichkeit zu arbeiten – bis zum Beginn des Semesters in Bochum.«

Sie verzog keine Miene und schwieg noch immer.

»Anna?«

Sie schüttelte den Kopf und stützte sich auf die Bettkante. »Wie denn? Und als was? Ich bin nicht ausgebildet. Es ist nur ein schnöder Bachelor.«

»Sozialberatung, Konfliktmanagement, Kommunikation mit Opfern und Angehörigen und Betreuung der Opfer. Und zeitnah sollte hier eine Beschwerdestelle eingerichtet werden, dafür werden auch noch weitere Externe eingestellt. Du hast um elf Uhr fünfzehn das Einstellungsgespräch.«

Sie schwieg wieder, sah Dobbs nur prüfend an. Er starrte zurück und verdrehte seine graublauen Augen zum Spaß. »Okay?«

Anna sprang auf und fiel ihm ohne Vorwarnung um den Hals. Sie küsste ihn stürmisch auf die Wange. »Dobbs, du bist genial. Übergriffig, aber genial.«

Er atmete laut aus, erleichtert, und lachte. »Endlich jemand, der das erkennt.«

Anna sah auf ihre Armbanduhr. »Elf Uhr fünfzehn? Heute? Wo muss ich hinkommen?«

»Ich zeige es dir, kein Problem. So viel Zeit habe ich.«

Doch dann ließ sie ihren Kopf hängen. »Ich habe keine Ahnung, wie ich das alles jemals wiedergutmachen soll. Aber du weißt, dass ich Bochum noch nicht entschieden habe, oder?«

»Ha! Du hast damals so viel für mich getan. Hast mir geholfen, einen Mann zu fassen, der es auf dich abgesehen hatte. Und du hast mir verziehen. Die Frage ist also eher, wie tief und wie lange ich noch in deiner Schuld stehe. Na, komm, lass uns frühstücken, damit du schnellstmöglich zu Kräften kommst.«

Anna gähnte herzhaft, und Dobbs schloss sich ihr an.

»Wie hast du das wieder geschafft mit der Soko?«

»Möglich, dass ich erwähnt habe, dass du unverzichtbar bist fürs Team, Liebes.«

Anna schloss die Tür hinter sich und verspürte das dringende Bedürfnis, tief durchzuatmen. Ein solches Vorstellungsgespräch hatte sie noch nie gehabt. »Okay, gut«, dachte sie sich laut, bislang hatte sie sich ja auch nur auf Sommerferien- oder Studentenjobs beworben. Dennoch war das Gespräch eben anders als alles gewesen, was sie sich hätte vorstellen können. Eine kurze Begrüßung, als würde die Inspektionsleiterin Rita Simonis Anna schon lange kennen. Eine kurze gegenseitige Befragung und dann eine noch kürzere Erklärung, was Annas Aufgaben sein würden. Kommenden Montag würde sie den Zeitvertrag vorgelegt bekommen und auch direkt anfangen dürfen. Zumindest, wenn Annas Arzt die Freigabe erteilte. Ihren Lebenslauf und ein Foto für die Akten sollte sie dann einfach mitbringen. Es schien so mühelos, ohne viel bürokratischen Aufwand – bis zur Verschwiegenheitserklärung, die sie bezüglich der aktuellen Ermittlungen und ihrer Mithilfe daran sofort unterschreiben sollte. Montag um acht Uhr würde ihr ein Büroraum zur Verfügung gestellt, sodass sie von dort aus zukünftig in einem Team aus erfahrenen Psychologen um einen gewissen Martin Talbot helfen sollte. Annas Aufgaben wären beispielsweise Supervision und die Nachbereitung von Einsätzen. Die komplette Belegschaft würde noch in dieser Woche Bescheid über das Angebot einer Betreuungs- und Beschwerdemöglichkeit im Haus bekommen.

Das alles hatte Simonis derart schnell vorgestellt und erklärt, dass Anna noch immer etwas schwindelig war.

Sie fragte sich, ob sie es tatsächlich schaffen würde, eine solche Stelle verantworten zu können. Denn eigentlich fühlte sie sich viel zu unerfahren, um diesen Aufgaben gerecht zu werden. Doch als Simonis am Ende »Willkommen im Team«, sagte, fühlte es sich richtig an. Auch wenn Anna noch einmal eine Nacht darüber schlafen wollte – sie sah es als große Chance.

Zu wem sollte sie zuerst gehen, um die gute Nachricht zu erzählen? Paul? Den Weg zur Asservatenabteilung würde sie vermutlich weder finden noch alleine gehen dürfen. Ihm würde sie also heute Abend alles erzählen. Der Weg zu Kikis Büro wäre einfacher wiederzufinden. Doch war sie dort jetzt überhaupt willkommen?

Der einfachste Weg war der zum Ausgang.

Sie holte ihr Handy aus der Tasche, rief Dobbs an. Doch der ging nicht ran. Also eine Kurznachricht an ihn: *Bin schon fertig*

– sag, was ich tun soll. Wenn ihr mich jetzt hier nicht braucht, mache ich mich erst mal wieder auf den Heimweg.

Sie setzte dahinter noch einen Zwinker-Smiley, damit die Nachricht nicht zu sehr nach Selbsteinladung aussah, und schickte sie ab.

Anna setzte sich in Bewegung, den Gang entlang zum Treppenhaus, drei Etagen hinunter, nur noch durch die große Glastür ins Foyer und links durch die Pforte. Doch kaum war die Tür geöffnet, wurde Anna zurückgedrängt. Im Foyer herrschte reges Treiben. Zwei Polizisten hielten einen Mann fest, dessen Hände mit Handfesseln auf dem Rücken fixiert waren. Sie verfrachteten ihn nicht gerade gefühlvoll in das Treppenhaus, aus dem Anna gerade getreten war. Ein dritter Polizist stellte sich rücklings vor Anna und hielt sie mit einer lapidaren Handbewegung vom Weitergehen ab, um sie zu schützen. Sie bedankte sich höflich, und als er sich umdrehte, grüßte er sie mit einem herzlichen: »Ach du! Hallo! Wo sind deine Krücken?«

Anna wusste zwar seinen Namen nicht mehr, doch sie wusste, dass er derjenige war, der Dobbs auf der Polizeifeier herausgefordert hatte, sein Können als Profiler zu beweisen. Ingo. Ingo war sein Name. Sie freute sich und grüßte zurück. Daran, dass sie jetzt aus anderen Gründen als ihrem Blog erkannt und gegrüßt wurde, sollte sie sich schnellstmöglich gewöhnen. Und sich Namen besser einprägen. Als der Festgenommene die Treppen nach unten geführt wurde, durfte Anna ihren Weg fortsetzen. Durch die Schleuse hinaus aus dem Gebäude, ein paar Meter über den Vorplatz. Jetzt musste sie nur noch die nächste Bushaltestelle finden, dann stünde einem ausgiebigen Mittagsschlaf nichts im Wege.

»Uuund? Wie war's?«, fragte Dobbs und sprang nahezu in Annas Weg.

»Huch! Wo kommst du denn so plötzlich her?«

»Von dort hinten. Kiki musste mal wieder ihrer Sucht frönen.«

Anna grinste.

»Sag schon, wie war's? Spann mich nicht auf die Folter.«

»Gut, würde ich sagen. Montag geht es los, zumindest wenn ich das Okay von meinem Arzt bekomme. Aber dafür sorge ich! Und ich sollte vielleicht noch mal in Ruhe darüber nachdenken, denn das geht alles ganz schön schnell. Aber, Dobbs, ich würde sogar ein eigenes Büro kriegen. Wie hast du das geschafft?«

»Wieso drüber nachdenken?«

Dass sie sich schon längst dafür entschieden hatte, sah er an dem nun folgenden Schmunzeln, und er ballte triumphierend die Hände. »Und was werden deine Aufgaben sein?«

»Kurz gesagt: begleiten und beraten.«

»Das passt zu dir wie die Faust aufs Auge!«, rief Kiki von hinten und klatschte Dobbs ihre flache Hand auf die Schulterblätter. »Gratuliere, Anna!«

Anna konnte keine Ironie in Kikis Worten erkennen und bemerkte vorsichtig, beinahe verwirrt: »Du freust dich ja wirklich! Das heißt aber leider auch für dich, du musst mich weiterhin ertragen, Kiki.«

»Ach, es gibt Schlimmeres. Du bist ja dann ab Montag auf der guten Seite.« Sie lachte, und es war ein herzliches, ansteckendes Lachen – ehrlich und voller sympathischer Lachfältchen. Sie reichte Anna die Hand. »Willkommen in der Anstalt!«, schmunzelte sie, und Anna machte einen Knicks.

»Apropos gute Seite: Was sagte Simonis bezüglich deines Blogs?«, fragte Dobbs.

»Gar nichts. Denn ich habe aus freien Stücken gesagt, dass ich ihn lösche, wenn der Täter geschnappt ist. Damit war sie einverstanden.«

Kiki und Dobbs nickten.

»Wer weiß, vielleicht schreibe ich ja irgendwann auch mal ein Buch, so wie du. Dann verwurste ich die ganzen alten Blogbeiträge dafür.« Anna zwinkerte ihm zu, wurde aber sofort wieder ernst: »Darf ich fragen, ob es etwas Neues von den Vermissten gibt?«

»Darfst du. Es gibt aber nichts.« Dobbs kratzte sich die Glatze. »Wenn wir nur wüssten, wo wir ansonsten noch ansetzen könnten. Die Umfeldermittlungen laufen auf Hochtouren, und die wenigen Zeugen sind befragt.«

»Momentan kontrollieren wir alle Straßen, alle Zufahrten und Abfahrten auf die Lahnberge. Die Nummernschilder der männlichen Fahrer, die auf deine etwaige Profilbeschreibung passen, werden notiert. Gute Hinweise übrigens, Anna. Ich wünschte, ich hätte auch solche brillanten Gedanken, wenn ich mal wieder nicht schlafen kann. Kenne ich sonst nur von Dobbs.«

»Na ja, so viel Profil gab es nicht zum Beschreiben. Ich glaube nicht, dass Sportlichkeit und Mannsein und ein paar kleine andere Merkmale ausreichen.« Aber Anna freute sich über Kikis Lob. »Habt ihr schon darüber nachgedacht, was der Freitag für den Täter bedeuten könnte? Und woher das Skopolamin stammen könnte? Und wie er weiß, welcher junge Mann in Marburg ein neu zugezogener Ersti ist?«

»Sicher haben wir das. Über einiges davon zumindest …« Doch als ein paar Kollegen aus der Tür stürmten, beendete Kiki ihren Satz mit: »Ich glaube, wir sollten wieder ins Büro hochgehen.« Sie sah Dobbs an.

Anna hatte den Eindruck, dass sie nicht dazu eingeladen war, und wollte die beiden nicht in eine Zwickmühle bringen. »Dann verabschiede ich mich an dieser Stelle. Weiß einer von euch, wo hier die nächste Bushaltestelle ist?«

Dobbs und Kiki tauschten irritierte Blicke aus. »Du willst heim? Mit dem Bus? Meinst du, wir überwachen euch nachts, und tagsüber bist du ungeschützt und ohne Begleitung unterwegs? Nee, vergiss es!«, sagte er bestimmt.

»Ich kann mir auch ein Taxi nehmen und melde mich, wenn ich zu Hause bin und alles sicher ist. Oder ich bitte Paul.«

»Nö.« Auch Kiki schien kein Pardon zu kennen. »Ich dachte, du wirst entlohnt dafür, dass du uns unterstützt? Ab Montag dann erst offiziell, aber wir arbeiten dich schon mal ein wenig in echte Polizeiarbeit ein – indem wir dir oben den brandneuen Kaffeevollautomaten präsentieren, den wir von Dobbs bekommen haben.«

Anna frohlockte.

»Liebes, fühlst du dich bereit für deine erste Schicht mit uns?«

15

IM WALD

Surreal. Das war vermutlich das einzige Wort, das Annas Leben momentan annähernd beschrieb. Paul hatte eine Überstunde machen müssen, um Anna mit nach Hause nehmen zu können. Es wurde Zeit, dass sie wieder selbstständig und vor allem mobil wurde. Vielleicht würde sie sich zeitnah darum kümmern können und einen kleinen Gebrauchtwagen kaufen – mit einem letzten kleinen Kredit von Paul. Dobbs und Kiki waren mit einigen Kollegen vermutlich noch immer und, was noch wahrscheinlicher war, bis spät in die Nacht beschäftigt. Die Nachtschicht war auch schon gebrieft worden. Annas Eindrücke des Tages prasselten nun während der Heimfahrt auf Paul ein, ob er wollte oder nicht.

»Das war so aufregend, sag ich dir. Wie naiv von mir, dass ich immer dachte, die Polizei bearbeitet nur Kleinkram und geklaute Katzen. Doch es stecken so viele Details in Polizeiarbeit. Das kann ich als Außenstehende kaum fassen. So viele Dinge, die zu beachten sind. So unfassbar viel Papierkram. Und trotzdem schaffen sie es, schnell einzugreifen, wenn es nötig ist. Puh. Ich bin wie berauscht. Positiv berauscht. Hättest du mir auch vorher mal sagen können.«

Paul war noch damit beschäftigt zu begreifen, dass Anna ab Montag im weitesten Sinne eine Kollegin von ihm sein würde, da erzählte sie bereits wie ein Wasserfall von den Ermittlungen. »Zum Beispiel das Skopolamin. Selbstverständlich kann es aus einer Apotheke stammen. Doch die Verlustmeldungen wurden bereits überprüft. Als Nichtpolizist denkt man jedoch nicht daran, dass auch Massenkäufe von Magenschmerztabletten oder so nachverfolgt werden können. Wusstest du das? Zumindest, wenn sie mit Karte bezahlt wurden. Oder ein großer Einkauf von Nachtschattengewächsen, wenn man das Mittel selbst machen will. Also sitzen da jetzt zahlreiche Beamte und telefonieren mit Apotheken und Gärtnereien im größeren Umkreis. Oder eben Online-Apotheken. Gibt es Online-Gärtnereien?« Sie prüfte, ob er noch zuhörte. »Das ist Wahnsinn, gelle? Oder aber wir haben einen anstrengenden Klinkenputz-Marathon vor uns. Und alles, wirklich alles, muss schriftlich festgehalten werden, jede Kleinigkeit, damit es auch noch in zehn Jahren nachvollziehbar bleibt. So ein Aufwand!« Sie atmete aus. »Dann haben wir überlegt, wie der Täter seine Opfer findet. Oder warum scheinbar alles auf den Lahnbergen stattfindet oder auch in der Innenstadt. Blöd nur, dass wir nicht darauf kamen, was der Freitag für den Täter bedeuten könnte.«

In dem Moment lief ein betrunkener Student vor Pauls Auto über den Zebrastreifen. »Freitag ist die OE zu Ende!«, sagte er flüchtig. Anna zückte sofort ihr Handy und schrieb sowohl Dobbs als auch Kiki die gleiche Nachricht:

Wenn FREITAG die Orientierungswoche endet, woher bekommt er dann seine Opfer? Dann wird die Opfersuche aufwendiger für ihn. Oder ist deswegen sein Countdown am Freitag abgelaufen? Aber kann das dem Täter so wichtig sein?

Gute Nacht!

»Jetzt atme erst mal durch und komm runter.«

»Stimmt. Puh. Heute werde ich mit Sicherheit wie ein Stein schlafen.«

»Hoffentlich. Das wäre mal zur Abwechslung etwas Neues«, stichelte Paul.

Anna sah eine Weile lang aus dem Fenster. »Hast du Michel heute gesehen?«

»Leider nein. Hab nur vorhin mit ihm getextet. Er war im Einsatz an der Mensa. Morgen ebenfalls.«

»Och, du armes verliebtes Herz«, zog Anna ihn auf und legte ihre Hand auf Pauls Brust.

»Ey«, motzte er gekünstelt. »Nicht ablenken, ich fahre.«

In diesem Moment erhielt Anna eine Antwort von Dobbs: *Sehr gut! Seid ihr schon zu Hause? Sind die Kollegen da?*

»Wie lange müssen die armen Polizisten noch auf uns aufpassen, Feuerkopf?«

Das fragte er sie? »Na ja, bis zum Ende des Countdowns auf alle Fälle. Mir wäre am liebsten, wenn bis dahin auch der Täter gefasst würde.«

»Tja, Baby, dann strengt euch mal ein bisschen mehr an.« Paul zwinkerte sie frech an und bog in ihre Straße ein. Ein schwarzer BMW stand in der Nähe, und Anna schaute beim Vorbeifahren den Fahrer an. Dass er ein Polizist war, sah jeder sofort. Sogar im Dunklen. Schwarzes Poloshirt, schwarze Übergangsjacke darüber, ordentliche Frisur, Funkgerät in der Hand. Als Anna ausstieg, baute sie kurz Blickkontakt mit ihm und der Beifahrerin auf und nickte zaghaft. Paul tat es ihr gleich, als er die beiden Einkaufstüten aus dem Kofferraum genommen hatte.

Anna hielt ihm alle Türen auf und beobachtete ihn bei der Fahrstuhlfahrt nach oben genau. Ihren prüfenden Blick konnte er hinter den Einkaufstüten auf seinem Arm von sich abwenden, nicht aber die Angst, die von ihm Besitz ergriff. Vielleicht wollte er die Heimkehr nach einem langen Arbeitstag aber auch nicht herauszögern. Er hatte sich nach all den Jahren, die sie hier wohnten, noch immer nicht an den Fahrstuhl gewöhnt und wirkte angespannt. War er alleine, nahm er ohnehin immer die Treppen.

Auf ihrer Etage angekommen, nahm sie ihm eine der Tüten ab, sodass er den Schlüssel aus seiner Umhängetasche kramen konnte. Doch als er die andere Tüte auf dem Boden abstellte, wusste Anna, dass irgendetwas nicht stimmte. »Schatz«, flüsterte er plötzlich, und seine Stimme klang höchst alarmiert, »stell leise und unauffällig deine Tüte ab. Wir drehen um und gehen zügig raus zu den Kollegen.«

Annas Herz schlug wie verrückt, ihre Nase zuckte. »Was ist los?«, flüsterte sie zurück, und Paul gab ihr den Blick frei auf das Türschloss. »Hier hat sich jemand dran zu schaffen gemacht. Los, wir gehen!«

In Annas Augen standen plötzlich Tränen, und sie spürte ihre Beine nicht mehr. »Nein, nein, nein. Nicht ausgerechnet jetzt«, wimmerte sie und schlug auf ihre Oberschenkel ein, die ihr den Dienst versagten. Sie stützte sich auf Paul.

»Los, ich helfe dir. Aber schnell weg hier!«

Doch Annas Beine ließen kaum einen Schritt zu. »Huckepack«, raunte er und stellte sich vor sie. Anna umfasste seine Schultern und kletterte vorsichtig auf ihn. Paul stöhnte kurz, lief aber tapfer los. Diesmal die Treppen hinunter, durch die Tür hinaus auf den Vorhof. Die beiden Polizisten stiegen sofort aus, als sie Anna und Paul aus dem Haus kommen sahen. »Kratzspuren an der Wohnungstür«, rief Paul atemlos und stellte Anna ab. Die Polizistin griff sofort zum Funkgerät und forderte Verstärkung an. »Gibt es einen Hinterausgang?«

Noch immer festgekrallt an Paul und mit schlackernden Beinen erklärte Anna: »Nein, nur einen über das Dach. Doch der ist immer abgesperrt.«

»Eine Streife ist in einer Minute da.«

»Okay. Dann warten wir. Setzt ihr euch schon mal ins Auto, verriegelt von innen und gebt uns euren Wohnungsschlüssel.«

Nach noch nicht mal einer Minute kamen zwei Autos mit zuckendem Blaulicht, und als die Polizisten in das Wohnhaus liefen und ums Haus herum, kam auch Dobbs in seinem schwarzen Audi vorgefahren und erleuchtete die Straße blau. Anna und Paul stiegen aus dem Polizeiwagen, und Dobbs nahm nacheinander beide in die Arme. Paul musste getröstet werden. »Das geht zu weit. Tu was, Dobbs! Bitte! Das hier ist privat. Das nehme ich diesem Arschloch wirklich übel!«

»Nun mal langsam. Warten wir erst mal ab, was die Kollegen sagen. Beziehungsweise was die Spurensuche ergibt.«

Einer der Polizisten kam wieder aus dem Haus und lief direkt auf sie zu. »Und?«, fragten die drei unisono.

»Die Kratzspuren am Türschloss sind ziemlich eindeutig. Doch in die Wohnung ist er wohl nicht gelangt. Allerdings können wir uns nicht erklären, wie er ins Haus kommen konnte. Als wir uns postiert haben, sind wir auf Kontrollgang auch vor eurer Wohnung gewesen. Da war nichts zu sehen.«

Paul schloss die Augen, ihn packte die Panik. Anna kannte die Anzeichen und stellte sich vor ihn. Sie griff nach seinen Händen und sah ihn so eindringlich an, dass er die Augen wieder öffnete. Er konnte nur noch sie sehen. »Pauli, sieh mich an. Es ist alles gut. Wir sind hier, und wir sind sicher. Sieh dich um, du hast gaaanz viel Platz zum Atmen. Atme ganz tief ein … und wieder aus. Finde meinen Rhythmus. Atme wieder ein … und wieder aus«, sagte sie ruhig und bestimmt und strich ihm über das Haar.

»Soll ich einen RTW anfordern?«, fragte der Polizist, doch Anna schüttelte den Kopf. »Es geht gleich wieder.«

»Setz dich in mein Auto!«, befahl Dobbs beinahe und lotste Paul zum Beifahrersitz. Dort lehnte sich Paul zurück, schloss die Augen wieder und atmete weiter tief ein und aus, wie Anna es ihm schon so oft in seinem Leben vorgemacht hatte.

»Paul leidet an einer Angststörung wegen eines Traumas. Schon seit er ein Kind war.« Anna wusste nicht, ob sie Dobbs die ganze Geschichte mit Pauls Schwester und dem Schrank und eben auch ihrer eigenen kindlichen Forschung an Paul und der Ohnmacht erzählen sollte. Besser nicht. Wenn, dann sollte es Paul ihm selbst erzählen.

Es gab noch jemanden außer ihr, der ihm nun helfen konnte. Sie zückte ihr Mobiltelefon und schrieb kurz entschlossen eine Nachricht an Michel: *Bist du zufällig in der Nähe von unserer Wohnung oder hast Zeit zu telefonieren? Paul geht es nicht so gut, vielleicht kannst du ihn ablenken?*

Prompt klingelte ihr Telefon, und Anna erklärte Michel, was los war. »Ich kann mich ins Auto setzen und umdrehen, bin kurz vor Dautphetal und dort mit meinem Bruder verabredet. Kann mit Vollgas in einer Viertelstunde bei euch sein«, bot er sofort an.

»Ich danke dir, aber dann ist es vermutlich nicht mehr nötig. Paul braucht nur jemanden, der ihn ablenkt. Darf ich dich weiterreichen?« Anna öffnete die Autotür und drückte Paul ihr Telefon in die Hand. »Für dich«, sagte sie ohne weitere Erklärung, schloss die Tür wieder und konnte binnen Sekunden eine Veränderung in Pauls Gesichtsfarbe erkennen.

»Gut gemacht«, lobte Dobbs sie.

»Wie geht's weiter?«, fragte Anna den Polizisten und sah dann Dobbs an.

»Jeden Moment müsste die SpuSi kommen. Und wenn sie fertig sind und wir die Wohnung freigegeben haben, dann werden wir die nächtliche Wache verstärken. Und … habt ihr ein Feldbett und eine Zahnbürste?«

»Oh, es wird jemand auch in der Wohnung auf uns aufpassen?«

Dobbs nickte. »Ja. Ich.«

Zwei Stunden später war das Schlafsofa ausgeklappt, das Bettzeug bezogen, und Anna, Paul und Dobbs saßen schweigend am Küchentisch, um zu essen, was Paul gezaubert hatte. Paul lenkte sich danach selbst mit Hausarbeit ab, als eine Nachricht von Kiki auf Dobbs' Handy kam. »Oh … okay«, sagte Dobbs zu sich selbst, für Anna zusammenhanglos. Sie fragte aber auch nicht weiter.

»Willst du wissen, was der Obduktionsbericht von Elias Cherif ergeben hat?«

Anna nickte zögerlich. Dobbs wusste, dass sie mit ihren Gedanken eben noch ganz weit weg gewesen war. »Laut Obduktion hat der Täter mit einem stumpfen Gegenstand zugeschlagen. Insgesamt zählte der Arzt zwei Kopfwunden, von denen schon jede für sich zum Tod geführt hätte. Ein Riss im Schädel erstreckt sich von hier«, Dobbs fasste sich ans linke Stirnbein, »nach hier.« Er führte seine Finger über die linke Schädelseite. »Elias hatte dadurch Hirnblutungen. Doch das Opfer schien vorher sehr wehrhaft gewesen zu sein. Er hat fremdes Blut unter den Fingernägeln und Schürfwunden auf den Handknochen, die von einer Prügelei stammen. Zudem einen frisch gebrochenen Fuß. Und auch er hatte Skopolamin im Blut. Jedoch nicht so hoch dosiert.«

»Gibt es Hinweise auf Robin? Oder Julien?«

Doch Dobbs schüttelte nur den Kopf.

Paul verließ die Küche, wo er eben erst begonnen hatte, die Oberflächen abzuwischen, und verzog sich motzend ins Bad. »Ihr Lieben, ich will und muss gleich schlafen gehen. Die

Scheiße muss bis dahin aus meinem Kopf, also wechselt bitte das Thema, bis ich die Stöpsel wieder im Ohr habe, okay?«

»Vielleicht sollten wir auch schlafen, Dobbs. Ich habe morgen früh um acht Uhr meinen hoffentlich letzten Arzttermin, und wenn ich mit Augenringen dorthin fahre, dann bekomme ich wohl nie die Freigabe.«

»Wie kommst du zum Arzt? Paul muss arbeiten.«

»Mit einem Taxi. Ist das genehmigt?«

»Hättest mal etwas sagen können.«

»Muss ich dir denn alles erzählen?« Anna zwinkerte Dobbs zu. »Nein, ernsthaft … das ist vermutlich einfach nur untergegangen. Ich mache das morgen früh schnell, und dann …« Sie überlegte, was sie dann machen konnte. Alleine zu Hause sollte sie nicht sein. Paul an der Arbeit belagern, wollte sie auch nicht, auch wenn sie ab Montag regelmäßig Gast im Gebäude sein würde.

»Ich schreibe Kiki kurz, dass wir morgen später kommen.«

Anna legte ihre Stirn in Falten, ihre Nase begann zu jucken und zu zucken. »Wir?«, wiederholte sie ungläubig.

»Sicher. Wir. Einer muss ja aufpassen, dass du keinen Quatsch machst beim Arzt.«

»Bei aller Liebe und Dankbarkeit, Dobbs, das geht doch nicht. Du musst arbeiten.«

»Na ja, aus Vergnügen mache ich das nicht. Mehr aus Eigennutz. Ich will nämlich sichergehen, dass dir nichts passiert.«

Anna war dankbar. Mehr als das. Sie schätzte sich einfach nur überglücklich. »Am liebsten würde ich dich küssen«, lachte sie herzlich.

»Nee, nee. Damit fangen wir gar nicht erst an.« Er umarmte sie stattdessen. Dann stand er auf und ging hinüber zum hergerichteten Schlafsofa. Probehalber setzte er sich darauf, stellte sich jedoch sofort wieder hin und verschob das Sofa etwas.

Dann legte er sich erneut hin, und Anna und Paul beobachteten aufmerksam, was Dobbs dort tat. Wieder stand er auf und verschob das Sofa etwas. Dann wusste Anna, was er damit bezweckte: Er wollte die perfekte Liegeposition – in Deckung, aber mit Blick auf die Wohnungstür. Im rechten Winkel.

Anna räumte noch schnell den Tisch ab, als ihr wieder der Messerblock einfiel. Sollte sie sich ein Messer ans Bett legen, falls der Täter zurückkäme? Andererseits war Dobbs hier, um auf sie aufzupassen.

»Ist es schon Mitternacht?«, fragte sie, als sie, ohne Messer, in Richtung ihres Bettes stapfte.

»Gleich. Noch vier Minuten.«

»Hmpf. Ach, eigentlich will ich es gar nicht wissen.«

Dobbs stand wieder auf und zog sein Handy aus der Tasche seiner Jeans. Dann löste er seine Waffe aus dem Holster und legte sie auf den Wohnzimmertisch neben sich. Anna sah ihm gespannt zu, als er sich bückte und unter seinem Hosenbein noch eine Waffe zum Vorschein kam. »Ich verstecke sie gleich, keine Sorge«, sagte er sanft.

»Bitte lass die bei dir. Ganz nah. Griffbereit.«

Er grinste und legte sich wieder hin, bettete sich jedoch noch dreimal um.

Donnerstag, 2. Oktober

Es dauerte noch eine ganze Weile, bis Dobbs zur Ruhe kam. Denn zuerst mussten Kopfkissen und Bettdecke im perfekten Winkel zueinander liegen.

Trotz seiner kleinen Spleens fühlte sie sich mit ihm sicher. Auch ohne Waffen. Doch besser war es, sie im Haus zu wissen. Nun konnte auch sie schlafen gehen.

Als er jedoch nach einigen Minuten zu seinem Handy griff und, da war sich Anna sicher, die Adresse von ihrem Blog eingab, wünschte sie ihm schnell eine gute Nacht und drehte sich weg. Doch nur drei Atemzüge später wollte sie es doch wissen: »Eins?«

Als Antwort hielt er, wie beim letzten Mal, nur sein Telefon hoch.

Eins.

Anna und Paul und auch Dobbs schliefen in dieser Nacht ruhig. Vermutlich hätte Dobbs' Schnarchen ohnehin jeden Einbrecher abgeschreckt.

Und auch der Arzttermin war schnell vorübergegangen. Tatsächlich hatte Doktor Linne ihr die Freigabe erteilt, sie sollte jedoch in einem Monat noch einmal wiederkommen.

Dass er fragte, ob Dobbs, der im Wartebereich bis zu Annas Wiederkehr wartete, ihr Vater sei, würde sie Dobbs wohl verschweigen. Vielleicht. Oder irgendwann als Waffe gegen ihn einsetzen, wenn er mal wieder frech wurde.

Auf dem Rückweg zum Parkplatz schraken beide kurz zusammen, als sowohl Annas als auch Dobbs' Mobiltelefon zeitgleich klingelten und eine Kurznachricht ankündigten. Vermutlich ahnten beide, dass das kein gutes Omen war. »Das ist Isa!«, rief Anna. Dobbs wählte sofort ihre Nummer. »Isa, was ist los? – Ehrlich? Robin ist zu Hause?«

Isa schrie vor Freude so laut ins Telefon, dass Anna problemlos mithören konnte. »Er stand eben einfach so vor der Haustür und klingelte. Einfach so! Er weiß aber gar nichts mehr. Doch es geht ihm gut! Total gut!«

»Wir sind unterwegs, wundert euch aber nicht, denn wir kommen nicht alleine. Robin soll nichts anfassen, nichts trinken, essen oder Hände waschen. Noch nicht mal auf die Toilette soll er gehen.«

Nach einem kurzen Sprint zu Dobbs' Auto orderte Dobbs einen Rettungswagen und eine Einheit zur Spurensicherung und informierte Kiki.

Dobbs und Anna waren vor allen anderen Einsatzkräften im Waldtal angekommen, sie hörten jedoch von Weitem schon den Rettungswagen näher kommen. Gemeinsam mit den Sanitätern klopfte Dobbs im zweiten Stock an die Wohnungstür, und der Mitbewohner öffnete. Er wies ihnen wortlos den Weg zu Robin und Isa, die in der Küche saßen und einander nur ungläubig anstarrten. »Es ist ein Wunder!«, wimmerte Isa immer wieder, als Anna und Dobbs sie baten, mit ihnen ins Nachbarzimmer zu kommen, damit die Sanitäter sich in der beengten Küche um Robin kümmern konnten. Isa ließ ihn nicht mehr aus den Augen. Sie weinte und strahlte und weinte und strahlte wieder.

Trotz aller Freude sprach Anna ruhig und sanft auf sie ein: »Isa, du hast doch nichts dagegen, wenn Dobbs Robin gleich befragt, oder? Und dass seine Kollegen dann auch Proben und Spuren nehmen, ja?«

Isa sprang auf und warf Anna die Arme um den Hals. »Danke dir, Anna, und auch Ihnen, Herr Doktor Dobrowolski.«

»Dobbs, bitte. Nur Dobbs.« Auch ihn umarmte sie und schielte dann gleich wieder in die Küche zu ihrem Zwillingsbruder.

Wieder klingelte es, Robins Mitbewohner öffnete erneut die Tür, und Dobbs winkte die Kollegen zu sich. »Hey, Leute. Wir brauchen das volle Programm. Hände, Füße und das, was sonst noch geht, auf Fremd-DNS und Blut, Urin und Speichel für die ganz große chemisch-toxikologische Untersuchung. Untersucht besonders auf Skopolamin und Vergleichbares.«

Die Stunde, die zwischen Robins Heimkehr und seiner Befragung inzwischen vergangen war, war hoffentlich nicht zu lang gewesen, nicht, dass Robin bereits Fakten und Fiktion vermischt hatte. Dobbs verabschiedete seine Kollegen und zog sich einen Küchenstuhl zurecht, um direkt vor Robin zu sitzen. So nah, dass sich ihre Knie berührten. Sein Handy stellte er auf lautlos und reichte es Anna.

»Hallo, Robin, ich bin Dobbs. Ich bin Kriminalpsychologe. Und das ist Anna, meine Kollegin.«

Anna strahlte in Anbetracht der Bezeichnung.

»Deine Schwester hat uns gerufen. Darf ich dich Robin nennen?«

Robin nickte eifrig.

»Ich mache mit dir jetzt eine sogenannte kognitive Befragung. Das tut nicht weh, keine Sorge. Ich stelle dir nur ein paar Fragen. Ist das für dich in Ordnung? Und ich würde es gerne mit meinem Handy aufnehmen, wenn ich darf. Nur fürs Protokoll. Dann sparen wir uns jede Menge Schreibarbeit.«

Robin nickte wieder.

»Kognitive Befragung?«, fragte Isa, und Dobbs wies Anna mit einem Blick an, sie aufzuklären. Aber leise.

»Isa, wichtig ist, dass wir beide jetzt ganz ruhig sind«, flüsterte Anna ihr zu und aktivierte die Diktierfunktion auf Dobbs' Handy. »Eine kognitive Befragung ist recht anstrengend für beide Beteiligte. Es geht darum, Details herauszufinden, die der Polizei helfen könnten, den Täter zu schnappen. Es geht dabei um Eindrücke, Wahrnehmungen wie Gerüche oder Geräusche oder auch Gefühle. Dobbs ist auf solche Befragungen trainiert. Er hört dabei mehr, als gesagt wird. Er liest aus Mimik, Gestik, Worten und sogar aus Gesprächspausen.« Anna redete inzwischen so leise, dass Isa näher an sie heranrückte, um etwas zu verstehen.

Anna hatte bei diesem Teil seiner Vorlesung als Gastdozent an der Uni besonders gut aufgepasst. Jedes seiner Worte hatte sie verinnerlicht. Sein Vortrag damals war der Grund gewesen, warum sie sich dazu entschloss, in Richtung Kriminalpsychologie gehen zu wollen. »Wichtig ist, dass wir absolut leise sind«, wiederholte sie eindringlich und legte ihren Zeigefinger auf die Lippen.

»Bist du bereit, Robin?«, wollte Dobbs wissen, und wieder nickte dieser. »Wichtig ist, dass du mir vertraust und mir absolut alles erzählst. Egal, wie unwichtig es dir erscheint. Alles kann sachdienlich sein. Und wenn du dich an etwas nicht erinnerst – sag das bitte einfach. Schließe deine Augen und lasse sie geschlossen. Es kann dir nichts passieren, wir passen auf dich auf.« Er atmete mehrmals tief ein, und intuitiv tat es Robin ihm nach.

Ruhe.

»Robin, es ist geschafft, du bist in Sicherheit. Du stehst vor deiner Wohnungstür, wie fühlst du dich?«

»Erschöpft. Komplett fertig. Aber glücklich. Und sicher. Und warm. Meine Füße tun weh.«

»Konzentriere dich jetzt auf deine Füße. Du bist die ganze Strecke barfuß gelaufen. Geh die Strecke rückwärts und führe mich dorthin. Wo kamst du entlang?«

»Nur bergrunter. Da war erst Laub. Dann Straße.«

»Was hast du gerochen?«

»Moder. Waldboden. Dann Autoabgase. Aber ich habe die Autos die ganze Zeit gehört. Ich bin auf sie zugelaufen.«

»Geh noch weiter zurück. Du gingst durch den Wald. Wie schnell bist du gelaufen?«

»Ich glaube, ich bin gerannt. Ja, ich bin ganz schnell gelaufen. Da war ein Gebäude mit einem großen Turm.«

»Was für ein Turm? Der Spiegelslustturm oder der Fernmeldeturm?«

»Keine Ahnung, er war nicht besonders hoch, aber breit. Nicht schön. Industriell. Da waren auch Gebäude. Aber ich hatte das Gefühl, da sollte ich nicht hin. Ich musste mich verstecken. Im Wald. Und dann bin ich irgendwann einfach gerannt. Bergrunter.« Robin gab sich der Befragung völlig hin. Er begann sogar zu schwitzen.

»War es schon hell, als du losgelaufen bist? Also, war es tagsüber?«

»Ja, gerade so. Da, wo ich war, ist immer Dunkelheit gewesen, und plötzlich war da Licht. Dann bin ich einfach raus und weg.«

»War da eine Tür?«

Robin zögerte mit seiner Antwort. »Ja, schon. Doch es gab keine Türklinke.«

»Sondern?«

»Nichts. Nur eine Tür. Sehr schwer. Und dann war da nur noch Wald.«

»Eine Tür im Wald?«

»Na ja, nein, da war auch noch ein Weg.«

»Diese Tür. Dahinter waren Weg und Wald?«

Robin schüttelte sich, als wollte er seine Gedanken sortieren, antwortete aber nicht.

»Was war davor? Wie war der Raum, in dem du warst?«

»Dunkel. Kalt. Es stank. Es war … ekelerregend. Jedes Geräusch wurde hundertfach wiedergegeben.«

»Hall?«

»Ja, richtig. Es hat gehallt.«

»Hast du etwas angefasst? Wie hat sich das angefühlt?«

Doch Robin schwieg und atmete schwer. »Ich weiß es nicht. Da ist nichts in meinem Kopf.«

»Waren dort noch andere?«

»Ja. Nein. Ich weiß nicht.« Er begann plötzlich zu weinen,

sichtlich aufgewühlt. »Ich bin aufgewacht. Ich habe das Licht gesehen.«

Isa gab einen kehligen Laut von sich, und Anna sah sie strafend an. Doch Isa kämpfte mit dem Gleichgewicht und begann zu taumeln, wie ein nasser Sack fiel sie dann nahezu lautlos in sich zusammen. Anna reagierte schnell, schützte ihren Kopf vor einem Aufprall auf dem Boden und legte anschließend Isas Beine hoch. Sie tätschelte ihr Gesicht.

Robin wollte aufspringen und zu seiner Schwester eilen, doch Dobbs hielt ihn fest. »Konzentriere dich weiter. Isa geht es gut. Anna passt auf sie auf. Es war nur ein bisschen viel für sie.« Tatsächlich kam Isa genau in diesem Moment glücklicherweise wieder zu sich. Anna bedeutete ihr, ruhig liegen zu bleiben.

»Weißt du noch, wo du warst, bevor du an den dunklen und kalten Ort kamst, Robin?«

»Ich habe mir die verschiedenen Unigebäude in der Innenstadt angeguckt. Das hatte ich mir zumindest vorgenommen. Doch ich weiß noch nicht mal mehr, ob ich meine Wohnung verlassen habe. Da ist gar nichts.«

»Komm mit mir zurück zur Tür im Wald. Bist du dort, Robin? Du bist noch im Dunkeln, doch du weißt, die Tür bringt dich zur Freiheit. Wie ist es im Dunklen?«

Robin schloss seine Augen sofort wieder, und Dobbs leitete ihn dorthin, zurück in den Wald. »Du sagst, dort ist es dunkel und kalt. Und alle Geräusche werden von den Wänden zurückgeworfen. Was hörst du?«

»Atmen. Ich atme.« Robin grübelte. »Nein. Da ist noch jemand. Ich höre jemanden. Doch ich will nur raus da. Ich schiebe die Tür auf und renne. Ich will ins Helle.« Er weinte wieder.

»Dann lauf, Robin! Lauf! Wo läufst du hin?«

»Ich suche Schutz und schaue, ob jemand den Weg entlangkommt.«

»Ist dort jemand?«

»Nein.«

»Was nun?«

»Bergrunter. Zu den Autos. Doch ich komme nicht an die Straße ran. Die Autos fahren links unterhalb von mir. Da ist ein Hang. Meine Füße tun weh. Da … da ist ein Mann! Er kommt mir hinterher. Er ruft irgendwas.« Robin schüttelte sich, versuchte sich zu sortieren. »›Bleib stehen‹, ruft er. Ich laufe, so schnell ich kann.«

»Wie sieht der Mann aus?«

»Sehr alt. Etwa sechzig.«

Dobbs schluckte, er selbst galt also in etwa sieben Jahren in Robins Augen auch schon als sehr alt. Und wenn die Situation nicht so angespannt gewesen wäre, hätte Anna jetzt herzlich gelacht. »Er hat einen Hut auf. So eine schiefe Kappe. Eine Schiebermütze oder wie das heißt. Lange, zottelige Haare. Er ist auffallend dünn. Ein eingefallenes Gesicht und schiefe Zähne. Er hat einen olivfarbenen Parka an und eine Schaufel und eine Schere in der Hand. Ich weiß nicht mehr. Er macht mir Angst und will mich fangen.« Robins Tränen liefen nun in kleinen Bächen seine Wangen hinab. »Ich will nur noch nach Hause. Marburg ist nicht gut für mich«, jammerte er herzzerreißend. »Isa!«, rief er dann, »Isa! Wo bist du? Isa!« Er riss seine Augen auf. Panisch.

»Robin? Komm zurück zu mir. Du bist zu Hause, deine Schwester ist hier und wartet auf dich. Du hast das gut gemacht.«

Isa stand vorsichtig auf und umarmte ihren Bruder, der sich nur schwer wieder beruhigen konnte. Auch Dobbs erhob sich und ließ den Zwillingen ihre Ruhe. Er ging an Anna vorbei und signalisierte ihr, dass er telefonieren müsste.

Anna lauschte seinem Telefonat, jedoch nicht ohne die Zwillinge aus den Augen zu lassen. »Wir brauchen alles, was laufen kann. Ein Teil startet von unten an der Alten Kasseler Straße und ein Teil oben am Klinikum. Wir suchen flächig unterhalb der Panoramastraße den Wald ab, aber auch das Gebiet bis hoch zum Fernmeldeturm. Gesucht wird ein etwa sechzigjähriger Mann mit einer Kopfbedeckung – einer Batschkapp – und einem olivfarbenen Parka. Er hat lange Haare, ein eingefallenes Gesicht, ist sehr schlank, hat schiefe Zähne.« Er legte auf und drehte sich zu Anna: »Bereit?«

»Öhm. Ich glaube, ich bin hier nützlicher. Was meinst du? Ich bin noch nicht so gut zu Fuß, um eine Wandertour durch den Wald zu machen.«

»Isa? Robin? Braucht ihr Hilfe?«, fragte Dobbs, und wie auf ein Stichwort kam es von beiden: »Nein. Uns geht es gut.«

Isa sagte: »Je mehr nach dem Entführer suchen, desto besser. Wir gehen jetzt sowieso erst mal zu einem Arzt«, und Robin ergänzte: »Und dann packen wir die Koffer und fahren morgen früh nach Hause. Wenn wir dürfen.«

Anna sah Dobbs an, er antwortete: »Dürft ihr selbstverständlich. Bleibt aber bitte irgendwie erreichbar. Ja?«

Sie nickten glückselig und umarmten sich wieder. Dobbs nahm seine Jacke, die er vor der Befragung über die Stuhllehne gelegt hatte, und bedeutete Anna mitzukommen. »Auf, Liebes! Wir werden sowieso nicht wandern«, forderte er sie auf.

Auf dem Weg aus dem Waldtal kamen ihnen immer mehr Polizeifahrzeuge von der Stadtautobahn aus entgegen. Mehrere Mannschaftswagen und auch Einsatzbusse der Feuerwehr schrillten an ihnen vorbei. Einige davon postierten sich entlang der Straße, andere fuhren weiter die Panoramastraße hoch. Dobbs sah Anna an: »Magst du den roten Knopf drücken?«

Sie lachte. »Sieht man mir das so deutlich an?«

Nun lachte auch er. »Ja, und dafür muss man noch nicht mal Profiler sein. Drück mal auf Rot und kipp dann den kleinen

Schalter nach links. Oder wollen wir auch Rabatz machen? Dann kipp ihn nach rechts.«

»Wenn schon, denn schon.« Anna drückte den roten Knopf und legte den Schalter um. Doch schnell bereute sie es, das Einsatzhorn war unerwartet laut. Sie hielt sich die Ohren zu, während Dobbs sich in die Blaulicht-Parade einreihte. Der Lärm, den die anderen Einsatzfahrzeuge vor und hinter ihnen machten, wäre absolut ausreichend gewesen. Dobbs lachte wieder und schaltete den Schalter dann selbst nach links.

»Puh, es pfeift richtig in meinen Ohren. Es ist so laut, dass ich, obwohl ich mein Handy in der Hand habe, noch nicht mal gehört habe, dass Paul eben angerufen hat.«

»Tut mir leid. Das Auto habe ich nur nachrüsten lassen. Bei den Streifenwagen und den Fahrzeugen der Rufbereitschaft hat man zwei verschiedene Lautstärken. Einmal für Stadt und einmal für Land. Sogar drei, wenn man das Anhaltesignal mit dazuzählt. Mein Autochen macht nur ein einfaches Tatütata, dafür aber ziemlich ordentlich.«

»Es sei dem Autochen verziehen. Aber es ist wirklich dein Privatauto? Und du darfst es für die Arbeit benutzen? Geht so was?«

»Eigentlich nicht. Ist nur in Filmen immer so – die freakigen Ermittler fahren in freakigen Autos von zu Hause aus mit Blaulicht. Dürfen tun wir es nicht, aber ich brauchte das einfach so. Ich kann sehr überzeugend sein, wenn ich etwas will. Wie du weißt. So wurde für mich eine Ausnahme gemacht.«

Anna würde Paul bei diesem Lärm sicherlich am Telefon noch immer nicht verstehen können, deswegen schrieb sie ihm nur kurz eine Nachricht: *Party kann steigen – grünes Licht von Doktor Linne! Ich bin frei! Alles okay bei dir? Bin mit Dobbs unterwegs auf die Lahnberge.*

16

TAG NULL

»Konn's sein, dass Sie mich suchn?«, fragte eine weiche Männerstimme mit Marburger Dialekt hinter Dobbs, Anna und Kiki. Sie waren so ins Gespräch mit Michel und anderen Einsatzkräften vertieft, dass sie nicht bemerkt hatten, wie der Mann sich ihnen von hinten genähert hatte. Sogar Kiki suchte nach Worten, als der dürre, langhaarige Mann im Parka sie ansprach. Er entsprach exakt Robins Beschreibung.

Dobbs', Kikis und Michels Hände wanderten sofort an die Waffen, Dobbs schob Anna hinter sich, und sie bewegten sich auf den Mann zu. Sie hatten ihn unbemerkt schon eingekreist, als er sichtlich nervös wurde. »Woasn hae los?«

»Sind Sie bewaffnet? Oder haben Sie gefährliche Gegenstände bei sich, die uns verletzen könnten?«

Er schüttelte den Kopf.

»Wir tasten Sie jetzt dafür einmal ab. Kollege Uphoff, machst du das bitte?«, sagte Kiki zu Michel. Aus Dobbs' Befragung wussten sie, dass Robin vorhin unter anderem eine Schere bei dem Mann gesehen haben wollte. Michel stellte sich hinter ihn, bat ihn, die Arme auszustrecken, klopfte prüfend seinen Brustbereich ab und kontrollierte damit die Taschen. Das Handy des Mannes zog er aus der Tasche, ebenso den Autoschlüssel, und reichte beides Kiki. Nun tastete Michel den Rückenbereich ab, dann die Arme und die Beine. Um Kiki zuzunicken.

»Würden Sie uns bitte zum Wagen begleiten?«, sagte Kiki höflich, aber bestimmt. Ihre ganze Körpersprache signalisierte dem Mann, dass Widerstand zwecklos war; ergeben ging er mit ihr zu einem Kleinbus der Polizei. Michel folgte ihnen in ein paar Metern Abstand, und Anna schloss sich aus Neugier an – mit ausreichend Abstand. Dobbs gab über Funk an alle den Abbruch der Suchaktion heraus und folgte dann. Im Bus setzte sich Kiki dem Mann gegenüber, Michel stand direkt vor der geöffneten Schiebetür, und Anna stellte sich in sicherer Entfernung auf, jedoch so, dass sie alles hören konnte. Kiki stellte sich mit vollem Namen und Dienstgrad vor, Dobbs ebenso, und bat den Mann um seinen Ausweis. Er legte diesen nach einem kurzen Zögern auf den Ausklapptisch zwischen ihnen. »Wird mae irchendwas vorgeworfn?«

»Wir prüfen nur eben Ihre Personalien. Dann sprechen wir. Uphoff, machst du die Abfrage?«

Michel nahm den Personalausweis des Mannes und drehte sich weg, um in sein Funkgerät zu sprechen.

»Wie dürfen wir Sie ansprechen?«, wollte Kiki wissen.

»Dippel. Conrad.«

»Sie wohnen hier in der Nähe, Herr Dippel?«, hakte Dobbs nach.

»Schröck.«

»Und geboren sind Sie auch dort?«

»Nee, in Marburg. Wieso frachen Se des alles?«

»Wir würden gerne wissen, was Sie hier im Wald gemacht haben.«

Nun stutzte Conrad Dippel. »Ich woar spaziern.«

»Hier im Wald?«

Dippel grinste verunsichert und nickte.

»Was machen Sie denn beruflich?«

»Goar naut. Bin Frührentner.«

Michel, der abseits des Sichtfeldes von Conrad Dippel stand, bestätigte die Richtigkeit von Dippels Angaben zu seinen Personalien mit einem Kopfnicken.

»Sie Glücklicher«, scherzte Kiki. Small Talk war wichtig. So kam man meist zu mehr Infos als durch eine knallharte Vernehmung.

Doch Dippel ging auf den kleinen Scherz nicht ein.

Dobbs übernahm: »Wissen Sie, warum wir Sie gesucht haben?«

»Noajoa, ich oahne es. De Bauarbeider am Fernheizwerk hoabn mich angequatscht, doas de Polizei nen Mann suchd, de wohl so aussehen tut wie ich.«

»Was ahnen Sie denn, warum Sie hier sind?«, wiederholte Dobbs Dippels Worte.

Wieder druckste dieser herum. »Ich weiß nit, soachen Sie's mir.«

Dobbs hielt ein Bild von Elias hoch. »Kennen Sie diesen jungen Mann?«

Dippel schüttelte seinen Kopf, und sein ungepflegtes Haar bewegte sich in langen, fettigen Wellen.

»Oder einen von diesen jungen Männern?« Dobbs klatschte Bilder einiger der Studenten auf den Tisch. Zuletzt ein Aktenbild von Robin. Doch Dippels Kopfschütteln wurde nun nur noch energischer. »Nee. Wer sind die?«

»Kennen Sie ihn jetzt?« Dobbs legte sein Handy mit einem vorhin aufgenommenen Bild von Robin auf den Tisch, mit all den blauen Flecken und Schürfwunden im Gesicht. »Und sehen Sie genau hin! Kommt Ihnen einer dieser Männer bekannt vor?«

Dippels Blick flog mehrmals konzentriert über die Fotos und blieb an Dobbs' Handy hängen. »Den doa! Den hab ich vorhin gesehn.«

»Sagen Sie uns, wo und wann?«

Wieder druckste Dippel und zögerte mit seiner Aussage, das machte Kiki, Dobbs, Michel und auch Anna hellhörig. »Der lief heut Vormiddach durchn Wald. Rannte wie von der

Tarantel gestochn durch die Böschung und dann Richtung Stroaße. Bin noch hinderher und wollde frachen, ob oalles goat is. Aber dann …«

»Was dann?«

»Nix. Der is einfach weider. Sah abr nit goat aus.«

»Und Sie liefen hinterher?«

»Nee«, Dippel klang verlegen. »Ich hoatte die Hände voll.« Er legte sich erschrocken seine Hand auf den Mund.

»Womit hatten Sie Ihre Hände voll?«

Dippel schaute gequält. Offensichtlich verbarg er etwas. Annas Anspannung stieg an.

»Ich hoab 'ne kleene Kiefer im Wald ausgebuddelt für meinen Garden«, gab Dippel kleinlaut zu, und Anna wusste nicht, ob sie lachen oder weinen sollte. Im Prinzip war ihr sehr schnell klar gewesen, dass er kaum der Täter gewesen sein konnte. Weder körperlich noch geistig wäre er wohl in der Lage gewesen, dreizehn junge Männer unter Drogen zu setzen, zu entführen und gefangen zu halten. Geschweige denn, auf Annas Blog anonym und verschlüsselt irgendetwas zu kommentieren. Wenn überhaupt, war er nur ein Komplize.

Die Situation war für alle mehr als ernüchternd. Auch Michel war anzusehen, dass er sich mehr erhofft hatte. Und Kiki kämpfte darum, vor Dippel nicht zu lachen, sie musste dafür sogar den Bus verlassen. Dobbs blieb mit ernster Miene sitzen und bat Dippel, ihm zu verraten, wo der Baum denn nun sei.

»De is im Kofferraum von meinm Auto.«

»Wo steht das Auto?«

Dippel deutete mit seinem Zeigefinger auf den Wanderweg, der zu einem kleinen Parkplatz führte.

»Dann begleite ich Sie jetzt dorthin«, erklärte Dobbs.

Dippel nickte, offensichtlich reumütig. Draußen erhielt er von Kiki sein Mobiltelefon zurück, den Autoschlüssel hingegen nahm Dobbs an sich. Anna und Michel folgten Dobbs und Dippel mit ein paar Metern Abstand. Sie waren zu peinlich berührt, um miteinander über das Ende der groß angelegten Suchaktion zu sprechen.

Dippel hingegen war weiterhin verunsichert und fragte: »Bin ich nu verhaftet? Wegen 'nem Baum?«

Nun musste sich auch Dobbs zwingen, nicht zu lachen. Er atmete kurz durch und erklärte ruhig: »Zu Papier bringen müssen wir es; ob es jedoch zur Anzeige kommt, ist dem Waldeigentümer überlassen. Welches ist Ihr Auto?«

»D'r blaue Mazda doa hinden unterm Baum.«

Dobbs zog den Schlüssel aus seiner Tasche und drückte den Knopf darauf, um die Tür zu entriegeln. Tatsächlich blinkten die Rückscheinwerfer zweimal auf, und Dobbs ließ sich den Kofferraum zeigen. Wie erwartet lag darin der kleine Nadelbaum auf einer Plastikplane. Daneben eine Schere und eine Schaufel.

Sie standen erneut mit leeren Händen da. Und als Dippel vom Parkplatz gefahren war, sahen sie sich ratlos an. Dobbs schlug seine Faust gegen die Rinde eines Baumes. »Verdammt.«

»Bleib ruhig«, versuchte ihn Anna zu beschwichtigen. »Der Baum hat dir nichts getan.«

Dobbs' Blick sprach Bände. Innerlich kochte er. Doch als sie ihn umarmte, war er schnell besänftigt. Er entschuldigte sich bei dem geschundenen Baum, und sie traten den Rückweg an.

»Michel?«, rief Kiki ihren Kollegen zu sich. Sie hatte wieder im Polizeibus Platz genommen und füllte Formulare aus. »Machst du noch mal die OE an der Mensa unsicher? Wenn Kollege Fábio Monteiro anderweitig beschäftigt ist, dann zur Not alleine. Es geht nur darum, präsent zu sein und zu beobachten. In Zivil, versteht sich. Da ist ohnehin bald Feierabend. Den darfst du dir dann gerne auch gönnen.«

»Na klar. Mach ich doch gerne. Ich habe morgen zwar keine ganze Schicht, habe mir den Nachmittag ab dreizehn Uhr freigenommen. Aber ich kann mich morgen frühestmöglich dort wieder postieren, wenn ich soll.«

Kiki strahlte Dobbs an und zeigte dann auf Michel. »Den Kollegen mag ich!«

Auch Michel strahlte übers gesamte Gesicht. Sein unschlagbar bezauberndes Lächeln.

Als Dobbs' Magen laut knurrte, mussten alle lachen. »Oje«, jammerte er und rieb sich den kleinen Bauchansatz. »Hat noch jemand Hunger?«

Doch Kiki präsentierte ihre Brotdose. Offensichtlich eine von ihren Kindern, denn darauf war Disneys Eiskönigin abgebildet. »Ich habe mir eben das Schulbrot meiner Tochter von gestern gegönnt. Aber geht ihr ruhig etwas essen.«

»Michel, was ist mit dir? Hast du auch Hunger?«

Der schüttelte den Kopf.

»Dann jagen wir uns mal schnell etwas zu essen, hm, Anna? Bevor wir hier die Bäume anknabbern. Du siehst auch ganz verhungert aus.«

Erst jetzt merkte Anna, dass das gemeinsame Frühstück mit Dobbs am Morgen eher spärlich ausgefallen war. »Bin dabei.«

»Sollen wir dich zur Direktion nach Cappel mitnehmen und dich dann an den Erlenring fahren?«, bot Dobbs Michel großzügig an, als dieser bereits nach einer Fahrgelegenheit Ausschau hielt.

»Wie könnte ich so ein Angebot ablehnen?«, freute sich Michel.

Dobbs, Anna und Michel verabschiedeten sich schnell von Kiki, sie würden sich spätestens nachher zur Nachbesprechung und Übergabe im Büro wiedersehen.

An der Polizeidirektion angekommen, öffnete Dobbs mit der Fernbedienung die Schranke, und Michel riss die Tür hinter dem Beifahrersitz auf, um aus dem Auto zu springen. »Ich gebe Gas und bin gleich zurück.«

Anna sah ihm nach, wie er durch die geöffnete Schranke über den Vorplatz ins Gebäude lief. Sie überlegte, ob Paul noch hier wäre oder schon zu Hause im Feierabend. War er gut zu Hause angekommen? Waren die Polizisten wieder vor dem Haus? Als sie ihr Handy zückte und ihn anrufen wollte, kam prompt eine Nachricht von ihm:

Komisches Gefühl, nach Hause zu kommen, und du bist nicht da. Muss ich mich wohl dran gewöhnen. Dafür sitzen zwei gut aussehende Kollegen vor dem Haus im Auto. Wollte sie schon mit reinnehmen.

Weißt du schon, wann du heimkommst? Kommt Dobbs wieder mit hierher? Soll ich etwas für uns drei kochen?

Liebe dich, P.

»Paul fragt grad, ob du für die kommende Nacht auch wieder bei uns einziehst. Und ob er für uns kochen soll.«

Dobbs lachte. »Soll er! Ich habe sogar meine Zahnbürste und frische Kleidung schon im Kofferraum.«

Anna sah Dobbs voll Dankbarkeit an und griff nach seiner Hand.

»Ach, das muss ich dir noch erzählen«, rief Dobbs plötzlich voller Stolz. »Merrit, meine zauberhafte, kleine Tochter, ist über das Nachrückverfahren an einen anderen Studienplatz gekommen. Erst wollte sie Soziologie, aber rat mal, was sie nun studiert! Los, rate!«

Anna brauchte nicht lang darüber nachzudenken: »Psychologie? Ach, wie klasse! Ganz der Papa.«

Dobbs sah aus, als müsste er gleich platzen, so schwoll seine Brust an.

»Wie lange hat sie auf den Studienplatz gewartet?«, fragte Anna. Doch bevor Dobbs antworten konnte, sprach sie auch schon weiter. »Warte mal! So ganz grob ins Blaue gesponnen: Wir schätzen den Täter auf etwa vierzig Jahre, und die Entführten sind alle so um die achtzehn, neunzehn oder zwanzig Jahre alt. Kann man in eurem Polizeisystem schauen, was vor zwanzig Jahren hier in Stadt und Kreis Kriminelles los war? Geht das?«

»Na ja, daran haben Kiki und ich auch bereits bedacht. Doch wir müssten mehrere Jahre Fallakten durchschauen. Es ist vieles davon noch nicht digitalisiert. Das würde Tage und viele Arbeitskräfte beanspruchen.«

»Und wenn man sich nur auf die Entführungsfälle konzentriert?«

»Hast du morgen schon etwas vor? Dann darfst du dich gerne daran austoben. Doch ich warne dich noch mal vor, nicht alles im Archiv ist digitalisiert. Und sicher nicht alle Fälle waren auch Marburger Fälle. So viele sind es zwar insgesamt zum Glück nicht, und wir haben bereits ähnliche Fälle auf Parallelen gecheckt. Aber vielleicht fällt dir mehr auf.«

Anna grummelte. Mit leerem Magen konnte sie nicht denken.

»Kann losgehen!« Michel sprang voller Elan ins Auto. Er trug nun eine hellblaue Jeans, ein hautenges schwarzes T-Shirt, das seinen Bizeps betonte, und Sneakers. So wie er seine Lederjacke durch die Trägerschlaufe seiner Umhängetasche gefädelt hatte, hätte er auch ganz bequem als Laufsteg-Model durchgehen können.

»Verdammt. Du siehst einfach immer heiß aus, egal, was du anziehst«, seufzte Anna, und Michel berührte liebevoll ihre Schulter von der Rückbank aus. »Milady, für diese Worte möchte ich Sie eines schönen Tages küssen.«

Anna machte einen Kussmund, und Dobbs sah die beiden tadelnd an. »Keine Liebe hier im Auto, bitte.«

»Menno«, schimpfte Michel. »Wenn ich schon keine Liebe verteilen darf, dann habe ich hier für euch jeweils eine Banane, einen Proteinriegel und eine Flasche Wasser. Damit ihr euch nicht schon wieder irgendwo auf die Schnelle irgendwas Ungesundes reinzieht. Ihr müsst wirklich besser mit euren Körpern umgehen.«

Anna sah Dobbs gespielt böse an: »Siehst du nun, wozu du mich verleitest? Mein Körper hat schon genug gelitten. Du hast einen denkbar schlechten Einfluss auf mich.«

»Anschnallen, bitte! Es geht los«, lachte Dobbs.

Er hatte größte Mühe, sich aus der Zufahrt des Polizeigeländes in den Feierabendverkehr auf der Schnellstraße nach links weg einzufädeln. Manchmal wünschte er sich, an dieser Stelle einmal kurz das Blaulicht dafür nutzen zu dürfen. Doch dann schaffte er es auf die Kreuzung und startete durch, über den Zubringer und die Stadtautobahn. »Festhalten!«, rief er und bog noch vor der Autobahntankstelle scharf rechts auf einen Schleichweg nach Sankt Jost ein und sparte damit wertvolle Zeit. Die Ampel zum Erlenring vor der Kurt-Schumacher-Brücke zeigte grünes Licht, und Dobbs flog nahezu über die Kreuzung. »Michel, ich fahre nach Weidenhausen rein und lasse dich bei der Kappesgasse raus. Das sind dann nur ein paar Meter für dich bis zur Mensa. So sieht uns niemand zusammen.« Er drehte sich zu Anna. »Hast du noch Hunger?«

Doch die grinste zufrieden kauend in ihre Banane hinein. »Wenn ich die Banane und den Riegel jetzt verputze, muss ich auf Pauls leckeres Abendessen verzichten. Also nein.«

»Sonst hätte ich gesagt, wir schauen dem gut aussehenden Kollegen heimlich bei der Arbeit vom Philipps-Bistro aus zu.« Dobbs fuhr in die Weidenhäuser Straße und entschleunigte sofort auf Schrittgeschwindigkeit, als Michel bereits seinen Gurt löste.

»So verlockend das klingen mag … aber nein! Der schafft das auch ohne uns. Denn ich glaube, die gut aussehende Kollegin Kiki erwartet uns.«

Beide Männer lachten, dabei hatte Anna das noch nicht mal als Scherz gemeint.

Michel lehnte sich nach vorne und schmatzte Anna auf die Wange. »Du auch, Dobbs?«, fragte er übermütig und hatte nicht damit gerechnet, dass Dobbs ihm tatsächlich die Wange hinhielt. Doch Michel war gewillt, das Angebot anzunehmen, was Dobbs dann auch wieder überraschte. Jetzt lachte Anna über die beiden. »Keine Liebe hier im Auto, bitte!«, wiederholte sie Dobbs' Worte.

Es tat so gut, wieder zu lachen.

Dobbs vollendete die Fahrt durch die Weidenhäuser Einbahnstraße, bog nach links weg und stellte sich an die Ampelanlage, um nach rechts auf den Autobahnzubringer Richtung Süden zu gelangen. Sie konnten sehen, wie Michel sich an die Fußgängerampel zum Mensavorplatz stellte. Es wimmelte dort von Personen, wie eigentlich immer. Nur dass dort in der Woche der Orientierungseinheit zudem Stände aufgebaut waren, an denen sich die verschiedenen Fachbereiche und Clubs der Universität den Erstsemestern vorstellten. Als Anna damals anfing zu studieren, gab es dieses Angebot auch, doch sie kannte die Uni, ihre Gebäude und all die Angebote bereits. Allerdings hatte sie die Chance wahrgenommen und die Treffen ihres Fachbereichs mitgemacht, um ihre zukünftigen Kommilitonen kennenzulernen.

Michel war bereits vollkommen vertieft in seine Aufgabe und seine Rolle. Als sein Blick zufällig auf Dobbs' Auto traf, war keine Reaktion in seinem Gesicht lesbar. Michel tat verwirrt, als suchte er etwas, und wurde auch direkt angesprochen. Nun bereute es Anna fast, nicht mit Dobbs im Bistro etwas gegessen zu haben. Da schoss ein Gedanke durch ihren Kopf: »Was ist, wenn der Täter sich an Erstsemestern rächen will? Vielleicht weil er damals etwas erlebt hat oder nicht studieren durfte?« Sie ließ Dobbs gar nicht erst zu Wort kommen. »Kann man über die Datenbank der Polizei herausfinden, welchen Beruf jemand ausübt?«

»Leider nein. Solche Personendaten bekommen wir nur auf Anfrage beim Finanzamt oder der Agentur für Arbeit. Du vermutest also auch, dass der Täter im Umfeld der Universität arbeitet, richtig?«

Anna nickte. »Blöd nur, dass die Universität Marburgs größter Arbeitgeber ist. Vielleicht sollten wir heute Abend noch die ähnlichen Fälle durchgehen. Schließlich ist morgen Tag null. Ich schreibe Paul, dass es später wird.«

»Mach das.« Dobbs gab Gas.

Dobbs hatte Anna an Kikis Arbeitsrechner gesetzt, während er und Kiki mit den Kollegen aus der Nachtschicht sprachen. Hoch konzentriert war Anna in zahlreiche zwanzig Jahre alte Vermisstenfälle vertieft. Doch mit zunehmender Zahl der Fälle wurde sie immer hoffnungsloser. Jeder von ihnen konnte im erweiterten Umfeld der Uni arbeiten, denn bis die Staatsanwaltschaft diese Daten von Finanzamt und Agentur für Arbeit bekam, dauerte es sicher bis morgen, vermutlich aber eher noch länger.

»Wer an der Uni hat Zugriff auf Daten der Studenten?«, fragte sie sich leise selbst. »Können wir uns überhaupt sicher sein, dass das auf Marburger Fälle begrenzt ist?«

Innerhalb der ausgewählten Vermisstenfälle von damals gab Anna wie selbstverständlich verschiedene Suchworte und Kombinationen ein. Der Computer suchte und suchte. Und fand nichts. »Uni« war eines dieser Worte. Student, Erstsemester, vermisst, Orientierungseinheit, Skopolamin, Lahnberge. Und noch so viele mehr. Doch nichts. Es war ernüchternd.

Dobbs' Telefon klingelte, und er schaute kurz aufs Display. Da er noch ins Gespräch vertieft war, stellte er den Ton auf lautlos und steckte es zurück in seine Tasche. Dann sah er zu Anna, die auf ihrer Unterlippe kaute und ziemlich verloren wirkte hinter dem großen Bildschirm.

Sie bekam gar nicht mit, dass er plötzlich hinter ihr stand, und erschrak, als er ihr die Hand auf die Schulter legte. »So, wir machen Feierabend. Das führt heute zu nichts mehr. Wir gehen jetzt schlafen.«

»Ich auch«, schloss Kiki. »Ich habe ein Pubertier zu Hause, die der Babysitterin der beiden kleinen Würmer das Leben zur Hölle macht.«

Als Dobbs herzhaft gähnte, schlossen sich die beiden Frauen an. Sie waren sich einig.

Freitag, 3. Oktober

Hätte Anna gestern Abend nicht so dringend aufs Klo gemusst, wäre sie schon auf Dobbs' Beifahrersitz eingeschlafen. Und als sie später zu Hause dann endlich erlöst war und zurück in die Küche schlurfte, schien es, als hätten Paul und Dobbs Heimlichkeiten. Anna hatte gerade noch ausreichend Restenergie in sich, um die beiden zu fragen: »Was ist hier los? Was gibt es zu tuscheln?«

»Nichts. Ich sagte Paul nur soeben, wie müde ich bin.«

»Richtig. Und ich sagte, dass ich noch nie so spät zu Abend gegessen habe. Es ist schon wieder kurz vor Mitternacht.«

Anna hatte die beiden zwar ausgiebig gemustert, aber sie verzogen keine Miene. »Seid froh, dass ich so müde bin«, drohte sie grinsend.

Die noch halb gefüllten Essteller auf der Küchenablage zeugten davon, wie müde die drei am Abend zuvor tatsächlich gewesen waren. Anna hatte noch nicht einmal gehört, wie Paul heute Morgen das Haus bereits um kurz vor sechs Uhr verlassen hatte. Er hatte gestern zwar gesagt, er müsse heute besonders früh anfangen, doch dass es so früh wäre, hatte sich Anna nicht vorstellen wollen. Dobbs, der von Paul geweckt wurde, weckte wiederum Anna – indem er ihre Kaffeetassen im Küchenschrank im rechten Winkel anrichtete.

Dobbs saß gedankenverloren auf seinem Schlafplatz, als Anna aus dem Bad kam. Er hatte sein Handy in der Hand und starrte es an. Er war zwar schon startklar, sah aber noch etwas planlos aus.

»Alles klar? Ich brauche nur noch zweieinhalb Minuten.«

»Isa, Robins Schwester, hat gestern Abend versucht, mich anzurufen. Das habe ich gar nicht mehr auf dem Schirm gehabt. Sie hat auf die Mailbox gesprochen. Mein Hirn lässt nur gerade nicht zu, das Telefon zu bedienen.« Er lächelte entschuldigend. »Ach, warte. Ich habe es. Vielleicht.«

»Sie haben eine neue Nachricht. Gestern, zweiundzwanzig Uhr sechsunddreißig«, hallte plötzlich eine Frauenstimme durch den Raum. Dann ertönte die Stimme von Isa. Sie hatte ihre Stimme gesenkt und sagte gedämpft, wie hinter vorgehaltener Hand: »Ich hoffe wirklich, dass Sie diese Nachricht erreicht, und ich hoffe, es ist in Ordnung, dass ich Ihnen das hier nur auf die Mailbox spreche. Robin ist nämlich gerade eingeschlafen, und ich will ihn schlafen lassen. Ich weiß nicht, ob es irgendwie nützlich für Sie ist, aber Robin redet im Schlaf. Alles, was ich von seinem Gerede verstehe, ist ein Name: Christoph. Mehr nicht. Morgen frage ich ihn, welche Bewandtnis der Name hat. Wenn es eine hat, melde ich mich wieder bei Ihnen. Ihnen und Ihrer Kollegin Anna einen schönen Feierabend.«

Anna hörte gespannt zu. Sie würde sich am liebsten mit diesem zusätzlichen Suchwort sofort wieder an die alten Fallakten setzen. Vielleicht würde sie mit dem Namen Christoph endlich einmal einen Treffer landen.

Anna, Dobbs und Kiki saßen den kompletten Vormittag an den nur zum Teil digitalisierten Akten und wälzten Seite um Seite, Datei um Datei.

Die Luft in dem großen Raum wurde zunehmend dicker. Seit einer Stunde war kein Wort gesagt worden. In Anna brodelte es. Es konnte einfach nicht wahr sein, dass der Täter dreizehn Männer entführte, einer davon sogar umkam. Es konnte einfach nicht wahr sein, dass er sogar online Kontakt mit Anna aufgenommen hatte, er aber trotzdem nicht gefunden werden konnte. Nicht einmal die kleinste Spur hatte er gelegt. Am liebsten hätte Anna laut geschrien. Kiki schien das sehr ähnlich zu sehen. Sie stand auf, griff wortlos ihre Zigarettenpackung und ihr Feuerzeug und ging aus dem Raum. Nicht, ohne ihrem Bürostuhl einen Kick zu verpassen, sodass er quer durch den Raum schepperte, und auch nicht, ohne die Bürotür lautstark hinter sich zuzuwerfen und sich auf dem Gang Luft zu machen.

Dobbs stand auf und öffnete zwei große Fenster. Er blieb ein paar Momente im offenen Fenster stehen und atmete tief ein und aus. Die frische Luft tat auch Anna gut. Als Dobbs eine Kurznachricht auf sein Handy erhielt, ging er zu seinem Platz zurück.

»Von Isa?«

»Nein. Von Paul.«

Anna wurde stutzig. Wieso schrieb er Dobbs und nicht ihr? »Ist irgendetwas mit ihm? Oder mit der Wohnung?«

»Nein, er fragt nur, ob ich weiß, wo Michel ist. Sie seien um kurz nach ein Uhr verabredet gewesen. Jetzt ist es zwei Uhr durch.«

»Sagte Michel nicht, er habe den Nachmittag frei?« Anna war verwirrt, und Dobbs versuchte, sie aufzuklären, ohne ihr zu viel von Pauls Plänen zu verraten: »Er hat den Nachmittag frei, wie Paul auch. Sie wollten sich treffen. Das sagte er mir gestern.«

Anna legte ihre Stirn in tiefe Falten.

Dobbs wählte Michels Nummer. »Es klingelt. Hm. Mailbox.«

Anna konnte erkennen, dass sich irgendetwas in Dobbs regte. Er griff wieder zu seinem Telefon. »Leitstelle? Habt ihr gerade jemanden von uns oder den Kollegen aus Cölbe in der Goldbergstraße? Ja? Könnten die Kollegen dort bitte zum Wohnsitz von Michel Uphoff fahren und schauen, ob dort alles in Ordnung ist? – Ja, unser Michel. – Ja, jetzt sofort! – Ich mache gleich noch eine Handyortung. Aber sicher. – Sagt Bescheid.«

Anna beobachtete Dobbs, als dieser Michels Nummer in den Computer eingab. Sie stand auf und stellte sich hinter ihn. Die Landkarte auf dem Bildschirm zoomte aus der Vogelperspektive immer näher an einen Standort. Marburg. Innenstadt. Erlenring. Mensa. »Verdammte Scheiße!«

Kiki kam zurück, als gerade Dobbs' Handy klingelte.

»Hm. Nichts? Waren sie auch in der Wohnung? Scheiße. Danke.«

»Hast du heute schon etwas von Michel gehört?«, fragte Anna Kiki.

Die sah erschrocken aus. »Nein, nichts seit gestern.«

»Hab das Handy geortet. Schick eine Zivilstreife hin, die sollen das Handy sichern und schauen, ob sie noch irgendwas anderes dort finden. Wenn es geht, unauffällig.«

Annas Gehirn lief auf Hochtouren. War Michel dem Täter zu nahe gekommen? Hatte dieser Michel ebenfalls entführt? Ging es Michel gut? Ihre Kehle war wie zugeschnürt.

Anna schrieb Paul: *Sag bitte sofort Bescheid, sollte Michel noch bei dir auftauchen. Hier ist gerade Großalarm deswegen. Mach dir keine Sorgen. Liebe dich, A.*

Dobbs' Handy klingelte wieder, er stellte auf Lautsprecher: »Uphoffs Auto steht seit gestern früh auf unserem Parkdeck. Der Wagen hat das Gelände nicht verlassen«, sagte ein Kollege, der zugegebenermaßen aufgeregt klang.

Michel würde nach seinem Dienst aus der Innenstadt mit dem Bus nach Hause nach Cölbe gefahren sein. Oder er ist gelaufen, versuchte sich Anna zu beruhigen.

»Mein Blog«, dachte sie dann laut und übernahm Dobbs' Tastatur. Sie öffnete die Webseite, seit Dienstag war sie nicht mehr dort gewesen. Heute war Freitag. Sie scrollte entlang der vielen Kommentare nach unten.

Null.

»Null«, las sie laut vor, »heute Morgen um null Uhr eins.« Sie scrollte hektisch weiter.

»Stopp! Wieder zwei Kommentare nach oben«, rief Dobbs neben ihr und las laut vor: *Die Bullen tappen im Dunkeln, und ich ziele in das Licht. Ich schaffe das.*

»Er hat Michel.« Annas Beine versagten ihr den Dienst.

17

AM BODEN

Annas Blick war leer. Sie saß auf dem Fußboden und hatte ihre Beine an den Oberkörper herangezogen. Dobbs hatte sich hinter sie gestellt und stützte sie. »Was können wir nur tun?«

»So schwer es uns auch fällt, Anna: Wir sollten die Akten weiter durchschauen. Die Funkzellenabfrage läuft. Alle verfügbaren Kollegen suchen Michel. Da können wir drei nichts ausrichten«, betonte Kiki ruhig und zog eine Akte über den Tisch zu sich heran.

Es klopfte laut, und sogleich sprang die Tür auf. »Pauli?«, fragte Anna überrascht, als sie ihn im Türrahmen stehen sah, mit seinen Fäusten in die Seite gestemmt. Es fehlten lediglich ein Heldencape und ein bisschen Wind.

Anna versuchte aufzustehen, und es gelang ihr wider Erwarten. Doch bevor sie ihn umarmen konnte, sagte er mit fester Stimme: »Setzt mich an der Mensa als Lockvogel ein. Verwanzt mich meinetwegen bis sonst wohin, implantiert mir GPS-Chips oder legt mir eine Fußfessel an. Aber bitte setzt mich ein!«

Anna dachte kurz nach, ob er das als Spaß gemeint haben könnte. Hatte er aber nicht. »Paul, bist du wahnsinnig? Lass den Scheiß!«

»Nein, ich meine es ernst. Mir ist egal, was mit mir passieren wird, ich stehe das durch.«

Ohne Vorankündigung attackierte Anna ihn mit ihren Fäusten hart am Brustkorb, und Paul strauchelte, konnte sich aber an der Wand abfangen. »Nimmst du Drogen, oder was? Hör auf damit!«, keifte sie böse. Als sie erneut zum Angriff ansetzte, packte Dobbs sie, drehte ihren Arm auf den Rücken und hielt sie in einem Polizeigriff fixiert. Um nicht zu viel Aufmerksamkeit zu erzeugen, stand Kiki auf und schloss schnell alle Türen zu ihrem Büro, ebenso die gekippten Fenster. Anna versuchte, sich aus Dobbs' festem Griff zu befreien, doch das tat ihr zu weh. »Aua! Pauli, tu das nicht!«, versuchte sie ihn mit lauter Stimme zu überzeugen. Doch Paul regte sich nicht, stattdessen redete er auf Anna ein: »Anna, es geht hier nicht um mich oder dich. Es geht um Michel. Also bitte, sei still!«

Aufgeregt sprang sie in Dobbs' fester Haltung umher, sie gab nicht auf und wollte sich befreien. »Ich lasse das nicht zu, Paul! Verdammte Hacke! Dooohooobbs, lass mich los, das tut weh! Mann!« Sie wand sich unter seinem festen Griff wie ein Wurm an der Angel.

»Erst beruhigst du dich«, befahl Dobbs, und Anna drehte sich betont langsam so weit zu ihm, wie es ihr in der Haltung möglich war, um ihm eindringlich in die Augen zu schauen. »Bitte. Ihr macht das nicht, oder? Tut das nicht. Das ist dumm!« Ihre Verzweiflung erfüllte den gesamten Raum.

Paul richtete sich wieder auf und sagte nun noch deutlicher: »Das ist eine gute Idee, gebt es zu! Noch ist Betrieb an der Mensa. Schickt mich dahin. Sofort! Der Täter soll mich sehen!«

Kiki und Dobbs tauschten Blicke aus, sagten aber nichts. Anna erkannte, dass sie nicht abgeneigt waren. »Nein! Das dürft ihr doch gar nicht! Ihr dürft das nicht! Oder? Nicht Paul! Er ist kein Polizist!«

Dobbs fühlte, wie Annas Kräfte allmählich nachließen. Sie schien ruhiger zu werden, und er lockerte vorsichtig seinen Griff. Doch sofort nutzte sie diese Chance und sprang auf, erneut schoss sie auf Paul zu. »Pauli, du tust das nicht!«

Dobbs hatte sie jedoch schnell wieder fest im Griff. Das brachte Anna endgültig zur Weißglut. »Das ist keine deiner Seifenopern, Paul! Das hier ist echt! Die echte verdammte Polizei, und die macht solchen Scheiß einfach nicht. Ihr habt doch ausgebildete Leute dafür! Nicht Paul! Dobbs, lass mich verdammt noch mal los! Das tut weh. Dobbs! Aua! Du Arschloch! Das ist Freiheitsberaubung! Und Körperverletzung! Lass mich sofort los!« Sie trat ihm mit voller Absicht auf den Fuß, was ihn mit Stahlkappen nicht sonderlich juckte, ihr in ihren dünnen Sneakers jedoch richtig wehtat. Dennoch war er nicht begeistert. »Ey, lass das, Liebes! Sonst liegst du gleich auf dem Boden.«

Sie versuchte sich freizuzappeln. »Da musst du mir schon Handschellen anlegen, verdammte Scheiße!«

»Handfesseln«, sagte er ganz ruhig.

»Handfesseln heißt das, Anna. Weil wir nicht schellen, sondern fesseln.« Kiki versuchte zu deeskalieren, doch Anna reagierte nicht wie gewünscht auf ihr Wortspiel. »Also, für mich spricht alles dagegen, Paul einzusetzen.«

»Wenigstens eine Vernünftige hier!« Anna wurde sofort ruhiger. Dobbs, der Anna inzwischen angehoben hatte und sie in der Luft hielt, setzte sie wieder auf dem Boden ab.

Da hob Kiki ihren Finger. Sie war noch nicht fertig gewesen. »Doch unter diesen speziellen Umständen sage ich auch, wir sollten es versuchen.«

Anna starrte sie ungläubig an. Ihr wurde schwindelig. Dann spielte sie ihre allerletzte Karte aus: »Seid ihr dumm? Dobbs, wenn du das zulässt, rede ich nie wieder mit dir. Nie wieder!«

Er schluckte, entgegnete aber nichts. Er hatte nicht mehr allzu viel Mühe, Anna festzuhalten. Leicht wie sie war, zitterte sie inzwischen so stark am ganzen Leib, dass vermutlich ihre Beine bald wieder nachgeben würden.

»Es ist eine gute Idee, Liebes, denn wir können ihn ausrüsten und schützen.«

»Nein!« Annas Verzweiflung war zu greifen, doch ihr fehlte die Kraft. »Einfach nein! Ihr gefährdet ihn wissentlich.« Ihr Widerstand fiel. Sie konnte einfach nicht mehr. Notgedrungen wurde sie ruhiger, ohne dass sie es beeinflussen konnte. Auch wenn sie innerlich brodelte.

»Ich lasse dich jetzt los«, sagte Dobbs sanft und platzierte sie auf seinem Schreibtischstuhl, drehte sie auf diesem zu sich herum und kniete vor ihr nieder. Sie konnte ihm nicht ins Gesicht schauen und drehte sich immer wieder weg von ihm. Sie war so enttäuscht, dass es ihr sogar die Sprache verschlagen hatte. Ihre Nasenspitze bebte vor Zorn auf ihn, das wusste er. Sie begann hektisch zu atmen und aufzuschluchzen.

»Anna, Liebes …«

»Nein! Nie wieder!«, fauchte sie. »Ich scheiß auf dein ›Liebes‹. Das ist jetzt endgültig vorbei! Endgültig!«

Er versuchte, ihre Hand zu halten, wusste aber, dass sie ihn lieber damit geohrfeigt hätte. »Anna, sieh mich verdammt noch mal an.« Er wurde wieder energischer. »Los, mach schon!«

Ihn traf ein flüchtiger Blick von ihr, doch dieser hatte all ihre geballte Wut in sich. »Schäm dich, Dobbs!« Das hatte gesessen. Er schien wirklich hart getroffen, denn er zuckte zusammen.

Wenn sie doch nur einfach weglaufen könnte. Sie wollte nach Hause. Mit Paul. In Sicherheit und weit weg von diesem Gebäude hier und noch weiter weg von Dobbs oder Kiki. Sie wollte das alles vergessen. Sie versuchte krampfhaft, nicht zu weinen, wollte sich vor ihm nicht noch mehr die Blöße geben.

Dobbs griff Anna sanft unter ihr Kinn und zog ihren Blick auf sich. »Anna, du weißt, dass es eine gute Idee von Paul ist. Und wir passen auf ihn auf, das versprechen wir euch.«

»Du tust es schon wieder.« Obwohl sie so leise sprach, war dieser Satz der lauteste von allen. Denn sie hatte recht, und er wusste das. Wieder setzte er jemandes Gesundheit aufs Spiel. Damals war es Annas gewesen, nun Pauls.

Dobbs' gesamte Aufmerksamkeit war auf sie gerichtet. Jede ihrer Bewegungen wurde von ihm genau analysiert. Ihre Kiefer mahlten. Und er sah und deutete es.

Mit einer langsamen Bewegung glitt sie auf dem Stuhl in Richtung von Dobbs' Schreibtisch und schob mit blanker Absicht seine Kaffeetasse in einen anderen Winkel. Er reagierte, wie sie es vorhergesehen hatte. Ein Versuch, ihn schachmatt zu setzen. »Wie willst du Paul beschützen, wenn sogar diese kleine Geste dich unkonzentriert werden lässt?«

Auch er wurde sauer. Was sie nur noch wütender werden ließ. Dobbs legte sicherheitshalber wieder eine Hand um ihr Handgelenk. Denn Anna kochte. »Lass mich verdammt noch mal sofort los und pack mich nie, nie wieder an!«

Dobbs war ehrlich beeindruckt, er zog seine Hand zurück. So hatte er sie noch nie erlebt, und so hatte er sie auch nie erleben wollen.

Anna drehte sich auf dem Stuhl zu Paul. Sie starrten sich gegenseitig an, voller Verzweiflung, und fanden keine Worte. Dobbs stand hinter ihr, zum Sprung bereit. Anna schaltete einen Gang zurück. Dann sah sie erst Kiki, dann Dobbs an. »Also sagt schon, wie wollt ihr auf Paul aufpassen? Das hat bei Michel ja schließlich auch so hervorragend funktioniert. Oder? Und Michel ist ein verdammt gut ausgebildeter verdammter Bulle. Paul nicht!« Auch das hatte gesessen. Wann würden sie endlich zur Vernunft kommen?

Dobbs wollte Anna wieder berühren, um sie zu beruhigen. Doch Anna entzog sich ihm. Wenn er sie weiter bedrängte und ihn sein Profilersinn nicht täuschte, würde sie ihm zur Not mit letzter Kraft eine schallende Ohrfeige verpassen. Stattdessen strafte sie ihn mit Missachtung und fixierte Paul mit ihrem Blick. »Wieso, Pauli? Wieso?« Sie begann zu weinen. »Leidest du jetzt unter Geltungsdrang, oder was?«

Paul hingegen hatte plötzlich Schwierigkeiten, Anna in die Augen zu schauen. »Nein«, sagte er leise, »es ist nur, weil … ich bin verliebt, Feuerkopf. Versteh das bitte.«

Kiki stand auf und stellte sich zu Paul, und auch Dobbs ging zu ihnen. Es sah aus, als bildeten die beiden eine Mauer vor Paul. Anna fehlten die Worte. Sie sah Paul, Kiki und Dobbs nacheinander an, sah, wie Kiki Dobbs scheinbar zufällig am Arm berührte, um zu zeigen, dass sie ihm beistand. Anna versuchte, Dobbs' Gesichtsausdruck zu deuten. Er war eben noch stark und entschlossen gewesen, jetzt war sein Blick leer und voller Wut und Trauer zugleich. Auch Dobbs kämpfte mit den Tränen. Was es Anna nicht leichter machte.

»Ich zeige euch an! Genau! Wo muss ich hin, um eine Anzeige zu erstatten? Wegen mutwilliger Gefährdung oder so.«

Dobbs trat einen Schritt nach vorne auf sie zu, doch sie wich ihm aus. »Anna …«, er versuchte, sanft und beschwichtigend zu klingen.

»Dobbs, du gehst mir grad tierisch auf die Nerven!«, fauchte sie.

»Du mir auch. Ich rufe jetzt einen Kollegen, der wird dich nach Hause begleiten und bei dir bleiben, Lie...«

Anna zitterte noch immer, doch sie schien neue Stärke gefunden zu haben: »Ruf doch Michel herbei! Der würde mich sicher gerne nach Hause begleiten.« Angelegt, anvisiert, abgedrückt. »Wenn er überhaupt noch lebt!«

Alle schwiegen. Und Anna musste einen Gang zurückschalten, als Dobbs zum Telefon griff.

»Nein, Dobrowolski! Das kannst du vergessen! Leg sofort auf! Wenn ihr Paul schon zu Kanonenfutter macht, dann werde ich dabei sein. Keine Widerrede!«

Sowohl Kiki als auch Dobbs schüttelten den Kopf. »Nein, Liebes ...« Sobald ihm auffiel, wie er sie genannt hatte, hob er entschuldigend die Hände. »Du hast dich nicht im Griff.«

»Habe ich sehr wohl, verdammte Scheiße! Dobbs! Kiki! Bitte, ich muss dabei sein. Kiki, bitte! Wenn ich nicht mitkommen darf, mache ich wirklich eine Anzeige gegen euch.«

»Wenn du mitkommen würdest, wäre unsere Aktion nur unnötig gefährdend.«

»Unsere Aktion? Du meinst, eure Aktion! Paul und ich wollen damit sicher nicht in Verbindung gebracht werden. Ich bin ausschließlich wegen ihm dabei. Und wenn ich Paul diese Schnapsidee ausgeredet habe, will ich nur mein Leben weiterleben – in Ruhe und Frieden. Mehr nicht. Weit weg von all dem Irrsinn hier!«

Wieder hatte Anna mit ihren Worten gezielt Dobbs getroffen, sodass sogar Kiki um Luft rang und nachgab: »Du bleibst aber im Hintergrund.«

Anna nickte.

Der Mensavorplatz war noch immer gut gefüllt. Das lag vielleicht auch daran, dass über ein Dutzend Polizisten in Zivil sich dort und auf den angrenzenden Lahntreppen aufhielten, Eis aßen, sich zu zweit in die Sonne setzten oder auch Zeitung oder ein Buch lasen oder so taten, als spielten sie am Handy. Paul wurde von allen Seiten gesichert. Dennoch war auch reges studentisches Treiben zu erkennen, obwohl die ersten Infostände bereits wieder abgebaut wurden. Soeben war noch eine zehnköpfige Gruppe von Erstsemestern von einer Stadtrallye zurückgekehrt – alles andere als nüchtern.

Von Annas Standort aus dem ersten Stockwerk eines Wohnhauses gegenüber dem Platz konnte sie sogar den Kollegen Fábio sofort erkennen. Er fiel nicht weiter auf, passte sich gekonnt der Umgebung und den Passanten dort an. Wenn Paul gleich so weit wäre und dazustieß, sollte Fábio so tun, als hätte er Paul bereits an anderen OE-Tagen gesehen, und ihn kurz flüchtig grüßen und maximal ein paar Worte mit ihm sprechen. Paul sollte sich auffällig verhalten, aber vollkommen natürlich. Der Täter wusste schließlich mit großer Sicherheit, wer er war. Er wusste, wer Paul war, weil er wusste, wer Anna war. Und weil Paul ihm ganz sicher schon aufgefallen war. Er war genau sein Beuteschema. Es genügte also, dass er Paul dort sehen würde. Paul sollte sich darauf einstellen, dass er vielleicht etwas angeboten bekäme – ein Getränk, eine Zigarette, etwas zu essen. Das sollte er an sich nehmen und Fábio bringen.

Doch noch war Paul bei Anna. Ein Polizist saß vor ihm und klebte ein Mikrofon auf Pauls nackte Brust. Anna stand mit verschränkten Armen still an einem Fleck, bebte aber innerlich vor Anspannung. Auch während der Fahrt hierher hatte sie mit Dobbs kein Wort gewechselt. Sie wusste ohnehin nicht, was sie ihm noch hätte sagen sollen. Dass er so leichtsinnig erst mit ihr und jetzt mit Paul umging, konnte sie ihm nicht verzeihen. Wieso setzte er Pauls Leben aufs Spiel? Paul war für Anna mehr als ihre Familie. Er war ihr Ein und Alles. Sie hatte niemanden mehr – abgesehen von ihm.

Sie war von Dobbs einmal zu oft enttäuscht worden und ertrug seine Überpräsenz einfach nicht mehr. Sie musste vielleicht einfach lernen, ihm auf Dauer aus dem Weg zu gehen. Wenn Michel gerettet wäre und der Täter gefasst, würde sie die Stelle ablehnen, die ihr angeboten worden war. Sie war durch mit der Polizei. Endgültig. Und auch mit Dobbs.

Doch jetzt musste sie sich ganz auf Paul konzentrieren. Er sah zwar entschlossen aus, aber zugleich spürte Anna seine Angst. Eine Polizistin reichte Paul eine klobige Hornbrille. »Lasst mich raten, die Brille kann Feuerfontänen abschießen oder ich kriege damit einen Röntgenblick, gelle?« Er war so aufgeregt, dass er flirtete. Süßer, unschuldiger Paul. Anna wich ihm nicht von der Seite. Auch nicht, als sich Dobbs wieder näherte.

Die Polizistin lachte belustigt auf. »Leider nein. Aber sie hat immerhin eine Kamera mit Mikrofon und GPS-Sender und anderem sachdienlichen Firlefanz in sich. Somit sehen wir, was du siehst.«

»Und solltest du jemanden sehen, der dich auch nur ein bisschen komisch anschaut, dann huste dreimal kurz, das ist dann unser Zeichen. Verlass dich ganz auf dein Gefühl«, ergänzte Dobbs. »Fabi ist immer in deiner Nähe. Du kennst ihn, er ist konzentriert und aufmerksam. Er passt auf dich auf.«

Anna fühlte sich verpflichtet, etwas Wichtiges zu ergänzen: »Ja, und Fabi ist sicherlich nicht der Typ Mann, auf den der Täter steht. Der Entführer wird sich also nur auf dich konzentrieren. Deshalb bleib auch du bitte aufmerksam und konzentriert. Bitte. Verlass dich nicht auf die Polizisten. Bitte!«

Etwas verloren sah Paul zu Anna. »Feuerkopf, kommst du mal bitte mit mir? Kriegen wir mal kurz einen Moment für uns alleine?« Er streckte ihr die Hand entgegen und trat mit ihr ein paar Schritte von den Technikern weg. Er zog Anna vor sich und sah ihr lange in die grünbraunen Augen, die ihm so viel bedeuteten. »Du weißt, was jetzt kommt, oder?«, fragte er sie leise.

»Nein, vergiss es! Darüber sprechen wir jetzt ganz sicher nicht! Dieses Gespräch führen wir nicht!«, herrschte Anna ihn an. »Dir wird nichts passieren. Dobbs hat es versprochen.«

Dobbs, der im Hintergrund die Kopfhörer aufgezogen hatte, um diese zu testen, zuckte zusammen, als er Annas und Pauls Dialog mithörte. Dass die Mikros an Pauls Körper schon aktiv waren, ahnten Anna und Paul nicht.

»Doch, wir müssen genau jetzt darüber reden. Bitte höre mir zu, Feuerkopf! Ich will dir nur sagen, dass, wenn mir etwas passiert, du dir nicht die Schuld geben darfst. Und überanalysiere mein Verhalten nicht. Nicht analysieren. Es war mein freier Wille. Ich habe heute Nachmittag unsere Miete bis Februar überwiesen. Bis dahin hast du Zeit, über Dobbs' Angebot, nach Bochum zu gehen, nachzudenken. Ich würde mich freuen, wenn du dort weiterstudierst und vielleicht irgendwann sogar deinen Professor machst. Professorin, pardon. Du bist so weit! Du kannst ohne mich fertig genesen. Du brauchst mich nicht mehr. Aber Dobbs brauchst du noch.« Er lächelte. »Und noch etwas: Schnapp dir den scharfen Feuerwehrmann! Der ist heiß! Und ich glaube, er steht auf dich. Bei Theo und dir habe ich ein sehr gutes Gefühl.« Er küsste sie sanft auf die Lippen und hielt sie fest an sich gedrückt, als wieder Tränen ihren Weg fanden. Bei ihnen beiden. »Sag meiner Familie, dass ich sie liebe. Und …«, seine Stimme brach. »Ich liebe dich für immer, das weißt du, oder? Mein kleiner Erster Detektiv, Anna Justus Jonas. Du bist für mich immer die Eine.«

Als Kiki Dobbs anschaute, wischte der sich gerade eine Träne aus dem Augenwinkel.

Es dauerte, bis Anna sich unter lautem Schluchzen von Paul lösen konnte. Sie hatte das Gefühl, sie müsste ihn festhalten und beschützen. »Pauli«, jammerte sie ihm hinterher, als er sich abwendete. Doch dann drehte er sich wieder um und grinste verschmitzt: »Ach, und wundere dich nicht, wenn du nachher heimkommst. Innerhalb der Stunde, die ich nach Feierabend zu Hause war, habe ich unsere Wohnung in ein Schlachtfeld verwandelt. Wir wollten heute eigentlich eine Überraschungsparty für dich schmeißen. Michel wollte helfen.«

»Eine Üb...«, weiter schaffte es Anna nicht zu sprechen, da brach ihre Stimme gänzlich.

»Na ja, weil du wieder laufen kannst, wegen deinem Job und … weil du morgen Geburtstag hast. Ich habe nur ein paar Leute eingeladen. Auch die zwei Pappnasen da hinten, ihr solltet alle mal wieder den Kopf frei kriegen.« Er kicherte. »Schön blöd, gelle? Ich wollte mit dir tanzen bis in deinen Geburtstag rein. So wie immer.«

Anna hielt sich die Hände vor ihr Gesicht, um ihre Tränen zu verbergen. Sie wusste, warum Paul sich nun schnell umdrehte und sie dort stehen ließ – auch er weinte. Dann ging er einfach. Und zog in den Krieg. Auch ohne Heldencape.

Wie sehr hätte Anna sich nun eine Umarmung von Dobbs gewünscht und seine tiefe, rauchige Stimme im Ohr, die sagte, dass alles gut werden würde. Dass sie hier vor Ort und ohne Gefahr für irgendwen den Täter festnehmen würden. Doch es war Kiki, die an Dobbs' Stelle vor Anna stand und sie in den Arm nahm. Sie hielt Anna fest. Ein bisschen zu fest, doch es lenkte Anna ab. »Weißt du was?«, fragte Kiki nach einigen langen Momenten und sah Anna dabei tief in die Augen.

Diese flüsterte voller Verzweiflung: »Nein, Kiki, ich weiß gerade gar nichts mehr.«

Kiki wischte Anna neue Tränen weg. »Dobbs und ich haben dir sogar schon ein Geburtstagsgeschenk besorgt.«

Anna schluchzte nun noch mehr und legte ihre Stirn auf Kikis Schulter.

Mit so viel Nähe zu Kiki hätte Anna vor ein paar Tagen niemals gerechnet. Das war doch eigentlich schon Geschenk genug.

Kiki und ihre beiden Kollegen starrten auf den Bildschirm vor sich, und Dobbs und Anna standen mit Ferngläsern und gehörigem Abstand zueinander in Lauerstellung an den Fenstern. Sie beobachteten und beobachteten. Doch niemand kam auch nur in die Nähe von Paul. Er stand dort seit beinahe zwei Stunden wie auf einem Präsentierteller, und niemand griff zu. Nochmals eine Stunde später wurde dann auch der letzte Infostand auf dem Platz weggeräumt, und die Sonne ging unter.

»Danke, Leute! Das war's«, sagte Kiki in ihr Funkgerät. »Wir brechen ab. Macht Feierabend.«

Anna schloss kurz die Augen und schnaufte erleichtert durch. Sie war dankbar, dass Paul nichts passiert war. Obwohl er wiederum nicht sehr begeistert schien. Als eine Polizistin in Zivil von hinten an ihn herantrat, ihm etwas zuraunte und unbeirrt weiterging, weigerte sich Paul sogar mitzugehen. Ein zweiter Beamter bedeutete ihm abzubrechen. Pauls Blick wanderte hoch an die verspiegelte Fensterfront im ersten Stock gegenüber. Er konnte sie nicht sehen, doch er wusste, dass Anna ihn sah. Er war enttäuscht und trat geknickt den Rückzug an.

»Wieso?«, fragte Paul, als er in die zur Verfügung gestellten Geschäftsräume zurückkam.

»Keine Diskussionen bitte. Die Szenerie wurde schon vor zwei Stunden unrealistisch«, stoppte Kiki ihn, bevor Paul seiner Enttäuschung lautstark freien Raum lassen würde.

Anna fiel ihm um den Hals. Sie würde Paul jetzt nicht anmeckern, er schien gestraft genug. »Hey, Pauli«, sagte sie sanft und sah ihm in seine blauen Augen, »die finden Michel. Auch ohne dass du dich noch mal in Gefahr begibst, versprochen. Ich habe so langsam nämlich auch begriffen, dass hier nicht immer alles superschnell passiert. Nicht wie im Fernsehen. Das musst du nun auch begreifen.« Sie schaute zu Dobbs, als suchte sie bei ihm die Bestätigung für ihre Worte, sah jedoch schnell weg, als sich ihre Blicke trafen. So schnell konnte sie ihm nicht verzeihen. Dobbs war einfach zu weit gegangen.

Paul stellte sich mit aufgeknöpftem Hemd und gespreizten Armen vor die Polizisten und forderte sie barsch auf, ihn schnellstmöglich wieder zu entkabeln. Er wollte nur noch nach Hause. Er fühlte sich gedemütigt. Gedemütigt von dem Täter, weil dieser ihn nicht wollte.

»Können wir trotzdem in meinen Geburtstag reintanzen?«, fragte Anna kleinlaut, um Paul abzulenken. »Nur wir zwei? Bitte. Wie immer.« Sie hatte leise gesprochen, sodass Dobbs sie nicht hören konnte. Sie würde es nicht ertragen, wenn er nach dieser Aktion auch in der kommenden Nacht wieder bei ihnen übernachten würde und vermutlich auch noch mit ihr tanzen wollte, wie auf der Polizeifeier.

Doch die Kollegen, die Paul entkabeln sollten, brauchten ihm entschieden zu lang. Er riss sich die Klebestreifen kurz entschlossen selbst von der Haut, und als Dobbs daraufhin seinen Kopfhörer absetzte und dabei eindeutig betroffen wirkte, wusste Anna, dass er mitgehört hatte. Ihre Blicke trafen sich nun doch.

»Na klar, Feuerkopf. Nur wir zwei unter jeder Menge Glitzer und Glimmer. Wie immer.«

Sie grinste und hielt Paul überglücklich in ihren Armen. »Glitzer und Glimmer? Ach, war das etwa in den Asservatenkisten hinter deinem Bett? Ist die Deko etwa beschlagnahmte Ware?«

Paul lachte auf. Annas Ziel, ihn aufzumuntern, war erreicht. Dann löste er sich von ihr, damit sie ihm die restlichen Haftstreifen von seiner Haut pulen konnte. Ihre Nähe nutzte er, um ihr etwas zuzuflüstern, womit sie nie und nimmer gerechnet hätte: »Du musst dich bei Dobbs entschuldigen. Irgendwann.« Dann rief er in den Raum: »Kann mich irgendjemand mit zurück zur Direktion nehmen? Ich muss mein verdammtes Auto holen. Dobbs, fährst du noch mal rüber?«

»Hatte ich zwar nicht vor, aber ja, ich kann dich kurz …«

»Brauchst du nicht!«, schallte es von hinten. »Ich nehme dich mit. Muss ohnehin noch viel zu viel Papierkram nachholen.«

Paul nickte Kiki dankbar zu.

»Passe ich auch noch in dein Auto, Kiki?«, fragte Anna gedämpft. »Dann kann ich mit Paul nach Hause fahren. Und zur Not helfe ich dir auch beim Schreiben von irgendwas.« Sie wollte nicht von Dobbs begleitet werden.

»So verlockend dein Angebot klingt, ich habe heute leider nur einen Zweisitzer als Einsatzwagen bekommen.« Kiki schien begriffen zu haben. »Tut mir leid.«

Paul flüsterte Anna zu: »Ich beeile mich. Versprochen.«

»Wo steht dein Auto?«, fragte Kiki, als sie in die Raiffeisenstraße abbog.

»Direkt vor der Tür am Seitenstreifen. Ich war heute Morgen so früh, dass ich tatsächlich hier einen Parkplatz gefunden habe.«

»Das ist mir noch nie passiert!«, lachte Kiki.

Paul stieg aus und bedankte sich höflich.

»Ich warte hier noch, bis du losgefahren bist«, sagte Kiki. »Sicher ist sicher. Du fährst direkt heim? Keine Zwischenstopps? Sonst schicke ich dir eine Eskorte mit.«

»Nein, alles gut. Ich will nur noch nach Hause. Die Kollegen und Dobbs sind ja vermutlich schon dort. Noch mal danke!« Er winkte kurz, als er ins Auto stieg, und fuhr von seinem Parkplatz zur Schnellstraße. Als Kiki sah, wie er abbog, drehte sie sich um und öffnete den Kofferraum. Sie nahm ihre Ledertasche und ging durch das Tor auf das Polizeigelände.

Es war ruhig in der Wohnung. Unangenehm ruhig. Das ganze Geglitzere und Geglimmere sorgte eher dafür, dass Anna sich unwohl fühlte. Sie würden heute Abend ohne Michel sein. Und später ohne Dobbs.

Sie wurde wehmütig, verzog sich ins Bad und versuchte sich zu beruhigen. Ein paar kalte Spritzer Wasser in ihrem Gesicht wirkten kleine Wunder. Sie wusste, dass, wenn sie sich aus dem kleinen Raum hinauswagte, sie sich einem klärenden Gespräch mit Dobbs nicht entziehen konnte. Also blieb sie einfach hier stehen und atmete tief ein und aus. Beim Blick in den Spiegel erschrak sie. Die letzten Nächte waren kurz und die Tage anstrengend gewesen, das forderte seinen Tribut. Ihre Knie und die Hüfte schmerzten wieder.

Anna starrte sich selbst an. Ihre langen roten Haare hingen lieblos aus einem zotteligen Dutt heraus. Wie oft hatte sie schon mit dem Gedanken gespielt, sie einfach abzuschneiden, sie in eine praktische Frisur zu verwandeln. Vielleicht sollte sie ihr neues Lebensjahr mit einer neuen Frisur beginnen. Wortlos lief sie an Dobbs vorbei in die Küche und holte die scharfe Küchenschere. Auf dem Rückweg ins Bad begriff sie erst, was Dobbs tat. Er hatte seine Bettdecke abgezogen. Mit seinem Kopfkissen tat er das Gleiche, und auch das Spannbettlaken lag bereits zusammengelegt auf dem Tisch vor ihm. Welcher Mensch schaffte es, Spannbettlaken perfekt zu falten? Welcher? Das war eine schier unlösbare Aufgabe. Doch Dobbs schaffte es.

Kopfkissen und Bettdecke waren ebenfalls fein säuberlich zusammengefaltet.

Anna war betroffen. Er musste vorhin wirklich gehört haben, was sie zu Paul gesagt hatte. Oder aber er las ihre Gesten, ihr Verhalten. Dabei war sie sich noch nicht einmal sicher, ob sie Dobbs wirklich nicht mehr bei sich haben wollte.

Kurz entschlossen öffnete sie ihren Dutt, kämmte die Haare gründlich durch und streckte vorsichtig ihren Kopf noch einmal aus der Badtür heraus. Dobbs saß mit gepackter Tasche wie ein Häufchen Elend auf dem Sofa. Ein bewaffnetes Häufchen Elend. Er hatte sie bemerkt, sah aber nicht auf und starrte vor sich. Anna band sich einen normalen Pferdeschwanz und griff zur Schere. War sie wirklich bereit für einen so krassen Schritt? War sie bereit für diese eindeutige Übersprungshandlung?

Sie schnitt. Wie lange rote Bindfäden fielen ihre geliebten Haare zu Boden. Sie schnitt sich ihre Haare schon seit Jahren selbst, doch so einen radikalen Schnitt hatte sie noch nie gewagt. Sie waren nun plötzlich nur noch schulterlang. Anna stöhnte vor Erleichterung auf, und durch die offene Badtür hörte sie eilige Schritte näher kommen.

Als Dobbs im Türrahmen stand, musste er sich einen Moment sortieren. Er keuchte. Sein erster Gedanke, als er die roten Haare im Bund auf dem Boden liegen sah, war, dass es Blut sein musste. Im selben Moment merkte er, wie verkorkst er durch seinen Job war, und wirkte zerknirscht. Doch Anna spürte, wie genau diese Reaktion das Eis zwischen ihnen schmelzen ließ. »Ankleben kann ich sie jetzt nicht mehr.«

Er bückte sich, hob den langen Zopf auf, um ihn zu betrachten und glatt zu streichen. In einer perfekten Locke legte er ihn auf die Armatur.

Anna drehte und wendete sich vor dem Spiegel. »Ist es hinten einigermaßen gerade?«

Er nahm ihr die Schere aus der Hand und quetschte sich in dem kleinen Badezimmer hinter sie. »Darf ich mich versuchen, Li...?«

Sie schluckte und nickte. »Nun sag es schon!«

»Liebes.«

Anna grinste ihm im Spiegel zu, und er machte einige zögerliche Schnitte mit der Schere. »Jetzt ist es perfekt, dein Haar wie ein kupfergoldener Zauberrahmen für ein Portrait einer wundervoll aufregenden Frau.«

Anna schüttelte den Kopf. Wie unsicher der Kriminalhauptkommissar plötzlich wirkte! Sie wusste, dass es ihm genauso schwerfiel wie ihr, den nächsten Schritt Richtung Versöhnung zu gehen. Also drehte sie sich einfach um und umklammerte ihn so fest, dass er nach Atem rang. »Entschuldigung! Von ganzem Herzen.«

»Ach, Liebes, ich muss mich bei dir entschuldigen. Ich hätte mehr Rücksicht auf dich nehmen müssen. Mal wieder.« Auch er schlang seine Arme um sie. Es schien, als fielen in dieser Umarmung alle Anspannungen von ihm ab. Die ganze Last, die er trug, ruhte nun mit ihm auf ihrer Schulter.

»Das heißt, der zweite Tanz nach Mitternacht gehört mir? Du darfst dich auch auf meine Füße stellen.« Er lachte, als sie ihm mit Nachdruck, aber liebevoll auf den Oberarm klatschte.

»Ich hab' dich lieb, Dobbs.«

»Ich habe dich auch lieb, Anna.«

Es klopfte stürmisch an der Wohnungstür. »Das wird Paul sein«, schloss Anna und trat aus dem kleinen Badezimmer.

»Paul klopft? Hat er keinen Schlüssel?«

Darauf wusste sie auch keine Antwort. Es klopfte nochmals. Eindringlicher.

»Ich gehe. Bleib du hier.« Dobbs öffnete den Klettverschluss an seinem Holster und lief durchs Wohnzimmer und die Küche zur Tür. »Frau Vaupel? Dobbs?«, hörten sie eine aufgeregte Frauenstimme durch die Tür rufen, bevor Dobbs diese öffnete. »Ihr hört keinen Funk, oder?«

»Was ist?«, fragte Dobbs, und Anna kam aus dem Bad geschossen.

»Paul Heusers Auto ist aufgefunden worden.«

Dobbs drehte sich sofort besorgt zu Anna um. Doch die stand bereits in Jacke und mit Umhängetasche entschlossen hinter ihm.

»Noch etwas«, sagte Dobbs' Kollegin. »In Heusers Auto wurde der vermisste Julien Pinschmidt gefunden. Er saß im Wagen, war aber nicht ansprechbar. Er wird aktuell ins Klinikum gebracht. Skopolamin konnte schon nachgewiesen werden. Ebenso fand man Rückstände an der Autoscheibe auf der Fahrerseite von außen. Kommissarin Gade-Gnau ist auch schon dort und hat bereits die Suchhunde geordert, ein Großaufgebot durchsucht zudem auch wieder den Wald.«

»Es ist wichtig: Wo waren der Wagen und Pinschmidt?«, fragte Anna.

»Hier gleich um die Ecke. Oben am Waldrand. Am Fuße der Lahnberge.«

Am Fuße der Lahnberge.

»Keine hundert Meter von unserer Haustür entfernt? Keine hundert Meter von den wachenden Polizisten im Auto? Er wird größenwahnsinnig, übermütig vielleicht. Denn wer entführt sonst Michel, einen großen, starken Polizisten? Und zudem dann noch mal jemanden, der für die Polizei arbeitet, auch wenn Paul vielleicht rein äußerlich ins Beuteschema passt? Der Täter ist selbstbewusst und inzwischen überheblich. Dobbs, ich gehe davon aus, dass die anderen Opfer dem Täter etwas bedeuteten, vielleicht irgendwen ersetzen sollten. Doch jetzt scheint es neu gewichtet. Er verhöhnt uns zudem. Die Marburger Polizei und auch mich. Wieso denn sonst Paul?«

»Wahrscheinlich, weil er bislang nicht geschnappt wurde und sich noch immer in Sicherheit wiegt«, erklärte Dobbs mit seiner sanftesten Stimme. Anna war nun nicht mehr nur wütend, sie war konzentriert und herausgefordert. Das glich einem Angriff auf ganz anderer Ebene. Dobbs durfte sie nun nicht ablenken, sonst gewann die Wut, und ihr brillanter, analytischer Verstand würde unterliegen.

»Und das macht ihn unberechenbar. So hart es klingt: Michel und Paul schweben in Lebensgefahr!«, sagte Kiki ernst.

Anna schluckte. Denn dass sich Michel und Paul in ernsthafter Gefahr befanden, war auch ihr klar.

»An was denkst du, Anna?«, fragte Dobbs, als er sah, dass ihre Nase zuckte. »Jeder deiner Gedanken ist Gold wert.«

»Wir gehen recht in der Annahme, dass ein Zufall auszuschließen ist, oder?«

Kiki und Dobbs nickten.

»Das heißt, entweder weiß der Täter, wer Paul ist …«

»Das hatten wir bereits vermutet, Anna. Deswegen Pauls Einsatz bei der OE«, fiel ihr Kiki ins Wort.

Mit einem Blick stellte Dobbs seine Kollegin auf stumm. Anna sollte ihre Gedanken darlegen dürfen, sie sollten nicht ausgebremst werden.

»Richtig, sorry, Kiki. Oder der Täter hat ihm hier aufgelauert, weil er sicherlich weiß, wo wir wohnen. Durch das Impressum des Blogs. Meine Schuld also. Oder er ist ihm gefolgt. Ab der Polizei in Cappel. Wurde nach Spuren eines zweiten Autos gesucht?«

»Klar. Wir fanden aber nichts Eindeutiges.«

»Hattest du etwas gesehen, als du ihn verabschiedet hast? Ist dir etwas Auffälliges …«, begann Dobbs.

Doch Kiki verneinte seine Frage mit einem Kopfschütteln, bevor er sie fertig formuliert hatte.

Kiki plagten Schuldgefühle. Sie hatte, schon als Paul vom Parkplatz gefahren war, geahnt, dass es eine dumme, nachlässige Idee gewesen war, Paul alleine heimfahren zu lassen. Jemand hätte ihn nach Hause geleiten müssen. »Ich habe bereits versucht, die Entführung anhand der gefundenen Spuren zu skizzieren. Der Täter muss den Schutz des Waldes genutzt haben, um Paul unterwegs aufzulauern. Vermutlich hat er Pinschmidt dazu gebracht, sich totzustellen oder anderweitig Pauls Auto anzuhalten. Der Täter muss gewartet haben, bis Paul die Scheibe ein Stück runtergefahren hatte, um ihm dann Skopolamin ins Gesicht zu sprühen. Er konnte sich nicht dagegen wehren.«

Anna nickte. »Der Täter ist gut vorbereitet gewesen. Er wusste, dass Paul hier entlangfährt. Und ich wette, dass er ihn an der Mensa gesehen hat. Er war ebenfalls da! Vielleicht hat Paul ihn auch gesehen. Wie kann ich mir die Daten der Brillenkamera anschauen?«

»Dobbs? Begleitest du Anna in den Bus? Das ist eine gute Beschäftigung für euch Profiler.«

Im Bus war es eng. Dobbs setzte sich neben sie, und sie starrten minutenlang ohne Ergebnis auf den großen Monitor. Die schnelle Bewegungsabfolge aus Pauls Perspektive überforderte Dobbs' Konzentration mehr und mehr. Seine Übermüdung und die Ereignisse des Tages taten ihr Übriges. Er rieb sich die Augen. Nach einer Stunde Videoschauen war er endgültig ausgebrannt.

»Schließ die Augen«, sagte Anna bestimmt. »Wenn ich etwas finde, sag ich es dir.«

Drei Minuten später kippte Dobbs' Kopf laut grunzend nach hinten an die Kopfstütze. Anna unterdrückte ein Kichern. Doch genau dann entdeckte sie ein Männergesicht, das Paul kurz und scheinbar unbemerkt ansah. »Dobbs! Dobbs! Da!«

Er rappelte sich wieder auf und schüttelte sich wach. »Spul' mal ein Stück zurück. Sieht man, wo der herkommt? Oder sieht man mehr von ihm als nur die Baseballkappe und den kurzen Augenblick eben?«

Anna notierte sich die Zeitanzeige. »Ich schaue nach. Schlaf weiter.« Doch an Schlaf war für Dobbs nicht mehr zu denken. Er beobachtete Anna, wie schnell sie die Technik zu bedienen gelernt hatte und mit Eifer und Genauigkeit die Gesichter und Blicke auf dem Video analysierte. Alles, was er in Jahren harter Arbeit und im Studium nebenbei mühevoll hatte erlernen müssen.

»Hab' ich dich, Arschloch!«, schrie sie plötzlich.

»Suche weiter. Du hast noch über eine Stunde Material. Da kann noch viel passieren. Außerdem wirkt er zu jung. Der ist keine vierzig.«

»Du hast recht. Aber können wir den schon mal suchen lassen? Geht das?«

Dobbs nickte und stand auf, um den Bus kurz zu verlassen. Ein uniformierter Polizist in Dobbs' Alter kam herein und setzte sich an den Bildschirm gegenüber von Anna. »Bei einer Stunde zweiundfünfzig siebenunddreißig?«, fragte er, und Anna ergänzte: »Und vier Millisekunden. Mann um die dreißig Jahre mit eckigem Kinn und Baseball-Cap. Etwa ein Meter neunundachtzig groß.«

Dobbs, der soeben wieder in der offenen Tür erschien, staunte nicht schlecht. »Wie?«, fragte er tonlos.

»Paul ist ein bisschen größer als ich. Ich bin eins vierundsiebzig. Der Mann ist deutlich größer. Schätzungsweise so groß wie du. Und wie groß bist du, Dobbs?«

»Morgen oder abends?«

Anna blinzelte ihn an und spielte das Video weiter unbeirrt ab.

»Verdammt«, rief sie wiederum ein paar Minuten später. »Der hier fällt mir auch zu sehr auf. Wieder ein Mann. Vierzig bis fünfundvierzig Jahre alt. Das passt. Durchschnittlicher Typ. Etwa eins neunzig. Straßenköterblond.«

Dobbs' Kollege starrte Anna an. Als sie ihn dabei ertappte, grinste er verlegen. Er reichte ihr seine Hand. »Ich bin übrigens Ralf.«

»Anna«, schmunzelte sie.

»Welches Kommissariat?«

»Hm?«

»Wo arbeitest du, Kollegin?«

Doch bevor Anna antworten und Ralf aufklären konnte, tat es Dobbs: »Mit ein bisschen Glück für uns ist sie bald wirklich eine Kollegin.«

Dass Kiki plötzlich in der Schiebetür erschien, ließ Anna nichts Gutes ahnen. »Dobbs, kommst du mal bitte?«

Sie merkte, dass Kiki etwas vor ihr zu verbergen versuchte. Anna schluckte, gab Ralf am Tisch gegenüber jedoch schnell die betreffende Zeit durch. »Kann man mit den Bildern etwas anfangen? Genügen sie, um eine Person in eurem System zu finden?«

»Ob es klappt, sehen wir, wenn es geklappt hat. Es wird aber vermutlich dauern. Gib mir Zeit.«

Schnell schaute sie die verbleibenden drei Minuten Material durch. Sie interessierte brennend, was draußen los war, und verließ den Bus, nicht ohne Ralf viel Glück zu wünschen.

Weitere Hilfskräfte waren zum Fundort des Autos gekommen. Ein Hubschrauber kreiste über ihnen. Sie hatten, den Gesprächen nach, den Wald durchsucht.

Anna erstarrte, als sie sah, was Dobbs in seinen Händen hielt. Pauls Jacke. Daran war Blut. »Wo?«, fragte sie atemlos.

»Am Fernheizwerk.«

»Das Blut ist frisch, also muss da oben eben erst etwas passiert sein. Scheiße!«

Annas Beine begannen zu zittern, dann nahm sie alles um sich herum nur noch sehr dumpf wahr. Dobbs schaffte es gerade noch so, sie zu halten, bevor sie bewusstlos zusammenbrach.

18

ZUM GEBURTSTAG VIEL GLÜCK

Samstag, 4. Oktober

Sie wusste nicht, wo sie war, als sie erwachte. Nur langsam wurde ihr bewusst, dass sie in einem Rettungswagen lag. Ein junger Sanitäter hängte einen Infusionsbeutel über sie, der mit dem Schlauch zu der Nadel in Annas Armbeuge führte.

Sie blickte sich verwirrt um, sah Dobbs verschwommen in der offenen Tür an ihrem Fußende stehen. »Hallo, Liebes, willkommen zurück!«

»Was's bassiert?«, krächzte sie. »Paul?«

»Du warst unterzuckert und dehydriert«, sagte eine freundliche, tiefe Stimme neben ihr. Und als dann auch noch eine weitere Männerstimme hinter ihr zu ihr sprach, war sie peinlich berührt. »Dir wird es schnell wieder besser gehen.«

Als der Nebel in ihrem Kopf sich lichtete, spürte sie auch schon bald ihre Kräfte zurückkommen und bekam langsam wieder Gefühl in Händen und Füßen. Doch wenn Dobbs dort unten stand, wer saß neben ihr und streichelte ihre Hand? Sie drehte ihren Kopf vorsichtig nach links und sah in Theos dunkelblaue Augen. »Du?« Ihre Stimme war nicht mehr als ein Krächzen.

Er grinste vielsagend, und Anna versuchte, sich langsam aufzurichten. »Bitte noch ein bisschen liegen bleiben«, mahnte der Sanitäter. Wieso machte sich Anna nun plötzlich Sorgen, dass ihre Haare gut lagen und ob sie irgendwie schwach und gebrechlich auf Theo wirken könnte?

»Ah, super. Dein Blutdruck ist soeben wieder auf dem Weg nach oben«, feixte Theo. »Das sehe ich mal als Lob für meinen Anblick.«

Und genau in dem Moment fiel Anna ein, woher sie ihn kannte. Sie starrte ihn an und öffnete ihren Mund, doch es kamen keine Worte heraus, nur Gestammel. »Du … Auto … Unfall … gerettet … hast mich getragen. Danke!«

Er legte seinen Kopf schief. »Du weißt es wieder?«

Anna sammelte sich. »Wie konnte ich das nur vergessen?« Jetzt ergriff sie seine Hand.

»Na ja, nach so einem Unfall hätte ich mir auch nicht das Gesicht des Feuerwehrmannes gemerkt, der mich auf Händen getragen hat. Und an dessen Ausrüstung mein Blut klebte. Gut, dass du so …«

Ihr Blick forderte ihn heraus. »Dass ich was?«

»… kurz bist.«

Fast hätte sie sich echauffiert. Sie war nicht kurz.

»Pah! Ich hab mich absichtlich schwerer gemacht. Damit du mich nicht vergisst.« Prüfend sah sie ihm tief in die Augen, um heiser zu flüstern: »Dein Gesicht werde ich nie wieder vergessen.« Ihre Wangen wurden puterrot. Seine daraufhin ebenfalls.

»Sehr gut. Ich nehme dich beim Wort, Kurze.«

Dobbs, der schon ein paar Sekunden wieder in der Tür stand, wollte die beiden nicht stören, nutzte aber ihr verlegenes Schweigen als Chance. »Anna, ich fahre jetzt mit den Kollegen hoch zur Fundstelle der Jacke. Ich bitte dich darum, entweder zu Hause zu warten oder dich in eines der Krankenhäuser fahren zu lassen. Ein Kollege wird dich begleiten und bei dir bleiben.«

»Ganz sicher nicht!« Anna setzte sich mit einem Ruck auf und schwang ihre Beine von der Liege. Sie kämpfte kurz gegen den Schwindel an, und Theo reichte ihr seine Hände, um ihr Halt zu geben. Anna forderte ihn auf, sie von der Nadel zu befreien. »Los, raus damit, sonst mache ich es selbst!«

Wieso hatte er so etwas nicht geahnt, fragte sich Dobbs. Theo sah ihn an und zuckte mit den Schultern. Doch dann zog er die Nadel aus der Ellenbeuge und klebte Anna mit einem Pflasterstreifen einen Tupfer auf die Einstichstelle. Ganz sicher machte er das nicht zum ersten Mal, denn er zeigte ihr ebenfalls, dass sie den Arm noch ein paar Minuten anwinkeln sollte.

Kaum war er fertig, drückte Anna sanft seine langen Beine zur Seite, und sagte höflich: »Entschuldige bitte, Theo, du Langer. Und mir tut der Verlust eures Kameraden Elias sehr leid, und ich würde mich wirklich gerne mit dir irgendwann in Ruhe darüber unterhalten, aber ich muss jetzt meinen besten Freund retten. Bis bald!«

Sie zwängte sich durch den schmalen Gang zur Hintertür des Wagens, wo Dobbs ihr bereits den helfenden Arm entgegenstreckte. Sie schlug seine Hand weg und sprang aus dem Rettungswagen. Er wusste, wie er ihr Verhalten einzuordnen hatte. Dafür musste er noch nicht einmal Profiler sein.

Anna wusste nicht, wie viel Zeit vergangen war, seit sie zusammengeklappt war. Die Welt außerhalb des RTW hatte sich jedoch nur wenig verändert. Noch immer wurden die nächtlichen Häuserfassaden und die angrenzenden Bäume am dunklen Waldrand von den rhythmisch zuckenden Blaulichtern erleuchtet. Noch immer standen für Annas Geschmack zu viele Einsatzkräfte nutzlos herum und diskutierten.

»Kommt ihr noch mal alle bei mir zusammen?«, bat Kiki laut, und die Helfer strömten herbei. »Wir benötigen hier unten nur noch eine Streife, und auch der Bus bleibt vor Ort. Den Rest würde ich bitten, von hier aus den Wald erneut zu durchforsten und dann oben auf uns andere am letzten bekannten Standort des Signals zu treffen. Die Daten kriegt ihr auf eure Handys.«

Anna verstand nicht. »Welches Signal meint Kiki?«, fragte sie Dobbs, und er zog sie ein Stück zur Seite. »Wir hoffen, den zusätzlichen GPS-Tracker, den ich vorhin unbemerkt in Pauls Hosentasche gesteckt habe, zu finden.«

»Du hast was getan?«, rief sie entsetzt, aber zugleich überglücklich und hoffnungsvoll. Denn somit hatten sie zwar einerseits eine echte Chance, Paul wiederzufinden, doch hatte Dobbs ihn andererseits damit auch erneut in Gefahr gebracht. »Ja, Anna, wir haben fest damit gerechnet, dass er entführt wird. Wussten aber eben nicht, wann. Wir haben das Signal oben im Wald verloren.«

Wieso war es nur ein läppischer GPS-Tracker, den sie ihm untermogelten? Und wieso war das heimlich passiert?

Er sah an ihrem Blick, dass sie wieder vollkommen bei Kräften war und die Wut erneut in ihr aufbrodelte. »Wie du so schön sagtest vorhin: Paul ist nicht für so etwas ausgebildet. Wir wollten, dass er sich möglichst natürlich verhält, was er nicht tun würde, wenn er von dem Tracker gewusst hätte. Wir ahnten schon, dass, wenn er entführt würde, es nicht dann stattfindet, wenn wir es planen. Wie vorhin am Erlenring«, versuchte er sie zu besänftigen. Er war sich nicht sicher, ob es ihm gelungen war. »Menno, Anna! Du kannst nicht schon wieder sauer auf mich sein. Das ist mein verdammter Job, herrje! Merk dir das!«, ermahnte er sie.

Beinahe hätte sie ihm den drohenden Zeigefinger gezeigt, doch sie kniff die Augen zusammen und funkelte ihn aus diesen grünbraunen Schlitzen an. »Ob ich sauer bin oder nicht, überlege ich mir noch, merk du dir das! Ich weiß nämlich gerade wirklich nicht, ob ich dich ohrfeigen oder küssen soll. Ohrfeigen dafür, dass ihr Paul schamlos ausnutzt. Und ihn zu allem Überfluss derart gefährdet. Oder aber dafür küssen, dass du wenigstens an den GPS-Tracker gedacht hast. Denn der Täter hatte Paul vermutlich schon längst auf seiner Wunschliste stehen.«

»Na ja, verdient hätte ich de facto beides, Ohrfeige und Kuss.« Er atmete mehr oder weniger erleichtert aus und umarmte sie, auch wenn sie sich anfänglich sträubte. Er zog Anna einfach an sich und hielt sie nun fest umklammert. Ob sie wollte oder nicht. Da drückte er ihr überraschenderweise einen dicken Kuss auf die Wange. »Ach übrigens, Liebes: alles Gute zum Geburtstag!«

Kiki kniff Anna in die Wange. »Zum Geburtstag viel Glück!«

»Danke. Glück können wir jetzt wirklich gut gebrauchen!«

»Also muss ich davon ausgehen, dass du nicht ins Krankenhaus willst, um dich durchchecken zu lassen?«

Anna brauchte Dobbs nur kurz anzuschauen und ihre Augenbrauen vielsagend hochzuziehen. Er nahm seine Frage zurück. Jedoch nicht ohne ein widerwilliges Schnauben. »Na, dann los! Wir fahren hoch in den Wald.«

»Ich schließe mich an«, sagte eine tiefe Stimme hinter ihr und berührte Anna sanft an der Hand. Sie drehte sich um. »Danke, Theo. Ich schulde dir schon wieder etwas.«

»Ach, macht nichts. Ich sammele so lange Pluspunkte, bis du sie vielleicht mal gegen ein Abendessen mit mir eintauschst.«

Sie strahlte ihn an. »Deal! Solange ich nicht selbst kochen muss.« Jetzt wiederum strahlte er sie an.

»Moment!«, rief plötzlich jemand von hinten. »Doktor Dobrowolski! Anna! Ich habe etwas! Das System hat zwei Namen ausgespuckt.« Ralf, der Polizist aus dem Bus, winkte Dobbs heran, und Anna begleitete ihn. Er hielt ihnen die Fotos entgegen: »Das ist Axel Trommershausen, wohnhaft am Richtsberg. Der andere ist Andreas Scherer, wohnhaft in Oberweimar.«

»Ihr habt die Adressen? Super! Dann los. Attacke! Ihr die eine Adresse, wir die andere!«, rief Anna und stürmte in Richtung von Dobbs' Auto.

»Moment! Das geht nicht so einfach!«

»Nicht? Wieso? Was, wenn einer der beiden Paul dort hat? Wir müssen die Häuser durchsuchen. Schnell!«

Dobbs verkniff sich ein Grinsen. »Trotzdem müssen wir uns an unsere Gesetze halten. Wir fahren jetzt nicht zu denen und durchsuchen einfach so die Wohnungen. Es sind doch nur Annahmen, und es ist mitten in der Nacht. Das dürfen wir de lege lata, nach geltendem Recht, nicht. Und eine Durchsuchung machen wir auch nur dann, wenn der Richter zustimmt, ohne Beschluss passiert nichts.«

»Aber ist das nicht Gefahr im Verzug oder wie das heißt, mit dem ihr alles begründet?«

»Nein, ist es nicht. Dass du und ich den Blick eines Mannes auf einem öffentlichen Platz analysiert haben …« Ein Schnauben von Anna unterbrach ihn, sie wusste, was er sagen wollte. »Selbst wenn wir jetzt den Bereitschaftsstaatsanwalt wecken, wird er in diesem Einzelfall sicherlich negativ entscheiden, weil es nicht gerichtsverwertbar ist.« Dobbs merkte jedoch schnell, dass diese Begründung nicht genügte, um Anna zu überzeugen. »Wenn ich den Paragrafen des Gesetzes wüsste …«

Ralf half aus: »Paragraf einhundertvier Strafprozessordnung. *Zur Nachtzeit dürfen die Wohnung, die Geschäftsräume und das befriedete Besitztum nur in folgenden Fällen durchsucht werden …*«

Anna unterbrach ihn mit einem strafenden Blick und drehte sich genervt um. »Wieso ist das im Fernsehen immer so einfach? Die Realität ist doch einfach nur Mist.« Nun schnaubte sie trotzig. »Was machen wir jetzt?«

»Ich gehe jetzt erst mal ans Telefon, und dann lassen wir die Nachtschicht ran. Denn eigentlich sind unsere Arbeitszeiten gut geregelt. Manchmal zumindest.«

Dobbs holte sein klingelndes Handy aus der Schutzweste, die er sich angelegt haben musste, als Anna ohnmächtig gewesen war, und bevor er den Anruf entgegennehmen konnte, fluchte Anna laut und entschlossen: »Gut, dass ich noch keinen Arbeitsvertrag unterschrieben habe. Ich darf also weitermachen!«

Dobbs verdrehte die Augen, hielt sie am Arm fest und befahl geduldig: »Du kommst mit! Oder soll ich dich an mich fesseln?« Kopfschüttelnd nahm er den Anruf entgegen. »Marvin, was ist los?«

Anna konnte von dem Gespräch nichts hören, merkte aber sofort, dass etwas nicht stimmte. Dobbs suchte Blickkontakt zu ihr. »Verdammt. Okay. Ja. Ich schaffe sie hier weg.« Auf ein Handzeichen von Dobbs war Anna von Polizeibeamten umstellt, die ihr alle den Rücken zudrehten und mit ihren Blicken die Fenster der Häuser in der Straße absuchten, mit den Händen an ihren Waffen. Anna wurde nervös. »Okay, ich überlege mir etwas«, sagte Dobbs zu Marvin und beendete das Gespräch.

»Was …«

»Zieh sofort eine Weste an!« Ein Kollege gab ihr seine Polizeiweste und legte Anna diese so schnell an, dass sie nicht wusste, wie ihr geschah. »Ist jemand von uns bei ihrer Wohnung?«

»Dobbs, was ist hier los?«

»Du musst hier weg!« Aus seinen Augen sprach deutlich die Angst. »Wir bringen dich an einen sicheren Ort. Sofort!«

Sie widersprach nicht und fand sich plötzlich in geduckter Haltung, geschützt von vier Beamten, wieder, die sie in einen Streifenwagen verfrachteten. Anna bekam noch mit, dass Theo ebenfalls zu einem Streifenwagen geleitet wurde. Beide fuhren zügig los. Anna sah sich um, vor ihr waren zwei Polizeiautos und hinter ihr drei. Sie wusste nicht, in welchem Theo und Dobbs saßen und wohin sie gebracht wurden, doch sie alle fuhren auf der Stadtautobahn Richtung Süden. Anna saß mit drei ihr fremden Beamten im Wagen. »Weiß einer von Ihnen, was überhaupt los ist?«

Der Beifahrer drehte sich zu ihr um und erklärte: »Wir haben über Funk nur erfahren, dass es eine Drohung gegen Sie gab.«

»Eine Drohung? Gegen mich?« Anna fühlte sich plötzlich kraftlos, sie dachte an Theo. »Auch gegen den Feuerwehrmann?«

»Das klären wir gleich. Wir fahren zur Direktion.«

Enttäuscht, den Täter nicht verstehen zu können, sah Anna aus dem Fenster. Sie hatte Fragen.

Das nachtdunkle Marburg, das mit seinem beleuchteten Schloss auf dem Hügel rechts neben ihr sonst so friedlich schien, fühlte sich plötzlich bedrohlich an. Auch wenn sie nun in Sicherheit war. Die Straßen waren leer und übersichtlich, was Anna zusätzlich beunruhigte. Denn auch für Marburger Verhältnisse waren sie zu ruhig und zu leer.

Als die Wagen das Tor der Direktion passiert hatten, fühlte sie sich sicher. Wie gewohnt griff sie zum Türgriff des Wagens und wollte aussteigen, als die Polizistin neben ihr sie zurückhielt. »Warten Sie. Lassen Sie uns erst absichern.« Es verstrichen beängstigende Sekunden, bis plötzlich wieder alles furchtbar schnell ging. Sekunden später fand Anna sich im spärlich beleuchteten Foyer des Polizeigebäudes wieder. Sie sah sich vorsichtig um. Wo waren Dobbs und Kiki? Wo Theo? Ging es ihnen allen gut? Sie konnte keinen von ihnen entdecken. Auch hatte Anna in der Wagenkolonne Dobbs' Auto nicht gesehen. Das ansonsten weiß gestrichene Foyer kam ihr nun beinahe blau vor, so viele Beamten waren hierher zu ihrem Schutz gekommen oder einfach so dazugestoßen. Sie fühlte sich angestarrt. Aber in Sicherheit. Das große Gemälde hinter der Sitzgruppe hatte eine beruhigende Wirkung auf sie. Und als sie sich nach rechts drehte, fiel ihr ein übermannshohes Werbebanner auf. Darauf wurde für die Ausbildung bei der Polizei geworben. Zuversichtliche Gesichter waren darauf zu sehen. Anna atmete tief ein. Sie war sicher.

»Folg mir bitte, Anna. Wir bringen dich in Gewahrsam«, sagte irgendwer und packte sie am Arm. Sie hatte die Übersicht verloren und war einfach nur froh, dass ihr irgendjemand sagte, was sie tun und wo sie hingehen sollte.

Anna wurde durch das hell erleuchtete Treppenhaus in das Kellergeschoss hinuntergeführt. Sie war so lange nicht hier gewesen. Zuletzt vor Jahren bei Dobbs' privater Führung, kurz nach ihrem Kennenlernen.

Es roch nach Abgasen, durch eine geöffnete Tür sah sie Autos in der Tiefgarage stehen. Wieso war die Tür zu den Autos offen, da käme doch jeder an sie heran? Sie war zutiefst beunruhigt. Doch dann erinnerte sie sich nochmals daran, wo sie war. Sie war sicher. Wo wäre es sicherer als bei der Polizei? Oder nicht?

Anna wurde in einen dunklen Gang geführt, bis jemand das Licht anschaltete. Zu ihrer Rechten und ihrer Linken befanden sich schwere Türen, alle standen offen. Wieder spürte sie nichts mehr außer der unendlichen Trauer und Verzweiflung wegen Paul und Sorge um Michel, Dobbs, Theo und Kiki. Sie fühlte sich trotz ihrer uniformierten Begleiter allein und verunsichert.

Dumpf folgte sie durch eine schwere Metalltür in ein steriles kleines Zimmer. Grau-braune Wandfliesen, grau-braune Bodenfliesen und ein gefliester Mauervorsprung, auf dem ein flaches, weißes Polster lag. Gelbliches Licht einer Neonleuchte. Mehr nahm sie nicht wahr.

»Keine Sorge, wir lassen die Tür offen. Toiletten und Waschbecken sind gegenüber auf dem Gang, aber hier können Sie ein wenig zur Ruhe kommen«, sagte eine freundliche Polizistin, doch Anna reagierte nicht. Sie realisierte erst, wo sie war, als sie sich auf der Liegefläche zusammenkauerte. Vermutlich gab es derzeit wirklich keinen sichereren Platz für sie als eine Gefängniszelle. Doch die anderen waren nicht in Sicherheit. Sie waren nicht hier.

Die Worte: »Hier kannst du ein wenig zur Ruhe kommen«, waren das Letzte, woran sich Anna erinnern konnte, bevor sie sich wie ein verletztes Tier zusammengerollt hatte und leise weinte. Als sie aufwachte, wusste sie nicht, wie lange sie hier schon gelegen hatte. Lange konnte es jedenfalls nicht gewesen sein, denn ständig lief jemand auf dem Gang draußen vorbei, schaute nach ihr, oder irgendwelche Autotüren knallten. Andauernd schreckte sie auf. Andauernd fürchtete sie, dass ihr etwas angetan werden könnte.

Doch dann erschien endlich ein bekanntes Gesicht in der Tür mit Wolldecken unter dem Arm, und Anna war schlagartig beruhigt. Dobbs trat an sie heran, und sie umklammerte ihn erleichtert. »Dobbs, was war denn los? Es ging alles so schnell. Die Kollegen wollten oder konnten mir nichts sagen.«

Dobbs, der wirklich erschöpft aussah, setzte sich neben sie auf die Liege, lehnte sich an die Wand hinter ihnen und atmete schwer. »Auf deinem Blog«, jetzt atmete Anna schwer, und Dobbs nahm ihre Hand, »hat jemand einen Kommentar veröffentlicht.«

Sie sah ihn traurig an. »Sag schon. Wieder so etwas Ekelhaftes wie damals?«

»Nein. Marvin von der Cyberkriminalität schlug vorhin Alarm, denn der Täter schrieb, dass dir deine neue Frisur sehr gut steht.«

Anna lachte. Dann weinte sie. Und dann folgte eine Mischung aus beidem. »Dahinter stand jedoch noch ein weiterer Satz, deswegen musste es schnell gehen. Er schrieb: *Dein Haar so schön, so rot wie Blut*.« Dobbs legte seinen Arm um sie und zog sie an sich heran. Sie zitterte.

»Wo sind Theo und Kiki? Sind sie sicher?«, schniefte Anna mit dem Kopf an Dobbs' Schulter gelehnt. Mit einer Hand versuchte er, eine Decke um ihre Schultern zu legen.

»Kiki ist zu Hause bei ihren Kindern. Und Theo wurde nach Gießen gebracht. Er steht unter Polizeischutz, auch wenn keine Drohung gegen ihn vorliegt. Vermutlich schlafen beide schon. Das sollten wir auch tun.«

»Sollten wir nicht viel eher einen Schlachtplan machen, wie wir ihn fangen können?«

»Nein«, sagte er energisch. »Dafür müssen wir ausgeruht sein. Mach dich nicht kaputt. Ich brauche dich wach und klar!«

»Aber Dobbs, ich glaube, er hat das nur kommentiert, damit wir abziehen. Das heißt für mich, irgendjemand aus dem Suchtrupp war nah am Täter, deswegen hat er die Drohung geschrieben. Wenn ihr herausfindet, wer nah dran war, habt ihr ihn bald! Er wollte, dass wir schnellstmöglich alle dort weg sind.«

»Und was ist, wenn er es wirklich auf dich abgesehen hat?«

»Warum sollte er? Ich bin für ihn nicht interessant genug und nur ein Mittel zum Zweck.«

Er räumte seinen Platz auf der Liege. »Jetzt wird geschlafen.« Er breitete eine der Wolldecken auf dem Fußboden aus.

»Willst du etwa wirklich auf dem Boden schlafen?« Es kam Anna unrecht vor.

»Ja, solange du jetzt dort auf der Liege schläfst, ist das Stückchen Boden hier unter mir mein bester Freund.« Er ließ sich angestrengt in den Schneidersitz sinken. Verzweifelt versuchte er, eine geeignete Position zum Ruhen einzunehmen.

»Dobbs, bitte. Nimm du die einigermaßen bequeme Liege. Ich kann auch im Sitzen auf dem Boden schlafen.«

»Keine Widerrede. Schlaf!«

»Komm schon, dir tut sonst morgen sicherlich alles weh.«

»Tut es jetzt sowieso schon«, stöhnte er. »Also, alles gut.«

»Du bist so stur!«

Jetzt lachte er laut. »Was bist dann du? Schlaf! Sofort!«

»Dobbs?«

»Anna … Ruhe jetzt! Sonst lege ich dir die Acht an und knebele dich dann.« Er lehnte sich an den Mauervorsprung, und schon bald war sein Kinn auf die Brust gekippt, und von ihm waren nur noch tiefe Atemgeräusche zu hören.

»Dobbs?«

»Anna, verdammt …«

»Dobbs, ich habe dich lieb.«

Er holte Luft, um ihr zu antworten.

»Verlass mich nicht, Dobbs.« Dann schlief sie erschöpft ein.

Anna erwachte nicht viel später von einem weiteren Geräusch auf dem Gang vor den Zellen. Als sie registrierte, wie sie dort lag, war sie schlagartig wach. Schnell und vor allem peinlich berührt drehte sie sich zurück in eine normale Schlafposition. Sie war auf dem Bauch erwacht, ihr linker Arm war um Dobbs' Brustkorb geschlungen, der vor ihr auf dem Boden kauernd tief und fest schlief. Anna hatte der kurze Schlaf gutgetan. Allerdings sollte sie dringend etwas essen und trinken und vielleicht einmal in einen Spiegel schauen. Sie schälte sich vorsichtig aus ihrer Decke und legte diese Dobbs um. Sie wollte ihn nicht wecken und schlich sich leise aus dem Raum. Sie würde sich zuerst eine Toilette suchen und dann für sie beide irgendwo Frühstück auftreiben.

Eine erste Toilette war tatsächlich schnell gefunden, doch Anna weigerte sich, diese zu benutzen. Das Metallklo war zwar sauber, aber nicht sonderlich gemütlich. Die Hausgäste in den Gefängniszellen sollten sich scheinbar nicht zu wohl fühlen. Zudem war sie sich nicht sicher, ob sie die Tür, wenn sie sie von innen schloss, jemals wieder aufbekommen würde. Und dass Dobbs ihr beim Pinkeln zuschaute, wollte sie auch nicht riskieren. Zum Glück fand sie schnell ein normales WC in einem Gruppenraum, den sie zufällig entlang des seitlichen Korridors fand.

Etwas zum Frühstücken zu finden, war jedoch deutlich schwieriger. Vielleicht war gerade Pausenzeit oder alle waren im Einsatz, doch Anna traf auf dem Flur niemanden. Sie suchte sich den Weg nach oben zurück ins Foyer, doch auch dort war keine Menschenseele anzutreffen. Noch nicht mal am Empfang, aber es war früh am Morgen, wieso sollte dort jemand sitzen? Vielleicht sollte sie an einer der Glastüren zu einem der zahlreichen Korridore klopfen? Immerhin sah sie dort das Licht mehrerer Bildschirme. Im Foyer war es leise und kalt, und es kam ihr irgendwie unwirklich vor. Sie kniff sich in den Unterarm, um zu prüfen, ob sie nicht träumte.

Sie würde warten müssen. Sie wandte sich um, wollte gerade den Weg zurück in den Keller suchen, als sie gegen den müden Dobbs rasselte. »Oh, du bist wach. Wollte dich schlafen lassen«, sagte Anna überrascht und fühlte sich sofort wieder sicherer.

»Keine Alleingänge, bitte. Die Kollegen haben dich über die Überwachungskamera herumspazieren sehen und mich über die Gegensprechanlage geweckt.« Er war nicht sonderlich gut gelaunt.

»Tut mir leid. Aber warum keine Alleingänge? Ich fühle mich hier sicher. Ist in Ordnung, Dobbs. Ich hatte jetzt sowieso genug Abenteuer für den Rest meines Lebens.«

Er nickte. »Glaube ich gerne, dennoch meinte ich das nicht, das weißt du. Wir sind beide hier im Haus nur Gäste. Na, komm. Wir gehen hoch ins Büro, dann treibe ich uns erst mal etwas zu essen auf. Und viel Kaffee.«

»Oh Gott, ja! Bitte!«

Es war weit vor Sonnenaufgang, und der Korridor und auch alle anderen Büros um Kikis waren noch verwaist. Anna stand vor der Aufstellwand, an der Bilder aller vermissten Studenten hingen. Sie fühlte sich verpflichtet, die Ermittlungswand zu aktualisieren, und holte Michels und Pauls Profilbilder aus der Fallakte, die auf Kikis Schreibtisch lag. Die Fotos legte sie auf den Kopierer und druckte sie aus. Ihr war es egal, ob sie das überhaupt durfte oder nicht.

Mit einem Magneten fügte sie die beiden hübschen Gesichter der Wand hinzu. Sie führte zwei Finger an ihre Lippen, küsste sie und berührte damit die Bilder. »Alles wird gut, ich verspreche es euch!«

Dann griff sie zum Marker und schrieb die beiden Namen zu den Bildern. Michel Uphoff. Paul Heuser.

»Ich glaube fest daran«, sagte Dobbs, und Anna zuckte zusammen, »dass sie wissen, dass wir an sie denken. Entschuldige. Aber du bist ganz schön schreckhaft.« Er stellte Tassen und einen Teller mit zwei belegten Brötchen und Obst auf den Tisch. »Weißt du, Anna«, betonte er und stellte sich zu ihr vor die Fotowand, »es gibt einiges, was ich nicht gut kann. Rücksicht nehmen auf Gefühle, zum Beispiel. Oder Emotionen zeigen. Doch ich bin ein guter Ermittler, behaupte ich mal. Wir werden die beiden finden und den Täter fassen. Vertraue mir! Und glaube mir, dieses Versprechen gebe ich sonst nicht.«

Sie würde Dobbs darauf nicht antworten. Er sollte solche Versprechungen auch ihr gegenüber nicht machen. Dankbar war sie ihm dennoch.

Sie wandte sich von ihm und auch von der Ermittlungswand ab und legte auf dem leeren Nachbartisch die Landkarte aus, an der Dobbs und sie all die Fundorte vermerkt hatten. Wie selbstverständlich suchte sie in Kikis Rollcontainer unter dem Schreibtisch ein Lineal und ein Haushaltsgummi.

»Anna?«

Sie antwortete nicht.

»Annaaa?«

Sie zog eine Linie mit dem Lineal, dann noch eine.

»Liebes?«

Auch jetzt reagierte sie nur zögerlich. Sie zog noch eine Linie und kratzte sich am Kopf, fuhr sich mit den Händen durch die nun deutlich kürzeren Haare. »Hier muss doch irgendwas sein. Wie sind diese Punkte miteinander verbunden?«

»Schluss jetzt! Hinsetzen!« Dobbs bekam sie unsanft am Arm zu packen und führte sie zum Frühstücksteller. Und tatsächlich schaffte sie es, einmal in ihr Brötchen zu beißen. Sie war wie besessen und hoch konzentriert. Ohne es zu bemerken, spielte sie aufgeregt mit dem Gummi an ihrem

Handgelenk. Dobbs beobachtete sie genau. Das musste ihr doch wehtun, dachte er sich. »Wieso machst du das mit dem Gummi? Hilft dir das beim Denken, dabei, dich zu fokussieren?«, fragte er neugierig und brachte sie damit aus dem Takt.

»Was? Oh. Huch. Nein. War nur in Gedanken. Es hilft bei gar nichts.« Sie lachte kurz und zog sich das Gummi ab. »Es ist nur, weil ...« Sie wuschelte ihre Haare mit den Händen durch, warf ihren Kopf nach vorne und wieder zurück und band sich mit dem Gummi einen kurzen, wild abstehenden Zopf weit oben am Hinterkopf. »Ich habe mich noch nicht an meine neue Frisur gewöhnt. Sie nervt etwas. Fällt mir die ganze Zeit ins Gesicht.«

Jetzt lachte auch Dobbs. »Ach so, ich dachte, vielleicht ist das eine Masche, um sich besser konzentrieren zu können, und ich kann sie mir von dir abgucken.«

»Nur wenn du Haare hast, die nerven. Aber ich glaube wirklich, ein kurzes rotes Zöpfchen würde dir auch ausgezeichnet stehen. Oder warte, wie nanntest du vorhin meine Frisur? Einen rotgoldenen Zauberrahmen. Mit deinem Hollywood-Gesicht kannst du doch alles tragen.«

Ob bewusst oder unbewusst, fasste er sich auf seinen kahlen Kopf. »Ach nee, danke. Passt schon.« Dann wurde er wieder ernst, und er zeigte vorwurfsvoll auf das Brötchen vor Anna. »Jetzt iss und trink! Vorher machen wir hier nicht weiter!«

»Ja, Papi«, erwiderte sie trotzig. Er sah sie prüfend an, während sie gespielt genussvoll in ihr Brötchen biss und dabei noch genüsslicher die Augen verdrehte. Dobbs wartete geduldig, bis Anna den Teller komplett leer gegessen hatte, dann räumte er ihn beiseite.

»Fangen wir jetzt endlich an?«, fragte er, und Anna nickte noch immer kauend.

»Gut, dann lass uns mal zusammenfassen. Der Täter entwickelt sich und hat mit Michel und Paul eine neue Phase begonnen.«

»Stimmt. Er ist abgerückt von seiner bisherigen Opferwahl. Gibt seine bislang risikoarmen Opfer auf und riskiert somit, die Macht zu verlieren. Wie ist er in diese zweite Entwicklungsphase geraten? Liegt es daran, dass er sich zu sicher fühlt, weil er nun weiß, ihr seid hinter ihm her und habt ihn noch nicht gefasst? Oder ist es krankheitsbedingt, weil er vielleicht einen schweren psychotischen Schub erlitten hat?« Anna machte sich Notizen. »Fest steht zudem seit letzter Nacht, dass er uns beziehungsweise mich beobachtet.«

»Das heißt, er ist eher auf unsere Aufmerksamkeit konzentriert und nicht bei seinen Opfern.«

»Was hat er davon, dass er sich an den Ermittlungsarbeiten ergötzt? Und wieso ist er nicht bei den Vermissten?« Sie weigerte sich, Michel und Paul Opfer oder Geiseln zu nennen. Oder Geschädigte, wie sie es von Fabi gehört hatte.

»Wir können zwar nur annehmen, dass er sich auch bei den anderen Opfern nicht dauerhaft aufgehalten hat, aber das Verhältnis zu seinen derzeitigen Opfern hat sich definitiv gewandelt. Ihre Bedeutung für ihn ist anders. Und sein Schema hat sich verändert, aber nicht sein Modus Operandi. Du sagtest ja bereits gestern, dass du davon ausgehst, dass die anderen Opfer dem Täter etwas bedeuteten, vielleicht irgendwen ersetzen sollten. Wie kamst du darauf?«

Anna nickte. »Das war eher ein Bauchgefühl. Aber ausschlaggebend dafür war die Tatsache, dass er ihnen nichts tut und sie sogar wieder laufen lässt. Wer geht so ein Risiko ein, wenn er keinen psychologischen oder auch sexuellen Nutzen davon hat? Und wieso waren es so viele Opfer? War er auf der Suche nach dem perfekten? Sie waren sich alle sehr ähnlich. Deswegen dachte ich, dass er die Opfer dafür zu nutzen versucht, jemanden zu ersetzen, den er vielleicht verloren hat. Für einen Sohn im Alter der Erstis ist er fast zu jung, will ich mal vorsichtig behaupten. Ich tendiere dazu, dass er einen Bruder oder einen Freund verloren hat. Wahrscheinlich sogar erst kürzlich, zeitlich eben mit Beginn der Taten. Das war der Stressauslöser. Möglichkeiten, solche Suchparameter über eure Datenbank zu suchen, gibt es wahrscheinlich nicht, oder?«

Dobbs schüttelte den Kopf. »Auch das funktioniert nur im Fernsehen. Ich meine, wir könnten sicherlich Todesmeldungen durchforsten, aber ohne Verbindung zum Täter wird das schlimmer, als eine Nadel im Heuhaufen zu suchen.«

Anna grübelte. »Sei ehrlich, was meinst du, was das neue Täter-Opfer-Verhältnis für Michel und Paul bedeutet? Wird er ihnen etwas antun?«

»Schwierig. Sie können ihm noch unwahrscheinlicher geben, was er sucht. Aber ich habe eine Idee. Sie wird dir sicher nicht gefallen. Und sie ist gefährlich.«

»Los, sag schon, mir ist inzwischen wirklich alles egal. Soll ich mich auch entführen lassen?«

Er sah sie erschüttert an, dann schluckte er eine Bemerkung herunter.

»Dobbs, wirklich. Auch wenn du mich jetzt bitten würdest, den ganzen Tag in der Zelle im Keller zu verbringen, tue ich das eben. Ab jetzt mache ich alles – sogar ohne Widerworte. Zumindest keine fiesen Widerworte.« Sie wirkte plötzlich gezähmt.

Er stand auf, ging zu ihr, nahm ihre kalten Hände und hielt sie fest umschlossen, während er sich auf dem Schreibtisch platzierte. Ihre Nasenspitze zuckte.

»Ey, zufällig stehe ich aber auf deine Widerworte.« Er wollte Anna aufmuntern. »Bleib bitte so, wie du bist. Ohne deinen Starrsinn komme ich nicht mehr zurecht.« Er hoffte, dass der Witz bei ihr gut ankam, und prompt boxte sie ihn auf den Oberarm. »Sehr gut, Liebes! Genau so brauche ich es!«

Und sie schloss sich ihm an: »Ich doch auch.«

»Noch einen Kaffee?«

Anna nickte und folgte ihm in die kleine Küche. Erst jetzt bemerkte sie, dass es bereits langsam hell wurde. »Du schuldest mir noch eine Antwort, Dobbs.«

»Ich weiß.«

»Dann … bitte sei ehrlich.«

»Ich denke, die Prognose, dass Paul und Michel das alles unbeschadet überstehen, sieht nicht so schlecht aus, wenn wir den Täter bei Laune halten. Ihn beschäftigen, ihn von Michel und Paul fernhalten. Dann wird er sie höchstwahrscheinlich länger leben lassen, und wir haben somit länger Zeit, sie zu finden. Und wie können wir ihn besser von den beiden ablenken als mit dir?«

Anna schluckte, versuchte aber, sich optimistisch zu zeigen. Sie musste vertrauen. »Dann baue ich jetzt voll auf deine Angriffstaktik und hoffe, dass Paul nicht vorher vor Angst stirbt. Oder ich nicht vorher Opfer von dem Arsch werde. Oder einen Mord begehe.«

»Wir fahren jetzt zweigleisig, um ihn bei Laune zu halten. Die eine Schiene ist dein Blog. Wir gehen quasi live. Sagt man das so?«

Anna nickte zustimmend.

»Die andere ist, dass wir präsent sind. Ihn reizen. Ihn beschäftigen. Ihn einladen, die Ermittlungen zu verfolgen. Wir drehen jetzt den Spieß um und machen Jagd auf ihn. Als Erstes werde ich meinen allerersten Blogbeitrag im Leben schreiben. Ist das aufregend!«

Anna lachte verzweifelt.

»Offiziell inoffiziell bin ich der Ansprechpartner, also derjenige, der erfahren verhandelt. Im Fachjargon heißt das Verhandler. Dann wirst du wieder etwas unter deinem Namen schreiben. Wir verraten unsere nächsten Schritte. Das wird ihn vermutlich vorerst ausreichend auslasten und etwas bei Laune halten.«

»Also klebt uns jetzt gleich beiden eine Zielscheibe auf der Stirn?«

Dobbs ließ das unbeantwortet, krempelte sorgfältig seine Hemdärmel hoch und ließ seine Finger über Kikis Computertastatur baumeln. »Dann kläre mich mal auf, bitte. Wie mache ich das jetzt? Wie geht das, so ein Blogbeitrag?«

Anna genoss den Anblick.

19

TAKTISCHER ANGRIFF

*Sehr geehrte Leser*innen dieses Blogs,*
vielen Dank für die rege Beteiligung.

Leider ist der Entführer der inzwischen fünfzehn jungen Männer immer noch auf freiem Fuß. Deshalb bitten wir nun offiziell die Marburger Bürgerinnen und Bürger darum, gemeinsam mit uns die Augen offen zu halten. Ihre Hinweise senden Sie bitte an die unten stehende E-Mail-Adresse.

Wir sitzen zwischen den Stühlen und müssen nun diesen Weg gehen. Denn wir wissen, dass der Täter aus Marburg kommt und auch diesen Blog verfolgt.

Deshalb: Wir bitten Sie darum, die beiden letzten Geiseln, unsere Kollegen, die derzeit noch in Ihrer Gewalt sind, ebenfalls freizulassen. Noch sind es nur Straftaten, die schnell abgebüßt sind. Bitte lassen Sie sich nicht dazu verleiten, unseren Kollegen etwas anzutun. Beide sind Kinder von jemandem, beide haben Familie, beide haben Freundinnen und Freunde, die sie suchen und vermissen.

Lassen Sie uns also schnellstmöglich wissen, was Sie von unserem Angebot denken. Sie halten die Zügel in der Hand, wie diese Situation für Sie ausgeht.

Seien Sie bitte vernünftig.

Denn am Ende kriegen wir Sie sowieso.

Kriminalhauptkommissar
Dr. H.-D. Dobrowolski
Polizeidirektion Marburg

»Sind alle Reiz- und Standpunkte abgedeckt? Ist es einfach genug gehalten, damit es wirklich jeder versteht? Obwohl wir wissen, dass der Täter nicht dumm ist?«

»Dobbs, willst du das wirklich veröffentlichen? Der Shitstorm wird kommen. Sowohl online als auch hier intern. Das kannst du nicht bringen!«

Doch da hatte Dobbs bereits den »Veröffentlichen«-Button geklickt. Sein Text war online.

»Das Risiko bin ich bereit einzugehen. Marvin wird gleich hier sein. Er betreut dann wieder deinen Blog.«

Anna nickte, doch sie schwieg, was Dobbs hellhörig werden ließ. »Was ist?«

Sie druckste herum. »Warum beschleicht mich das Gefühl, dass wir dem Täter schon begegnet sind? Vielleicht auch ihr im Zusammenhang mit einem anderen Fall?«

»Kannst du sagen, woher dieses Gefühl genau kommt? Oder seit wann du es hast?«

»Nicht so recht.«

»Okay. Wie begründest du das Gefühl?«

»Er sucht die Nähe zur Polizei und zu uns. Ich glaube weniger, dass er das wegen des Kicks tut. Es scheint wie ein Hilfeschrei.« Damit bestätigte sie das Gefühl, das auch Dobbs in sich trug. »Erst dachte ich, es wäre vielleicht wegen eines alten Blogbeitrags. Dass er so auf uns ursprünglich aufmerksam wurde. Weil vielleicht ein Beitrag sich mit etwas beschäftigte, was ihn persönlich tangierte. Aber irgendwie passt das nicht zusammen. Ich kenne die alten Beiträge beinahe auswendig. Da ist nichts dabei, was passt.« Durchatmen. »Was kommt jetzt?«

»Wir beide machen jetzt Hausbesuche.«

»Ich soll mitkommen? Zu Scherer und Trommershausen?«

»Das ist der gefährliche Teil, den ich erwähnte. Ist das für dich in Ordnung? Fühlst du dich dafür fit genug?«

Annas Herzschlag erhöhte sich, nein, er galoppierte.

»Wir fahren erst zu Trommershausen, dann zu Scherer. Von Scherer wissen wir, dass seine Frau eine Apotheke betreibt. Trommershausen ist Student.«

»Hä? Und wieso dann erst zu dem Studenten?«

»Weil ich auf dich höre und deine Meinung schätze, Frollein Vaupel. Du fragtest nämlich, warum ich dem Skopolamin so viel Bedeutung beimesse. Es sei wahrscheinlich nur Mittel zum Zweck, so stand es auf deiner langen Liste an Fragen und Hypothesenansätzen. Wir wissen inzwischen, dass Trommershausen drei Semester Biologie studiert hat und eine Zeit lang in einer Apotheke als Fahrer aushalf. Die Staatsanwaltschaft betonte zwar, dass keine Durchsuchung gerechtfertigt sei, aber wir sollen mal freundlich anklopfen und Hallo sagen. So waren seine Worte. Also, bist du dabei? Darf ich auf dich bauen? Keine Sorge, wir fahren mit Verstärkung, und wir tragen selbstverständlich Schutzkleidung.«

Sie schaute auf die Uhr und war erstaunt. »Es ist gleich schon sieben Uhr. Das ist eine perfekte Uhrzeit, um Leute an einem Samstag aus dem Bett zu jagen. Besonders Studenten.«

»Sehr gute Einstellung«, scherzte Dobbs und stand auf. »Dann statten wir dich mal aus und suchen uns ein paar mutige und vor allem ausgeschlafene Kollegen.«

Anna wäre es jedoch ehrlich lieber gewesen, Dobbs hätte nicht so betont, dass die Kollegen mutig sein sollten.

Zwei Uniformierte warteten bereits an einem Streifenwagen, der neben Dobbs' Audi parkte. »Dobbs!«, rief der jüngere von beiden begeistert.

»Ach, Mensch, wen sehen meine müden Augen? Begleitet ihr uns etwa? Dann kann nichts schiefgehen.« Dass Dobbs bei seinen Worten übertrieben blinzelte, ließ beide Kollegen unisono die Hände in die Hüften stemmen. Doch sie trugen seine Frotzeleien mit Fassung. »Anna, darf ich vorstellen? Das sind die Kollegen Stefan und …«

Der jüngere schnitt Dobbs das Wort ab und nahm Annas Hand. »Darling«, hauchte er.

Anna verstand nicht sofort. Was sollte das denn jetzt? Flirtete er mit ihr? Jetzt? So wie sie aussah? Dafür hatte sie wirklich keine Nerven. Das schien er zu bemerken, denn er erlöste sie, indem er auf sein Namensschild an der Weste tippte.

»Diesen Witz hat er lange geprobt. Darling ist sein Familienname. Das ist Max, ich heiße Stefan. Korthals. Doch mit diesem Nachnamen funktioniert die Anmache nicht.«

»Vaupel. Funktioniert auch nicht. Deshalb bitte nur Anna.« Nun erst streckte sie ihre Hand Max entgegen. »Guten Morgen, Darling.«

Humor und Vergnügen erkannte Anna in Max' Augen, Anerkennung in Stefans Blick, und Dobbs sah sie, wie immer, liebevoll an. Bis er drängte: »Können wir los?«

Der Stadtteil Richtsberg war schnell erreicht, lag er doch direkt neben Cappel, wo die Polizeidirektion war. »Friedrich-Ebert-Straße«, wiederholte Anna. »Da vorne das Haus links ist es.«

»Danke. Wir machen das jetzt so, dass einer der beiden Kollegen das Treppenhaus nach oben sichert, dann dort verweilt, bis wir fertig sind. Der andere sichert die Haupteingangstür und den Eingangsbereich beziehungsweise Aufgang. Wir beide werden jedoch die Einzigen sein, die für Axel Trommershausen sichtbar sind. Er ist dreiunddreißig Jahre alt, wohnt in einer Vierer-Wohngemeinschaft und ist Student. Politikwissenschaften. Also nicht in Gespräche über politische Themen verwickeln lassen. Lass ihn reden, sei selbstbewusst und höre ihm zu. Stelle Fragen stets bestimmt. Wenn möglich, Fragen, die er mit Ja oder Nein beantworten muss. Achte aber vor allem auf das, was er nicht sagt. Und vor allem darauf, wie er auf dich reagiert, ob er dich erkennt.«

»Mikroexpressionen, ich weiß. Ich hatte einen guten Dozenten.«

Er lachte. »Nur gut? Tztztz.«

»Nein, sogar ausgezeichnet!«, flachste sie und stupste ihn an.

Anna sah, wie die Kollegen ins Haus gingen, und stieg aus. Sie sah sich in der Spiegelung der getönten Autoscheibe an. Die dunkelblaue Hose und die dazugehörige Funktionsjacke in Kombination mit der schusssicheren Weste machten einzeln schon Eindruck. Das Headset, ein einfacher, durchsichtiger Schallschlauch im Ohr, mit dem sie sowohl mit Dobbs als auch mit den beiden Kollegen sprechen konnte, tat sein Übriges. Auch ohne Polizeiemblem oder Waffe fühlte sie sich gleich sicherer und irgendwie auch selbstbewusster. Dobbs musste ihren prüfenden Blick in die Autoscheibe gesehen haben. »Steht dir gut. Als sollte es so sein.«

Sie hätte sich noch vor einem Monat niemals erträumen können, heute hier zu stehen und neben Dobbs zu arbeiten. Obwohl, so überlegte Anna, vor einem Monat hätte sie sich auch nicht erträumen können, überhaupt jemals wieder auf ihren Beinen zu stehen. »Ich habe mir eure Kleidung nicht so bequem vorgestellt.«

Dobbs winkte sie herbei. »Erster Stock rechts. Ich gehe vor.« Und in dem Moment kam auch das Startzeichen der Kollegen im Haus.

Anna hatte Mühe mitzuhalten, als Dobbs meist zwei Treppenstufen auf einmal nahm. Für einen kurzen Moment hielten sie vor der Wohnungstür inne und sammelten sich. Ein Blick auf Dobbs' Armbanduhr verriet, dass es sieben Uhr dreißig war. Er klopfte. Keine Reaktion von innen. Er klopfte wieder. Dann klingelte er. Anna hörte etwas. Diesmal klopfte sie. »Jahaa, ich komme«, rief jemand unzufrieden von drinnen.

»Hier ist die Polizei! Bitte öffnen Sie die Tür!«

Ein verschlafen aussehender junger Mann um die zwanzig öffnete. »Guten Morgen«, wünschte Anna freundlich, und Dobbs zückte seinen Ausweis. »Dobrowolski und Vaupel von der Marburger Polizei. Wir würden gerne mit Axel Trommershausen sprechen, ist er da?«

»Öhm. Vielleicht. Ich bin nicht seine Mutter. Ich klopfe mal an seine Tür.« Der junge Mann ging den Flur entlang zu einem Zimmer hinten links. Anna machte einen Schritt und wollte die Wohnung betreten, da hielt Dobbs sie kopfschüttelnd zurück. »Bleib«, flüsterte er.

»Alter, die Bul… die Polizei steht vor der Tür. Mach hin!«

»Dürfen wir reinkommen?«, fragte Dobbs, als der Mitbewohner wieder in seinem eigenen Zimmer verschwand.

»Äh. Nö«, nuschelte eine verschlafen klingende Männerstimme aus dem hinteren Raum. »Ich komme gleich.« Er stöhnte und schlurfte lautstark über den Flur zur Wohnungstür.

»Yo, was is?«, fragte Trommershausen, dessen Gesicht Anna und Dobbs sofort vom Bild der Brillenkamera wiedererkannten. Er war verschlafen, sein Haar fettig, und er war sichtlich genervt. Sein Blick zeigte deutlichen Missmut und Widerwillen.

»Wir haben nur ein paar Fragen an Sie«, erklärte Dobbs ruhig. Trommershausen musterte erst Dobbs, dann Anna. »Was kann ich für euch tun, Officers?«

Genau genommen waren das bereits zwei Verstöße innerhalb von einer Minute, doch Dobbs blieb ruhig. Er war es gewöhnt, dass er in Ausübung seines Berufes gerne mal respektlos behandelt wurde. Die Bezeichnung »Bulle« oder andere Verunglimpfungen hatte er zu oft gehört, und auch, dass er geduzt wurde, war nicht neu. Niedliche Machtkämpfe, hatte es Dobbs in seiner Zeit als Annas Dozent genannt.

Anna erinnerte sich unweigerlich daran, wie Dobbs damals seine Lieblingsbetitelung für einen Polizisten zum Besten gegeben hatte. Wie oft war er in seinen Jahren bei der Polizei »Lauch« genannt worden, immer im Zusammenhang mit ein und demselben Witz. »Was ist grün und innen hohl?« Seitdem die Uniformen der Polizei blau waren, funktionierte zumindest dieser Spruch zum Glück nicht mehr.

»Herr Trommershausen, sind Sie das?« Dobbs hielt ihm das Foto entgegen, und Trommershausen zog seine Stirn kraus. »Ja, wieso?«

»Wissen Sie, wo und wann das Foto gemacht wurde?«

»Wann genau, nicht. Was soll das hier? Was soll die Frage, wo das Bild gemacht wurde? Den Hintergrund des Bildes sollten Sie als Polizist aber selbst erkennen können.« Die Stimmung drohte endgültig zu kippen.

»Waren Sie gestern Nachmittag in der Innenstadt unterwegs?«, fragte Anna, und Axel Trommershausen reagierte wieder ruhiger. Sie würde das Reden übernehmen müssen, wenn er aggressiver würde. »Ja, ich war mit Kumpels unterwegs. Wir wollten uns für Seminare einschreiben. Und mal schauen, was unter den Erstis so an brauchbarem Material unterwegs ist.«

Anna zuckte bei seiner Aussage zusammen und wusste sofort, dass das falsch gewesen war. Trommershausen schien es jedoch nicht bemerkt zu haben.

»Kann ich jetzt weiterschlafen? Es ist scheißfrüh.«

»Kennen Sie diese Männer?« Dobbs hielt ihm ein Foto von Paul hin, dann eines von Michel. Anna schluckte bei beiden.

»Nee. Ich stehe nicht auf Männer.«

Trommershausen starrte Anna inzwischen unangenehm aufdringlich an. »Darf ich dich etwas fragen?«

Anna zog nur vielsagend ihre Augenbraue hoch, sie ahnte, was kommen würde.

»Bist du auch bei der Polizei?«

»Nein.« Kürzer und desinteressierter hätte sie nicht antworten können.

Trommershausen hatte die Tür in der Hand, jederzeit bereit, diese zuzuwerfen. »Nee? Gut! Sonst hätte ich nämlich gesagt, du sollst dir 'nen vernünftigen Job suchen.«

Anna ließ das zwar unbeantwortet, dennoch hielt das Trommershausen nicht davon ab, seine Meinung kundzutun: »Die Polizei ist ein faschistischer und sexistischer Drecks-Naziverein.«

Dobbs verzog keine Miene. »Wir gehen jetzt, damit wir keine Probleme miteinander kriegen. Wir sehen auch sehr großzügig von einer Anzeige wegen Beamtenbeleidigung ab.«

Trommershausen gähnte demonstrativ und warf lautstark die Wohnungstür zu.

Anna musste sich einen Moment sortieren. »Das war widerlich von ihm. So dumme und echt schwerwiegende Anschuldigungen lasst ihr unkommentiert? So einen Schmutz würde ich mir nicht so unbeantwortet anhören können. Der hat doch gar keine Ahnung von eurem Beruf. Der weiß nicht, was ihr tagtäglich seht, was ihr riecht oder wie viele Überstunden ihr schieben müsst. Oder welchen Belastungen ihr ausgesetzt seid.« Das Treppenhaus war sehr hellhörig, und Anna hatte Mühe, nicht laut zu werden.

»So verbohrte Meinungen gegenüber der Polizei gibt es viel zu häufig. Seltsamerweise besonders oft unter denen, die noch nie mit uns in Kontakt standen. Oder unter denen, die sich für besonders intelligent halten. Verrückt, oder? Erkennungsdienstlich behandelt wurde er bislang nicht.«

Anna schüttelte verständnislos den Kopf und folgte Dobbs die Treppen nach unten. »Ich soll mir einen vernünftigen Job suchen, hat er gesagt«, wetterte sie leise weiter, war aber irgendwie dennoch belustigt.

»Hast du doch ab Montagmorgen«, lachte Dobbs ebenso leise und stupste sie ermutigend an. »Ach, ich liebe solche Debatten mit Studenten am Morgen. Wir hätten doch schon um kurz nach sechs Uhr hier aufschlagen sollen.«

»Ach, ich glaube, den hätten wir auch um elf Uhr noch geweckt«, sagte Max, der die Treppen hinter ihnen heruntergesprungen kam.

»Oh, Mann. Ich stehe auf Klischees, die sich bestätigen«, meinte Anna, und Dobbs ergänzte: »Ja, der Kerl ist ein wahrer Sonnenschein.«

Als sie in die Wagen einsteigen wollten, fiel ein letzter Blick zur Wohnung hoch. Alle vier konnten sehen und hören, wie Trommershausen am offenen Küchenfenster mit seinem Mitbewohner stand, rauchte und sich lautstark über die Polizei auskotzte.

»Da sindse ja immer noch, die Bullenschweine!«, rief er vorlaut und aufgedreht aus dem Küchenfenster und versteckte sich hinter der vergilbten Gardine. Seinen Mitbewohner sahen sie achselzuckend das Zimmer verlassen.

Dobbs bremste seine Kollegen mit einem strengen Blick.

»Bullenschweine?«, rief Stefan trotzig hoch. »Glückwunsch! Sehr innovativ.«

Anna erstickte ein Lachen.

»Ihr könnt mich nicht ficken!«, rief Trommershausen.

Dobbs verzog das Gesicht. »Den ficken? Auch ich habe Ansprüche.«

Anna fühlte sich mit Dobbs, Stefan und Max wohl und sicher. Denn sie wusste, dass die nächste Adresse, die sie nun anfahren würden, sie wahrscheinlich dem Täter näher brachte.

Wieder im Auto, übernahm Anna die Suchanfrage im Navigationsgerät. Runter vom Richtsberg, auf die Stadtautobahn Richtung Gießen, Ausfahrt Niederweimar raus und auf der Umgehungsstraße nach Oberweimar rein.

»Willkommen zu Darlings privater Witzestunde im Polizeifunk«, tönte Max' Stimme plötzlich aus dem Funkgerät. Beinahe erschrocken sah Anna Dobbs an. »Ist das sein Ernst?«

»Ich fürchte ja. Er braucht das manchmal.«

»Horst-Dieter will von der Weihnachtsfeier der Firma nach Hause. Kommt in eine Verkehrskontrolle. Haben Sie was getrunken?, wird er von unseren Kollegen gefragt. Horst-Dieter antwortet: Nur einen kleinen Wachtmeister, Herr Jägermeister.« Max prustete los.

»Den kannte ich schon«, raunte Stefan gelangweilt.

»Warte, warte, den jetzt kennst du aber noch nicht: Zwei Polizisten fahren gegen einen Baum. Sagt der eine: Wow, so schnell war ich noch nie am Unfallort.«

Dobbs kicherte. Anna verdrehte die Augen, und Max lief zu Hochtouren auf. »Polizist bei einer Polizeikontrolle: Haben Sie Drogen oder Alkohol dabei? Fahrer: Hau ab, du Schnorrer!«

Keine Reaktion. »Noch einen, speziell für die junge Kollegin: Anna, wie nennt man unsere Handfesseln auch noch?« Doch bevor sie reagieren konnte, beantwortete er sich die Frage selbst: »Richtig! Abführmittel!«

»Der war gut«, bestätigte Anna.

Bevor Max jedoch noch einen weiteren Witz erzählen konnte, funkte Dobbs: »Danke, Darling. Wirklich. Gerne hören wir uns später eine Fortsetzung an.«

»Ich hätte auch noch ein paar Beamtenwitze, wenn euch das eher liegt, Dobbs.«

»Danke, Max. Ich mach mal kurz den Funk aus. Wir sind sowieso gleich da.« Dann drehte er sich zu Anna.

Doch sie kam ihm zuvor. »Ach, Dobbs, ich weiß nicht. Trommershausen ist ein Idiot. Zweifelsohne. Aber ich glaube nicht, dass er Skopolamin herstellt oder klaut und damit Studenten entführt. Welches Motiv hätte er? Er ist kein Täter. Zumindest keiner, der auf Skopolamin zurückgreift.«

»Sehe ich auch so. Lass uns bitte darüber nachdenken, für was Skopolamin an sich steht, ja?«

»Mache ich schon die ganze Zeit.«

»Ehrlich?«

Sie schmunzelte. »Ehrlich.«

Liebevoll tätschelte er ihr Knie, und seine Brust schwoll schon wieder so seltsam an.

»Oh, wir sind schon da? Es ist gleich hier vorne rechts«, übertönte Anna das Navi. Das Wohnhaus von Andreas Scherer war schnell gefunden. Es war eine Doppelhaushälfte, in dessen anderer Hälfte sich eine Apotheke befand. Max und Stefan fuhren vorbei und parkten vor der Apotheke, Dobbs drehte und stellte seinen Audi direkt vor die Einfahrt des Hauses. Anna blieb geduldig sitzen, bis Stefan und Max die Umgebung gesichert hatten. Dobbs blieb jedoch am Auto stehen, während die beiden Kollegen sich umsahen, und sicherte Anna.

Anna fragte sich ernsthaft, ob jemand, der junge Männer entführte, in einem so gepflegten Umfeld wohnen konnte. Auf einem Dorf, wo doch eigentlich immer jeder jeden kannte. Irgendwo hatte sie mal gelesen, dass sich örtliche Straßenzüge, ja sogar ganze Dörfer selbst regulierten. Jeder achtete darauf, was der Nachbar tat.

Dobbs schien ihre Gedanken zu erraten und suchte ihren Blick. »Du wärst überrascht, was in den Köpfen von Tätern vorgeht. Da ist so viel möglich, egal, aus welchen Verhältnissen sie stammen oder wo sie wohnen.«

»Da sollten wir uns in Ruhe noch mal drüber austauschen. Aber ja, das wusste ich bereits. Ich habe all deine Bücher gelesen. Mehrfach.«

Durch die geöffnete Autotür klopfte er ihr anerkennend auf die Schulter. »Sehr löblich!«

Über den Knopf im Ohr bekamen Dobbs und Anna das Signal, und Anna stieg aus. Max stand an der Hausseite, und Stefan sicherte den Vorplatz des Hauses, als Dobbs, gefolgt von Anna, die wenigen Stufen zur Haustür nahm. Ein Namensschild aus kunstvoller Keramik zeugte davon, dass Andreas Scherer und seine Ehefrau Stefanie die Bewohner dieses Hauses waren. Dobbs klingelte. Anna drehte sich zu Stefan um, der konzentriert aussah und sie nicht beachtete. Dann suchte sie Max, doch der war von ihrer Position aus nicht sichtbar. Wieso also fühlte sie sich plötzlich so beobachtet? Sie ging die Treppen wieder herunter und sah entlang der Hausfassade nach oben. Dobbs klingelte erneut, drehte sich dann aber zu Anna um. »Was ist los?«, fragte er leise.

Sie trat wieder an ihn heran. »Keine Ahnung. Hatte nur so ein seltsames Gefühl.«

Dobbs wurde hellhörig. »Noch immer?«

Anna schloss die Augen und drehte sich wieder zu Stefan, der mitgehört hatte und ebenfalls die Hauswand emporschaute. Sie nickte. »Ja, noch immer. Irgendwer beobachtet uns.«

»Max? Stefan? Seht ihr etwas? Oder ist es vielleicht nur ein Nachbar, der Dorfpolizei spielt?«

Kurz war Stille auf ihrem Kanal. »Nein, alles sicher«, bestätigten beide nacheinander. Dobbs klingelte nochmals.

»Hallo? Wollen Sie zu mir?«, erklang hinter ihnen eine freundliche Frauenstimme, der man jedoch die Verunsicherung deutlich anhören konnte, und Anna atmete erleichtert durch, als sie eine brünette Frau im weißen Laborkittel sah.

»Wir sind von der Marburger Polizei. Sind Sie Frau Scherer?«, wollte Dobbs wissen.

»Ja, Stefanie Scherer, wieso? Was ist los?« Angst stand ihr ins Gesicht geschrieben. »Ist etwas mit meinem Mann?«

»Zu dem wollen wir«, erklärte Dobbs ruhig. »Ist er da?«

»Das weiß ich nicht, ehrlich gesagt. Ich habe gestern lange gearbeitet und war heute Morgen ab sechs Uhr auch wieder im Laden. Ich habe momentan keine Mitarbeiter, alle sind krank, und ich stemme alles alleine.«

»Könnten Sie kurz im Haus nachschauen, ob er dort ist? Auf Klingeln reagiert niemand.«

Sie drehte sich um. »Ich kann den Laden nicht alleine lassen.«

Auf eine solche Antwort hatte Dobbs gehofft. »Dürfen wir uns denn dann im Haus nach ihm umsehen?«

Stefanie Scherer zog ihre Stirn kraus. »Ungern. Ich lagere da Ware für die Apotheke.«

»Apotheke?«, fragte Anna erstaunt. »Ach, dann arbeiten Sie nebenan?« Sie ging die Treppen herunter und ein paar Schritte auf die Frau zu. »Das trifft sich gut. Ich brauche ein Schmerzgel. Lassen Sie meine Kollegen kurz gucken. Ich versichere, die Medikamente interessieren sie nicht. Für die drei lege ich meine Hand ins Feuer. Dann komme ich kurz mit Ihnen rüber, wenn ich darf.«

Dobbs fand Annas Vorschlag höchst bedenklich, doch dann fragte Frau Scherer Stefan nach seinem Ausweis und drückte ihm daraufhin ihre Haustürschlüssel in die Hand. Anna drehte sich nochmals zu Dobbs um und flüsterte: »Vertrau mir einfach auch mal, Dobbs. Ich nütze euch drüben mehr als hier.«

Frau Scherer ließ sich von Anna in die Apotheke begleiten. Anna schaffte es, sie in ein Gespräch zu verwickeln, und ließ sich ausführlich über Medikamente bezüglich ihrer Schmerzen in Beinen und Hüfte beraten. Zeigte ihr sogar bereitwillig ihre großen Narben und entlockte ihr nebenbei gekonnt Informationen über ihren Ehemann. Anna war es egal, ob Dobbs und seine Kollegen sie über Funk hören konnten, als sie über Details ihres Unfalls redete. Sie wusste, dass Dobbs und die anderen beiden möglichst viel Zeit im Haus benötigten und dass Stefanie Scherer, wenn sie denn zu Wort käme, Anna sicherlich nach dem Grund für ihren Besuch fragen würde. Deswegen redete Anna wie ein Wasserfall auf sie ein. Und noch eine Idee hatte Anna, wie sie noch mehr Zeit für die drei in Scherers Wohnhaus herausschlagen konnte: »Frau Scherer, wir sind leider schon seit heute früh nonstop unterwegs. Dürfte ich vielleicht einmal ausnahmsweise Ihre Toilette benutzen? Ich beeile mich auch.«

»Selbstverständlich. Hier ist der Schlüssel. Gehen Sie einfach die Wendeltreppe dort hinten hinunter. Und dann unten am Ende des Ganges. Vor der Feuerschutztür rechts.«

»Wendeltreppe im hinteren Ladenbereich runter, dann ans Ende des Ganges vor der Feuerschutztür«, wiederholte Anna für die Beamten. Nur falls diese Frau Scherer nicht verstanden haben sollten. »Klasse, danke! Das finde ich! Bin gleich zurück. Beeile mich.«

Anna ging auf die Toilette, obwohl sie gar nicht musste. Sie wollte einfach nur Zeit schinden. Sie wusch sich gründlich die Hände und erschrak beim neonbeleuchteten Blick in den Spiegel. Sie hatte sich selbst noch nie so fertig gesehen. Käseweiße Haut, rot umrandete Augen, zerstörte Frisur, geliehene Kleidung. Als hätte sie drei Tage und Nächte hintereinander Party gemacht. Zumindest nahm sie an, dass man dann so aussah.

Dobbs, Max und Stefan verhielten sich leise. Anna hörte sie noch nicht einmal atmen. Doch plötzlich horchte sie auf: Was waren das für Geräusche? Jemand steckte einen Schlüssel in eine Tür. Von draußen. Die Feuerschutztür vor dem Klo. Jemand versuchte hereinzukommen. Sagte Frau Scherer nicht, sie sei alleine? »Dobbs? Hörst du mich?«, fragte Anna leise in das Headset. »Hier ist jemand beim Hintereingang im Keller der Apotheke. Ist das jemand von euch? Dobbs? Hallo? Hört mich wer? Stefan? Max? Hallo? Hier versucht jemand, ins Gebäude zu kommen.«

Doch keine Antwort von den dreien nebenan. Konnten sie nicht antworten? Hörten sie überhaupt etwas? Vielleicht hatte Anna keinen Empfang durch die dicken Wände, immerhin hatte sie, seitdem sie hier unten war, auch nichts von ihnen gehört.

Sie musste reagieren. »Wer ist dort?«, rief sie mutig durch die verschlossene Tür. Doch auch dort erhielt sie keine Antwort. Sicherlich hatte sie sich nur verhört. Hinter dem Haus waren lediglich Wiesen und Wald, das hatten sie vorhin bereits gecheckt. Wer sollte dort hineinkommen wollen? Andererseits, wenn es Scherer wäre, könnte sie mit ihm sprechen. Vielleicht war das ihre Chance? Dass das leichtsinnig sein könnte, war Anna bewusst. »Herr Scherer, sind Sie das? Ich bin mit der Marburger Polizei hier. Wir würden uns gerne mit Ihnen unterhalten.«

Selbstverständlich erhielt sie auch jetzt keine Antwort. Sie würde die Tür öffnen. Langsam und vorsichtig drehte sie den Schlüssel im Schloss um, mit dem Türgriff fest in der Hand, und öffnete die schwere Metalltür. Nur einen Spalt, weiter konnte sie die Tür nicht öffnen. Sie klemmte. Da hörte Anna das erlösende Glöckchen der Ladentür oben und Dobbs' tiefe Stimme. »Leider haben wir Ihren Mann nicht antreffen können. Wo könnte er um diese Uhrzeit sein?«

»Das kann ich Ihnen beim besten Willen nicht sagen«, antwortete Frau Scherer knapp. »Darf ich fragen, warum Sie zu Andreas wollen?«

»Das besprechen wir dann mit ihm.«

Nachdem Frau Scherer merklich zögerte, erklärte Dobbs ruhig: »Wir wollen ihm nur ein paar Fragen stellen. Wissen Sie, wo er gestern Nachmittag und Abend war?«

»Mit Sicherheit war er arbeiten.« Frau Scherer klang plötzlich betroffen. »Oder vielleicht zu Hause. Ich weiß es nicht sicher, bin ja hier im Laden gewesen.«

»Wo arbeitet Ihr Mann?«

»In einer Security-Firma. Er macht da irgendetwas mit Computern.«

»Okay. Wir würden uns gerne zeitnah mit ihm unterhalten. Hier ist seine offizielle Vorladung. Er kann jedoch auch jederzeit vor dem Termin zur Polizeidirektion kommen. Oder Sie rufen an, und wir kommen hierher. Wo ist meine Kollegin?«

Doch gerade als Anna die schwere Tür wieder schließen wollte, wurde diese mit großem Kraftaufwand offen gehalten, und ein Sprühstoß aus einer Dose traf Annas Gesicht. Geistesgegenwärtig hielt sie ihren Atem an und stemmte sich mit aller Kraft gegen die Tür. »Komm mit!«, sagte der Mann ruhig, tonlos.

Sie musste Alarm schlagen und durfte zeitgleich nicht atmen und musste die Tür festhalten. Hoffentlich würde ein Schrei genügen. Vielleicht würde sie die Wirkung des Mittels erst treffen, wenn Dobbs bereits da wäre und den Angreifer in die Flucht geschlagen hätte. »Dobbs!«, schrie sie hilflos. Und prompt ließ der Mann die Tür ins Schloss fallen. Sie musste schnell sein, stürmte ins kleine Badezimmer zurück und wusch sich das Gesicht mit Wasser ab. Als sich eine Hand auf ihren Rücken legte, erschrak sie.

»Liebes, was war?«

»Wurde angegriffen. Mit Spray! Hintereingang.«

Dobbs rannte los und stemmte die Tür auf, kam aber schon bald mit Stefan zurück. »Nichts!«, fluchte er außer Atem.

Anna spürte bereits, dass ihre Worte im Kopf nicht ihre eigenen waren, dass sie fremd waren, dass sich ihre eigene Sprache verzerrt anhörte – auch wenn sie nicht sprach. Sie schüttelte sich.

»Frau Scherer, wer kann das gewesen sein?«

Auch die Apothekerin war nun weiß wie die Wand und zuckte lediglich mit den Schultern. »Ich werde die Tür doppelt absichern und zeitnah das Schloss auswechseln lassen. Was war das für Spray? Wissen Sie das?«

»Vermutlich Skopolamin«, erklärte Dobbs knapp.

»Dann waschen Sie noch einmal gründlich Ihr Gesicht ab. Ich komme gleich wieder mit einer Waschlösung für Ihre Haut.«

Anna fühlte sich benommen. Schwindelig. Ihr Verstand funktionierte nicht mehr, wie sie es gewohnt war. Sie versuchte, ihre Gedanken zu sortieren. Doch da war nur Nebel. Dobbs hielt ihren Kopf unter den Wasserhahn und wusch ihr Gesicht. »Bitte entschuldige, Liebes. Einmal mehr«, sagte er immer und immer wieder.

Anna antwortete nicht. Sie hatte ihm schon verziehen, ob sie wollte oder nicht. Wehren konnte sie sich momentan ohnehin nicht, das Skopolamin wirkte und hatte aus ihr einen hirnlosen Zombie gemacht. Sie schaffte es nicht, einen klaren Gedanken zu fassen. Sie gehorchte. Egal wem.

Stefan prüfte nochmals sorgfältig die Tür und verschloss sie dann.

Frau Scherer kam mit einer braunen Flasche wieder. Sie war aufgeregt. »Tupfen Sie das auf Ihre Haut.« Anna sah sie an, als spräche sie eine außerirdische Sprache. Ohne ihr die Flasche mit der Lotion abzunehmen, übergab Dobbs ihr den Briefumschlag mit der Vorladung für ihren Mann.

Anna merkte, dass es in ihm brodelte, und auch in ihr loderte ein Schwelbrand. Ein sehr nebliger Schwelbrand. »Ihre Vorladung wird ebenfalls zeitnah eintreffen, Frau Scherer.«

Auffällig ruhig folgte Anna den drei Beamten aus der Apotheke, mit gesenktem Kopf und stets versucht, sich auf jeden Schritt zu konzentrieren. Dobbs hatte ihr angeboten, sie zu führen, sie jedoch hatte die Reste ihres eigenen Willens und ihrer Würde zusammengekratzt und folgte willig.

Max stand am Streifenwagen und wartete auf Stefan und Dobbs, um sich zu besprechen. Doch Dobbs drängte darauf, zuerst zurück nach Cappel zur Direktion zu fahren. Anna musste geschützt werden und warten, bis ihr Körper den Wirkstoff verstoffwechselt hatte. Dobbs gab sich die Schuld. Und nur sich. Er hatte Anna der Gefahr ausgesetzt, obwohl er sie hätte schützen müssen. Beim Blick auf die willenlose Anna fühlte er sich ebenfalls wie betäubt. Er wusste, dass er sie eigentlich in ein Krankenhaus bringen sollte. Doch dort nutzte sie ihm nicht. Sie würden gleich den Polizeiarzt aufsuchen.

Etwa eine Stunde und drei Tassen Espresso später waren Dobbs und Anna in Kikis Büro. Sie sollte den Stoffwechsel antreiben, sagte der Arzt. Am besten auf ein Laufband und es ausschwitzen. Doch zum Joggen waren ihre Beine noch nicht fit genug. Dobbs hatte bei ihr gewacht, bis sie ihre eigene Lage wieder einschätzen konnte.

»Habt ihr überhaupt geschlafen?«, wollte Kiki vorsichtig wissen und nahm einen großen Schluck Kaffee aus ihrer Tasse, als sich Anna auf einen Stuhl am dritten Schreibtisch niederließ.

»Geschlafen? Nicht viel.« Anna schielte hinüber zu Dobbs, der am Telefon saß und nebenbei auf seine Tastatur einpeitschte. »Und du?«

»Wie ein Stein.« Kiki zwinkerte Anna zu. »Ach, warte mal, bevor ich wieder keine Gelegenheit dafür habe«, sagte sie und stand auf. Sie stellte sich vor Anna und breitete ihre Arme aus. Leise sang sie: »Zum Geburtstag viel Glück, liebe Anna, zum Geburtstag viel Glück«, und überreichte ihr ein längliches, keilförmiges Geschenk, das mit viel zu viel Klebeband verpackt war. »Von Dobbs und mir. Meine Große hat geholfen, es einzupacken.«

Anna war von dieser Geste ehrlich gerührt und fiel Kiki stürmisch um den Hals. »Dass ich Geburtstag habe, hatte ich schon fast vergessen«, gestand sie verlegen. »Aber auspacken kann und will ich es erst, wenn Paul wieder da ist. Ich hoffe, es ist in Ordnung für euch.«

»So, genug der Gefühlsduselei.« Dobbs knallte den Hörer auf und schob schwungvoll seinen Stuhl nach hinten, sodass dieser an den unbesetzten Schreibtisch hinter ihm donnerte. »Wir haben nun einen dringend Tatverdächtigen! Nach dem Gespräch mit der Frau, der Durchsuchung des Hauses und dem Angriff auf Anna waren mir das zu viele Zufälle. Andreas Scherers Hintergrund musste tiefer durchleuchtet werden. Er wurde zur Aufenthaltsermittlung ausgeschrieben, und auch nach seinem Auto wird gefahndet. Erstens: Andreas Scherer arbeitet, wie wir dank seiner Frau wissen, für eine Security-Firma. Er macht dort nicht nur irgendwas mit Computern, sondern ist für die gesamte Netzwerktechnik zuständig. Nur erschien er, zweitens und drittens, gestern nicht zum Dienst, und er hat sich letzte Woche krankgemeldet. Und viertens: Ihr werdet nie erraten, wer größter Kunde dieser Firma ist! Die Universität und das Studentenwerk. Zumindest ein paar Verwaltungsgebäude nutzen die Firma als Wach- und Schließdienst. Also kommt er ohne große Mühen an Daten der Studenten.« Er atmete durch. »Die Staatsanwaltschaft ist informiert und involviert. Und weil ich gerade so gut drauf war, habe ich auch gleich Frau Stefanie Scherer ausgeleuchtet beziehungsweise noch mal mit ihr gesprochen. Dass sie Apothekerin ist, hat mich etwas stutzig gemacht. Doch jetzt haltet euch fest!«

Anna krallte sich vorsichtshalber wirklich an ihren Stuhl.

»Frau Scherer arbeitete bis zur Eröffnung ihrer eigenen Apotheke in exakt der Apotheke im Lahntal, wo vor einem Dreivierteljahr der Diebstahl der Betäubungsmittel gemeldet wurde. Stefanie Scherer bekommt zeitnah Besuch. Hausdurchsuchung, inklusive Nebengebäude wie Apotheke und auch Gartenschuppen, ist beantragt, und ich habe auch gleich noch prüfen lassen, ob den beiden noch weitere Liegenschaften gehören. Bevor ihr fragt: nein, keine weiteren außer dem Haus. Dieses wird ab sofort überwacht, bis wir einen Beschluss erwirkt haben.«

Damit hatte Anna nicht gerechnet. Vielmehr hatte sie Dobbs' Pläne geistig schlichtweg nicht verfolgen können. Scheinbar hatte sie die Auswirkungen der Droge doch noch nicht ganz ausgestanden.

»Hattet ihr im Gespräch mit Scherers Frau das Gefühl, dass sie etwas zurückhält? Etwas verheimlicht? Nicht, dass die beiden gemeinsame Sache machen.«

»Nein. Wenn sie etwas zurückhält, dann ist das nur Empathie und Zuneigung gegenüber ihrem Mann. Sie lebt für ihren Laden.«

»Ist einer der beiden vorbestraft?«, fragte Kiki beeindruckt.

»Nein. Beide nicht. Aber, und auch hier musste ich einige Beziehungen spielen lassen, denn es gibt eine Akte zu Andreas Scherers Vater Kurt Scherer.«

Anna schluckte. Statistisch gesehen war es sogar höchstwahrscheinlich, dass bei solchen Taten die Wurzeln dafür in der Kindheit lagen. Dobbs beobachtete Anna. Wenigstens ihr analytisches Gehirn lief zum Glück wieder einigermaßen störungsfrei, das konnte er deutlich sehen. Nicht nur daran, dass ihre Nasenspitze wippte.

»Die Akte ist gelöscht. Der Vater ist vor vielen Jahren verstorben.«

Annas Enttäuschung war nicht zu übersehen.

»Alles klar. Das ist eine Aufgabe für mich«, rief Kiki begeistert und rieb sich die Hände, bevor sie ihre Ärmel hochkrempelte und zum Telefon griff. »Ich bearbeite die Akte mit meiner Brechstange.«

»Darauf habe ich gehofft«, grinste Dobbs.

»Mein zweiter Ex-Mann ist meine Brechstange für jedweden Papierkram und unnötig Bürokratisches wie gelöschte Strafakten.«

20

UBA

Kiki trommelte mit ihren raspelkurz geschnittenen Fingernägeln auf dem Schreibtisch. »Ruf zurück, du Wicht! Los, mach schon!«

Sosehr sie es sich wünschte, konnte Anna doch nichts anderes tun, als Dobbs und Kiki zuzuschauen. Dabei zuzuschauen, wie beide gebannt auf Telefon und Bildschirm starrten. »Kaffee?« Anna wollte sich wenigstens ein wenig nützlich machen. Sie stand auf, ging in die kleine Küche, grüßte vorbeigehende Beamte. Dass diese nicht halb so irritiert schauten, wie sie erwartet hatte, ließ wiederum sie selbst irritiert gucken.

Eine Kaffeemaschine zu bedienen, sollte sie doch hinbekommen, ermutigte sie sich selbst. Es war ein ähnliches Modell wie das, das sie auch privat nutzten. Doch zu Hause war es immer nur Paul, der die Maschine bediente. Der Gedanke an ihn tat Anna zu weh, und sie brauchte einen Moment, um sich abzulenken. Sie lehnte sich an die Küchenzeile.

Sie war dankbar, als ein bekanntes Gesicht von der anderen Seite der Küche zu ihr trat. Fábio, der junge Polizist, der mit Michel und auch mit Paul im Einsatz an der Mensa am Erlenring gewesen war. »Wie geht es dir?«, fragte er sanft.

»Beschissen.« Sie war nur ehrlich.

Er nickte verständnisvoll. »Glaube ich dir. Würde mir nicht anders gehen, wenn ich das durchmachen müsste. Wenn du jemanden zum Reden brauchst, ich sitze heute im Nebenbüro und unterstütze euch im Innendienst.«

Euch? Annas Gedanken fuhren wieder Karussell. Meinte er das ernst?

Dann nahm er ihre Tasse in die Hand und stellte sie unter die Düse der Kaffeemaschine. »Ich zeig dir, wie das geht. Als Geburtstagsgeschenk quasi.«

Anna wunderte sich, woher er das wusste. »Danke, Fábio.«

»De nada! De todo o coração! Aber sag Fabi zu mir. Einfach nur Fabi. So nennen mich fast alle hier. Fábio nennt mich nur mein Vater. Und Kiki. Warum auch immer. Obwohl sie sich tatsächlich ziemlich ähnlich sind.«

Anna lächelte. »Sehr gerne, Fabi, einfach nur Fabi.«

»Klaro. Dein Freund und Helfer und so.« Er zwinkerte.

Die zweite Tasse Kaffee sollte Anna unter Fabis Aufsicht selbst befüllen, und bei der dritten Tasse Kaffee sagte er nichts mehr. Die vierte Tasse Kaffee war für ihn selbst, und er schloss sich ihrem Weg zurück in Kikis Büro an.

Diese hatte anscheinend gerade wieder ein Telefonat beendet und gab Dobbs, der ebenfalls telefonierte, mit erhobenem Daumen zu verstehen, dass sie einen Fortschritt gemacht hatte. Doch Dobbs war ernst, zeigte kaum eine Regung, es war fast, als zwänge er sich, ruhig zu bleiben. Hier stimmte etwas nicht, und Anna war sofort wieder zutiefst beunruhigt. Kiki, Fabi und sie tauschten Blicke aus, als Fabi die Tasse auf dem Tisch vor Dobbs abstellte. Sofort korrigierte Anna die Henkelposition, damit Dobbs konzentriert bleiben konnte.

Fabi beobachtete die Szene verständnislos. »Wenn du etwas brauchst, weißt du, wo du mich findest, ja? Zur Not treffen wir uns wieder vor der Kaffeemaschine.«

Er nickte, sie nickte.

Dobbs hatte sein Telefonat beendet. »Anna, setz dich bitte. Zuerst du, Kiki, was hast du herausgefunden?«

Anna war zu nervös, um sich zu setzen. Kiki räusperte sich. »Andreas Scherer war in der Kindheit Opfer von brutalster physischer und psychischer Gewalt durch seinen Vater, woraufhin er jahrelang in Therapie war. Der Vater kam Jahre später unter mysteriösen Umständen um. Karsten digitalisiert mir die Akte und schickt sie schnellstmöglich«, beeilte sie sich zu sagen. Sie brannte darauf zu hören, was Dobbs soeben erfahren hatte.

»Anna, jetzt setz dich bitte hin!« Auch jetzt reagierte Anna nur zögerlich, nahm dann aber doch auf dem Drehstuhl Platz, den ihr Dobbs mit seinem Fuß heranschob. Irgendetwas war geschehen.

»Michel wurde vor einer Stunde im Wald auf den Lahnbergen gefunden. Er ist am Leben, wenn auch ohne Bewusstsein.«

Anna blinzelte aufgeregt, und dann war die Angst in ihren Beinen angekommen. Würde sie noch stehen, wäre sie wieder einfach umgefallen. Das hatte Dobbs gewusst. Doch sie zwang sich, wieder ruhig zu werden.

»Wir fahren jetzt mit einem SpuSi-Team da hoch.«

»Kann ich zu Michel? Bitte!«

»Er wird momentan untersucht. Doch danach ganz sicher.«

»Fahrt ihr beiden ins Krankenhaus, ich fahre mit den SpuSis, Dobbs«, entschied Kiki.

Anna hätte sie am liebsten umarmt.

Den Großteil der Fahrt fuhren sie gemeinsam hintereinander her – vorweg Dobbs mit Anna, dann Kiki mit Fábio, dahinter zwei weitere Beamte. Anna und Dobbs bogen in die Straße zum Klinikum ein, Kiki, Fabi und die anderen fuhren weiter zum Fundort von Michel.

Eiligen Schrittes betraten Anna und Dobbs die Klinik durch den Haupteingang und gingen sogleich zur Anmeldung, wo

Dobbs mit gezogenem Ausweis an mehreren Wartenden entschuldigend vorbeizog. Die Empfangsdame erklärte den Weg durch die scheinbar endlos langen Korridore. Der Geruch von Desinfektionsmitteln schnürte Annas Brustkorb zusammen. Zu viel Zeit ihres jungen Lebens hatte sie in Krankenhäusern und Rehakliniken verbracht. Nun fühlte sie sich ähnlich beklommen. Ungewiss. Hilflos. Sorgenvoll. Auf der Suche nach Antworten.

Auf der Station angekommen, fand Dobbs schnell einen Ansprechpartner. »Ah, da, eine Krankenschwester! Hallo? Entschuldigung!« Ihm war es egal, ob er zu laut sprach, zu energisch wirkte.

Obwohl die Schwester scheinbar alle Hände voll zu tun hatte, schaffte sie es doch, nett zu lächeln. »Wie kann ich helfen?«, wollte sie höflich wissen.

»Wir wurden benachrichtigt, dass unser Kollege Michel Uphoff hier eingeliefert wurde.« Dobbs wirkte gestresst.

»Wie geht es ihm?«, fragte Anna die Schwester.

»Haben Sie einen Ausweis dabei?«, wollte die Schwester wissen, und Dobbs hatte seinen bereits erneut gezückt, bevor sie den Satz fertig gesprochen hatte. »Denn wir haben Anweisung bekommen, niemanden von außerhalb des Klinikpersonals zu Kommissar Uphoff zu lassen.«

»Ich weiß, die Anweisung kam von mir.«

»Oh, okay. Dann nehmen Sie bitte auf dem Korridor Platz, ich hole den Arzt.«

Das Warten auf den Arzt stellte ihre Geduld auf eine harte Probe. Beide wussten, dass irgendwo hinter einer dieser Türen Michel lag, dass er vermutlich Fürchterliches erlitten hatte. Würde er, wenn er wach würde, sagen können, ob Paul noch lebte?

Dobbs hatte zwischenzeitlich schon zweimal mit Kiki telefoniert und durch sie erfahren, dass vor Ort bislang kaum Spuren gefunden worden waren. Auch die Befragung des Zeugen, eines Waldarbeiters, der Michel bewusstlos gefunden hatte, erbrachte nichts Brauchbares.

Wieder klingelte Dobbs' Telefon, sofort nahm er das Telefonat entgegen. »Ja? – Okay.« Er stand auf. Irgendetwas stimmte nicht. Anna folgte jeder seiner Bewegungen aufmerksam. »Ja, stell sie durch«, bat er und setzte sich wieder neben Anna. Er kippte sein Handy etwas von seinem Ohr weg, sodass Anna mithören konnte. »Frau Scherer! Schön, dass Sie mich angerufen haben.«

»Hallo, Herr Doktor Dobrowolski, ich mache mir ernsthaft Sorgen um meinen Mann. Ich habe gerade herausgefunden, dass er seit einiger Zeit seine Medikamente nicht mehr nimmt.« Dann begann sie zu weinen. »Er war gerade hier und hat mich mit einem Messer bedroht. Ich habe Angst um mein Leben!«

»Bleiben Sie ganz ruhig. Ist er noch da?«

»Nein, er ist rübergegangen. Nach Hause. Er war wie von Sinnen.«

»Haben Sie den Notruf gewählt?«

»Nein, ich habe bei der Polizei angerufen und nach Ihnen gefragt.«

Dobbs deutete Anna, die 110 anzurufen. Sie trat ein paar Schritte von ihm weg und wählte die kurze Nummer, hörte aber mit dem anderen Ort Dobbs und Frau Scherer weiterhin zu.

»Wir schicken jetzt jemanden zu Ihnen! Können Sie sich einschließen?«

»Habe ich bereits!«

»Sehr gut.«

»Aber er hat sich einen Schlüssel nachmachen lassen. Und hier waren eben noch zwei Kunden im Geschäft, die aber entkommen konnten.«

»Frau Scherer, Hilfe ist unterwegs. Wir wissen, dass Ihr Mann psychisch vorbelastet ist. Wissen Sie, was damals mit seinem Vater vorgefallen ist?«

»Nein. Darüber redet er prinzipiell nicht. Aber er verhält sich seit etwa einem Monat schon so seltsam.«

»Was war vor einem Monat?«

Auch Anna fragte sich, was zu dem Zeitpunkt passiert sein mochte. Hatte es so etwas wie einen Stressauslöser bei Andreas Scherer gegeben? Denn etwa zu diesem Zeitpunkt hatten auch die Entführungen begonnen. »Wissen Sie, dass Ihr Mann in der vergangenen Woche krankgemeldet war und auch heute nicht zur Arbeit erschienen ist?«

Stefanie Scherer schluckte hörbar. Scheinbar wusste sie nichts davon. Sie atmete schwer. »Ich weiß, dass er krank ist. Die Medikamente sprechen für sich. Doch seine genaue Diagnose kenne ich nicht, nur den ICD-Code, der auf den Rezepten steht, der besagt, dass er an Psychosen leidet.«

»Halluzinationen, Wahn, Realitätsverlust, affektive Störungen«, rief sich Anna leise in den Kopf. »Behandelnden Arzt finden.«

»Frau Scherer, wir vermuten, Ihr Mann ist mindestens schizoid. Er kann keine Gefühle zeigen, zieht sich mehr und mehr zurück. Dabei ist er aber gar nicht alleine. Er entführt junge Männer, sie sind seine Gesellschaft. Sie erfüllen eine Sehnsucht, ein Hirngespinst. Sie sollen jemanden ersetzen, jedoch niemand realen.«

»Schizoid? Ich habe so etwas vermutet. Tut er den Männern etwas? Missbraucht er sie etwa?« Sie klang wütend.

»Nein, keine sexuelle Komponente. Lust auf Zwischenmenschliches ist meist nicht gegeben bei dem Krankheitsbild. Er kapselt sich ab. Ihm mangelt es an Empathie und Emotionen. Noch können wir nur ahnen, warum er die Männer entführt, denn eigentlich gehört zu seinem Krankheitsbild soziale Inkompetenz. Sein Ziel ist also eigentlich nicht die Gesellschaft. Die schizoide Persönlichkeitsstörung deckt demnach nur einen Teil seiner auffälligen Symptome ab. Da steckt noch mehr dahinter. Wir gehen davon aus, dass er zudem Trugbilder sieht. Allerdings kann das viele Gründe haben. Die Medikamente, die sonstigen Umstände, eine akute Psychose.«

Stefanie Scherer lauschte Dobbs' Erklärungen, und obwohl die Worte hätten beklemmend auf sie wirken müssen, ließen sie sie ruhiger werden. Sie musste etwas Derartiges bereits geahnt haben, schließlich wusste sie um die Symptome der Erkrankung ihres Mannes. »Wissen Sie, Doktor Dobrowolski, ich weiß, dass solche Krankheitsbilder sehr vielfältig und umfangreich sind, doch als er begann, wieder ins Bett zu machen, war ich mehr als ratlos. Es ist so schwierig mit ihm geworden. Er redete auch davor schon kaum noch mit mir – wie Sie sagten, er kapselte sich ab. Ich arbeite viel. Und das Zusammenleben mit ihm wurde immer schwieriger. Wir sind seit neun Jahren verheiratet, kennen uns zwölf Jahre, und lange Zeit war alles toll. Doch irgendwann gab es diesen Wendepunkt …«

»Das kenne ich leider auch zu gut. Doch einen solch krassen Verlauf sollte keine Ehe erfahren müssen. Kinder haben Sie keine, oder?« Dobbs wollte sich versichern, dass niemand anders in Gefahr war, und Frau Scherer verneinte. »Andreas hatte als Kind eine Verletzung am Hoden und ist unfruchtbar. Wir beide wollten aber sowieso keine Kinder. Er noch weniger als ich.«

»Vielleicht wegen dem, was damals gewesen ist? Mit seinem Vater?«

Frau Scherer schwieg. Anscheinend hatte sie nie wirklich darüber nachgedacht, was in ihrem Mann vorging. »Ihre Kollegen sind jetzt hier«, sagte sie dann erleichtert. »Ich lege auf.«

»Passen Sie auf sich auf, Frau Scherer.« Dobbs beendete das Gespräch, und Anna setzte sich wieder an seiner Seite. Wo sie einvernehmlich schwiegen. Sie brauchten beide diese kleine Auszeit. Kurz mal Ruhe, kurz mal Frieden.

Dobbs straffte sich. »Gut, dass wenigstens du weißt, wie man den Notruf wählt. Sehr seltsam, dass Frau Scherer es in ihrer Panik sogar noch eher schaffte, mich anzurufen statt den Notruf. Es hätte alles so viel schneller passieren können.«

»Das Beste weißt du noch nicht. Noch während meines Notrufs hat die Leitstelle schnell noch Kräfte dazugeschaltet. Die Ringfahndung nach Scherer läuft.«

»Das ist das Beste, was ich nicht wusste?«

»Nee, es wird noch besser. Denn ich habe eben einfach mal frech nachfragen lassen, ob der Richter endlich eine umfangreichere Durchsuchung des Hauses der Scherers gestattet hat.« Dobbs sah sie überrascht an, was sie siegessicher grinsen ließ. »Er hat! Vor wenigen Minuten erst. Sie nehmen jetzt gerade das Gebäude im großen Stil auseinander.«

Zeitlich passender als in diesem Moment hätte der Arzt nicht über den Gang geeilt kommen können. Sein weißer Kittel wehte im Durchzug – ein gelungener Showeffekt. »Doktor Heinze ist mein Name, Sie wollen zu wem?«

»Dobrowolski und Vaupel von der Kripo Marburg. Wir wollen zu Kommissar Michel Uphoff. Können Sie uns sagen, wie es ihm geht?«

Der Arzt atmete tief ein und tippte etwas in sein Tablet-PC. In aller Seelenruhe. »Als Herr Uphoff hier eingeliefert wurde, war er bewusstlos und litt unter Atemnot. Zudem war er unterkühlt und zitterte dementsprechend stark. Seine Körpertemperatur betrug nur zweiunddreißig Grad. Seine Wärme konnten wir inzwischen regulieren. Dennoch bleibt er bewusstlos. Er wird engmaschig überwacht. Äußerliche Verletzungen gibt es, ein paar Schürfwunden und eine Platzwunde am Hinterkopf.« Er tippte wieder auf sein Tablet. »Sie baten laut meinen Aufzeichnungen auch um ein Blutbild beziehungsweise Prüfung auf Skopolamin?«

Dobbs nickte eifrig.

»Wir konnten einen geringen Wert finden. Selbstverständlich wird er schon einiges verstoffwechselt haben. Doch wir fanden auch Sevofluran, ein Inhalationsanästhetikum, ein Narkosemittel also.«

Anna schluckte. »Das heißt, wenn er das abgebaut hat, wacht er auf?«

»Gut möglich.«

»Dürfen wir zu ihm?«

»Selbstverständlich.« Der Arzt ging voraus, und sie folgten. Vor Zimmer dreihundertneun blieb er stehen und öffnete die Tür, um Dobbs und Anna hineinzulassen.

Anna war ergriffen von Michels Anblick, sie schnappte nach Luft und hatte Mühe, ihre Tränen zurückzuhalten. Dobbs zog ihr den einzigen Stuhl im Raum heran und hielt sich selbst an dessen Lehne fest. Auch ihm fiel es schwer, seinen jungen Kollegen so gebrechlich dort liegen zu sehen. Anna rückte auf die Stuhlkante vor und griff nach Michels Hand. Sie war weder kalt noch warm, jedoch traurig leblos. Michel, der doch immer so voller Leben steckte, seit sie ihn vor Kurzem erst kennengelernt hatte. Anna begann zu weinen, richtete seine Föhnwelle und führte anschließend seine Hand zu ihrer Wange, um ihm etwas von ihrer Wärme abzugeben. »Michel, kannst du uns hören?«, fragte sie leise. Doch wie zu erwarten gewesen war, regte er sich nicht. »Hier sind Anna und Dobbs. Wir wollen, dass du zu uns zurückkommst, ja? Bitte wach auf! Wir brauchen dich hier.« Ihre Stimme brach.

Dobbs legte seine warme Hand auf ihren Nacken und knetete ihn sanft.

Anna blieb hartnäckig. »Wenn du mich hörst, dann öffne einfach deine Augen. Wir sind hier bei dir.«

»Oder bewege deine Finger, das klappt doch in Filmen immer«, seufzte Dobbs.

Anna drückte intuitiv Michels Hand. »Mach mir einfach nach, Michel. Drück meine Hand!«

»Michel, wach auf!«, ergänzte Dobbs, vielleicht half der leichte Befehlston.

»Genau! Komm schon, Uphoff, du kannst hier nicht so nutzlos herumliegen. Wir brauchen dich. Paul braucht dich!« Annas Tränen tropften auf Michels Unterarm. »Oh, entschuldige, Milord«, sagte sie aus einem Reflex.

»Wieso eigentlich Milady und Milord? Das habe ich irgendwie nicht mitgekriegt. Kennt ihr euch schon länger?«

Anna lachte verlegen. »Ich hatte kürzlich in unserer Wohnung einen kleinen Unfall mit dem Rollstuhl. Michel trug mich sprichwörtlich auf Händen und setzte mich zurück in den Rollstuhl. Seitdem nennt er mich Milady. Vorher hatten wir uns noch nie gesehen. Aber er machte es mir so einfach, ihn zu mögen.«

»Wie lieb.«

»Na ja, wahrscheinlich nannte er mich nur Milady, weil ich verlegen wie eine feine Hofdame war, mit hochrotem Kopf. Ich hatte nämlich nur unsexy Unterwäsche an.«

Dobbs verschluckte sich. Sie würde seine Reaktion ignorieren. Stattdessen strich sie Michel erneut die kleine, graue Locke zurecht. »Und ich glaube, das war der Moment, als Paul sich Hals über Kopf in Michel verliebte.« Plötzlich stockte sie, sie hielt die Luft an. Da! »Dobbs, Michels Hand! Sie bewegt sich!«

Beide schauten ganz genau auf seine Finger.

»Michel, hörst du uns? Hier sind Anna und Dobbs«, rief Dobbs, während Anna Michels Hand küsste. »Michel, Milord.«

»Milady«, flüsterte er heiser, versuchte, seine Augen zu öffnen, und grinste verschmitzt. Doch sein Atem ging flach und angestrengt. »Michel, alles wird gut. Du bist in Sicherheit im Uniklinikum. Wir sind hier.«

Dobbs lief aus dem Raum, um den Arzt zu rufen. Michel rang angestrengt nach Luft. Seine Atmung klang belegt, sie rasselte. Anna wusste, dass das nichts Gutes verhieß. Sie drückte schnell den Alarmknopf am Kopfende von Michels Bett. Michel versuchte zu husten. »Paul ... nicht gut«, krächzte er.

Anna brach in Tränen aus. »Was ist mit Paul? Wo ist er?« Ihre Worte schrie sie fast, doch Michel konnte nicht antworten. Sein Körper krampfte. Wieso dauerte es so lange, bis Hilfe kam? »Michel! Alles wird gut.« Sie versuchte, ihn zu beruhigen, doch Michel hustete immer stärker. »Atme mit mir. Einatmen, Luft kurz anhalten, ausatmen. Einatmen ... und ausatmen. Einatmen ... und ausatmen.« Kurz schien es zu helfen, doch Michels Blick wanderte ins Leere. Nun hastete auch Anna auf den Flur, der Arzt und drei Krankenpfleger kamen bereits angerannt. Anna stand zitternd im Türrahmen und sah, wie Arzt und Helfer Michel anstarrten. Er hustete noch immer und bekam offensichtlich keine Luft. Was der Arzt sagte, bekam Anna nicht mit, denn Michel hatte sie plötzlich mit seinem Blick fixiert. Er wollte noch etwas sagen. »Uba!«, hustete er. »Uba!«

»Uba?«, wiederholte Anna atemlos und nickte Michel beruhigend zu. Da drückte ihm ein Pfleger auch bereits eine Sauerstoffmaske auf Mund und Nase.

Dobbs zog Anna aus dem Türrahmen. Er nahm sie am Arm und führte sie zurück zur Sitzgruppe auf dem Korridor, aus Sorge, dass sie umkippte. Sie stand eindeutig unter Schock.

Er kniete sich vor sie hin. »Liebes, sieh mich an. Sieh mir bitte ins Gesicht.« Mit einem Finger unter ihrem Kinn hob er ihren Blick. »Atme ruhig, Anna. Ganz ruhig.« Sie tat, was Dobbs von ihr verlangte. Bis sie selbst nur noch nachdenklich ins Leere starrte – mit viel zu hektischem Atem. Wie Paul am Abend vor seinem Verschwinden, wie Michel eben gerade. Eine Panikattacke. »Es wird alles gut. Er wird betreut. Und er lebt. Nun musst du ganz ruhig einatmen … und ausatmen. Finde meinen Rhythmus. Einatmen … und ausatmen.« Dass sie schmunzeln musste, weil Dobbs etwas tat, das er bei ihr gesehen hatte, lenkte sie kurz ab.

Doch dass er immer wieder fürsorglich und liebevoll ihre Wangen streichelte, brachte sie zum Weinen. Sie schluchzte haltlos, bis sie schlagartig innehielt. »Aber Michel sagte etwas. Er sagte, dass es Paul nicht gut geht. Dobbs, ich schaff' das nicht mehr. Das ist zu viel.« Ihr wurde so schwindelig, dass sie die Augen schließen musste. »Ist Paul verletzt oder ist es wegen seiner Klaustrophobie? Lebt er überhaupt noch? Hat er das Drogenzeug nicht vertragen? Er verträgt noch nicht mal Aspirin.«

»Ich weiß, es ist viel, Liebes, es nützt jetzt aber niemandem, wenn du deine Nerven verlierst – Paul am wenigsten.«

»Uba. Uba. Uba. Was meint Michel mit Uba? Was soll das sein? Und wieso erinnert sich Michel an etwas, wo doch alle bisherigen Opfer ohne Erinnerungen waren?«

»Schon besser.« Er streichelte ihr weiterhin die Wange, diesmal ermutigend, als sich plötzlich Michels Zimmertür öffnete. Beide sprangen auf. Der Arzt kam zu ihnen. »Herr Uphoff schläft jetzt wieder. Es geht ihm schon besser.«

Anna atmete vor Erleichterung aus.

»So einen Krampf zu sehen, kann manchmal sehr erschrecken. Aber Ihr Kollege ist jetzt schmerzfrei und atmet ruhig und selbstständig. Wenn sich sein Zustand ändert, melden wir uns bei Ihnen.«

Dobbs griff in seine Westentasche und reichte dem Arzt eine Visitenkarte. »Danke vielmals.«

Der Arzt lächelte und nickte.

Mit Dobbs' Arm um ihre Schultern geschlungen, traten Anna und Dobbs im Gleichschritt den Rückweg an. »Schauen wir mal, was die Kollegen erreicht haben.«

Als die beiden auf das Parkdeck vor der Polizeidirektion fuhren, kam Kiki ihnen bereits über den Vorplatz entgegen. Trotz Rauchverbots hatte sie die Zigarette im Mundwinkel und sah genervt aus. »Wie geht es Uphoff?«, rief sie schon von Weitem.

Dobbs brachte sie auf den neuesten Stand und fragte im gleichen verqualmten Atemzug: »Und wie war es bei dir?«

Sie roch genüsslich an der Tüte mit Mittagessen, die Anna und Dobbs eben noch schnell gekauft hatten, für sie drei und Fabi, der wohl bereits im Büro wartete. »Noch keinen Fahndungserfolg. Doch die Durchsuchung des Gartenschuppens von Andreas Scherer hat tatsächlich interessante und aufschlussreiche Fakten gebracht. Auch habe ich mich mit Frau Scherer noch mal unterhalten. Doch alles Weitere im Büro oder auf dem Weg dorthin. Ich habe Hunger wie ein verdammter Bär nach seinem verdammten Winterschlaf.«

Beim Eintreten in ihr Büro staunte Kiki nicht schlecht. Vier Teller jeweils mit Messer, Gabel und einer Serviette waren an einem improvisierten Besprechungstisch drapiert, und Fabi hatte auch die Fotowand bereits auf den neuesten Stand gebracht. Ganz oben war nun ein Bild von Andreas Scherer mit wichtigen Eckdaten. Die Bilder aller ehemals Vermissten waren als Stapel mit einem Magneten befestigt, und die Bilder von Michel und Paul hingen prominent einzeln daneben.

»Was ist denn hier passiert? Ich war doch nur kurz rauchen«, feixte Kiki, freute sich aber offensichtlich. Sie nahm Dobbs die Tüte aus der Hand, stellte sie auf den Tisch und verteilte: »Döner für Dobbs und mich, wie immer. Welcher ist der ohne scharf für dich? Salat und Chicken Nuggets für Fábio, und der Salat ist vermutlich für dich, Anna. Guten Appetit!«

Doch Anna war der Appetit vergangen, sie stocherte gedankenverloren im Grünzeug herum.

»Iss!«, flüsterte Dobbs und stupste ihren Fuß mit seinem an. Anna sah ihn genervt an. Fabi schob ihr seine Chicken Nuggets hin, und sie schob sie dankend zurück.

»Dann bringt Anna und mich mal auf den neuesten Stand. Was wurde gefunden?«, forderte Dobbs seine Kollegen auf.

»Interessanter ist eher, was nicht gefunden wurde. In der Gartenhütte waren zwar ein Schreibtisch und einiges an Büromaterial, aber kein Computer oder Ähnliches. Den muss er weggeschafft haben, denn die Stromkabel und auch die Maus, Tastatur und Bildschirme waren noch dort. Wir vermuten, dass er von dort seine digitalen Angriffe steuerte. Der Kollege vom HLKA ist da nun dran. Zudem haben wir einiges an Laborausrüstung gefunden. Er muss dort wohl versucht haben, Skopolamin selbst herzustellen. Seine Gartenhütte ist zudem eine Art kindliches Spielzimmer, das sehr tief blicken ließ. Laut seiner Frau darf ausschließlich er die Hütte betreten, sie war noch nie drin. Ein stilles Abkommen zwischen den beiden. Sie dachte bislang, es sei eine typische Männerhöhle, so sagte sie, wo er Pornos gucken und an sich herumspielen kann. Denn in sexueller Hinsicht passierte schon lange nichts mehr bei Scherers. Pf, Männer.« Dobbs und Fabi wurden still, doch Anna grinste Kiki amüsiert an.

»Und weiter, was hat die Durchsuchung seiner Männerhöhle noch ergeben?«, drängte Dobbs.

»Er nimmt seine Psycho-Medikamente nicht mehr, wie die Ehefrau schon vermutet hatte, doch wohl schon deutlich länger, als sie ahnte. Wir haben eine ungenutzte Drei-Monats-Packung Psychopharmaka gefunden. Laut seiner Frau führte Scherer zudem in letzter Zeit vermehrt Selbstgespräche. In seinem Wahn muss er wohl letztens davon gesprochen haben, dass er stolz auf seine Leistungen sei. Dann wäre auch sein Vater stolz. Er sagte, er müsse ihm gehorchen, dann brauche er auch nichts zu fürchten. Er wolle seinen Jungen groß und stark machen und ihn beschützen. Auch als er bei ihr war und sie bedrohte, sprach er mit sich selbst. Sie konnte ihn dabei belauschen, wie er mit einem Christoph sprach. Zudem fanden wir ein vergilbtes Foto. Darauf zwei Jungs, beide um die zehn Jahre alt. Auf dessen Rückseite stand: *Christoph und ich.* Frau Scherer hat ihren Mann darauf eindeutig identifizieren können.«

»Haben wir euch erzählt, dass Robin Matussek laut seiner Schwester im Traum den Namen Christoph gerufen hat?«, fragte Dobbs mit vollem Mund.

»Ja. Aber warte, es wird noch aufschlussreicher. Oder sagen wir lieber, es wird noch unheimlicher. Denn als Frau Scherer das Bild von ihrem Mann mit Christoph sah, präsentierte sie prompt einen Ausschnitt aus der Tageszeitung.« Kiki legte diesen eingetütet auf den Tisch vor ihnen. »Vor etwa vierzehn Monaten erschien dort eine Traueranonnce zum Tod von Christoph Blaschke-Wollenweber. Diese Annonce fand Frau Scherer einige Monate später auf ihrem Dachboden und nahm sie an sich, um ihren Mann darauf anzusprechen. Doch als sie ihn fragte, sagte er, nicht so recht glaubwürdig, er kenne ihn nicht. Sie beließ es vorerst dabei. Als sie ihn jedoch wenige Tage später noch einmal darauf ansprach, antwortete Scherer nicht, ging in seine Männerhöhle und schlug etwas kaputt. Lautstark. An einem Sonntag. Dabei schrie er jemanden an. Schrie immer wieder, wie sehr er ihn brauche. Das ist jetzt etwa einen Monat her. Das, was er augenscheinlich zerschlug, war seine Modelleisenbahnlandschaft. Er hatte auf einem Flohmarkt Zubehör und eine kleine Eisenbahn gekauft, erinnert sich Frau Scherer.« Nun starrten alle Kiki an. »Ja, richtig, eine enorm große Landschaft. Nicht professionell gebaut, eher kindlich. Nur mit Legofiguren, aber dafür mit Regenfallrinnen als unterirdisches Tunnelnetzwerk und Brücken und einem umgestülpten Putzeimer als Berg. Einfach und improvisiert, aber dennoch muss er sehr viel Zeit dort hineingesteckt haben. Wir haben Pläne dafür gefunden. Da er kinderlos ist, vermuten wir, dass die Pläne von ihm sind und somit bereits älter, denn sie wurden mit Kinderhand beschriftet. Die Schrift ähnelt seiner heutigen Handschrift. Die Legofiguren lagen auf den Plänen. Zwei blonde männliche Kinderfiguren. Eine Modellbahn hingegen fanden wir nicht. Vielleicht heißt das aber auch nur, dass er sie lediglich woanders aufbewahrt.«

Dobbs und Anna schauten sich die Dokumente sehr genau an. Ebenso wie die Figuren, die ebenfalls in einer Beweismitteltüte verpackt waren. »Die Schrift ist definitiv kindlich, aber ich finde, dass die Pläne nicht wirklich alt aussehen«, fand Dobbs, und Fabi erklärte: »Das dachten wir uns auch, deswegen läuft die Analyse bereits. Die Figuren gehören zu einer Produktreihe aus den Achtzigern, Anfang Neunziger. Vermutlich aus Scherers Kindertagen.«

Kiki fuhr sich mit ihren Fingern durch die Haare. »Frau Scherer erinnerte sich daran, dass ihr Mann beim Einzug nicht viel an Erinnerungsstücken aus der Kindheit hatte. Und sie erinnerte sich auch daran, dass vor sieben Jahren ein Brief ins

Haus flatterte, der Andreas komplett aus der Bahn warf. So schlimm, dass er stationär psychiatrisch behandelt werden musste. In diesem Brief waren ein Schreiben und ein Foto, nicht sicher, ob es das gefundene Fotos aus der Hütte ist, aber gut möglich. Frau Scherer hat es bis vorhin nie zu Gesicht bekommen. Sie weiß nur, dass der Brief von den neuen Besitzern von Scherers Elternhaus in Bauerbach kam.«

»Jan Liske aus Mainz, der Vermisste Nummer fünf, wurde auf dem Weg nach Bauerbach gefunden«, meldete sich Anna zu Wort.

»Zufall?«, fragte Kiki schlicht.

Wie aus einem Mund kam es von Anna und Dobbs: »Zufälle gibt es nicht.«

»Stimmt. Ich schicke eine Streife nach Bauerbach zum Elternhaus von Scherer. Sie sollen sich dort nach Scherer umschauen und nach dem Rechten sehen.« Kiki holte Luft, um fortzusetzen: »Die neuen Hausbesitzer haben bei Umbaumaßnahmen das Foto auf dem Dachboden versteckt gefunden. In einem Verschlag. Daran erinnert sich Frau Scherer, denn sie wurde über den Fund damals als Erste informiert. Sowohl sie als auch der damals beauftragte Makler haben beide bestätigt, dass Herr Scherer den Verkauf des Hauses schnellstmöglich abwickeln wollte – ohne das Haus jemals betreten zu müssen.«

Anna schluckte laut. »Mal angenommen, dass es das Christoph-und-ich-Bild war: Wenn ihn ein Bild aus der Vergangenheit so derart aus der Bahn wirft, was muss er durchgemacht haben? Was hat Christoph ihm bedeutet?«, fragte sie in den Raum.

»Frau Scherer sagte zudem, wie oft er damals betont hatte, dass es die beste Entscheidung gewesen sei, sein Elternhaus zu verkaufen. Sie meinte rückblickend, dass sie als Paar nach dem Verkauf des Hauses seit Langem mal wieder echtes Eheglück und Zufriedenheit erleben durften. Ein paar schöne Monate – bis eben zu diesem Wendepunkt, als der Brief mit dem Foto eintraf.«

»Gibt es inzwischen eigentlich Einsicht in die Strafakte des Vaters?«, fragte Dobbs.

Doch Kiki schüttelte den Kopf. »Noch nicht, leider. Aber Karsten hat sich schnellstmöglich darangesetzt. Vermutlich nachdem er sein neuestes Betthäschen nach Hause geschickt hat.« Jetzt hatte Kiki Annas vollstes Mitleid, doch Kiki schmunzelte verschmitzt. So, wie Kiki von ihrem Ex sprach, und so, wie Anna sie nun kennenlernen durfte, waren beide Partner in der Ehe wohl gleichberechtigt gewesen. In jeglicher Hinsicht. Auch mit den Betthäschen.

»Dann teilen wir uns die Arbeit auf, Kiki, würde ich sagen«, entschied Dobbs. »Ich rufe bei der Witwe von Christoph Blaschke-Wollenweber an, und du bedrängst noch mal Betthäschen-Karsten.«

»Zu gerne.«

»Und was machen Anna und ich?«, fragte Fabi voller Tatendrang.

»Du machst Pause und zwingst Anna, ihren Salat aufzuessen. Sie braucht Kraft. Ich habe keine Lust, dass sie schon wieder aus den Latschen kippt. Zumindest nicht aus so vermeidbaren Gründen.«

Fabi sah Anna vorwurfsvoll an, scheinbar hatte er von ihren kleinen und größeren Schwächeanfällen noch nicht erfahren, und sie grinste verlegen. Da griff er in seine Hosentasche und zog einen kleinen Löwen in Polizeiuniform heraus.

»Der ist ja niedlich. Wer ist denn das?«, flüsterte Anna und bemühte sich, noch leiser zu reden, als Dobbs am Telefon zu sprechen begann; offensichtlich hatte Christophs Witwe das

Telefonat mit Dobbs entgegengenommen. Er sprach ihr sein Beileid aus, obwohl seit dem Tod ihres Mannes ja bereits einige Zeit vergangen war.

»Dieser kleine Freund hier ist Leon. Entzückend, oder? Leon ist der Kinderkommissar der Hessischen Polizei. Und er ist für dich – als Geburtstagsgeschenk. Häng ihn dir an deinen Schlüsselbund, und er wird dir Glück bringen und allzeit Mut und klaren Verstand. Ich habe auch einen.«

Und auch Kiki griff wortlos in ihre Schreibtischschublade und präsentierte ihren eigenen kleinen Leon.

»Das ist so lieb, Fabi! Danke.«

»Und jetzt iss! Faça favor! Agora!«

Dobbs schmunzelte in den Telefonhörer, als er Fabis Befehlston vernahm.

Anna rümpfte ihre Nase. »Polizeiliche Anordnung?«

»Sogar ausdrückliche polizeiliche Anordnung!«, wiederholte Fabi mit Nachdruck und schob ihr seinen letzten Chicken Nugget zu. Und Anna aß. Aber nicht, ohne ihm vorher die Zunge herauszustrecken.

»Witwe Blaschke-Wollenweber war sehr gesprächig«, sagte Dobbs, nachdem er das Telefonat beendet hatte. »Hatte aber nicht viel Positives zu berichten. Sie ist übrigens eine Kollegin aus Gießen. Ihr Mann hatte ihr vor vielen Jahren schon die traurige Geschichte von Andreas Scherer erzählt. Zumindest den Teil, an den ihr Mann sich überhaupt noch erinnern konnte. Er hatte nämlich seit nahezu dreißig Jahren keinen Kontakt mehr zu Scherer gehabt. Und seitdem er vor zwölf Jahren selbst Vater wurde, legte er auch keinen Wert mehr auf die Wiederherstellung des Kontaktes zu seinem Kindheitsfreund. Wie Frau Bla… ach, einfach die Witwe, erklärte, kannten sich Scherer und er aus der Grundschule, haben sich aber nur ein paarmal zu Hause getroffen. Er selbst muss wohl mal zu ihr gesagt haben, dass sie eigentlich gar nicht so richtig befreundet waren.«

»Und in der wenigen gemeinsamen Zeit haben sie mit der Modelleisenbahn gespielt und die gebaut?«, fragte Fabi. »Weil mein Vater und ich so was früher auch gebaut haben, weiß ich, dass so eine Arbeit dauert. Die Entwicklung ist bei einem solchen Projekt wichtig. Es ist ein Prozess.«

»Entwicklung, Prozess«, wiederholte Anna ruhig, und Dobbs und auch die anderen schenkten ihr die Zeit, darüber nachzudenken, und als ihre Nase wippte, wussten sie, dass sie etwas aufgespürt hatte. »Es ist vielleicht etwas weit hergeholt, aber was wäre, wenn Scherer die Bahn zwar theoretisch im Beisein von Christoph aufgebaut hat, aber dieser körperlich nicht anwesend war? Versteht ihr, was ich meine? Was ist, wenn Scherer, der schließlich, wie wir ahnen, in der Vergangenheit bereits psychotische Schübe hatte, die Bahn dafür nutzte, sich mit seinem Kindheitsfreund zu verbinden? Auch wenn dieser dabei gar nicht anwesend war, er war nur imaginär dabei.«

»Das würde auch erklären, warum es so schwer für uns war, den Täter zu analysieren. Wir haben eventuell mehrere Täter. Mehrere Täter in einem. Eine Persönlichkeitsspaltung. Mehrfache Motive. Mehrfache Modi. Das erklärt auch, warum ein Täter, der eigentlich aus niederen Gründen agiert, auf Skopolamin zurückgreift. Er nutzt den Verstand eines Erwachsenen und will damit eine Kindheitssehnsucht erfüllen.«

»Das klingt ziemlich weit hergeholt. Viel zu konstruiert. Wie kommst du darauf, Dobbs?« Anna war skeptisch.

»Intuition lässt du hier nicht gelten, oder, Liebes?«, fragte er süßlich. Zerknautschte dabei aber sein Gesicht, fast, als erwartete er ihren Konter. Nein, Anna würde Intuition als Begründung für eine Hypothese sicherlich kaum gelten lassen, war er es doch damals an der Uni gewesen, der sie zurechtgewiesen hatte, dass das nicht ausreichte.

Nun war es aber Annas Intuition als seine ehemalige Studentin, die Antwort selbst zu formulieren: »Doch, Dobbs, du könntest recht haben, denn das erklärt wirklich einiges. Es erscheint beinahe logisch! Als Erwachsener mit Kindheitssehnsucht greift er auf ein Gift zurück, das für beide Parteien in ihm einen gewissen Reiz hat. Das Kind hat bei der Herstellung etwas zum Basteln und Tüfteln – und beim Ausführen, beim Sprühen, zudem Spaß. Jemandem Spray ins Gesicht zu sprühen, scheint wie ein kindlicher Streich. Und der erwachsene Täter kann das Mittel leicht besorgen. Wie wir ja schon festgestellt haben: Es gibt verschiedene Typen von Gifttätern. Mit verschiedenen Motivationen. Politisch Motivierte und Anhänger religiöser Sekten, Erpresser, Rächer, Todesengel und Kindsköpfe, die sich einfach mal ausprobieren wollen.«

»Und eben genau diese Kindsköpfe waren es, die mir gezeigt haben, dass nicht zwingend ein Erwachsener hier handelt, Liebes.«

Dass Kiki Probleme hatte, die Gedanken von Anna und Dobbs nachzuvollziehen, hatte Dobbs erkannt, und er fuhr erklärend fort: »Wir haben zwei Täter in einem. Scherer als Erwachsener, höchstwahrscheinlich in der Rolle seines brutalen Vaters, und Scherer als Sohn, der unter seinem Vater leiden muss. Als Vater ist er cholerisch, aufbrausend, brutal, impulsiv, als Kind eher ruhig, sensibel, gepeinigt und verängstigt.«

»Klingt plötzlich irgendwie gar nicht so abwegig«, zeigte sich Kiki einverstanden und las auf ihrem Bildschirm ein Dokument durch. »Karsten hat die Aktenkopie geschickt. Wie wir ja schon wissen, war Andreas Scherer in seiner Kindheit Opfer von brutalster physischer und psychischer Gewalt durch seinen Vater, woraufhin er jahrelang in Therapie war und dem Vater im Alter von elf Jahren entzogen wurde und in ein Kinderheim kam.«

»Und die Mutter?«

»Starb. Da war Andreas vier Jahre alt. Ist im Keller gestürzt. Die Umstände wurden nie geklärt. Der kleine Andreas war alleine mit ihr zu Hause.« Schweigen. Sie alle dachten sich ihren Teil der Geschichte. »Als Andreas Scherer mit neunzehn Jahren ein Studium beginnen wollte«, Anna wurde hellhörig, für Dobbs sichtbar hob sie ihren Zeigefinger, »versuchte der Vater erstmals, Selbstmord zu begehen. Mit einem Messer wollte er sich die Pulsadern öffnen, er drohte es am Telefon an und ging in den Wald – zum Lieblingsversteck seines Sohnes. So steht es im Protokoll. Dieser wusste, wo er seinen Vater suchen musste, und versuchte es ihm auszureden, musste aber hilflos mitansehen, wie der Vater sich die Pulsadern öffnete. Er hatte sich gerade erst für ein Chemiestudium immatrikuliert.«

»Das heißt, wenn der Junge nicht misshandelt oder ignoriert wurde vom Vater, wurde er von ihm gedemütigt. Sogar durch einen Suizidversuch.« Anna schluckte.

»Eine Nachbarin, der gegenüber er ihr seinen Selbstmord angekündigt hatte und die sah, wie er sich in den Wald aufmachte, alarmierte die Rettungskräfte, und der Vater überlebte knapp, war aber fortan in Denken und Bewegung stark eingeschränkt. Er wurde ein Pflegefall, und Andreas Scherer kümmerte sich um ihn. Sein Studium hat er nie angetreten.«

»Wieder wurde der Sohn gedemütigt und ignoriert.« Anna wiederholte ihre eigenen Worte.

»Vor etwa elf Jahren kam der Vater unter mysteriösen Umständen ums Leben. Suizid durch Tabletten und Alkohol lautete die offizielle Todesursache, doch der Vater wäre dazu gar nicht mehr in der Lage gewesen, sagen Zeugen.«

»Ein Befreiungsschlag? Wieso so plötzlich?«

»Keine Ahnung, Anna.«

Dobbs sprang ein: »Was sagte Frau Scherer, wie lange sind die beiden zusammen?«

»Wir sind seit neun Jahren verheiratet, kennen uns zwölf Jahre«, zitierte Anna sofort und ahmte sogar Frau Scherers Tonfall nach.

Kiki war inzwischen aufgestanden, hatte sich eine unangezündete Zigarette in den Mundwinkel gesteckt und tigerte damit durch ihr Büro. »Wann kommt die Scherer hierher? Ich habe da ein paar Fragen an sie, die ihr nicht gefallen werden.« Immer wieder schüttelte sie den Kopf. »Mann, Mann, Mann. Ach, und bevor ich es vergesse, noch etwas aus der Akte, was interessant ist: Christoph Blaschke-Wollenweber beziehungsweise dessen Mutter Isolde Wollenweber hatten damals als Zeugen ausgesagt im Fall der Kindesmisshandlung.«

»Also sah Scherer in Christoph seinen Retter? Und jetzt, wo er nicht mehr lebt, braucht Scherer einen Stellvertreter«, dachte Anna laut und rieb sich die schmerzenden Beine. Gelegentlich kündigten diese noch ihren Protest an.

»Richtig, Liebes. Du sagtest ja schon zuvor, dass du davon ausgehst, dass die entführten Studenten dem Täter etwas bedeuten und vielleicht irgendwen ersetzen sollen.«

»Wir wissen ja inzwischen, dass Christoph Blaschke-Wollenweber Lehrer war«, begann Anna.

»Du verfolgst eine Idee, Anna, oder? Deine Nase zuckt!« Fabi sah Annas Nase fasziniert zu.

Anna erklärte: »Ich habe vorhin auf der Webseite der Schule, wo er unterrichtet hat, eine Nachrufseite gefunden, und im Steckbrief der Lehrerseite standen die Daten. Er hat im gleichen Jahr mit dem Studium begonnen, in dem auch Scherer anfangen wollte zu studieren. Und Blaschke-Wollenweber ist Lehrer für Physik und Chemie geworden.«

»Wäre es weit hergeholt zu vermuten, dass sich Scherer und Blaschke-Wollenweber vielleicht bei der damaligen OE wiedergesehen haben? Auch wenn Scherer sein Studium dann nie angetreten hat? Vielleicht ist ihm bei den Entführungen deshalb die OE so wichtig gewesen.«

»Ob wir diese Hypothese jemals belegen können, bezweifele ich.« Kiki grübelte.

»Wie starb Christoph?«, fragte Fabi.

»Laut Unterlagen bei einem Autounfall. Unverschuldet. Panoramastraße. Typisch.« Erst als Dobbs seine Worte ausgesprochen hatte, bemerkte er, dass er Anna damit wehgetan hatte.

»Ihr entschuldigt mich kurz?«, sagte Anna getroffen und stand auf. Sie verließ den Raum. Ihr war plötzlich speiübel, und alles tat weh. Sie ging zur Toilette und hoffte, dass dort niemand war, öffnete ein Fenster und suchte sich die hinterste Kabine. Sie wusste nicht, was los war, doch sie spürte, dass sie entweder wieder ohnmächtig werden würde oder dass sie sich erbrechen müsste. Doch vor allem hatte sie das dringende Bedürfnis, einfach mal kurz durchzuatmen. Alleine, ohne den ständigen Begleitschutz durch Dobbs. Ihre Beine schmerzten und zitterten nun ohne Unterlass, ihr Kopf spielte komplett verrückt. Ihr Körper ertrug all die Gewalt um sie herum nicht. Nicht mehr. Vielleicht war er nach der Tortur der letzten Monate einfach ausgelaugt. Ausgebrannt vom Heilen. Sie schaffte es nunmehr seit erst einer Woche, wieder selbstständig zu stehen.

Anna brauchte Paul zurück. Er würde ihr sagen können, was sie tun sollte. Und zudem brauchte sie eine lange, ausgiebige Dusche und ihre eigene Kleidung, nicht die geliehene Schutzkleidung, die sie noch immer trug. Und sie brauchte viel Schlaf. Das ginge aber erst, wenn Paul wieder da war.

Anna klappte den Toilettendeckel hinunter und ließ sich seufzend auf ihn sinken. In Gedanken war sie bei Michel im Krankenhaus, doch war es nicht Michel, der in dem Bett lag und krampfte. In ihrer Vorstellung war es Paul, und Michel stand gesund daneben. Wieso hatte Michel ihr sagen müssen, dass es Paul nicht gut ging, dort, wo er gerade war? Und was wollte Michel ihr mit dem Wort »Uba« mitteilen? Google hatte sich diesbezüglich auch bereits ausgeschwiegen. Uba. Uba. Tuba. Huber. Über. Uber. Uba. Ba. Bar. Bahn. Vielleicht meint er die Modelleisenbahn? Ba wie Bahn. Uba. Scherers Bahn fuhr in Tunneln. Uba. U-Bahn. Dann legte sich in Anna ein Schalter um. U-Bahn!

Sie rannte aus dem Klo, lief über den Korridor in Kikis Büro. »Uba! Michel sagte Uba! Wie U-Bahn. Es ist eine Legende auf dem Lahnberge-Campus, und manche Studis behaupten, sie würden U-Bahn fahren können.«

Fabi stand auf und trat zu ihr. »Langsam, Anna! Calma! Was meinst du? Was bedeutet U-Bahn fahren für Studenten?«

Anna schnaufte kurz durch. »Es gibt die Legende, dass ein Biologieprofessor einst mit seinen Studenten um das gemeinsame Mittagessen in der Mensa wettete. Er sagte, die Studenten sollen schon vorausgehen in die Innenstadt. Er würde demnächst nachkommen und trotzdem schneller dort sein als sie. Und er war wirklich eher da als seine Studis. Als Erklärung sagte der Prof, er wäre U-Bahn gefahren. Und ihr wisst, der Fachbereich Biologie ist oben auf den Lahnbergen. Da, wo scheinbar alles passiert.« Sie atmete hektisch. »Ich kenne zwei Biologiestudenten, die rufe ich jetzt an. Dort oben muss es unterirdisch irgendetwas geben. Sollte dort mal eine U-Bahnlinie gebaut werden oder so? Oder gibt es Überreste aus den Weltkriegen? Bunker oder Tunnel vielleicht? Vielleicht von einem Unigebäude zum anderen? Oder vielleicht vom Fernheizwerk? Sonst gibt es da doch nicht so viel. Paul ist dort!«

Und beim erneuten Gedanken an ihn klappten ihre Beine weg.

21

KOMPLIZEN

Wenigstens war Anna die Peinlichkeit erspart geblieben, schon wieder ohnmächtig zu werden.

»Sag mir bitte, dass das nur aufgrund der vielen Operationen bei dir noch immer so ist, sonst mache ich mir ernsthaft Sorgen«, sagte Kiki, die aufgeregt neben ihr kniete und sich hektisch ihr Ohrläppchen rieb. Es half ihr jedoch nicht wirklich, sich zu beruhigen.

»Die Ärzte sagten, das würde irgendwann besser. Sagten aber nicht, wie lange das dauert. Verdammt. Durch die Tiefe meiner damaligen Wunden ist im Gewebe viel kaputt gegangen. Und meine Nerven liegen momentan eben besonders blank. Aber, hey, ich lebe noch, genügt euch das etwa nicht?« Anna klang bitter und versuchte umständlich aufzustehen. »Tut mir leid, Fabi, dass ich dich so schamlos als Auffangkissen missbrauchen musste. Habe ich dir wehgetan?«

Doch er lachte nur auf und griff ihr unter die Arme, um sie aus der Hocke hochzuhieven. »Habe ich doch gerne gemacht.«

Offenbar hatte Anna in den letzten Minuten einiges doch nicht so recht mitbekommen, denn plötzlich kam ein Kollege durch die Kaffeeküche in Kikis Büro und übergab ihnen einen großen Lageplan. »Schaut mal, ich konnte uralte Pläne finden. Vom Fernheizwerk ausgehend gibt es wohl noch inaktive Schächte zu den Unigebäuden. Stillgelegt seit vielen Jahren. Zur alten Jägerkaserne im Südviertel, wo jetzt die Psychologie ist, zur Elisabethkirche und zu den Gebäuden längs der Ketzerbach. Die Gebäude wurden früher von den Lahnbergen aus mit Wärme versorgt. Die Schächte sind wohl im Umfang so groß, dass sie sogar mit einem Fahrrad abgefahren werden können.«

Anna verglich, gestützt von Fabi, den Lageplan der Tunnel mit der Karte der Fundorte, auf der sie erst heute in den frühen Morgenstunden mit einem Lineal Striche gezogen hatte, die nun einen Sinn ergaben und vor allem erklärten, wie die vermissten Erstsemester scheinbar quer über die Stadt verteilt wieder auftauchen konnten. Kiki griff zum Telefon und raunte ein: »Wir brauchen ein monstergroßes MEK!«, in den Hörer.

»MEK? Nicht SEK? Was ist das?«

»Mobiles Einsatzkommando. Ist quasi das Gleiche wie ein SEK. Erkläre ich dir wann anders, Liebes.«

»Mobiles Spezialeinsatzkommando«, übersetzte Anna leise für sich. »Paul, wir sind bald bei dir!«

Dobbs hüstelte verlegen. Wie sollte er ihr es sagen? Sie und er würden nicht auf die Lahnberge fahren, solange das MEK dort oben aktiv war.

Kiki als Ermittlungsleiterin stand bereits vor ihrem Schließfach in der Wand und packte ihre Tasche und ihr Schulterholster. Sie bewaffnete sich ausreichend.

Anna wunderte sich. Wieso blieb Dobbs so still sitzen? War ihrer beider Mithilfe und Anwesenheit etwa nicht erwünscht?

Dobbs wandte sich an Kiki: »Wenn du jemanden zum Verhandeln brauchst, melde dich. Wir halten hier so lange die Stellung.«

Annas Gesichtszüge entgleisten. Doch auch Fabi machte keine Anstalten aufzubrechen. »Du auch nicht?«, fragte Anna entsetzt, und Fabi antwortete: »Bei Bedarf rücken wir nach. Doch aktuell sind wir dort oben unnütz.«

»Das MEK war sowieso gerade in Lich. Die sind schnell hier«, erklärte Kiki und verließ mit den Worten: »Ich bringe dir deinen Pauli wieder, Anna«, den Raum.

»Pass auf dich auf und komm heile wieder heim«, rief Dobbs ihr hinterher. Und als müsste er es Anna erklären, sagte er: »Das macht Kiki immer, wenn wir das Haus verlassen. Hat sie irgendwann mal eingeführt. Sie sagt immer: Verabschiedet euch, solange ihr es könnt. Man weiß nie, was kommt.«

Anna nickte. Und schluckte laut. Und ließ sich dann stöhnend auf Kikis Schreibtischstuhl nieder, ihr Hinterkopf kippte an die hohe Stuhllehne. Die Zeit schien stillzustehen. Sie musste doch irgendetwas tun können!

»Helft ihr mir grad mal? Bitte.« Das war Dobbs. Sofort eilte Anna zu ihm hinüber, auch wenn sie dabei Fabi beinahe über den Haufen rannte, der ihren Weg kreuzte.

Dobbs zeigte mit seinem Finger auf den Bildschirm, da spürte Anna, dass ihr Handy in der Hosentasche vibrierte. Sie kannte die Nummer nicht. Dobbs schaute ihr aufmerksam zu. »Marburger Vorwahl. Fünf acht sechs …«

»Geh dran, das ist das Uniklinikum!«

Anna bekam Angst, dass etwas mit Michel war, und hob ab. »Hallo?« Ihre Stimme klang brüchiger als gewollt.

»Milady?«

»Michel.« Annas Begeisterung schien den Raum zu erleuchten, und sofort rannen Tränen der Erleichterung über ihre Wangen.

»Alles Gute zum Geburtstag!«

»Das ist doch jetzt egal! Wie geht es dir? Kannst du atmen?«

Beinahe musste er lachen. »Kann ich, Anna. Und ich kann mich erinnern«, sagte er mit klarer Stimme. »An so ziemlich alles.«

»Wir kommen sofort zu dir!« Anna legte auf und brauchte nicht lange, um Dobbs zu überzeugen, ins Klinikum zu fahren. Denn zur Not wäre sie alleine und ohne ihn gefahren.

Fabi blieb in der Direktion zurück, würde sich aber sofort der Bereitschaft anschließen, wenn sie von den Lahnbergen das Startsignal bekamen.

Kaum vom Parkplatz der Polizei gerollt, schaltete Dobbs das Blaulicht ein, um ungehindert auf die Schnellstraße einbiegen zu können. »Darfst du das in diesem Fall überhaupt?«, flachste Anna.

»Na ja, da Michel uns scheinbar Fakten nennen kann, die dringend sind und zum Ergreifen des Täters beitragen könnten, besteht öffentliches Interesse. Aber ich habe ehrlich keine Ahnung, bin Polizist und kein Jurist, und es ist mir gerade furchtbar schnurzpiepegal. Tatütata muss eben auch manchmal nach eigenem Ermessen benutzt werden. Mit ein bisschen Fingerspitzengefühl aus dem Bauch raus. Hab mal gelesen, dass mir lediglich ein kleines Bußgeld droht, wenn jemand unseren Einsatz mit Tatütata anzweifeln sollte.«

Kurz entschlossen drückte Anna den Knopf, um auch das Einsatzhorn dazuzuschalten, und hielt sich die Ohren zu. »Zur Not teilen wir uns das Bußgeld«, rief sie laut.

Sie war vermutlich noch nie so schnell auf den Lahnbergen gewesen.

»Bereit zu rennen? Schaffst du das? Wir nehmen den Hintereingang«, fragte Dobbs.

»Ausruhen und Wunden lecken kann ich, wenn Paul gefunden wurde«, sagte Anna tapfer. Sie tätschelte ihre Beine und schaltete das Signalhorn wieder aus. »Da ist ein freier Parkplatz.«

Das Glück schien ihnen hold, und sie rannten los. Über die langen Korridore bis hin zu der Station, wo Michel lag. Doch sie wurden unsanft von einem Arzt gebremst. »Bitte nicht rennen. Zu wem wollen Sie?«

»Uphoff. Kommissar Uphoff.«

»Zimmer drei null neun.«

»Wissen wir!«, rief Anna ungeduldig und stürmte voran.

»Stopp! Ich brauche Ihre Ausweise.«

Dobbs zeigte seinen Ausweis und stellte Anna noch flüchtig als seine Kollegin vor, da war diese schon durch die Tür in Michels Zimmer geplatzt.

Michel saß angezogen mit gepackter Plastiktasche auf seiner Bettkante und löffelte einen grünen Wackelpudding. Er strahlte Anna mit seinem bezauberndsten Lächeln an, und sie strahlte zurück, auch wenn sein Anblick doch sehr überraschend kam – wartend und essend. Er stand auf und fiel ihr stürmisch um den Hals. »Ich dachte zwischendurch ehrlich nicht mehr daran, dich jemals wiedersehen zu dürfen.«

»Du hast uns einen ganz schönen Schreck eingejagt, als du hier so hilflos lagst und nach Luft gerungen hast.«

»Ich weiß nur, dass ihr hier gewesen seid. Von dem Anfall weiß ich kaum noch etwas. War wohl eine allergische Reaktion. Aber die haben hier scheinbar ganz gute Drogen.« Er zog einen Mundwinkel verschmitzt nach oben und sah an ihr herunter. »Anna, bist du jetzt eine von uns? Wie lange war ich eigentlich ohnmächtig? Du stehst alleine auf zwei gesunden Beinen, trägst Einsatzkleidung, hast eine neue Frisur. Was ist passiert?«

Dobbs betrat in diesem Moment den Raum, auch ihm fiel Michel überglücklich um den Hals.

»Wieso bist du nicht im Bett?«

»Ich kann mich an alles erinnern, Dobbs.«

»Wie das? Die anderen Entführten konnten das doch nicht?«

»Ich habe wohl eine gestreckte Dosis Skopolamin abbekommen und mehr von irgendeinem anderen Zeug. Der Cocktail hat bei mir nicht gut gewirkt, wurde schnell verstoffwechselt. Irgendwie so etwas sagte der Arzt vorhin.«

Dobbs zückte sofort sein Handy und zeigte ihm ein Bild von Andreas Scherer.

»Das ist er! Den würde ich unter Hunderten wiedererkennen. Lasst uns los, ich weiß, wo Paul ist!«

»Darum kümmern sich in diesen Minuten unsere mobilen Kräfte.«

»Wie habt ihr sein Versteck gefunden?«

Anna griff nach Michels Hand. »Durch dich! Du sagtest Uba.«

Michel war verwirrt. »Uba? Was ist das?«

»Uba, wie U-Bahn fahren, dachte ich.«

»U-Bahn fahren? Hä?«

Dobbs wurde hektisch, und Anna wurde von Schuldgefühlen übermannt. Hatte sie nun einen übereilten MEK-Einsatz zu verantworten, der nicht gerechtfertigt war?

»Paul ist tief in einem Tunnel gefangen. Oben im Wald auf den Lahnbergen. Hier gleich nebenan also!«

»Tunnel? Wie groß waren diese Tunnel?«

»Endlos lang. Ich bin beinahe eine halbe Stunde lang umhergeirrt, um oben im Wald herauszufinden. Es war dunkel, und ich konnte mich nur an den Wänden entlangtasten.«

»Sind die Tunnel hoch? Konntest du im Stehen dort laufen?«

Michel schien die Frage nicht zu verstehen.

»Waren das Heizschächte, wo man theoretisch mit einem Fahrrad durchfahren kann?«

»Also, ich Riese konnte problemlos darin stehen. Lasst uns hier abhauen. Bitte.«

Anna atmete erleichtert durch. Wie viele Heizschächte und Tunnel konnte es dort schon geben?

»Nix da. Du bleibst hier«, sagte Dobbs zu Michel.

»Wir brauchen keine zwei Minuten mit dem Auto dorthin. Das werde ich wohl überleben.«

»Keine Chance.«

»Aber mir geht es gut, und ich habe mich bereits selbst beim Arzt entlassen. Ihr braucht mich.«

»Sei doch nicht unvernünftig«, mahnte nun auch Anna. »Du bist schlimmer als ich.«

Michel schaute auf seine Armbanduhr. »Ihr könnt mir das nicht ausreden, und wir verplempern hier nur wertvolle Zeit. Es geht um Paul. Versteht das doch bitte! Er lebt! Ich führe euch direkt zu ihm.«

Anna fühlte sich zum Freitagnachmittag zurückversetzt, als Paul mit seinem furchtbar unüberlegten Vorschlag in Kikis Büro marschierte und sich zum Lockvogel machen ließ. Er hatte genauso argumentiert wie Michel jetzt.

»Aber einsetzen können wir dich nicht.«

»Verstehe ich. Doch wenn Not am Mann ist, solltet ihr alle Kräfte nehmen, die ihr kriegen könnt. Also auch mich.«

»Okay. Dann los.«

Anna und Dobbs verließen mit Michel das Krankenzimmer, bedankten sich im Vorbeigehen noch einmal bei Arzt und Schwestern und Pflegern und liefen zügig über den Korridor zurück zum Hinterausgang.

»Steht dir übrigens wirklich ausgezeichnet, die Polizeikleidung.«

»Ihr könnt euch nachher noch austauschen. Anna hat viel zu erzählen.«

»Oh ja«, sagte Anna atemlos und hatte Mühe, mit den beiden groß gewachsenen und durchtrainierten Männern mitzuhalten.

Im Laufen rief Dobbs Kiki an und gab durch, dass er mit Anna und Michel dazustoßen würde. Widerworte gab sie nicht.

»Michel, du sagtest, Paul geht es schlecht. Wie schlecht?«

Michel schien plötzlich hart getroffen »Er lebte noch, als ich ging. Er bat mich sogar darum, ihn zurückzulassen, um Hilfe zu holen. Und auch der Entführer kümmerte sich nahezu rührend um Paul. Immer wenn Paul wieder eine Panikattacke hatte, sprühte der Täter ihm Spray ins Gesicht, daraufhin wurde er ruhiger. Paul erzählte mir von dem Vorfall in seiner Kindheit mit dem Kleiderschrank. Daher weiß ich, wie gefährlich diese Situation für ihn ist. Zumal es im Tunnel dunkel und wirklich kalt ist. Vor allem klamm, daher froren wir enorm.«

»Was ist dir noch aufgefallen?« Es ging Dobbs alles nicht schnell genug.

»Für eine kognitive Befragung würde ich gerne Ruhe haben, lass uns das gleich machen, wenn wir angekommen sind«, bat Michel. Er hatte bei Dobbs bereits an einigen Fortbildungen zu dem Thema teilgenommen, wenn auch eher aus eigenem Interesse, denn zu seinen Aufgabengebieten gehörten Befragungen eigentlich nicht. »Es ist zu viel, um sie hier auf dem Gang im Laufen zu machen.«

Sie stiegen ins Auto, und Dobbs peitschte den Motor hoch.

»So richtig Tatütata?«, fragte Anna großzügig vom Beifahrersitz aus.

»Aber bitte! Das Horn jedoch erst, wenn wir vom Klinikparkplatz runter sind. Und nur über die zwei Kreuzungen, dann still. Explizite Anweisung von Kiki.«

Michel reichte Anna einen Zettel mit Stichworten nach vorne. »Für Dobbs, falls meine Befragung gleich stockt. Hast du einen Stift dabei? Dann notier bitte noch das Wort ›Uba‹ auf dem Zettel. Bislang bin ich nicht dahintergestiegen, warum ich das von mir gegeben habe.«

»Gute Idee, Michel«, lobte Dobbs. »Möglich, dass du eventuell etwas aufgenommen hast und intuitiv aufklären wolltest.«

Anna war sprachlos. Sie hatte bei Dobbs lediglich eine theoretische Vorlesung und ein praktisches Training auf Video miterlebt und war weit davon entfernt, selbst eine kognitive Befragung abhalten zu können. Doch wenn der geschulte Michel und Dobbs als Experte es taten, würde sie unbedingt daran teilhaben wollen. Wer weiß, vielleicht würde sie ja irgendwann mal Nutzen daraus ziehen. Egal, wo ihr beruflicher Weg sie zukünftig hinführte.

Kikis Anweisung brachte die drei auf einen lang gezogenen Waldweg, auf der ihr Wagen hinter dichten Bäumen versteckt stand, ebenso wie zwei große, schwarze Kleinbusse. Kiki saß mit einem Kollegen in ihrem Wagen und stieg aus, als sie Dobbs' Audi kommen sah. Sie trat an das Fahrerfenster heran und beugte sich herunter. Sie sprach leise und streckte Michel ihre Hand entgegen. »Willkommen zurück, Uphoff. Dobbs sagte, du kannst uns zu Pauls Versteck lotsen?«

»Ja«, sagte er kurz. »Von meinem Fundort aus.«

»Okay. Wir warten jetzt jede Minute darauf, dass die Kollegen durch die Tunnel aus der Innenstadt nach hier oben vorstoßen. Es sind Kräfte hier im Wald, die nur darauf warten, dass der Täter aus seinem Kaninchenbau getrieben wird. Wenn sie ihn nicht mitbringen, dann suchen wir Paul im Anschluss mit deiner Hilfe. Das Problem ist, dass ich hier oben keine Funkverbindung in die Tunnel habe. Ich weiß also nicht, wann es so weit sein wird. Ich habe ein paar Helfer und weitere Einsatzkräfte auf Abruf, sollte etwas vorfallen.«

Kiki ging zurück in ihren Wagen, und Dobbs drehte sich zu Michel um. »Ach, verdammt. Warte, ich komme nach hinten.« Er stieg aus und setzte sich neben Michel auf die Rückbank. »Dann nutzen wir doch die Zeit und zapfen dein Gehirn an.«

In Annas Nasenspitze kribbelte es bereits. Sie nahm den Zettel mit Michels Stichworten zur Hand.

»Bereit, Michel?«, begann Dobbs.

Michel nickte und schloss prompt seine Augen.

»Wo bist du gerade?«

»Am Erlenring. Hab Stellung bezogen.«

»Wer ist bei dir?«

»Viele Studenten. Nicht nur Erstis. Hier ist richtig was los. Das war gestern aber nicht so voll. Hier sind ein paar nette Mädels, die Flyer verteilen. Ich kriege auch einen. Werbung für ein Fitnessstudio. Sie flirten. Ansonsten nichts Auffälliges. Sorry, Süße, falsches Ufer. Eines der Flyermädchen lässt nicht locker. Ich habe in einer Stunde Feierabend und freue mich auf das Dekorieren mit Paul für Annas Feier. Ich mag ihn.«

Anna freute sich innerlich sehr für die beiden, und noch mehr freute sie sich, dass Michel komplett in der Art der Befragung aufging. Er wirkte tatsächlich wie weggetreten. Sogar die Augäpfel hinter seinen geschlossenen Lidern wanderten hin und her. Als sähe er aktuell, was vergangen war. »Ich überlege, ob ich ihn einfach mal frage, ob er noch mal mit mir ausgehen will. Ach, krass. Hier bietet mir doch tatsächlich jemand eine Zigarette an. Ich habe seit Jahren nicht geraucht. Nein, danke, ich rauche nicht. Darf man hier überhaupt rauchen? Ich habe Hunger. Hoffentlich hat Paul etwas zu essen zu Hause. Oder ich frage ihn einfach, ob ich etwas mitbringen soll. Sonst fühlt er sich nachher verpflichtet, uns schon wieder ein Drei-Gänge-Menü zu kredenzen. Und schließlich haben wir Wichtigeres vor – Anna soll überrascht werden.«

Dobbs drehte sich zu Anna, der eine Träne über die Wange lief. Er senkte betroffen seinen Blick.

»Wann sollst du bei Paul sein, Michel?«

»Gleich. Noch ein paar Minuten. Ich packe schon mal meine Tasche. Hey, wie nett, ein Mann bietet mir Schokolade an, wenn ich an einem Test teilnehme. Den Spaß gönne ich mir.«

Dobbs nickte Anna zu, als er merkte, wie sie aufhorchte. Das musste der Moment gewesen sein, in dem Michel das Skopolamin aufgenommen hatte. Schockiert war sie allerdings darüber, dass man Michel offenbar nicht gewarnt hatte, dass er nichts zu essen oder trinken annehmen sollte – ganz im Gegensatz zu Paul.

»Wie schmeckt die Schokolade?«

»Zartbitter. Yummy. Ich will mich bedanken, doch er ist weg. Ich gehe ein paar Schritte. Doch als ich wieder auf die Uhr gucke, ist es schon nach dreizehn Uhr. Ich muss los. Wo ist die Bushaltestelle? Huch. Da ist der Schokoladenmann wieder. Direkt vor mir. Die Schokolade ist weg, stattdessen sprüht er mich an. Komm mit, sagt er. Ich folge. Wieso folge ich? Will ich doch gar nicht. Paul … wartet …« Michels Atmung wurde schneller, vermutlich erlebte er gerade erneut, wie Andreas Scherer ihm mit dem Spray eine zweite und stärkere Dosis Skopolamin verabreichte. Anna war wie gebannt. Ein einfaches: »Komm mit!«, war auch das gewesen, was Scherer zu ihr gesagt hatte im Keller der Apotheke. Einfach nur: »Komm mit.«

»Ich muss eingeschlafen sein. Ich war so müde. Als ich aufwachte, war es mitten in der Nacht. Vielleicht. Denn es ist so dunkel. Mir ist ganz komisch. Ich kann nicht richtig atmen, kriege kaum Luft. Mir ist so kalt. Und dann sind da zwei Stimmen.«

»Zwei Stimmen?«, fragte Dobbs. »Wie klangen sie?«

»Männlich. Klangen beide sehr ähnlich, aber doch ganz anders. Einer schrie irgendwas. Doch es hallte, und sie waren ein Stück von mir entfernt. Einer schrie: ›Du bist so schwach!‹, der andere rief: ›Nein, ich wollte das nicht.‹ Eine der Stimmen wirkte etwas älter. Das andere war eine Kinderstimme. Zumindest wirkte sie jung.«

»Was spürst du? Kannst du etwas berühren?«

»Hinter mir ist eine Wand. Ich fühle Metall und Stein. Unter mir liegt eine Wolldecke, und ich fühle ein kaltes Gefäß. Eine Schüssel vielleicht. Ich habe um den Hals ein Halsband mit einer Kette daran. Oh, da ist noch eine Stimme. Eine dritte. Sehr schwach. Er jammert und bettelt darum, dass er gehen darf. Dann fragt eine Kinderstimme: ›Verstehst du mich wirklich?‹, und dann sagt wieder eine Stimme, ähnlich, aber anders: ›Ja, alles wird gut, wenn du bei mir bist.‹ Doch dann waren alle gleichzeitig weg, und ich war alleine. Bis Paul kam. In der Zeit konnte ich aber schon mein Halsband lösen, es war nur ganz einfach verschlossen. Wie ein Hundehalsband. Und ich konnte tastend die Umgebung erkunden.«

»Was ist dir aufgefallen?«

»Ein Eimer, vermutlich für Fäkalien, so riecht er zumindest. Dann Putzsachen, Bücher. Mehr Leinen, aus Leder und Metall, und Halsbänder.«

»Wie war Pauls Zustand, als er kam?«

»Der Täter nutzt eine Stirnlampe, ich kann nicht erkennen, dass es Paul ist, als er ihn bringt. Er ist bewusstlos und reagiert nicht. Ich spreche den Mann nicht an in der kurzen Zeit, die er dort ist. Es … er … es ist ein anderer Mann, obwohl es der gleiche wie zuvor ist. Mein Halsband habe ich nur zum Schein umgelegt, um schnell eingreifen zu können. Aber er ist sanft zu ihm und auch zu mir, behandelt Paul aber sogar besonders vorsichtig. Als der Mann weg ist, löse ich mein Halsband wieder und taste nach Paul und habe ihn dann auch erst erkannt. Doch er reagiert nicht.«

Anna zwang sich, ruhig zu bleiben, um die Befragung nicht zu gefährden, doch es fiel ihr zunehmend schwerer. Ihr Magen rebellierte.

»Paul hat gut fühlbaren Puls. Ich habe ihn in eine Wolldecke eingewickelt und uns gewärmt.«

»Kam der Mann wieder?«

»Dreimal. Zumindest nehme ich an, dass er es immer ist, der zu uns kommt. Ich bin nicht so ganz bei Sinnen. Mir ist schwindelig, und ich habe keine Kraft. Ich kann mich kaum bewegen, nur mit sehr viel Anstrengung. Von seiner Stirnlampe bin ich immer so geblendet, und manchmal spricht er anders, auch ganz plötzlich wechselt er von einer Kinderstimme zu einer tiefen Männerstimme. Ich soll putzen. Da ist seine Stimme ganz tief. Nur wenn er mit dieser Stimme spricht, schlägt er Paul, obwohl dieser bewusstlos ist. Ich drohe dem Mann, doch ich schaffe es nicht aufzustehen. Immer wenn ich Widerworte gebe, zieht er eine Atemschutzmaske auf und sprüht mir wieder irgendwas ins Gesicht. Er nennt es eine Zaubermaske. Doch irgendwann ist sein Spray leer. Er ist dann abgehauen, und kurz danach ist Paul wach geworden.«

Anna atmete etwas zu laut auf, doch das brachte Michel und Dobbs nicht aus der Ruhe.

»Paul ist seltsam ruhig, so kenne ich ihn gar nicht, und er spricht sehr sachlich, so emotionslos. Ich rede mit ihm, um ihn wach zu halten. Er liebt mich, sagt er plötzlich. Vielleicht halluziniert er. Aber er erzählt mir auch Sachen aus seiner Kindheit. Seine Schwester hat ihn mal in einen Schrank gesperrt. Und Anna wollte an ihm diese Angst erforschen. Er sagt, sie wollte wahrscheinlich deshalb Psychologie studieren. Paul ist so ehrlich, er erzählt mir gerade alles.«

Dobbs sah Anna fast vorwurfsvoll an und zog fragend eine Augenbraue nach oben. Mehr als alles wünschte Anna sich, dass Dobbs das Thema wechselte, damit Michel nicht noch mehr Geständnisse von Paul ausplauderte.

»Wie hat der Mann auf Paul reagiert, als der wach wurde?«

»Seltsam. Einerseits will er ständig wissen, wie der Stand der Dinge bei der Polizei ist oder wer auf die Idee kam, Paul als Lockvogel einzusetzen. Andererseits spricht er ihn mit dem Namen Christoph an, spielt mit ihm und einer kleinen Eisenbahn und sagt ständig Danke. Er wechselt dabei seine Stimme und auch seine gesamte Körperhaltung. Danke, Christoph, danke! Ich schaff' das. Ich schaff' das! Wenn er mir Befehle gibt, klingt er wie ein alter, versoffener Mann. Er bedroht mich, und wenn er mit seinem Gewehr auf mich hält, sagt er einmal: ›Ich ziele in das Licht.‹

Anna schluckte. Diesen Satz hatte der Täter als Kommentar auf ihrem Blog hinterlassen.

»Doch dann flüstert er mir gleich mit Kinderstimme: ›Christoph hilft uns‹, zu. Das ist so verwirrend, ich weiß nie, wer vor mir steht, wenn er bei uns ist.«

»Wie geht es weiter?«

»Er will von Paul wissen, wie es als Lockvogel war. Ob er aufgeregt war, und Paul antwortet ihm viel zu ehrlich. Er sagt, dass es allein seine Idee war. Dass Dobbs und Kiki das erst nicht wollten. Und dass Anna sauer und traurig war. Dass er Angst hatte. Aber dass er sich sicher fühlte, als Dobbs versprach, auf ihn aufzupassen. Paul sagt, er vertraut Dobbs, weil Anna ihm vertraut. Und er vertraut Anna, denn sie hat ihm damals einen großen Teil seiner Angst vor der Enge und Dunkelheit genommen. Sie könne bestimmt auch die Angst von ihm nehmen, sagt Paul. Anna kann das ganz sicher, sagt er immer wieder. Sie weiß, wie das geht. Denn sie hat damals gesagt –«

»Auch Monster haben Angst im Dunkeln«, flüsterte Anna und sprang aus der Beifahrertür, um sich zwischen zwei Bäumen zu übergeben.

22

JÄGER UND GEJAGTE

Kiki hielt Annas Stirnfransen zurück und redete ihr gut zu. Sie flüsterte: »Atme ganz ruhig, Anna. Wenn du noch mal kotzen musst, dann jetzt, denn jeden Moment kommen die mobilen Spezialkräfte zurück.« Ohne Ergebnisse. Ohne Andreas Scherer. Ohne Paul, wie Kiki soeben über Funk erfahren hatte. »Hör zu, die Kollegen vom MEK sind sehr eigen und reagieren recht empfindlich, wenn Außenstehende bei den Einsätzen auch nur in der Nähe sind. Sie hatten mir klare Anweisungen gegeben. Wenn die dann noch erfahren, dass du und die Geisel … entschuldige, ich meine, du und Paul«, korrigierte sie sich schnell, »befreundet seid, machen die mich zur Schnecke. Setz dich wieder zu Dobbs und Michel ins Auto, hol ein paarmal tief Luft. Wir besprechen gleich alle gemeinsam, wie es weitergeht. Es soll nur nicht so aussehen, als wärt ihr hier die ganze Zeit dabei gewesen und hättet den Einsatz verfolgt.«

Anna nickte erschöpft und ging mit noch immer flauem Magen zurück. Kiki brachte sich bei den beiden schwarzen Mehrsitzern in Stellung und zündete sich eine Zigarette an.

»Geht es wieder?«, fragte Dobbs.

»Ihr macht mich einfach nur fertig«, verriet sie, den Tränen nahe. »Das MEK ist auf dem Rückzug. Ohne Ergebnisse. Dafür hat man Scherers Auto am Ortenberg gefunden. Verlassen. Zeugen zufolge steht es dort durchgehend seit heute Morgen.«

Beide Männer auf der Rückbank fluchten laut. »Dann sind wir jetzt dran. Kommt!« Dobbs klopfte Michel ermutigend auf den Oberschenkel und stieg aus.

»Aber wir sollen hierbleiben! Kiki kriegt sonst Ärger!« Auf Annas Protest reagierte Dobbs lediglich mit einem Schnauben. Er öffnete die Kofferraumklappe und wies Anna und Michel an, ebenfalls auszusteigen.

»Alle werden gebraucht bei dem, was ich vorhabe.« Bei Dobbs' Worten wurden Annas Beine erneut ganz wackelig. »Und ich lasse euch ganz sicher nicht hier.« Er selbst legte seinen Waffengurt um, packte zwei Ersatzmagazine hinein und bückte sich, um sein Beinholster ebenfalls mit einer Waffe zu versehen. Dann nahm er eine kugelsichere Weste und legte sie um. Michel half, Anna ebenfalls mit einer Weste auszustatten, und zurrte diese an ihr fest. »Ich leihe mir eine vom MEK«, sagte Michel, als sie die zwölf Männer den Waldweg in Zweiergruppen entlangkommen sahen – bewaffnet, vermummt und leise.

Kiki und der Kollege im Auto kamen mit den Spezialeinsatzkräften zusammen. Scheinbar überraschte Kiki nicht, dass Dobbs, Anna und Michel sich dazustellten.

»Wir haben von der Innenstadt kommend in kleinen Teams die Schächte abgesucht. Einheit zwei hat ein Lager gefunden, dort waren noch allerhand Utensilien wie Decken, Eimer, Spielzeug und Kinderbücher wie *Struwwelpeter* und *Max und Moritz*. Aber auch Näpfe, Leinen und Halsbänder. Und eine Modelleisenbahn.«

Michel nickte begeistert. »Das ist es!«

»Steht in den Akten eigentlich irgendwas von Hunden?«, fragte Dobbs Anna und steckte ihr sein Handy zu. Sie las schnell. »Keine Hunde. Dafür noch Schlimmeres: Der Vater, Kurt Scherer, hielt Andreas Scherer meist für viele Stunden gefangen im Keller und leinte ihn dabei an.«

»Dann ist die Bücherauswahl wohl auch nicht zufällig getroffen. Das sind nicht bloß Kinderbücher, es geht um Moral und Sanktionen. Erziehung. Die Bücher sind Warnungen«, sagte Dobbs nachdenklich.

»Dort waren zudem frische Urin- und Blutspuren.« Der MEK-Mann war schonungslos. Dobbs und Michel stützten Anna, von den anderen unbemerkt, da sie wieder gefährlich schwankte und zitterte. »Doch wir haben niemanden angetroffen. Allerdings war eine kleine Luke im Schacht geöffnet. Wir nehmen an, dass der Täter mit der Geisel auf der Flucht ist.«

Kiki stellte kurz die Runde vor: »Das ist Kollege und Einsatzleiter Kaufmann mit seiner Schnellen Eingreiftruppe. Das hier ist mein Kollege Hauptkommissar und Kriminalpsychologe Doktor Horst-Dieter Dobrowolski, er verhandelt mit dem Geiselnehmer, wenn es nötig wird. Das sind die Kollegen Uwe Glasner und Michel Uphoff, der bis vorhin selbst Geisel des Entführers war. Und das hier ist Anna Vaupel, unsere hauseigene psychologische Beraterin. Sie unterstützt uns ebenfalls.« Mit weit aufgerissenen Augen sah Michel Anna an.

»Ich habe viel zu erzählen, wenn wir Paul wiederhaben«, flüsterte sie.

»Wie gehen wir vor?«, fragte Kaufmann.

»Wir fassen einmal kurz zusammen, damit wir ein Profil erstellen können«, erklärte Dobbs. »Wir vermuten, dass der Täter, Andreas Scherer, an einer Persönlichkeitsspaltung leidet. Er wechselt dabei vom narzisstischen Täter zu kindlicher Opferrolle. Wir wissen von Michel, dass der Narzisst notfalls auch mit Gewalt die Kontrolle behält. Die Opfer wurden in den Tunneln gezwungen, Pflichten zu erfüllen wie Putzen. Das Kind im Opfer verhält sich dementsprechend auch wie ein Kind. Unreif und impulsiv. Es wurde gespielt und aus Büchern gelesen. Es ist nicht so selten, wie man denkt, dass sich Opfer von Gewalt eine sichere Persönlichkeit erdenken und sich in diese abspalten, wenn es die Lage erfordert. Scherer kann sich in Extremsituationen von seinem Körper trennen und sich quasi von außen betrachten. Zum Selbstschutz.«

»Und der Narzisst in ihm nutzt ein Gewehr«, sagte Michel tonlos.

»Also bewaffnet und unberechenbar«, schlussfolgerte Kaufmann.

»Richtig. Er ist cholerisch, aufbrausend, brutal. Ich bin kein Arzt, aber wahrscheinlich bekam Paul, wie Michel, nur eine gestreckte Dosis Skopolamin, sodass es nur wie ein Wahrheitsserum bei ihm wirkt. Er könnte also bei Bewusstsein sein, wenn seine Verletzungen nicht zu schwer sind. Wenn er wach ist, tut Paul vermutlich dennoch all das, was Scherer von ihm will, und ist nicht zurechnungsfähig.«

Kiki fügte hinzu: »Ein Großaufgebot von uns, Einsatzkräfte aus umliegenden Bezirken, Rettungskräfte und auch Hundestaffel stehen bereit. Am Fuße der Lahnberge. Auf mein Kommando hin werden die Zufahrtsstraßen dichtgemacht. Auch stehen Kollegen von uns am Uniklinikum und wachen, falls er sich dorthin schlägt.«

Kaufmann schüttelte den Kopf. »Taktisch ist es klug, wenn wir mit vereinten Kräften von allen Seiten zuziehen. Der Täter kennt den Wald. Meine Einheit sollte deshalb von Cölbe aus über den Nödelweg kommen, wo die alten Bunker sind. Möglich, dass er sich dort mit der Geisel verschanzt hat. Dann entlang der Panoramastraße nach oben.«

Kollektives Nicken seiner Einheit. Er wandte sich an Dobbs. »Sie und Ihr kleines Team warten hier bitte auf die Hundestaffel und folgen deren Spur. Wir kommunizieren über Kanal zwei miteinander.«

Nicht nur wegen der schnippischen Bezeichnung seines Teams war Dobbs genervt, das sah Anna sehr deutlich. »Moment, bitte. Es ist sicherlich sinnvoller, wenn wir Scherer zu uns kommen lassen, sonst gefährden wir nur unnötig unseren Kollegen«, schlug er nachdrücklich vor, doch Kaufmann wollte nicht verstehen. »Anna hier war bereits im Visier des Täters. Er hat reges Interesse an ihr.«

»Was? Wieso?«, fragte Michel.

»Scherer hofft auf Hilfe von ihr. Was auch immer sein Ziel sein wird. Wegen des Blogs wurde er auf sie aufmerksam, und in seinen Augen verdankt er ihr Paul. Also seinen Christoph. Das hat ihm Paul dann im Tunnel auch noch mal bestätigt, als er sagte, dass Anna ihm helfen könne, so wie sie Paul damals helfen konnte.«

»Auch Monster haben Angst im Dunkeln.« Michel begriff.

Anna schloss die Augen. Dobbs machte sie erneut zur Zielscheibe. »Ihr und Paul Heuser gilt somit besonderer Schutz. Doch wir sollten dem Täter Präsenz zeigen. Er sucht Annas Nähe und erhofft sich, wie gesagt, Hilfe von ihr. Er denkt, sie versteht ihn. Wir sollten ihm zeigen, dass wir hier sind. Dass wir ihm helfen wollen.«

Kaufmanns Körperhaltung signalisierte deutlich seine Ablehnung.

Doch Dobbs fuhr unbeirrt fort: »Anhand des Profils wissen wir, dass der Täter eine Eskalation bezwecken könnte. Er scheut keine Konfrontation. Keine seiner Persönlichkeiten hat etwas zu verlieren. Das Kind möchte zudem, dass das endlich ein Ende hat.«

»Nein. Davon halte ich nichts. Will man etwas über den Jäger wissen, studiert man die Beute, setzt sie aber nicht der Gefahr aus.«

Anna gab Kaufmann recht. Nun mussten sie umdenken.

»Dobrowolski, wir setzen die junge Kollegin nicht als Köder ein. Schon gar nicht wegen einer Ihrer Psychotheorien. Ich wiederhole: Sie warten auf die Hunde. Wir hingegen ziehen die große Nummer ab.« Dann wandte sich Kaufmann an seine Truppe: »Wir fahren jetzt rüber nach Cölbe und starten von dort.« Er klatschte in die Hände. »Dann machen wir jetzt eine Treibjagd. Mit viel Tamtam.«

Für Annas Geschmack war er viel zu euphorisch und überheblich. Für Dobbs' ebenfalls. Und Kiki schwieg lieber, um nicht sagen zu müssen, was sie dachte. Angespannt standen sie dort und sahen tatenlos zu, wie die Busse des Mobilen Einsatzkommandos abrauschten.

Aufgebracht sagte Dobbs: »Ich sehe sicher nicht zu, wie meine Theorien im Laub zertrampelt werden.«

Kiki nickte. »Ich denke auch, dass wir aktiv werden sollten. Immerhin stehen wir hier ohnehin schon auf dem Präsentierteller. Die Handyortung ist längst veranlasst, vielleicht ist Scherer über sein Handy zu finden.«

»Verstehe ich das richtig, dass ihr davon ausgeht, dass er entweder schon hier ist oder herkommt?« Michel sah erschrocken an sich herunter. Er hatte versäumt, sich eine Schutzweste bei den Kollegen vom MEK zu leihen. »Aber dann stehen wir hier wirklich schutzlos. Vielmehr nur ich.«

»Nicht ganz!«, rief plötzlich jemand von hinten und drückte dem verdutzten Michel eine Schutzweste in die Hand.

»Fabi!« Anna freute sich und bemerkte sofort, dass er nun sein unbestücktes Schulterholster gegen einen prall gefüllten Waffengürtel getauscht hatte, sein legeres Bürohemd gegen Schutzkleidung.

Sie sah hinter ihm im Wald, dass noch drei weitere Kollegen nahten. »Ich habe alle ins Auto gepackt, die ich finden konnte. Max, Stefan und Theo. Theo wird hier bei den Wagen bleiben.«

Anna stand so unter Strom, dass sie Theo zweimal ansehen musste, um ihn zu erkennen. Er sah anders aus. Er trug seine Feuerwehrhose, doch darüber eine Schutzweste der Polizei und einen Sanitäterrucksack. Zudem hatte er seine Locken zu einem kleinen Zopf an seinem Hinterkopf gebunden. »Theo ist als Sanitäter da. Freiwillig. Wir haben alles über Funk gehört und sind bereit.«

Anna war sichtlich gerührt und hauchte ihnen allen ein tonloses Dankeschön zu. Nur Theo bekam ein Lächeln und einen vielsagenden Augenaufschlag.

»Wozu seid ihr bereit?«, fragte Kiki und wollte sich damit rückversichern.

»Wir glauben an Dobbs' Theorie, und wir geben Anna Rückendeckung. Lasst uns Paul endlich finden.« Stellvertretend stemmte Fabi seine Hände in die Hüfte.

Bis Uwe Glasner sich einmischte: »Gut, dann bleibe ich mit Theo hier und instruiere die Hundestaffel, wenn sie denn dann irgendwann mal kommt.«

Alle sahen plötzlich Anna an, sie war still geworden. Sie sah überfordert und verloren aus. War sie wirklich bereit dafür? Ihre Beine zitterten. Doch ihre Nase zuckte.

Michel griff nach ihrer Hand. »Anna? Das wird gut gehen. Wir finden Paul.«

Auch Dobbs stellte sich zu ihr: »Liebes, schaffst du das?«

Anna fasste Mut. Und Hoffnung. »Für Paul.«

»Für Paul«, wiederholten alle anderen.

»Doch auch ich habe eine Theorie«, sagte Anna wie aus dem Nichts. »Wir sollten dorthin gehen, wo Christoph starb. Arbeiten uns jetzt hier durch den Wald bis zur Panoramastraße.«

Mit einem Kopfnicken stimmte Dobbs ihr zu.

»Okay, dann Knöpfe ins Ohr, und ich fasse es für alle Kollegen auf Abruf zusammen. Auf dass Scherer uns höre!« Kiki griff zum Funkgerät und drückte einen Knopf. Eine Melodie ertönte in ihrer aller Ohren, dann auch Kikis Stimme: »An alle Einsatzkräfte: Der gesuchte Täter, Andreas Scherer, ist flüchtig und bewaffnet. Wir vermuten, dass er noch immer unseren Kollegen Paul Heuser in seiner Gewalt hat. Oder er hat ihn irgendwo abgelegt. Beide Männer brauchen dringend ärztliche Hilfe. Niemand geht alleine, und bleibt alle auf Sichtweite zueinander. Wir vermuten zudem, dass der Täter uns hier oben bereits beobachtet und zeitnah Kontakt aufnehmen wird. Das MEK drückt von Norden, wir von allen anderen Seiten. Seid laut und auffällig, ihr treibt ihn zusammen zu uns. Wir erwarten ihn oberhalb des Parkplatzes in der Kurve der Panoramastraße. Passt auf euch auf, wir sehen uns spätestens daheim!«

Dobbs atmete tief ein und bat um das Funkgerät. »Noch etwas: Paul muss das schaffen! Er ist einer von uns!«

Dieser eine Moment, als Dobbs sich umsah und alle Kollegen, die ihm lieb waren und die willig waren, ihm den Rücken frei zu halten, hinter sich wusste, sodass er sich komplett auf Annas Schutz konzentrieren konnte, ließ ihn entschlossen zur Tat schreiten. Er sah zu Anna, nahm sie an die Hand, und als sich ihre Blicke trafen, war es, als gingen seine Kraft und seine Entschlossenheit auf sie über. Dafür gab sie ihm ihre Zuversicht und ihren Mut. Hand in Hand marschierte er mit ihr voran.

Plötzlich schienen sie und er noch mehr miteinander verbunden – zumindest im Geiste. Einen ähnlichen Moment hatten sie schon einmal erlebt. Kürzlich erst, als sie ihre Finger miteinander verschränkt hatten im Auto. Es war, als wäre ihr Denken, ihr Verstand miteinander verknüpft. Verbunden über ihre verschränkten Hände.

Beinahe hätte Dobbs geseufzt. Es war erstaunlich, wie Anna auf ihn wirkte. Schon immer.

Es fühlte sich beinahe an, als wären bereits Stunden vergangen, seitdem sie losgezogen waren. Doch es waren erst exakt zweiundzwanzig Minuten und vierzig Sekunden. »Paul? Paul, wo bist du? Hier ist Anna!«, rief sie jetzt schon so oft, dass ihre Stimme kratzig zu werden begann.

»Andreas Scherer!«, rief dann wieder Kiki. »Hier ist die Polizei. Wir wissen, dass Sie hier sind. Wir wollen nur reden!«

»Paul! Hörst du uns? Dann mach dich bemerkbar, wenn du kannst.«

Nur Kiki, Dobbs und Anna waren zu hören. Fabi, Max und Stefan bildeten die zweite Reihe und Michel mit weitem Abstand die hintere. Sie hatten die Panoramastraße an geeigneter Stelle überquert. Bis auf einen Krankenwagen auf dem Weg zum Klinikum war nichts von dem sonst alltäglichen Verkehrslärm zu hören. Einige Meter links von ihnen verlief eine Steilwand, die immer weiter in die Tiefe zu gehen schien. »Da vorne in der Kurve ist der tödliche Unfall von Christoph Blaschke-Wollenweber passiert«, flüsterte Kiki. »Wir sollten hierbleiben, die Steilkante ist direkt hinter der Sträucherreihe. Nicht näher ran, es ist zu gefährlich.«

Anna wäre gerne zur Steilkante gegangen, sie wusste, dass dort ein Geländer allzu neugierige Fußgänger davor schützte, die gemauerte Steilkante vor lauter Gestrüpp zu übersehen. Unterhalb von ihnen befand sich ein schmaler Parkstreifen in einer Kurve. Bei ihrem Unfall war dieser voller Rettungswagen und Feuerwehrfahrzeuge gewesen.

Jeder, der schon einmal die Panoramastraße befahren hatte, kannte diese steile Stützmauer und den Parkplatz darunter.

Anna überlegte, wie oft sie daran vorbeigefahren war oder angehalten hatte, etwa um die neuesten Graffiti für ihren Blog zu fotografieren. Wer schon fand, dass die Mauer, die den Berg stützte, von unten nach oben steil aussah, hatte noch nie von oben nach unten geschaut. Es war schwindelerregend. Und die Sträucher und der fast kniehohe Farn boten keinen wirklichen Schutz. Das Geländer auch nur bedingt.

»Wie sollen wir ihn finden, Dobbs?« Fabi klang, wie alle anderen, ein wenig außer Atem.

Doch es war Anna, die ihm antwortete: »Gar nicht. Scherer findet uns.« Wieder und wieder rief sie Pauls Namen. »Paul, hier ist Anna! Wir sind hier! Kannst du uns hören? Sag bitte etwas!«

Kiki ließ sich über Funk auf den neuesten Stand bringen. Verschiedene Stimmen meldeten sich zu Wort, gaben ihre Position an und schienen dann doch alle nur eines zu antworten: »Keine Sichtung bislang.«

Anna spürte Verzweiflung in sich aufsteigen. Das war jetzt die wievielte Suchaktion nach dem Täter hier im Wald? Und keine hatte bislang irgendetwas gebracht. Was würden sie noch tun können, wenn auch jetzt nichts passierte? Immerhin dämmerte es schon. Hatte Paul Schmerzen, würde er mit Nachwirkungen zu kämpfen haben? Lebte er überhaupt noch?

Das Vibrieren von Dobbs' Handy versetzte alle in höchste Alarmbereitschaft. »Marvin, was ist? – Verdammt. Was genau? – Aber genau dort sind wir gerade.«

Anna musste versuchen, ihre negativen Gedanken über Pauls Zustand abzuschütteln. Sie musste rational denken. Analytisch denken, denn das war ihre geheime Kraft, wie Dobbs einmal gesagt hatte. Aus einem Impuls heraus fragte sie laut in den Wald: »Christoph und Andreas, seid ihr hier?« Doch es kam ihr sofort wie ein Verrat an Paul vor.

Ein Rascheln im Gebüsch. Dobbs hob die Hand, alle sollten sofort stehen bleiben. Dobbs schob Anna schnell hinter sich. Das Rascheln wurde intensiver. Durch das lichte Geäst war deutlich eine Bewegung zu erkennen. Jemand versuchte aufzustehen. Kiki und Dobbs zogen ihre Waffen, Fabi hielt seine Hand an der Waffe. »Andreas Scherer? Hier ist die Polizei. Kommen Sie mit erhobenen Händen langsam auf uns zu!«

Ein Mann mit gesenktem Kopf und hoch erhobenen Händen kam hervor. »Sind Sie Andreas Scherer?«, fragte Kiki erneut. Er antwortete nicht, hob auch nicht seinen Kopf. Durch die Baseballkappe war sein Gesicht größtenteils verdeckt. Anna spürte eine gewisse Unsicherheit, die durch die Gruppe zog. War er es wirklich? Noch beängstigender für sie war, dass der Mann alleine war. Wo war Paul?

»Andreas? Hallo. Ich heiße Anna, Sie kennen mich. Wie geht es Ihnen?« Sie spürte, wie Fabi, Max und Stefan von hinten näher kamen. Sie gaben ihr Rückenwind und Rückendeckung. »Du kennst meinen Freund Paul, oder?« Beinahe hätte sie den Fehler gemacht und wäre näher auf den Täter zugegangen.

»Paul«, wiederholte Scherer sehr leise.

»Ja, Paul«, sagte Dobbs bestimmt.

»Christoph«, sagte Anna und kassierte dafür einen bösen Blick von Dobbs. Ihm gefiel es offensichtlich nicht, dass sie sich von Scherers Wahn einvernehmen ließ.

»Du kannst ihm nicht helfen, Anna. Christoph ist gegangen.«

Du bist jetzt da. Nun wird alles gut. Weil du bei mir bleibst. Ich kann dich sehen. Du sagst, du verlässt mich nicht. Du hast dein Versprechen gehalten.

Wir haben doch schon so viel zusammen durchgestanden, dann schaffen wir das hier jetzt auch. Danke, dass du da bist. Du bist mein bester Freund.

Wir kennen uns jetzt schon so lange. Ich weiß noch genau, als ich damals an diesem einen Tag in die Schule kam und alle lachten. Alle waren böse. Doch du hast nicht über mich gelacht.

Du hast sogar Vater die Stirn geboten. Bevor er mich wieder hauen konnte. Du warst einfach immer da. Wie ein Retter kamst du auch dann noch, als ihr schon weggezogen wart. Ich weiß, deine Mutter war nicht nett zu Vater. Das hat seine Wut noch viel schlimmer gemacht. Dann musste sogar die Polizei kommen. Aber dann wurde es besser. Das weißt du, denn auch dann warst du immer bei mir. Ich bin so froh, dass du nach so vielen schlimmen Jahren noch immer mein Freund bist.

Das Schönste waren immer unsere Nachmittage im Schuppen. Unsere Eisenbahnlandschaft ist so groß geworden, dass sie nun Platz machen musste. Deshalb musste ich einmal ohne dich in unseren Schuppen hineingehen, ich hoffe, das ist nicht schlimm. Ich habe sie etwas kleiner machen müssen. Aber der Weg zu dir und zu unserem Versteck ist selbstverständlich noch immer heil.

Weißt du, ich bin in letzter Zeit nicht ich selbst. Manchmal verstehe ich nicht, warum ich manche Dinge tue. Manchmal muss ich einfach etwas kaputtmachen. Doch dann sehe ich dich, und wenn ich böse bin, sehe ich dich noch öfter. Ich glaube, ich mache das nur, um dich zu sehen. Das musst du mir glauben.

Ich habe dich so lange vermisst.

Annas Beine zitterten wie noch nie. Vor Anstrengung, vor Aufregung, vor Ungewissheit, vor Angst. Sie durfte nicht schlappmachen. Nicht jetzt. Sie löste sich von Dobbs und dem Schutz der Gruppe und ging einen Schritt auf Scherer zu. »Bitte. Wo ist Paul?« Ihre Stimme klang nicht mehr ganz so fest, wie sie es gerne hätte. »Ich vermisse ihn, wo kann ich ihn finden?«

Er antwortete nicht.

»Was haben Sie mit ihm gemacht?« Bei dieser Frage hatte sie größte Mühe, ruhig zu bleiben. Die erste Träne nahm unweigerlich ihren Lauf.

»Er war ein Feigling. Ein dummer, verweichlichter Junge.«

Annas Herz setzte aus.

»Herr Scherer, wir nehmen Sie jetzt fest. Drehen Sie sich bitte um und knien Sie sich hin.« Fabi, der inzwischen direkt hinter Anna stand, packte seine Waffe zurück in den Holster und griff bereits nach seinen Handfesseln. Max sicherte ihn ab.

Doch Andreas Scherer blieb stehen, er sah Anna an – direkt in die Augen. Etwas an seinem Blick änderte sich. Vielleicht war das der Moment, in dem aus der narzisstischen Vaterfigur wieder das kindliche Opfer wurde. Doch da war noch etwas anderes.

»Dobbs, er zeigt oppositionelles Verhalten. Er ist trotzig. Er wird sich nicht ergeben. Er ist impulsiv.«

Mit dieser Impulsivität sprang Scherer zwischen den Persönlichkeiten umher. Anna stoppte Fabi mit einem einzigen Blick und flüsterte langsam und besänftigend, als spräche sie mit einem Kind. Ruhig und beschwichtigend. In einfacher Sprache. »Andreas, bitte, wo finden wir Paul? Braucht er einen Doktor?«

»Er braucht keinen Doktor mehr. Du kannst ihm nicht helfen. Ihm geht es jetzt gut, da, wo er ist. Christoph ist an einem besseren Ort.«

Anna bebte vor Angst und Trauer, sie schaffte es nicht mehr länger zu stehen. Da trat Dobbs vor sie, und sie hielt sich mit ganzer Kraft an ihm fest. Dadurch waren die beiden Scherer jedoch unangenehm nahe gekommen.

Scherer wich zurück, ging rückwärts auf den Abgrund zu. Dann änderte sich wieder etwas an seinem Blick, und er ging wütend auf Anna zu.

»Scherer, bleiben Sie stehen! Und knien Sie sich hin«, drohte Kiki bestimmt. »Keinen Schritt näher. Sagen Sie uns sofort, wo unser Kollege Paul Heuser ist!«

Doch wieder antwortete Scherer nicht, kam stattdessen näher.

»Letzte Warnung, Scherer!«

Von Kikis Warnschuss in die Luft klingelten Anna die Ohren. Kiki und Stefan rückten ein Stück vor. »Wir sagten, Sie sollen sich hinknien. Jetzt! Runter auf die Knie!«

Doch er schien mit ihnen zu spielen. Er lachte.

»Geben Sie auf, es hat doch keinen Sinn! Wo ist Paul Heuser?«

Scherer lachte noch lauter.

Wieder änderte sich sein Blick. Wieder sah er Anna direkt an. Angriffslustig. Nein, dann wieder unsicher. Er griff nach hinten und holte ein Jagdmesser aus seiner Hosentasche. Damit fuchtelte er vor ihnen herum. Allerdings mit großem Abstand. Dann kam er wieder zwei Schritte näher und zielte auf Anna. Das war der Moment, wo Annas Beine gänzlich nachgaben. Sie kniete hinter Dobbs im Laub, und er versuchte, sie zu schützen.

Auch Fabi hatte inzwischen erneut seine Waffe gezogen. Da lachte Scherer wieder. Anna wusste nicht, wie sie Scherers Mimik deuten sollte. Vielleicht würde er sich irgendwann ergeben, wenn er wieder die Opferrolle angenommen hatte. Vielleicht konnte sie ihn triggern? Vielleicht schaffte sie es, ihn zu überzeugen, das Opfer zu sein. Doch wie sollte sie das schaffen, wenn sie hier hilflos hinter Dobbs' Beinen hockte und keinen Blickkontakt aufbauen konnte? Aber es war Dobbs, der mehr in Scherers Blick zu sehen schien. Doch konnte er dessen Verhalten vorausahnen? Dobbs nahm eine Hand von der Waffe und zupfte an seinem eigenen Hosenbein. Wollte er Anna damit irgendwas sagen? Er zupfte auffällig, das konnte kein Zufall sein.

»Dobbs.« Anna versuchte ganz leise auf sich aufmerksam zu machen, »Dobbs, er wird sich etwas antun. Haltet ihn davon ab!«

Wieder ging Scherer einige Schritte auf sie zu. »Anna! Hilf mir!«, rief er und stürzte nach vorne. Bis Anna endlich begriff: Sie öffnete das Holster an Dobbs' Bein. Er war bei der Hausführung durch die Polizeidirektion damals mit ihr auch in deren sogenanntem Schießkino gewesen. Und auch wenn sie dort nur zusehen durfte, wie Dobbs auf die Leinwand schoss, hatte sie sich alles zeigen lassen. »Entsichern, zwei Hände dran, Kimme und Korn und zielen«, erinnerte sie sich.

Anna schoss. Weit daneben, aber sie schoss. Doch das reichte aus, um Scherer so zu verwirren, dass er innerhalb von Sekundenbruchteilen entwaffnet war und auf dem Boden lag. Kiki und Fabi standen über ihm, Stefan und Max lagen auf ihm. Und Dobbs hielt Anna, sie war nicht in der Lage zu reagieren, eine Ohnmacht drohte. Bis Michel sie packte und in den toten Winkel eines dicken Baumes trug.

Zwei Beamte des MEKs kamen näher und hievten Scherer auf die Beine. Er wehrte sich nicht und ging mit ihnen. Er war entspannt. Doch als er Anna dort liegen sah, als er sehen konnte, wie Michel sich liebevoll um sie kümmerte, begann Scherer erneut zu lachen und rief: »Ich schaff' das. Ich schaff' das!«

Und mit ein paar unerwarteten Bewegungen riss er sich los und rannte. Auch der Handlauf an der Abhangkante konnte ihn nicht aufhalten, er kletterte darüber weg. Drehte sich um. Und ließ sich rücklings und mit ausgebreiteten Armen in den Abgrund fallen. Sein Lachen hallte an der Mauer wider.

23

FAMILIE UND HELDEN

Drei Tage später.
Dienstag, 7. Oktober

Anna und Paul durften gemeinsam das Krankenhaus verlassen. Dobbs hatte versprochen, sie abzuholen, und half nun, das Hab und Gut der beiden in einem Plastikbeutel mit der Aufschrift *Patienteneigentum* zu verstauen. »Oh, schaut mal, ich habe hier tatsächlich noch ein Laubblatt aus deiner Hose geschüttelt, Paul.«

»Ich glaube, ich sehe das Laub im Wald nun mit anderen Augen. Und auch die nassen Schnüffelnasen der Suchhunde, die mir ins Gesicht bellten. Beides finde ich sehr sympathisch.«

»Ich weiß noch nicht, ob ich das jemals lustig finden werde«, frotzelte Anna und verdrehte genervt die Augen.

»Ein Laubbad verändert Leben, kann ich nur empfehlen. Man kann sich darin hervorragend totstellen. Solltest du auch mal probieren, Feuerkopf. Das machen wir zusammen noch mal. Dobbs, du kommst dann mit.«

Galgenhumor war nicht Annas Art von Spaß. »Wie geht es Scherers Witwe?«

»Sie ist gefasst. Ein bisschen zu sehr, wie ich finde. Sie fragte sofort, wann sie die Apotheke wieder öffnen dürfte. Kiki hat mit ihr gesprochen. Doch Kiki hat seit Samstagabend Urlaub.

So wie ich. Und auch so wie ihr beide. Für den Rest der Woche.«

»Macht bestimmt einen hervorragenden Eindruck, dass ich meinen neuen Job mit Kranktagen beginne.«

»Mach dir darum keine Sorgen.« Dobbs zwinkerte ihr übertrieben zu.

Anna stupste ihn an. »Lass mich raten, auch das hast du geregelt.«

»Möglich.« Dobbs lächelte schalkhaft. »Aber lasst uns euch jetzt erst mal heimbringen.«

Sie verließen das Krankenzimmer, bedankten sich bei den Ärzten und den Pflegern und schritten über die Gänge des Krankenhauses zum Hinterausgang. Dass sich die Belegschaft bei Dobbs für dessen großzügige Geschenke bedankte, wunderte Anna nicht, es war eben seine Art.

»Welchen Eindruck macht Michel auf dich? Du hast ihn heute schon gesehen, oder?«, wandte sich Anna an Dobbs. »Er war gestern hier und hat sich noch mal untersuchen lassen und hat uns bei der Gelegenheit auch gleich besucht. Ich fand, er sah gut aus. Vielleicht kommt er ohne Traumatisierung davon. Besonders, weil er bei seinem Besuch nur Augen für dich hatte, Pauli.«

»Eifersüchtig, Feuerkopf?«

Sie blinzelten in die gleißende Sonne, als sie durch den Osteingang nach draußen traten.

»Eifersüchtig? Nö. Irgendwie nicht. Ach, Dobbs, was ich dich schon die ganze Zeit fragen wollte: Hast du nicht zufällig die Nummer von dem Feuerwehrmann? Dem Langen? Theo?«

»Uuuuh, eins eins zwei! Eins eins zwei! Mir ist schon ganz heiß«, kreischte Paul lachend und fächerte sich elegant Luft mit der Hand zu.

Dobbs und Anna lachten laut über Pauls schrillen Scherz. Das Beisammensein der drei war nach all der Aufregung endlich wieder entspannter. Losgelöster, freundschaftlicher, enger als zuvor.

Sie waren schnell zu Hause angekommen. »Ich lasse euch hier nur raus. Ihr braucht ja keinen Polizeischutz mehr und wollt bestimmt eure Ruhe haben vor mir.«

»Ersteres nehmen wir gerne jederzeit wieder hin. Aber Zweiteres wird vermutlich nie wieder stattfinden, Dobbs. Ruhe vor dir wollen wir sicher nicht. Dafür verdanken wir dir zu viel. Ich habe Pauli wieder, dank dir und deiner wilden Theorien und Psychotricks. Deswegen komm bitte noch mit hoch. Wir treiben bestimmt noch irgendwo ein Bierchen für dich auf. Und wenn es mehr werden, fahre ich dich nachher heim.«

Dobbs nickte und zückte sein Handy. Er schrieb schnell eine Kurznachricht und stieg aus. »Ich habe so einen Hunger. Wie geht es euch in der Hinsicht?«

»Wenn nicht alles bereits verschimmelt ist in der Zwischenzeit, mache ich uns ein paar Sandwiches.«

»Klingt hervorragend!«, grinste Anna.

»Verschimmelt ist nichts. Ich hatte ja schließlich euren Schlüssel, um meine Klamotten zu holen. Da habe ich für euch ein paar Kleinigkeiten eingekauft und Verderbliches entsorgt. Allerdings habe ich die ganze Glitzerdeko nicht weggeräumt, nur dass ihr vorgewarnt seid.«

Dobbs ging vor und öffnete ihnen die Haustür und die Tür zum Fahrstuhl.

Paul stieg, ohne zu zögern, in den rappeligen Lastenaufzug. »Habt ihr gesehen? Keine Angst mehr. Das hat das Laubbad gemacht.«

»Vielleicht sollte ich das doch auch mal probieren.« Anna lächelte ihn an und nahm seine Hand. Mit der anderen drückte Paul die Taste für den dritten Stock. »Türen bitte schließen. Dritte Etage, wir kommen.« Als der Fahrstuhl jedoch kurzzeitig ins Stocken kam und gefährlich ratterte, wurde Paul käseweiß im Gesicht und konnte es nicht erwarten, aus der Todesmaschine wieder herauszustürmen. »Ich nehme alles zurück, ich bin und bleibe ein Schisser. Sogar gerne.« Er lachte über sich selbst. Dafür, dass sie sein Lachen weiterhin hören durfte, musste Anna ihn einfach umarmen. »Nein, Pauli, du bist ein Held. Ein Held ohne Cape. Und du auch, Dobbs.«

Die letzten Tage waren anstrengend gewesen, und zu allem Überfluss hatte sie noch immer keine Ahnung, was sie auf Dobbs' Angebot antworten sollte. Es kam ihr vor, als ob alle hinter ihr stünden, wenn sie sich für das Studium im Bochum entschied. Doch sie selbst stand sich im Weg. Wie sollte sie Dobbs das erklären?

Dobbs legte einen Arm um Pauls Schulter und einen Arm um Anna. »Jetzt schalte mal deinen hübschen Kopf aus, Liebes. Ihr habt viel zu verarbeiten. Kommt erst mal heim, macht euch einen schönen Nachmittag und Abend, und zum Einschlafen gibt es die neue Folge der *Drei Fragezeichen*. Die liegt im CD-Spieler, ich habe schon mal reingehört.«

Anna und Paul lachten und riefen zeitgleich: »Aber nicht spoilern!«

Dobbs steckte den Schlüssel ins Schloss und öffnete die Tür einen Spalt. »Hineinspaziert!«, rief er fröhlich, was Anna kurz seltsam beunruhigte. Irgendetwas führte er im Schilde. Sie gingen hinein, und Anna gestand sich ehrlich ein, dass sie aufgrund von Dobbs' ominösen Verhalten mit einer Überraschungsparty gerechnet hatte. Doch die Wohnung war leer.

Auf dem Küchentisch standen zwei weiße Rosen in einer Vase, und auf der Arbeitsplatte lagen je ein Sack Kartoffeln und Zwiebeln. Und eine große Vorratsdose. Irgendetwas war anders als sonst. Und als sie ins Wohnzimmer blickte, fiel ihr die aufgehängte Glitzer- und Glimmerdeko auf. Hinter dem Raumteiler im Schlafzimmer ertönte ein leises Fluchen. Kikis Fluchen. Dann knallte ein Sektkorken. Und ganz plötzlich traten sie, Fabi, Michel und Theo aus ihren Verstecken heraus. »Willkommen zu Hause!«, riefen alle durcheinander. Paul war sprachlos und gerührt, Anna weinte sofort wieder. Nacheinander kamen alle auf die beiden zu und umarmten sie.

»Wir müssen schließlich eine Feier nachholen!«, erklärte Dobbs hinter ihnen, und Anna sprang ihm mit Anlauf um den Hals. Er schwankte gefährlich, schaffte es aber, stehen zu bleiben.

»Danke! Danke! Danke! Euch allen. Ihr seid doch alle total verrückt!«

»Vorsicht, das könnte als Beamtenbeleidigung ausgelegt werden.«

Anna ließ von Dobbs ab und sah ihm prüfend in die Augen, dann lachte sie wieder. »Nee, nee. Ich weiß jetzt schließlich, wie cool ihr damit umgehen könnt, wenn ihr wollt.«

Kiki reichte Anna ein Sektglas und stieß mit ihr an. »Wenn ich gleich Dinge sage, die ich nicht sagen sollte: Es tut mir leid. Ich vertrage keinen Alkohol. In dubio prosecco, wie Dobbs jetzt vermutlich sagen würde.«

»Na, das kann ja ein lustiger Abend werden. Mehr Alkohol für Anna!«, forderte Michel, und Kiki füllte Annas Glas erneut bis zum Rand voll.

Als alle dann ein Glas geleert hatten und ein weiteres bereithielten, nahm Anna Paul bei der Hand. »Jetzt müssen wir theoretisch etwas sagen, gelle? Macht man doch so. Doch ehrlich gesagt fehlen zumindest mir die Worte.«

»Dass so etwas jemals vorkommt …« Kiki erhob ihr Glas und prostete ihr schmunzelnd zu.

»Dann sage ich eben etwas«, sagte Paul. »Denn ich muss mich einfach bedanken. Schließlich wüsste ich nicht, wo ich ohne euren riskanten Einsatz jetzt wäre.« Worte, die Dobbs nachdenklich stimmten, denn vermutlich wäre Paul ohne sie auch gar nicht in diese Lage geraten. »Doch letztendlich weiß ich nun dadurch, dass ich mich immer auf euch verlassen kann. Gut, das wusste ich auch vorher schon, aber egal. Ich fühle, dass ich in euch nicht nur mutige und tapfere Polizisten und Kollegen habe, sondern Freunde. Und obwohl ich euch gefühlt eigentlich kaum kenne: Ich fühle für euch wie für meine Familie, obwohl … nee, meine Familie ist manchmal seltsam. Aber euch verdanke ich alles. Ui, ich glaube, der Alkohol ist auch bereits tief in meinen Gehirnwindungen angekommen.« Er hickste.

»Hört! Hört!«, rief Dobbs und ließ ein schallendes Lachen folgen. »Ergo bibamus! Also lasst uns trinken!«

Familie. Ja. Sie waren wie eine Familie.

Eine Blaulicht-Familie.

Dass Kiki, Dobbs und Michel in der Küche standen und sich beinahe darum stritten, wie Kartoffeln gestampft werden mussten, war ein Schauspiel sondergleichen.

Fabi suchte sich durch das Musikregal, und Paul und Theo saßen neben Anna auf dem Sofa. »Ich glaube, ich mische mich da mal ein. Die haben doch alle keine Ahnung«, rief Paul und stürmte in den Küchenbereich. Theo schwieg und beobachtete grinsend das Treiben. Anna hingegen beobachtete Theo. »Weißt du, was die überhaupt kochen wollen, Langer?«

»Ja, Kurze, aber es ist geheim. Sie drohten vorhin damit, dass ich festgenommen werde, wenn ich etwas sage.«

Doch Anna hatte da so eine Ahnung. Eine Ahnung aus Kartoffelbrei, Apfelmus und Bratwurst – ihre Adaption von Himmel und Erde. Und genau dort befand sie sich auch, irgendwo zwischen Himmel und Erde.

»Ob wir ihnen helfen sollten?«, fragte Theo sanft und berührte beinahe beiläufig Annas Hand.

»Besser nicht. Die sind alle bewaffnet und verrückt.«

Theo lachte, und sein Lachen war so schön und warm, dass Anna nun auch beinahe beiläufig seine Hand berührte. Sie drehte sich zu ihm um. »Sammelst du eigentlich noch die Pluspunkte, um sie gegen ein Abendessen mit mir einzutauschen?«

»Oh ja!«

Anna strahlte ihn an. »Brauchst du nicht mehr, deine Punktekarte ist voll. Was machst du morgen Abend?«

Nun strahlte er sie ebenso an. Doch bevor er hätte etwas sagen können, drehte Fabi die Musik laut und schwofte gedankenverloren zu Latinorhythmen durch den Raum. Dobbs tat es ihm nach und stürmte die Tanzfläche, wenn auch weniger grazil. Paul schaute Anna an, und als sie ihn anlächelte, ergriff er seine Chance. Er ging auf Anna und Theo zu und fragte Theo höflich: »Darf ich sie dir ein letztes Mal entführen? Dann darfst du sie behalten.« Anna kicherte verlegen, fragte sich aber, ob er die Worte vorher bedacht hatte. Entführen? Wirklich? Nach allem, was gewesen war? Doch sie war selig.

»Ein letztes Mal von hoffentlich vielen letzten Malen«, flüsterte Theo. Anna und er tauschten einen liebevollen Blick.

Dann verneigte sich Paul vor Anna und forderte sie elegant zum Tanz auf. Dass hinter ihnen vier Jahre Tanzschule lagen, sah man schnell. Dennoch lag etwas Besonderes im Raum, als Anna und Paul eng umschlungen tanzten. »Ich habe dir diesen Tanz versprochen, Feuerkopf. Auch wenn er etwas verspätet ist«, sagte er ihr sanft ins Ohr.

»Besser spät als nie, Pauli.«

Plötzlich fiel all die Anspannung der letzten Tage und Wochen von ihnen ab, und Anna kämpfte erneut mit den Tränen. Als er das merkte, wirbelte er sie herum und drehte sie wie einen Kreisel. Immer wenn Anna lachte, ging für Paul die Sonne auf.

»So wie für dich werde ich nie wieder für eine Frau empfinden, das weißt du, gelle?«

Nun kullerten Annas Tränen schon wieder. Sie umklammerte Paul.

»Ich verdanke dir mein Leben, mein Feuerkopf.«

»Na ja, aber durch mich bist du auch erst in diese blöde Lage geraten.«

»Trotzdem, Anna.« Er hielt sie fest im Arm, machte jedoch mit ihr gemeinsam eine Drehung. Sogar im Wiegeschritt hielt er sie, um sie nicht wieder loszulassen.

»Pauli, das, was wir hatten, kann uns niemals jemand nehmen. Egal, was kommen mag. Egal, wo unsere Leben uns hinführen.«

Jetzt weinte auch er. »Ich brauche dich, immer. Keine Ahnung, wie das werden soll, wenn du in Bochum bist.«

»Pauli, ich werde nicht …«

Da stand Dobbs hinter ihr und bat Anna um einen Tanz. Als hätte er mitgehört. »Darf ich, Liebes?« Sie wischte sich schnell die Tränen aus dem Gesicht und bedankte sich bei Paul. Ein letzter Blick zurück zu ihm zeigte, dass sich Michel an ihn heranpirschte, wild entschlossen zu tanzen.

»Wann finden wir mal Zeit zu reden, Dobbs? Nur wir zwei?« Sie musste ihm erklären, warum sie nicht nach Bochum mitgehen konnte. Zumindest nicht im Januar schon.

»Zuerst wird getanzt. Wir haben alle Zeit der Welt, Liebes.«

»Nein, haben wir nicht, und das weißt du auch.«

Anna schien zwar störrisch, ließ sich aber auf seine Führung beim Tanz ein. Er drehte sie von sich weg und holte sie umso enger wieder an sich zurück.

Es klingelte an der Tür. Anna wollte sich losreißen, doch Dobbs protestierte. »Es gibt hier genug andere, die eine Tür öffnen können. Gönn' mir doch mal den ruhigen Moment mit dir.«

Anna drehte sich wieder in seine Umarmung. Doch der Moment hielt nicht lange, denn die Kollegen Stefan, Max und Marvin kamen zur Tür herein, und Kiki trug bereits einen Topf nach dem anderen hinüber auf den Esstisch. »Zu Tisch bitte!«, rief sie und stellte einen Stapel Teller daneben.

»Wir machen nachher hier weiter, versprochen!« Anna hatte Hunger, deswegen nahm sie Dobbs an der Hand und zog ihn hinter sich her zum Tisch.

Theo und Dobbs saßen ihr zur Seite, Paul platzierte sich mit Michel ihnen gegenüber.

Anna sah sich um. Dobbs, Kiki, Paul, Michel, Theo, Fabi, Stefan, Max und Marvin – eine vermutlich einmalige Konstellation an ihrem Esstisch. Seltsam. Aber tatsächlich seltsam angenehm. Auch als gefräßiges Schweigen den Raum erfüllte, war es nicht unangenehm.

Michel brach das Schweigen: »Dobbs, habe ich das richtig verstanden, dass du als Dozent nur abgeordnet wurdest, aber immer noch im Polizeivollzug bist? Dann willst du all das hier«, zur Veranschaulichung vollführte er mit seinen Armen eine allumfassende Bewegung, »wirklich gegen die Pension eintauschen? Du bist Vollblutbulle mit Lehrauftrag.«

Kiki verschluckte sich und hüstelte. »Ich gebe ihm recht. Du und Ruhestand, das passt nicht zusammen.«

Dobbs lachte dröhnend. »Niemals! Das geht wirklich gar nicht.«

»Dann wäre es doch sicherlich ein Leichtes, dich wieder zurückzuordern, oder? Zurück in den aktiven Dienst.«

»Aktiver Dienst? Puh. Eher nicht. Doch ich räume das Feld mit dem Gewissen, dass der Nachwuchs der beste ist, den wir seit Langem hatten.«

Theo klopfte zustimmend auf den Tisch.

Dann fuhr Dobbs fort: »Und dass der kommende Polizeinachwuchs noch besser ist«, wofür er fragende Blicke kassierte. Er tat so, als bemerkte er es gar nicht. »Ich werde mich ab sofort eher für die Theorie zur Verfügung stellen. Es hat sich gerade eine neue Tür für mich geöffnet.«

Anna zog ihre Stirn kraus. Was meinte Dobbs damit? Doch sie kam nicht dazu, ihn zu fragen, denn er ließ eine weitere Bombe platzen: »Und seit vorgestern arbeite ich an einem neuen Buch.«

»Ach, wie spannend! Erzähl!«, rief Kiki aufgeregt.

Dobbs wirkte verlegen – diese Eigenschaft kannte Anna noch gar nicht an ihm. »Dafür muss ich erst eine Einverständniserklärung von euch allen haben. Namen und, wenn nötig, auch Orte werden selbstverständlich verfremdet. Doch vor allem muss ich Anna um Einverständnis bitten, denn es wird sich um den Fall Andreas Scherer handeln. Dazu würde ich gerne einige Inhalte von deinem Blog nutzen.«

Annas Mund stand offen. Paul strahlte sie an und sprach stellvertretend: »Kein Problem, sie gibt dir ihr Einverständnis. Komme ich dann auch darin vor?«

Dobbs hatte besonders von ihm Gegenwehr erwartet. »Wenn ich darf, selbstverständlich!«

»Hauptrolle und so. Zumindest eine der tragenden Rollen. Ich bin der Antichrist!«

»Antichrist?« Alle am Tisch lachten schallend.

»Antiheld! Ich habe mich versprochen! Aber stell mich im Buch bitte nicht so dumm dar, wie ich in Wirklichkeit bin«, bat Paul mit hochrotem Gesicht.

»Wird das ein Sachbuch unter deinem normalen Namen oder wieder ein Roman unter deinem Pseudonym?«, fragte Anna.

»So weit, das zu entscheiden, bin ich noch nicht. Habe bislang nur zwanzig Seiten geschrieben und Infos zusammengestellt. Ich wollte euch zuerst fragen. Entscheidet das in aller Ruhe. Ich muss ohnehin erst mal ein paar Seminare vorbereiten.«

Dann drehte sich Fabi zu Anna. »Wie geht es mit dir weiter? Ich weiß zwar, dass du nächste Woche die Stelle antrittst, doch irgendwie kann ich mir dich auch verdammt gut im Polizeidienst vorstellen. Also so richtig Kripo, nicht nur Psycho.«

»Ich? Kriminalpolizistin? Ach, herrje ... ich schaffe doch noch nicht mal die Aufnahmeprüfung. Außerdem glaube ich nicht, dass ich all das kann, was ihr macht. Das ist mir zu aufregend, und es sind mir viel zu viele Vorschriften, Gesetze und Regeln. Da kann ich mich nicht beherrschen, weißt du doch.« Wieder lachten alle. »Außerdem müsste ich dann diese ganzen seltsamen Abkürzungen lernen. KDD, HLKA, KHK, KOK, POK, SEK, MEK, TÜ, PDV, StGB, BePo, SchuPo, KriPo, SoKo, MoKo, SpuSi und FustKw. Und irgendwo habe ich die Tage AAO und BAO aufgeschnappt. Das kriege ich nie in mein Hirn. OMG!«

Wieder lachten alle.

»Ja, die Bullerei arbeitet gerne mit Abkürzungen. Keine Ahnung, warum«, hickste Kiki.

Doch Dobbs neben ihr blieb sachlich und sah sich am Tisch um. »Du würdest all das sicher schnell lernen, du hättest genug Nachhilfelehrer und Köpfchen!«

Anna reagierte absichtlich nicht.

»Da Dobbs schon wieder deine Zukunft plant, darf ich jetzt auch mal etwas Zukunftswichtiges bekanntgeben?« Kiki gab sich mysteriös und hickste wieder. »Denn du, lieber Herr Kollege Kriminalkommissar Fábio Monteiro, wirst mich ab nächstem Monat fest begleiten. Ich nehme dich unter meine Fittiche.«

Fabi schluckte laut. Mitleidige Blicke seiner Kollegen trafen ihn.

»Hey!«, motzte Kiki. »Ich bin eigentlich voll nett! Meistens zumindest. Manchmal. Na ja, sagen wir, immer dann, wenn ich gut drauf bin. Also nie.« Dass nun wieder alle lachten, nahm Kiki den Anwesenden nicht übel. Stattdessen lachte sie mit.

»Ich freue mich auf die Zusammenarbeit mit dir, Kirsten!«, rief Fabi ehrlich froh, betonte jedoch überauffällig das »zusammen«. »Das wird abgefahren!« Für diesen Spruch züchtigte Kiki ihn sogleich mit einem Blick, der nicht nur Fabi durch Mark und Bein kroch.

Unauffällig beugte sich Anna an Theos Rücken vorbei und tätschelte aufmunternd Fabis Schulter. »Kiki ist gar nicht so schlimm, Fabi. Sie tut nur so. Meistens.«

»Glaub ihr kein Wort, Fábio. Ich bin grausam und Furcht einflößend!«

Beschwipst von allzu viel Sekt, legte Anna ihre erhitzte Stirn an Theos Schulter und lachte befreit. Plötzlich waren sie ihr alle so vertraut, das war wundervoll. Sie wollte genau das: in Marburg bleiben, bei ihren neuen und alten Freunden.

Mit einem Blick zu Dobbs bat sie ihn um ein Gespräch unter vier Augen. Er wich ihrem Blick aus, was mehr sagte als Worte, und rief statt einer Erklärung plötzlich: »Es wird Zeit für Annas Geburtstagsgeschenke!«

Anna weigerte sich: »Was? Leute, nein! Bitte! Ihr seid mein Geschenk. Alle zusammen und jeder einzeln.« Ob aus Reflex oder Absicht, landete Annas Hand auf Theos.

»Netter Versuch, aber keine Chance, Liebes.«

Paul sprang auf und rannte in den Schlafbereich, um ein großes Paket zu holen.

Doch Kiki kam ihm zuvor. »Ich zuerst! Vielmehr wir zuerst! Ich schleppe das Geschenk jetzt schon so lange mit mir herum!«, rief sie und übergab Anna erneut das längliche, keilförmige Geschenk von ihr und Dobbs.

Zögerlich nahm sie es nochmals entgegen. Als sie es zuletzt in der Hand gehabt hatte, waren ihre Gedanken nur bei Paul und Michel gewesen. Sie atmete kurz durch. Es glich einem Wunder, dass beide Männer gesund und wohlauf hier mit ihnen am Tisch saßen. Paul sah sie mit geröteten Wangen an. Michel hingegen hatte nur Augen für Paul.

Anna versuchte zu erfühlen, was unter dem dreifachen Geschenkpapier und jeder Menge Klebefilm verborgen war.

»Jetzt mach schon, Feuerkopf! Pack aus!«, rief Paul ungeduldig. Sie entrollte es und stutzte. Es war ein Namensschild, so eines, das auf Schreibtischen stand. Dann lachte sie laut. »Nein, ist das geil!«

»Was steht darauf? Lies mal laut vor.« Dobbs schmunzelte verdächtig.

»Da steht: *Anna Vaupel. Talentierteste Nervensäge und beste Kollegin der Welt.*« Sie kicherte verlegen und kämpfte sofort wieder mit den Tränen. Wieder Freudentränen.

»Bevor das Heulen jetzt nicht mehr aufhört«, schaltete sich Michel ein. »Von uns, also von Fabi, Stefan, Max und mir, gibt es nur Gutscheine. Doch die müssen zeitnah eingelöst werden. Jeder von uns schenkt dir einen Nachmittag pro Woche im Fitnessraum. Und Trainings, wann immer du sie wünschst. Damit du schnellstmöglich wieder zu Kräften kommst. Ausdauer, Selbstverteidigung, Kraftsport und Polizeitechniken. Das volle Programm. Wir stellen dich wieder auf die Beine.«

»Verdammt. Jetzt habe ich Angst!«

»Solltest du auch!«, witzelte Max. »Wir werden erbarmungslos mit dir sein. Cooper-Test, Achterlauf, du wirst ordentlich ins Schwitzen kommen.«

»Und wir nehmen dich mit auf die Schießanlage, damit du schießen lernst. Nach der Pleite im Wald«, ergänzte Stefan.

»Was? Wieso Pleite? Aber ich wollte doch danebenschießen. Ich wollte Scherer nicht töten!«

»Aber du hast eiskalt einen Baum erschossen.«

Wieder lachten alle.

Marvin ergriff das Wort: »Von mir gibt es eine Einladung nach Wiesbaden. Inklusive einer Führung durch unsere heiligen Hallen des Cybercrime. Meinetwegen machen wir dort auch gemeinsam Sport, wenn du dann noch kannst.« Er zwinkerte ihr zu. »Doch was du viel eher gebrauchen kannst: Ich mache dir deinen Blog und deinen Laptop sicher vor Hackern, damit nie wieder irgendwer deine Daten missbrauchen kann – auch nicht das HLKA. Oder Dobbs. Für seinen neuen Roman, wenn du das nicht möchtest.«

Anna wollte ihm nicht sagen, dass sie den Blog zeitnah aus dem Netz nehmen wollte. Stattdessen hauchte sie Marvin ein tonloses Danke entgegen. Sie war gerührt.

Reihum ging es jetzt zu Theo. »Dann nehme ich jetzt mal das Zepter an mich. Leider war die Einladung für dieses Ereignis hier so spontan, dass ich nichts besorgen konnte, und besonders bastelaffin bin ich auch nicht. Doch neben Sportstunden im Sportraum der Feuerwehr, und das kann auch knallhart sein, würde ich dir gerne etwas anderes schenken«, sagte er und wurde plötzlich sehr leise, was nur noch mehr dafür sorgte, dass alle auf ihn achteten. Die Stimmung im Raum war zum Zerreißen gespannt. »Nämlich meine Freundschaft. Wenn du willst.«

Sie legte erneut ihre Hand auf seine, und ihre Kollegen johlten laut. »Küssen! Küssen! Küssen!«

Und dann küsste Anna Theo, ohne darüber nachzudenken. Die schlagartige Ruhe im Raum war Bestätigung für eine gute Entscheidung. »Unbedingt will ich deine Freundschaft!«, flüsterte sie und strahlte glücklich.

Obwohl sie wusste, dass es unnötig war, suchte sie dennoch sofort den Blick von Paul, sie wollte wissen, was er dachte. Doch auch er strahlte und nickte. »Dagegen ist mein Geschenk gar nichts und stinkt voll ab«, witzelte er und reichte Anna sein großes Paket über den Tisch. »Doch ich dachte, wenn du mit Dobbs nach Bochum gehst, dann solltest du niemals alleine schlafen, Feuerkopf.«

Anna war kurz amüsiert, doch dann dachte sie über seine Worte nach und war irritiert. Was meinte Paul? Worauf wollte er so deutlich hinaus? Doch sie würde ihm nicht einfach so wegen Bochum widersprechen. Zuerst würde sie mit Dobbs alleine reden müssen, ihm in Ruhe erklären, dass sie nicht mit ihm kam, um in Bochum ihren Master zu machen.

Anna versuchte, den Blick von Dobbs abzuwenden, und konzentrierte sich auf das Auspacken von Pauls Geschenk. »Jippie!«, rief sie entzückt. »Endlich! Meine eigene Bettwäsche! Ich muss nicht mehr alleine schlafen! Ich teile mir jetzt das Bett mit meinen drei Jungs! Justus, Peter und Bob!«

»Tut mir leid, Theo!«, lachte Paul ihm fröhlich zu.

»Die drei Fragezeichen?« Nun lachte auch Theo. »Du auch? Mit denen schlafe ich auch fast jede Nacht ein. Schon seit Jahren.«

Anna strahlte. Sie war glücklich. Mehr brauchte sie nicht zum Leben. Sicherlich wäre eine Karriere als Kriminalpsychologin auch nach ihrem Geschmack gewesen, aber sie wollte nichts hiervon zurücklassen. In Marburg war ihr Zuhause. Ihre Familie.

»Solltest du wirklich nach Bochum gehen«, sagte Michel und griff nach Pauls Hand, »brauchst du dir keine Sorgen zu machen, ich passe auf ihn auf. Auf den Antichristen.«

Nun kullerten wieder Freudentränen. »Wie schön!«, entfuhr es Anna. »Ihr macht mich alle so glücklich.« Doch dann rollten ungewollt auch noch andere Tränen, und sie begann zu schluchzen: »Ihr entschuldigt mich kurz, denn ich glaube, ich muss mal mit Dobbs unter vier Augen sprechen. Magst du mal bitte mit mir vor die Tür kommen, Doktor? Bitte. Jetzt.« Sie stand auf und bat ihn darum, ihr zu folgen. Zögerlich griff sie nach seiner Hand. Denn dieser Gang würde für sie beide schwer werden.

Aber Dobbs grinste breit. »Nö, möchte ich nicht, Liebes. Setze dich bitte wieder und beruhige dich. Ich weiß, was du mir sagen willst.«

»Sicher? Ich glaube nämlich nicht.«

Doch Dobbs grinste noch breiter. »Du wirst mir sagen, dass du nicht nach Bochum gehst.«

Anna staunte und war dankbar, dass er das Thema von sich aus ansprach. Sie hätte nicht gewusst, wie sie ihm das sonst hätte beibringen sollen, und nickte erleichtert. »Du hast recht, Dobbs, ich kann nicht so bald mit dir nach Bochum gehen.«

Er senkte übertrieben traurig seinen Blick, zwinkerte sie dann aber mit hängendem Kopf verschmitzt an. Das verwirrte Anna sehr. »Ich weiß. Wie passend. Ich kann nämlich auch nicht so bald mit dir nach Bochum gehen. Vermutlich sogar nie. Bochum ... wer will schon nach Bochum? Du nicht, ich nicht.«

»Bitte?« Anna verstand die Welt nicht mehr.

»Ich habe noch ein Geschenk für dich. Vielmehr wird es eher ein Geschenk an die Marburger Polizei. Denn jemanden wie dich, jemanden, der sich sogar ungelernt in Gehirne reinbohren kann, können wir nicht einfach so laufen lassen. Wir brauchen dich in unserem Team. Du denkst dich in Köpfe, als wären da – Achtung, jetzt kommt eine Analogie – als wären dort Tunnel. Eine Annalogie.« Dobbs lachte schallend, doch Anna wusste, er tat das nur, weil er aufgeregt war.

Kiki verdrehte grinsend die Augen, und als Ruhe einkehrte, wurden Annas Falten auf der Stirn noch tiefer – so wie die aller anderen am Tisch. »Mein Geschenk an dich ist ein Versprechen. Na ja, und das hier.« Er reichte ihr einen Stoß Papier, der zu einer Rolle zusammengebunden war. »Ich konnte dir einen Termin zum Eignungsauswahlverfahren verschaffen – in fünf Wochen. Wenn du willst, nimm ihn wahr. Du schaffst das. Unsere Inspektionsleiterin Simonis hat sich zudem für eine beschleunigte Überprüfung starkgemacht. Denn eigentlich sind die Fristen für die Eignungstests bereits eine ganze Weile abgelaufen.«

»Dobbs ... ich verstehe nicht. Eignungsauswahlverfahren für was?«

»Im Februar startet ein Pilotprojekt. Nach vielen, vielen Jahren der Planung. Ein duales Masterstudium mit Standort unter anderem in Gießen. Hessen muss in der Hinsicht einfach nachziehen, und deswegen haben sich einige Lehrkräfte von Hochschulen und Polizei zusammengetan und einen Masterstudiengang entworfen, der einen direkteren Quereinstieg in den Beruf des Kriminologen ermöglicht. Für eben diejenigen, die bereits in einschlägigen Studiengängen einen Abschluss haben. So wie du. Mit Abschluss des fünfsemestrigen dualen Studiums hättest du dann deinen Master in Kriminologie oder Kriminalpsychologie. Zu dem theoretischen Studium kommt der leicht beschleunigte praktische Teil der Ausbildung zur Kriminalpolizistin, wie sie die Jüngeren hier am Tisch auch fast alle durchlaufen haben, wenn auch in sechs Semestern und ohne Mastertitel. Wenn du willst, darfst du gerne Gießen oder Marburg als bevorzugten Praktikumsstandort angeben, aber auch andere hessische Städte sind möglich. Und eben die Masterarbeit. Du wärst also bis auf die Theoriewochen, die Trainingseinheiten in einer nahe gelegenen Großstadt und die Prüfungsphase hier im aktiven Dienst. Und hättest am Ende zwei Abschlüsse – deinen Master und eine abgeschlossene Ausbildung. Aber auch weiter die Chance, wissenschaftlich zu arbeiten. Du könntest deinen Doktortitel anstreben.« Dobbs holte tief Luft. »Und würdest die ganze Zeit Geld verdienen. Und ich wäre während deines Studiums einer deiner Dozenten. Mein Versprechen an dich also ist, dass ich dich sowohl vor als auch während deines Studiums vollkommen unterstütze.«

Annas Mund stand offen. Sie fand keine Worte.

»Du musst nur den Sporttest bestehen. Denn um die ärztliche Untersuchung mache ich mir auch keine Sorgen. So oft, wie du in den letzten Wochen und Monaten im Krankenhaus und bei Ärzten warst, hätten die bestimmt irgendwas bemerkt. Und der Polizeiarzt hat schließlich auch bereits Blut von dir bekommen, um das Skopolamin nach der Attacke von Scherer nachzuweisen, und ist bereit, mit deinem behandelnden Arzt und deinem Physiotherapeuten den Sporttest abzustimmen. Wir wissen schließlich von deinen sportlichen Erfolgen aus der Zeit vor dem Unfall. Der Rest ist auch schon fast geregelt.«

Alle am Tisch schwiegen. Alle sahen Dobbs oder Anna an. »Typisch Dobbs«, zischte Kiki plötzlich und sah ihn derart böse an, dass es einer Ohrfeige glich, doch dann wippte sie mit ihren Augenbrauen.

»Er darf das«, murmelte ihr Anna schmunzelnd zu, und Kiki nickte wissend.

Michel sprang auf und lief zur Garderobe. Er nahm Max' Uniformjacke und kam zurück zum Tisch. »Anna, steh mal auf. Bitte.«

Sie stand auf, und er legte ihr die Jacke um. »Siehste. Steht dir! Wie für dich gemacht.«

»Aber bei der Kripo trägt man doch gar keine Uniform, so viel weiß ich schließlich schon.« Anna schaffte es nicht, Dobbs anzusehen.

»Haben wir aber alle während der Praktika im Studium getragen«, erklärte Fabi.

Sie wollte die Jacke abnehmen, doch Michel hielt sie davon ab. »Lass die bitte an, ich will den Anblick genießen.«

Paul fand die Worte, die Anna bezüglich Dobbs' Angebot kläglich suchte: »Ja, Dobbs, Anna will unbedingt!«

»Und den Sporttest übersteht sie nach den Trainings mit uns auch«, rief Stefan überzeugt.

Alle wollten eine Entscheidung von Anna.

Kiki reichte ihr eine Visitenkarte über den Tisch. »Und wenn du mit dem Studium fertig bist: Ruf da an oder frag nach Dirk Hamann. Er holt dich ohne Umwege direkt fest nach Marburg. Ich will dich in meinem Team!«

Anna schluckte, Kiki schmunzelte, alle anderen warteten. »Denn nichts gegen euch, liebe Kollegen, aber so jemanden wie dich, Anna, lernt man wirklich nicht alle Tage kennen.«

Dobbs legte noch einen nach: »Bis zum Studienbeginn und, wenn du dich gegen das Studium entscheiden solltest, auch darüber hinaus hast du jedoch die beratende Stelle in der Direktion sicher. Zumindest wenn du keinen Mist baust.«

Anna spürte jetzt die ungeteilte Aufmerksamkeit auf ihr liegen. Alle wollten eine Antwort. »Das hieße, wenn ich fertig studiert habe, bin ich wie Dobbs?« Ihre Nase zuckte so heftig, dass jeder am Tisch es sehen konnte.

»Nur in jung. Und hübsch«, kicherte Kiki beschwipst.

»Ich schaff' das. Mit euch gemeinsam!«

ENDE

DANKE AN

… die Marburger Polizei – für Rat und Tat.

… meinen Mann, der jegliches Hängerchen wegzauberte.

… meine Mum, die wieder mal die Kuh vom Eis holte.

… Steffi – meine Geheimwaffe.

… Marc für das Geheimwissen um die Rohre.

… Franzi und ihren Paul fürs U-Bahn-Fahren und die kreative Muse.

… Dirk, Jonas, Kai und Herrn S. für Geduld und Fachkompetenz.

… Andrea für die pharmazeutische Klatsche.

… Nini, meine »Komma-Queen« – für mehr als nur juristischen Beistand.

… Carsten für die mutige (Beinahe-)Endabnahme.